魅丽文化 花火工作室

# 夏风和

上

笑佳人 著

江苏凤凰文艺出版社
JIANGSU PHOENIX LITERATURE AND ART PUBLISHING

图书在版编目(CIP)数据

鸾凤和.上/笑佳人著.-- 南京:江苏凤凰文艺
版社,2023.11
ISBN 978-7-5594-7417-9

Ⅰ.①鸾… Ⅱ.①笑… Ⅲ.①长篇小说-中国-当代
Ⅳ.① I247.5

中国版本图书馆 CIP 数据核字(2022)第 242363 号

# 鸾凤和.上

笑佳人 著

出版统筹 曾英姿
责任编辑 张 倩
文字编辑 吴小波 高 丽
装帧设计 白砚川
出版发行 江苏凤凰文艺出版社
南京市中央路 165 号,邮编:210009
网 址 http://www.jswenyi.com
印 刷 湖南天闻新华印务有限公司
开 本 880mm × 1230mm 1/32
印 张 10.5
字 数 376 千字
版 次 2023 年 11 月第 1 版
印 次 2023 年 11 月第 1 次印刷
书 号 ISBN 978-7-5594-7417-9
定 价 48.80 元

江苏凤凰文艺版图书凡印刷、装订错误,可向出版社调换,联系电话 025 - 83280257

# 目录

CONTENTS

# 第一章

景和二年四月，初夏。

淅淅沥沥的小雨在天地之间织起一张雾蒙蒙的网，微风拂过，有雨丝飘进纱窗，落到面上。

殷蕙觉得自己就是这网里的鱼，看似有雨气滋润，好像活得还不错，其实已经快要憋闷死了。

这种憋闷感，贵为王妃的殷蕙已经很久没有体会过了。

殷蕙是燕地第一富商殷家的小姐，自小锦衣玉食，又生得花容月貌，亲戚们见了她，都要夸她生得很有福相，长大了定会嫁入高门，安享荣华富贵。

到了谈婚论嫁的年纪，殷蕙也的确在燕地无数女子的羡慕下，嫁给了燕王第三子，魏曕。

商女出身，竟能嫁给一位皇孙，谁敢说她命不好？

可惜嫁给魏曕不久，殷蕙便尝到了一次胸闷的滋味儿。

殷蕙从王府的小丫鬟们口中得知，魏曕有个青梅竹马的表妹，那表妹长得天仙一样，如果不是公爹燕王需要银子解决军需，才挑了她这个富商之女做儿媳，否则魏瞻的妻子该是那个表妹才对。小丫鬟们还说，魏瞻对表妹痴心一片，被迫放弃表妹成了他的心病，自此便少见笑容。

初次听闻这种闲话，殷蕙难受了一阵，但很快她就否定了这种谣言。

因为据她的观察，虽然魏瞻在谁面前都是冷冰冰的一张脸，活像人人都欠他几万两银子似的，而且他也从未对她说过什么甜言蜜语，但夜里魏瞻很喜欢与她亲近，只要一次水都算稀罕的。再有，魏瞻不曾要求过收用通房，哪怕孕时她为显贤惠，主动提出来，魏瞻也不假思索地拒绝了。

明明重欲，却只要她一个女人，且长达十年。

殷蕙将这一切都当成了魏瞻心里有她的证据，认定他的冷脸只是天性如此。有人爱笑，有人寡言少语，没什么稀奇。

否定了那位表妹在魏瞻心中的地位，殷蕙的婚后生活总体还算顺利。尤其是公爹登基后，魏瞻封了蜀王，她也成了蜀王妃，一家三口单独住在宽敞气派的蜀王府，不必伺候公婆，没有小妾烦心，亦没有妯娌纷争，整个王府的内务几乎都是殷蕙说了算，其他几位王妃妯娌都要反过来羡慕她。

然而就在今日，还在外面当差的魏瞻，竟让侍卫护送了一位年轻美妇回府。

这位美妇，便是魏瞻那已经嫁人多年，经历了丧夫守寡，却依然貌美如花的青梅表妹温如月。

殷蕙在厅堂里见到人，才从对方口中知道了她的身份。

温如月穿一袭白裙，跪在地上，眼泪无声地往下落，宛如一朵在雨中战栗的梨花，声音亦是楚楚可怜："王妃莫怪表哥擅作主张，我实在是走投无路了，除了投奔表哥再无去处，求王妃收留我吧！我保证安安分分地做个姨娘，绝不与王妃争宠。"

当时殷蕙的胸口便堵住了，喘不过气来。姨娘？成亲十年都未纳妾的魏瞻，都没有与她商量，就直接答应了要收这个表妹做姨娘？

常年习得的端庄让殷蕙保持了体面，她吩咐丫鬟先带温如月去客房安置。

温如月走后，殷蕙坐在房间里，对着窗外淅淅沥沥的雨，生了一下午闷气。

以前她没见过温如月的人，旁人说魏瞻一直将温如月挂在心上，殷蕙也从未真正相信。若魏瞻一直惦记着表妹，与她在一起的时候会那样亲密？

直到今日亲眼见到温如月……

殷蕙来到梳妆台前坐下，看向镜中的自己。她十五岁出嫁，至今也才二十五岁。镜中的女子黛眉斜飞，桃花眼一如少女时那样黑亮清澈，莹白微丰的脸上也丝毫看不出任何岁月的痕迹。

论美貌，殷蕙自负不输给任何人，包括温如月，可温如月那份弱柳扶风的柔弱动人，或许比她更讨男人喜欢？

魏曕竟然喜欢那样的美人吗？

他怎么好意思？就温如月那小身板，能受得了他几晚？

殷蕙一会儿不信，一会儿又信。魏曕都应了让温如月做姨娘了，青梅竹马念念不忘的情意，还能作假？殷蕙越想越气，傍晚魏曕回府时，她再也无法维持平日的端庄贤惠，再也无法对他笑脸相迎。

“王妃，您真不去迎王爷吗？温姑娘日头一偏西就去门口守着了，您这一下午都没有招待她，她会不会恶人先告状？”丫鬟金盏忧心忡忡地问。

殷蕙根本听不得“温姑娘”三字，听见了，就好像看见魏曕与温如月花前月下的画面。

“世子还没回来吗？”

皇帝公爹要求所有到年龄的皇孙都去宫里读书，因此儿子魏衡每日也与父亲一样，早出晚归。

金盏有些诧异地看向主子，提醒道：“今日是楚王府世子爷的生辰，提前约了世子今晚过去吃席，王妃您忘了？”

殷蕙抿唇，她就是忘了，气忘了。

“王妃，您还是过去看看吧，兴许王爷根本没有纳妾的意思，是温姑娘会错意了呢？”

或许这种猜想更让人心里舒服，殷蕙动摇了，重新换了一对儿红宝石的坠子，更加衬托出自己的明艳。殷蕙对着镜子扯了扯嘴角，露出一个端庄美丽的笑容，这才往前面去了。

沿着走廊往堂屋那边走，只见魏曕的心腹太监安公公微微弯着腰站在堂屋外头，瞧见她，远远点个头，马上对堂屋里面道：“禀王爷，王妃来了。”

殷蕙并不高兴他的通传，若悄无声息地走过去，兴许还能偷听到里面的表兄妹俩说话。如今偷听无望，殷蕙将腰杆挺得更直了。

来到堂屋门口，只见魏曕坐在左边的主位上，仍是一身白裙，身如蒲柳般纤细的温如月婀娜地站在他一侧。

“民女拜见王妃。”

殷蕙还在打量魏曕的神色，温如月走上前，怯怯弱弱地行礼道。

“表妹不必客气。”殷蕙心不在焉地回道，径直走到魏曕旁边的主位上坐好了，她微微偏头看向魏曕。

魏曕着一身墨色蟒袍，还是那副冷漠的表情，与她对视一眼，再看一眼温如月，开口道：“表妹远道而来，王妃叫丫鬟替表妹收拾一间院子吧，再挑选几个丫鬟好生伺候。”

殷蕙强颜欢笑道：“王爷觉得哪间院子给表妹住更合适？”

魏曕沉默片刻，道：“竹风堂吧。”

殷蕙再也笑不出来了。

蜀王府有大大小小的几十间院子，如果魏曕只把温如月当表妹看，更适合将温如月安排在离主宅远一些的院子。可竹风堂就在主宅的西侧，走一盏茶的工夫就到了，魏曕到底安的什么心？

“我还有事，晚饭你们先吃，不必等我。”

魏曕无视殷蕙与温如月的表情，大步走了。

温如月目送他的背影离去，回头朝殷蕙盈盈一笑：“给表嫂添麻烦了。”

殷蕙心里很乱，越乱越不想见她，叫她先回客房休息，明日竹风堂收拾好便让她住进去。

至于晚饭，殷蕙一粒米都吃不下。

她提前回房歇下了。

睡是睡不着的，殷蕙亮着灯，在等魏曕。她不信他带个女人回来，真的就没有其他话了。

等待的时候，殷蕙想到了这十年来与魏曕的相处。除了夜里的温存，白日夫妻之间仿佛一潭死水，没有任何波澜。

魏曕惜字如金，她有事与他商量，他同意便点点头，或是“嗯”一声；不同意，便直接说出他要她怎么做，很少解释。

妯娌们打听她与魏曕的相处细节，殷蕙自然不会说真相，反正魏曕不纳妾，她故意诱导妯娌们以为她与魏曕私底下十分恩爱，妯娌们也没有证据反驳。

五个王爷，四个都纳妾，就她的夫君例外。

殷蕙一直为此沾沾自喜，没想到，魏曕这就领了一个妾回来。殷蕙都能想象得到妯娌们会如何幸灾乐祸，挖苦讽刺。

殷蕙又翻了一个身。

外面有了动静。

殷蕙突然心跳加快，就像新婚那晚一样，只是这次，让她紧张的不是夫妻之礼，而是他的答案。

魏曕进来了，殷蕙背对他躺着。

直到魏曕绕过屏风，仿佛能看到他的注视一般，又或是出于习惯，殷蕙终究还是坐了起来，下床，垂着眼替他宽衣解带，一如每个贤惠的妻子那样。

出嫁前，祖父教导她，她是商女身份，比不过其他妯娌，礼数上就要更周到，让谁也挑不出错。

这些年，她或许没有得到过妯娌们真正的认可与接纳，但她的一举一动都符合她燕王儿媳的身份。

金盏端了铜盆过来，殷蕙站在一旁，看金盏蹲下去替魏瞻洗脚。

荡漾的水面晃动着灯光，魏瞻闭着眼睛，好像在思索什么。

金盏端着铜盆退下，银盏灭了所有的灯。

床上摆了两床被子，夫妻俩一人一个被窝，这还是新婚期间魏瞻要求的，他没说为什么，不过殷蕙也喜欢这样，一个人睡更自在。

魏瞻有兴致的时候，会钻到她这边来，完事了再回去，他若没兴致，殷蕙就可以踏实地睡了。

当丫鬟们的脚步声也消失，魏瞻忽然道："等表妹安顿好了，过段时日，我会纳她做妾，无须大办，府里整治一桌酒席便可。"

殷蕙的胸口就更堵了，她这么难受，他竟然还能如此冷漠地吩咐她做事。

"我不同意。"

缓过气来后，殷蕙对着黑漆漆的帐顶道。

婚后这么多年，这是她第一次反对他的决定。

"为何？"魏瞻问，"自从你嫁给我，一直端庄守礼，也曾劝我纳妾，为何现在不可？"

殷蕙紧紧咬着嘴唇。

她端庄守礼，是为了赢得他的心，是为了不给娘家丢人。

可她的本性并非如此，她喜欢出门逛街，喜欢恣意而为，最讨厌的便是规规矩矩。

更何况，人心都是肉做的，上次她劝他纳妾还是十年前刚怀孕之际，她对他的感情也不深，魏瞻真纳了，她会比较容易接受。换成如今，在她以为夫妻之间再也不会有旁人的时候，他突然往她心口扎了一刀，她能不疼吗？

"总之，我不同意。"她一个字一个字地说，几乎是咬牙切齿。

漫长的沉默过后，魏瞻却只是道："睡吧，明早再说。"

魏瞻的语气那么平静，平静到殷蕙以为两人只是在谈论明日早饭要吃什么。

他怎么可以？

因为他忙了一日差事累了，想要睡觉，便在纳妾这样的大事上也要求她不哭不闹，理智地等到明早？

殷蕙怎么可能睡得着？

这一瞬间，殷蕙想到了小时候跟着祖父出门，在路边看到的一幕：有个妇人手里攥着烧火棍，追着自家汉子喊打喊杀。

殷蕙想，如果魏瞻不是王爷，她也不是王妃，魏瞻敢纳妾，她也敢拿烧火棍打他。

可惜，他是王爷，是她不能以下犯上的贵人。

受限于身份的差别，殷蕙一动不动地躺着，别说闹了，她连一句气话都没有说，任凭怒火在胸口交织翻滚。

时间久了，精神终究熬不过这漫漫长夜，殷蕙翻了个身，睡着了。

睡得昏昏沉沉，直到有人亲上脖子，殷蕙才猛地惊醒。

帐内仍然是一片漆黑，属于魏瞻的灼热呼吸喷洒在脖颈一侧。

殷蕙都快傻了。

他要纳妾，把她气得要死，居然还有心情做这种事？

殷蕙抬手去推他。

可能是因为连着两顿没吃，上半夜又没睡好，力气不够，他也当成了欲迎还拒，将她按住了。

殷蕙挣了两下，他突然欺了进来。

再挣也没有了意义，殷蕙咬牙骂道："你浑蛋！"

一个商女居然敢骂一位王爷是浑蛋，殷蕙活了二十五年，都没想过会有这一日。

身上的男人顿住。殷蕙的眼泪滚落下来，又骂了一句："浑蛋。"

或许是委屈，或许是怕了，这一次她的声音低了很多，娇娇弱弱，更像是撒娇。

魏瞻若是停下来教训她，殷蕙肯定会缩起胆子，可短暂的停顿后，魏瞻越发浑蛋起来，殷蕙忍了一会儿，怒火又蹿了起来，发泄般朝他身上招呼了几下。

成亲十年多，这事第一次变成了打架一般，一个不服气，一个想镇住对方的性子，最终殷蕙还是吃了体弱的亏，一边呜呜哭着一边骂他浑蛋。

也不知过了多久，殷蕙缩在被窝里，听他穿好中衣，摇铃提醒丫鬟们备水。

备水需要时间，魏瞻靠在床头，看着她露在外面的几缕长发，道："我这次进京，可能要九月里归，你好好照顾衡哥儿，不必挂念我。"

殷蕙一肚子怨气与委屈，便没细想这话。

外面丫鬟们进进出出，很快，金盏来报，说水已经备好。

魏瞻先去洗了，出去前用火折子点了两盏灯。

殷蕙不想动，可身上黏糊糊的，不洗也不行。她抿着嘴坐起来，视线一扫，发现肚兜、中衣丢在里侧，水红色的睡裤一半压在被子底下，一半露了出来。

有什么念头从脑海里闪过，殷蕙皱了皱眉，只觉得哪里不对劲，却又说不清楚。

她默默地抓起几件衣裳穿好，穿鞋的时候，魏曕回来了，修长挺拔的身影渐渐靠近屏风，面容朦胧。

殷蕙盯着那架屏风。

那是一架四幅的紫檀木苏绣屏风，乃是她的陪嫁之一，精美的苏绣在名贵的绢纱上绣出牡丹、桃花、喜鹊、鸳鸯等寓意夫妻美满的图案。

可是这屏风只用了三年，之后就收入库房，换了新的。

殷蕙对这架屏风印象深刻，从燕王府迁往京城之前，她还在库房里见过这架屏风。到了蜀王府，库房收拾妥当，她去查验时，也见过这架屏风。

怎么就重新用起来了？

殷蕙对着屏风出神的时候，魏曕终于绕了过来。

殷蕙无意识地瞥过去。

魏曕也朝她看了过来，清冷的目光中带着一丝诧异，像是诧异她怎么还坐在这里出神。

殷蕙则瞪圆了一双清澈的桃花眼。

眼前这个魏曕，太年轻了，剑眉凤目，面白如玉，眉眼虽冷，却依稀能看出属于年轻人的几分青涩，哪里是昨晚殷蕙见到的那位三十而立，肃穆沉毅的蜀王？

殷蕙呆呆地看着魏曕的鼻子下面。三十岁的蜀王开始蓄须了，威严更重，然而此时此刻，魏曕还是魏曕，却没有了胡子。

她失态太久，魏曕皱眉问："为何这样看我？"

殷蕙却在这瞬间忽然低头，看向身上的中衣。

她终于记起哪里不对了——昨晚入睡前，她穿的不是这身，颜色、绣样完全不同。

再看这间屋子，虽然多年没住过，殷蕙还是认得的，这是他们夫妻在燕王府的住处。

殷蕙怔怔地走向梳妆台，两盏灯散发着柔和的光亮，殷蕙双手扶住椅背，心情复杂地看着镜中的自己。

镜子里的她，看起来比魏曕还要稚嫩，十五六岁的年纪，乌发凌乱，脸颊嫣红靡艳。

殷蕙摸了摸自己的脸。

镜子里的她也做了同样的动作。

突然，另一道身影出现在了镜子里，魏曕眉头皱得更深，清冷的目光审视地落在她身上。

脑袋里乱糟糟的，殷蕙拢了拢中衣，本能地想要先逃离这里，想一个人静静。

备水……

对了，她还要沐浴。

“我去沐浴。”

丢下这句话，殷蕙匆匆离去。

西里间便是浴房，里面有冲澡间，也有泡澡的浴桶，魏曕大多时候都是冲洗，浴桶里则漂浮着一层花瓣。

殷蕙先走进冲澡间。

丫鬟金盏熟练地伺候她擦拭。

殷蕙目不转睛地看着同样变成十五六岁的金盏。

“夫人怎么了？”金盏奇怪地问。

夫人……

如果是在景和二年，如果是在京城的蜀王府，金盏该叫她王妃的。

“我做了一个噩梦，糊里糊涂的。你告诉我，现在是咸宁几年几月？”殷蕙的声音难掩颤抖。

她知道自己肯定回到公爹登基之前了，但具体是咸宁几年，她需要确认。

金盏的神色更古怪了。半个多时辰前，三爷与夫人闹出那么大的动静，夫人居然撒谎说她做了噩梦？

但金盏还是如实回答道：“今年是咸宁八年，今日是七月初九。”

脑海里轰的一声，殷蕙险些站立不住。

她是咸宁七年春嫁给魏曕的，咸宁八年春生下儿子魏衡，也就是说，她在睡梦里回到了十年前，她才十六岁，儿子也才几个月大？

身子擦好了，殷蕙一个人坐在浴桶中，让金盏退下。

是做梦吗？

水是热的，殷蕙掐了一下大腿，疼得她直吸气，甚至方才与魏曕的那一场，也真实无比。

殷蕙一直在浴桶中待到水凉才跨了出来，金盏服侍她换上了新的中衣。

“什么时辰了？”殷蕙低声问。

金盏道：“刚过子时。”

说完，她继续替主子系腋下的盘扣。

殷蕙看向窗外。

魏曕的话重新响在耳边：“我这次进京，可能要九月里归……”

殷蕙彻底想了起来。

这年的八月二十，魏瞻的皇祖父建隆帝要庆六十岁大寿，这等大日子，建隆帝没有召见三个王爷儿子进宫，而是命儿子们各自选派两位皇孙进京祝寿。

燕王府这边，公爹定了世子爷魏旸与她的夫君三爷魏瞻进京。

既然明日就要远行，今晚魏瞻睡到三更天忽然又来了兴致，也是情理之中。

弄明白了一切，重新回到内室时，殷蕙冷静了很多。

“怎么这么晚？灭灯吧。”

帐内传来魏瞻不悦的声音，大概是在嫌弃她耽误太久，让灯亮了太久，扰了他休息。

殷蕙默默灭了两盏灯，走到床边，从床脚爬到内侧，钻进属于自己的被窝。

“之前为何骂我？”

旁边的男人突然问道，听起来似乎还不困。

殷蕙随口编了个理由：“我很累，只想睡觉，你却来折腾我。不过，我已经知错了，还请三爷恕罪。”

魏瞻沉默不语。

以前他也有夜半忽然起兴的时候，她从来都是柔顺配合，嫁过来一年多，也再知礼谨慎不过，何曾对他失礼。

今晚如此撒野，挠得他后背全是血印子，可见怨气之深。

魏瞻只能想到一件事。

这次他与大哥进京，大哥带上了大嫂，他却没有带她。

“衡哥儿太小了，父母都不在身边，我不放心。”

殷蕙不懂他怎么突然提到了儿子，她也不记得十年前的今晚，魏瞻有没有说这个。殷蕙愣了片刻，背对着他道：“三爷尽管放心，我会照顾好衡哥儿的。”

魏瞻：“嗯，睡吧。”

殷蕙马上闭上了眼睛。

也许明早醒来，她就又回到蜀王府了，而不是身处这场荒诞的梦中。

“夫人，夫人，该起了。”

殷蕙猛地清醒过来，睁开眼睛，面前是自小伺候她的丫鬟金盏和银盏。

都是十六岁，金盏俏丽，银盏柔静，像两朵水灵灵的花。

殷蕙又在被窝里掐了自己一下，很疼。

看来这不是梦了，她真的回到了十年前。

“王……三爷何时离开的？怎么没叫我？”殷蕙坐起来，心神不宁地问。

金盏笑道：“是三爷嘱咐奴婢们别惊动您的。”

虽然她也觉得奇怪，夫人竟然睡了懒觉，没有起来伺候三爷更衣，不过三爷难得对主子温柔一回，金盏很是替主子高兴。

殷蕙看向窗外：“什么时辰了？三爷可出发了？”

金盏道：“等会儿全府里的主子们都要去送三爷他们，奴婢哪能让您睡到那个时候？只是夫人再赖床下去，咱们可要迟到了。”

殷蕙忙坐了起来。纵使不懂为何会变成这样，她也不能在整个燕王府的人面前失礼。

洗漱，更衣，梳头，金盏、银盏做得十分熟练，一刻钟后，殷蕙吩咐金盏去厨房传饭，再派银盏去请魏曕过来。

乳母与衡哥儿就住在后院的耳房，这会儿乳母也抱了小公子过来。

殷蕙迫不及待地将儿子接了过来。

这会儿衡哥儿才四个月大，白白净净的，长得很像魏曕。

小小的男娃看到娘亲，开心地笑了起来，眼睛弯成一对月牙儿。

殷蕙差点儿哭出来。

公爹对孙子们教导严格，所有孙子到了四岁就要去学堂读书，打那之后，儿子的脾气与魏曕越来越像，很少在她面前笑了，就像一个小太阳，渐渐变成了清清冷冷的月亮。

魏曕过来时，恰见那位素来看重礼仪的妻子正将儿子抱在怀里，低头与儿子贴脸。

看到他，妻子皱了一下眉，抱着儿子朝向另一个方向站着。

那种奇怪的感觉又来了。

她在他面前总是小心翼翼，唯恐哪里做错了被他责罚。但从昨夜开始，她的态度明显变了，不再恭敬，倒好像……嫌怨。

魏曕不太高兴。

女人偶尔耍耍脾气无伤大雅，可他已经解释过为何不能带她进京，她身为母亲，竟然还在为此怨怪丈夫。

太不懂事了。

虽然周围的人，包括她自己，都年轻了十岁，但三爷的澄心堂乃至整个燕王府都曾是她生活了多年的家，周围的人也再熟悉不过，殷蕙很快就接受了这场发生在她睡梦中的惊变。

魏曕落座后，殷蕙也将儿子交给了乳母。

不急，魏曕马上就要离家两个多月，她有的是时间与儿子亲近。

厨房的小丫鬟们安静而熟练地摆好早饭。

殷蕙扫了一眼。

肉馅儿烙饼煎得面皮金黄微焦，米粥汤少黏稠，就连火腿炒蛋里面的鸡蛋，也炒得很老。

不是澄心堂的厨子控制不好火候，而是魏曕就爱吃这种。

殷蕙喜欢早饭吃包子，喜欢喝汤米均匀的粥，喜欢吃炒得嫩嫩的鸡蛋。

出嫁前殷家厨子端上来的全是她爱吃的，做了燕王府的儿媳，殷蕙处处顾及魏曕的喜好，丁点儿要求都不敢提，唯恐被人议论出身商户的她不懂规矩。

可她的谨慎与顺从，最终也没有换来魏曕的心。

那还谨慎什么呢？

这顿就算了，晌午她就要厨子做一桌她爱吃的饭菜，就算魏曕回来了，以后的饭桌上也会有夫妻俩各自爱吃的东西，她绝不会再委屈自己。

随便吃了点儿，殷蕙放下筷子，再让乳母把孩子抱过来。

衡哥儿长得白白胖胖的，刚出生的时候就比其他孩子大，全怪殷蕙孕期不懂，吃得太多，孩子在肚子里长得好，她生的时候遭了老大的罪。后来她再也没有怀上，可能就与伤了身子有关。不过疼过了也就忘了，此刻殷蕙抱着健康可爱的儿子，心里只有疼爱。

细细想来，从前她钻了牛角尖，严格要求自己谨慎行事，对儿子也是一样，使得孩子小小年纪却承受了不少委屈，母子关系也越来越远。

这次不会了。她已经明白隐忍求全捞不到任何好处，她自己不会再忍，也不会教孩子一味隐忍。就算有人会因为她的出身看不起儿子，她也会让儿子明白，他有一个最关心、最爱护他的娘。

衡哥儿仰面躺在娘亲的怀里，突然朝娘亲露出一个笑脸。

殷蕙也笑了，低下头轻轻地亲了亲儿子的小脸蛋。

母子俩眼中只有彼此，坐在对面默默吃饭的魏曕朝这边看了好几眼。

他能感受到殷氏对他的刻意忽视。

成亲一年半，以前只要他出现在她面前，殷氏便会将他当成天一样殷勤伺候。他也有过几次短暂外出，每一次离别，殷氏看他的眼神都满含不舍，会啰啰唆唆地嘱咐他各种事宜，仿佛他连如何照顾自己都不懂。然而今日，她除了吃饭就是逗儿子，一眼都不曾看他，一句话也不曾与他交谈。

魏曕放下碗。

听到碗底轻轻触及桌面的声音，殷蕙微微抬头。见魏曕吃好了，殷蕙朝伺候在一侧的金盏、银盏使了个眼色。

两个丫鬟立即上前服侍三爷漱口。

漱了口，魏瞻走到殷蕙身边，接过衡哥儿抱在怀里，衡哥儿可能更喜欢娘亲，见到父亲，男娃娃歪过脑袋，哼唧着想回到娘亲身边。

魏瞻抿唇，转身将儿子递给乳母，看向外面道："走吧。"

殷蕙跟了上去。

燕王府气势恢宏，与其他藩王府邸一样，由中间一道东西向的长长巷道，将整座王府隔成了前朝后寝的布局。

前朝是燕王处理政事、召见官员的地方，庄严肃穆，后寝是燕王及其家眷生活的地方，精致华美。

燕王的寝殿位于后宫中央，西六所分给妻妾居住，东六所分给膝下的儿女们居住。

殷蕙一家三口走出澄心堂往西行，经过颐志堂的时候，世子爷魏旸与世子夫人徐清婉并肩走了出来，身后跟着三个孩子。

殷蕙与魏瞻同时顿足，朝魏旸夫妻点头致意："大哥，大嫂。"

世子爷魏旸穿了一身茶白色锦袍，他个子比魏瞻矮一些，然长相温润，气质沉稳，颇有长兄风范。他笑着对魏瞻道："行囊可都收拾好了？"

魏瞻答道："都已收拾妥当，命随从搬上马车了。"

魏旸点点头，自然而然地与魏瞻走在了前面，聊些京城之行的事宜。

殷蕙则走在了徐清婉身边。

徐清婉是燕王妃的娘家侄女，姑侄俩都出自京城的一等勋贵之家镇国公府。徐清婉身世显赫，仪容气度也是殷蕙几个妯娌当中最顶尖的。殷蕙嫁到燕王府后，密切关注着徐清婉的一举一动，言行举止无不效仿徐清婉，经过一两年的坚持与模仿，殷蕙的礼仪几乎毫不逊色于徐清婉，却也变得不再像她自己。

丫鬟们私底下都嘲笑她东施效颦，徐清婉对殷蕙的态度始终如一，客气生疏，从不曾傲慢无礼，但也不曾将殷蕙看在眼里。

平时私底下见面，除了最基本的招呼，徐清婉不会主动与殷蕙说话，都是殷蕙绞尽脑汁找话题与她聊。

今日两位爷就走在前面，兄友弟恭，相谈甚欢。徐清婉的话也变得多了些，温声对殷蕙道："三弟妹放心，此去京城，我与世子爷会照看好三弟，你在家里安心照顾五郎就是。"

燕王府的几个孙辈都是按照长幼顺序称呼的，殷蕙的儿子衡哥儿排行第五，大家都叫他五郎。徐清婉生了两个儿子，六岁的大郎为长，还有个才三岁的三郎。此时兄弟俩都跟在后面，另有一个五岁女娃娃，乃是徐清婉的庶女眉姐儿。

因为成亲早，如今颐志堂的孙辈数量最多。

殷蕙看看乳母怀里的衡哥儿，笑着说道："有劳大哥、大嫂费心了。"

那声音轻柔随意，再无从前的小心拘束，仿佛她与徐清婉一样，都是贵女出身。

一个常年拘谨的人突然变得洒脱了，熟悉她的人自然能察觉到这种变化。

徐清婉总算正眼朝殷蕙看过来。

殷蕙穿了件浅碧色镶金边的绣花褙子，配一条白色长裙，体态婀娜，清雅得体。这打扮与平时没有太大的差别，变的是她的神态。徐清婉熟悉的殷蕙总是小心翼翼的，一双美丽的眼睛因为时时刻刻留意旁人的举止而失了大方，又因为常常自惭形秽，下意识地低头垂眸，这样的小家子气，倒也符合她的出身。

但今日的殷蕙言笑晏晏，目光平和，礼仪周到却又毫无模仿造作的痕迹，仿佛一只原本关在笼子里瑟缩的画眉鸟，突然飞出牢笼，在阳光下恣意飞翔。

当殷蕙瑟缩时，大家很容易忽视她的美貌。

当她变得从容大方后，她的美貌也完全展现出来。

徐清婉竟看怔了一瞬。

她怎么才发现，这位妯娌居然拥有如此令人心动的姿色？

世子爷魏旸与家中的弟妹们不熟，虽然听到了殷蕙的话，却并未觉出有什么异样，因而未曾多留意。

魏曕心中微动，只是不好回头打量殷蕙。

一直到徐清婉的目光从自己脸上移开，殷蕙才轻轻地呼了一口气。

晨光从身后倾洒过来，两家人在地面投下长长短短的影子。

殷蕙看了看那些影子，再看向远处的天空，那么蓝，那么澄净，一如她再无任何杂念的心。

燕王通常都是在勤政殿的侧殿处理家事，平时有什么家宴也会在这边举办。

小辈们都会提前到来，魏旸、魏曕兄弟两家人成了第一拨到的。

爷们坐在一侧，殷蕙、徐清婉妯娌俩坐在了西边，中间隔了一个位子。

殷蕙坐好后，一抬头就对上了对面魏曕的视线，也不知道他一直在看着她，还是巧合。

殷蕙想，应该只是巧合吧，在澄心堂魏曕都很少留意她，更何况是在外面。

她若无其事地避开视线，正好大房的三郎凑到了衡哥儿身边，殷蕙便自然而然地侧身而坐，看三郎逗弄弟弟。

不管孩子们长大了会不会吵架或打斗，现在都还是小娃娃，喜欢谁才会接近谁，心思单纯，不掺假。

“三婶快看，五郎吐口水了。”

三郎才说完，乳母就轻柔地帮衡哥儿擦掉了口水。

三郎看着还必须让人抱的弟弟，很是得意地说道：“我要跟爹爹去京城了，大哥也去，你还小，去不了的。”

衡哥儿哪里听得懂，对着三郎使劲儿咿呀，好像要说什么。

倒是安安静静坐在徐清婉身后的眉姐儿，十分羡慕地看了三郎一眼。嫡庶有别，五岁的女娃娃已经多少明白了这规矩。

这时，二爷一家也来了。

二爷魏昳容貌俊美而爱笑，风流倜傥，被平城百姓称为第一美公子，他的妻子纪纤纤也是令人惊艳的大美人，哪怕此刻怀着七个月身孕，风采依然不减。

徐清婉出身最高贵，气质也最高雅，然则明艳亮丽的纪纤纤一出场，徐清婉顿如月边的星辰，变得暗淡无光。

“大哥、三弟来得好早，叫我惭愧啊。”魏昳笑着在魏旸、魏曕中间落座。

魏旸笑道：“没看出你惭愧，倒看出春风满面了。怎么，是不是觉得我去了京城，你便可以在老四、老五面前摆兄长威风了？”

魏昳顿时面露苦色：“那大哥还是别去了，你走了，盯着他们俩的重担就要落在我身上，我可懒得管。”

魏曕扯了扯嘴角，微微一笑，算是附和。

殷蕙的目光快速在三兄弟的脸上扫了一遍，得出了像之前一样的判断：论风姿，魏昳的确是燕王府里最出众的爷，但论俊美，其实她的丈夫三爷魏曕当属第一。只是魏曕过于严肃、冷漠，无论是王府里的下人，还是平城的百姓，都光怕他了，哪敢对他的容貌进行点评？

“哎，可惜三弟妹要留在王府照顾五郎，不然随三弟一同前往京城，见见世面多好。”

旁边，刚刚坐下的纪纤纤用一副惋惜的语气说道。

她的言外之意，是讽刺殷蕙没见过什么世面。

换作以前，殷蕙定会臊得满面通红，但此刻她心如止水，一脸天真地问：“我觉得平城就很繁华了，难道京城比这边更繁华吗？”

纪纤纤也生在京城的勋贵之家，闻言，鄙夷地看了殷蕙一眼，便滔滔不绝地讲起京城如何比平城繁华。

等她喘气的工夫，殷蕙才笑道：“可能我从小在平城长大吧，周围的城镇都不如这里繁华，我便觉得平城最好。能去京城游历是我之幸，不能去也没什么好惋惜的。”

纪纤纤的优越感便好像碰上了一根木头，没有换来她想要的羡慕，倒碰了一鼻子灰。

接着，纪纤纤的亲儿子，四岁的二郎突然闹了起来，拉着纪纤纤的袖子晃道："娘，我也要去京城！"

纪纤纤脸色顿变。

偏偏三郎还在朝二郎挤眉弄眼，显摆他能去，二郎不能去。二郎受了刺激，闹得更凶了，乳母想要牵走他，二郎竟然对乳母拳打脚踢起来。

妻儿在兄弟们面前出丑，二爷魏昳再也笑不出来了，刚要训斥儿子，一道寻常却暗含威严的声音从侧殿左前方的入口处传了过来："一大早的，谁在哭闹？"

话音未落，殷蕙等人齐刷刷地站了起来，恭迎家主燕王。

# 第二章

燕王是建隆帝的次子，十八岁封王，后来携家眷迁居燕地，自此长住于平城。

燕王今年四十有三，正当壮年，身长九尺，健硕魁梧，其面容俊朗，气质尊贵，颇有王者风范。

上一个十年里，殷蕙最敬畏、佩服的人便是这位公爹，武能御敌，文能治国，简直是天生的帝王命。只是燕王气势太盛，从前的殷蕙连沉默寡言的魏瞻都怕，更何况不怒自威的王爷公爹。

不仅仅是她，燕王府的小辈们就没有不怕燕王的，此刻都恭恭敬敬地垂着眼，就连哭闹着要去京城的二郎，这会儿都紧张地靠在纪纤纤身边，不敢动手抹眼泪，只在鼻涕快要掉下去时，使劲一抽鼻子，发出响彻整个侧殿的声音。

燕王在主位上落座，目光直接落到了二郎身上，问道："二郎在哭什么？"

二郎紧张地看向纪纤纤。

纪纤纤后背已经冒出了一片冷汗，如果让公爹知道二郎想去京城，公爹会不会误会是她不满公爹只派世子爷与三爷去京城的安排，故意撺掇儿子找事？

纪纤纤不敢说啊。

关键时刻，她的丈夫二爷魏昳抬起头，惭愧地对燕王道："禀父王，是儿子没管教好二郎，因为一些小事便哭哭啼啼的，回头儿子一定教训他。”

燕王瞥他一眼，看向大房的大郎：“大郎说说，你二弟在哭什么？”

大郎六岁了，早已开始读书启蒙，也是兄弟们当中最懂事的。听到祖父问话，他不敢隐瞒，声音清脆地答道：“禀祖父，二弟想去京城。”

他没有提及纪纤纤炫耀京城的繁华，也没有提及三郎对二郎的刺激，只说二郎哭的原因。

徐清婉暗暗松了一口气，以公爹的脾气，他绝不会喜欢小辈们揭兄弟或叔婶的短。

鸡毛蒜皮的小事上，家人犯错固然令人不喜，但其他家人幸灾乐祸地去揭发，也绝不是公爹愿意看到的。

燕王点点头，又问脸上还挂着泪痕的二郎：“你为何想去京城？”

二郎被纪纤纤溺爱，胆子最大，见祖父似乎没有生气，四岁的男娃一抹眼睛，抱着一丝期待道：“娘说京城有很多好玩的和好吃的，我想去见见世面。”

这么大的孩子，其实最会模仿大人说话，纪纤纤说去京城是见世面，二郎就学以致用了。

燕王笑了笑：“你娘何时说的？”

二郎被祖父的笑容鼓励，不假思索道：“刚刚说的，跟三婶说的。”

纪纤纤脸上的汗已经开始往下滴了，殷蕙也有些紧张，虽然她没有挑拨是非，可牵扯其中，公爹会不会迁怒？

燕王并没有看两个儿媳，继续问二郎：“京城那么好，你三婶想去吗？”

二郎看看殷蕙，心想，如果他说三婶也想去，大家都要去，祖父会不会就同意了？

他点点头，大声道：“三婶想去！”

纪纤纤双腿一软，差点儿跌倒。儿子平时就喜欢撒谎，她还觉得儿子聪明，没想到儿子竟然敢在公爹面前撒谎。

站在纪纤纤身后的殷蕙，能清晰地看到一滴汗沿着纪纤纤的脖子流了下来。就在她犹豫该为自己辩解还是等着公爹审问再开口的时候，三郎突然指着二郎叫嚷道：“祖父，二哥撒谎，三婶才没想去，三婶说平城最好！”

此言一出，纪纤纤再也忍不住，艰难地跪了下去，另一侧，二爷魏昳也同时跪下来，夫妻俩异口同声道：“父王息怒，都怪儿子（媳）没教好二郎。”

燕王的神色并没有什么变化，只是轻飘飘地说道：“养不教，父之过。你们先带二郎下去吧，中秋前都别出来了。”

今日才七月初十，燕王这是直接禁了二房一个多月的足。

魏昳却不敢露出半分不满，再次叩首认错后，便来牵住二郎，背对燕王冷冷地看了一眼纪纤纤，打头走了。

二房一家往外走时，四爷、五爷以及两位尚未出阁的姑娘也到了。四人虽然不懂发生了什么事，却知道此时不该胡乱说话，为迟到赔礼后，分别站到了男女两侧。

燕王似乎忘了刚刚的不快，问起魏旸、魏曕兄弟俩行囊、车马都收拾好了没有，兄弟俩一一作答。

燕王交代了一些其他的话，离开前让儿子们分别去各自的母亲那里请安道别，然后再出发。

燕王走后，侧殿里的气氛终于轻松下来。

“大哥，二哥、二嫂触怒父王了？”四爷魏昡问道，少年郎才十五岁，心直口快。

二爷的胞妹魏杉也担心地看向长兄。

魏旸没有回答，只交代弟弟妹妹们勤读书、勤练武，休要偷懒懈怠。

“好了，你们该做什么就做什么去，等会儿也不用送我们。”

打发了年少的弟弟妹妹，魏旸、魏曕分别带领家眷朝西六所走去，因是同路，自然同行。

这一路大家仍然只聊家常，仿佛都将侧殿里发生的事抛到了脑后。

到了西六所，离所门最近的便是徐王妃的住处。

徐王妃是燕王所有子女的嫡母，魏曕、殷蕙也先去给徐王妃请安，徐王妃笑容慈爱，关心地叮嘱了两句，便让他们离开了。

魏曕的生母温夫人，住在静好堂。

前往静好堂的路上，殷蕙朝魏曕那边瞥了几眼。

侧殿里的风波，说起来算是纪纤纤咎由自取，然则如果她逆来顺受，默默忍了纪纤纤的奚落，而不是故意设套诱导纪纤纤大肆夸赞京城，就不会发生后面那些事了。

不过，她诱导纪纤纤的目的，只是想说出她喜欢平城，并不羡慕京城的繁华，二郎哭闹完全是出乎她的意料之外。

如今公爹只惩罚了二房，可她与三郎也卷入了其中，会不会给魏曕添麻烦？

夫妻一体，她只是不想再拿热脸贴魏曕的冷屁股，不想再勉强自己做不喜欢的事，却没想给魏曕惹麻烦，坏了一家人的前程。

就要到静好堂了，殷蕙终于没忍住，让乳母抱着孩子稍等，她扯了扯魏曕的袖子，魏曕朝她看过来。

殷蕙往前走了几步，与乳母拉开距离。

魏曕面无表情地来到她身边。

殷蕙难掩忐忑地看着他："三爷，今早的事，会不会让大哥、大嫂记咱们一笔？"

三郎作为弟弟，揭发二郎撒谎，虽然替她省了事，魏旸、徐清婉却未必高兴儿子出这个头，如大郎那般两不得罪才是最好。

大房夫妻当然不会责备亲儿子，只会将账算在她甚至魏曕的头上。

京城之行，在京城有贵戚，且熟悉京城情况的大房夫妻俩，稍微给魏曕使个绊子，都可能让魏曕犯错，继而失宠于燕王。

魏曕在燕王府的地位，直接关系到她与儿子的处境。

魏曕看着她慌乱的眼睛，道："大哥心胸宽广，大嫂也有雅量，应该不会计较。倒是二房那边，与咱们的梁子怕是结下了。"

殷蕙抿唇。燕王府里关系复杂，上一个十年，她那般小心翼翼，也绝非无用，至少，她从未给魏曕添过什么乱。

魏曕的视线就落到了妻子的嘴唇上，粉嫩的唇瓣都快被抿得失了颜色。

"这是二哥、二嫂心胸的问题，与你无关，你并未犯错，不必担心。"魏曕低声道。

难道他还要怕二哥、二嫂不成？

他不怕，她也不必怕。

与其看着她在徐清婉或纪纤纤面前畏畏缩缩，他更希望她以后都能像今早这样，不卑不亢。

殷蕙诧异地看向魏曕，他竟然不怪她？

魏曕："好了，去见夫人吧。"

他率先往前走去，殷蕙只好压下心头的困惑，跟着他进了静好堂。

燕王有五位妻妾，其中魏曕的生母温夫人出身最低。

温夫人刚进燕王府的时候，家中只有一位农民父亲，一个还未考取功名的兄长，这种身份能入燕王的眼，全因她自己美貌动人，她也是燕王抵达封地后纳的第一个妾室。

原本温夫人是住在西六所仅次于徐王妃、李侧妃的院子玉琴轩的，后来郭侧妃进门，那可是燕地大将的女儿，温夫人就在徐王妃的安排下，让出玉琴轩，搬到了静好堂。

这些陈年旧事，也是殷蕙在燕王府待得久了，从小丫鬟们口中东拼西凑出来的。不过温夫人性情温柔，从未在殷蕙面前表现出对这些俗事的在意。婆媳俩一个温顺本分，一个谨小慎微，相处时从不谈及其他几房的事，只聊自家人的起居琐碎。

知道他们会来，温夫人已经在厅堂里等着了，尽管一身家常打扮，仍难掩其清丽本色。

美人有千种，温夫人与后来殷蕙见到的温如月一样，都是那种人淡如菊的美貌，也许放在美人堆里并不起眼，但一旦目光落在她们身上，就会发现她们的五官非常耐看，好似夜晚的明月一般动人。

不得不说，温如月这个名字非常配她了。

看到温夫人，殷蕙难免就想到了表姑娘温如月，一时心头涌上百般滋味。

温夫人的注意力都在儿子身上。她没去过京城，只知道京城住了很多达官贵人，儿子第一次去那种富贵地，温夫人担心儿子被人欺负。

做父母的，无论子女性格如何，都担心子女在外地会被人欺凌。

“叔夜，到了京城，你要事事听从世子爷的，需要外出时最好与世子爷寸步不离，若无事，你就待在下榻之处，莫要随意走动。”温夫人忧心忡忡地嘱咐道。

魏瞻只是淡淡地应了一声，什么话也没说。

殷蕙站在一旁，将温夫人的慈心与魏瞻的冷漠全部看在眼里，依稀之间，她好像看到了曾经的自己。

魏瞻就是个冷心肠的，无论是母亲还是妻子，都得不到他的笑脸。他的笑脸，或许只有温如月见过吧。

殷蕙垂眸，静静地等着母子俩叙别完。

“时候不早了，大哥还在等着，儿子先走了，您好好照顾身体。”

一盏茶的工夫后，魏瞻道。

温夫人只好将剩下的话咽了回去，对殷蕙道：“你去送送吧。”

殷蕙点头，又跟着魏瞻离开了。

车马都安排在燕王府的西华门外，离西六所倒是近，出去不久就到了。殷蕙刚站稳，回头一看，大房一家四口也正带着随从朝这边走来。

她看向魏瞻，魏瞻负手而立，注视着渐渐靠近的大房一家。

殷蕙想了想，提前请示道：“三爷不在的时候，我可否回娘家看看？早上去，下午就回来。”

上一个十年，因为徐清婉、纪纤纤都是远嫁，从未回家探过亲，殷蕙也一次都没提过这种要求。

魏瞻看了看她，道：“可以，记得请示王妃，且带上腰牌。”

虽然他的神色冷淡依旧，但确确实实是同意了她这个大胆的要求。

殷蕙心中惊喜，笑意便泄露了出来。

魏曕见了，怕她高兴过头，忘了规矩，又补充道：“逢年过节都可以回去走动，其他时候能免则免。”

原来逢年过节都可以的吗？

殷蕙已经非常满足了，忙道：“三爷放心，我不会乱来的。”

魏曕仿若未闻，朝走过来的魏旸夫妻点点头，视线状似无意地掠过三郎。

小家伙因为即将出门，一副非常雀跃的样子，眼周也不见红湿痕迹。

“不早了，咱们这就出发吧。”魏旸做主道。

魏曕颔首，对殷蕙道：“你们回去吧，不必再往外送了。”

殷蕙刚从他这里讨得了便利，下意识地说道：“我们再在这里站一会儿。”

此情此景，她这么一说，更像新婚燕尔，舍不得丈夫远行的小媳妇了。

魏旸调侃地看向魏曕。

魏曕只是点点头，又交代乳母照顾好儿子，便往外走了。

出了燕王府内城的西华门，还有护城河拱桥前的西过门，再走一段，又有燕王府外城墙厚重的西外门。

王府重地，仅是进出内城，便要过三重门。

走出西外门的时候，魏曕回头看了一眼。

隔着几丈的距离，他的妻子抱着稚子，遥遥地望过来，明亮的晨光笼罩着娘俩，这一幕显得十分温情。

这也是第一次，他出远门时，有人专门跟过来，驻足相送。

马车出发了，王府的三重门也依次合上。

看看紧闭的城门，再看看怀里还不知道爹爹已经离开的儿子，殷蕙竟有种恍然如梦之感，只是说不清，究竟此刻是梦，还是曾经经历过的那十年是梦。

在那个长达十年的梦中，她对今日的记忆非常淡，大概就是纪纤纤奚落她了，她默默忍受，二房一家没有受罚，她也没有胆子询问魏曕她是否可以回娘家看看。

“夫人，咱们回去吧？”金盏轻声道。

殷蕙收起思绪，带着金盏与乳母回了澄心堂。

昨晚没睡好，一大早又在王府各处绕了一个大圈，殷蕙有些疲惫，叫乳母抱走儿子，她靠在榻上假寐。

看似睡着了，实则还在琢磨昨晚前后的惊变。

那漫长的十年里，发生了很多事，有的事她乐见其成，譬如公爹登基，魏曕封了王爷，她也成了王妃，有的事，殷蕙却希望从来没有发生过，譬如娘家祖父的死，譬如最后魏瞻要纳温如月为妾。

无论昨日今朝哪个是梦，殷蕙都要努力去改变那些她不想见到的事。魏瞻的心她是不期待了，也不信自己能让他忘了那位青梅竹马的表妹，但祖父的横死，她要管，对衡哥儿的教养方式，她也要改。

二爷魏昳与纪纤纤住在畅远堂。

从侧殿那边回来，到畅远堂的这一路上，魏昳一句话都没说，只是越走，脸色越难看。等进了自家地盘，门房刚关上门，魏昳便转身将躲在纪纤纤身后的二郎揪了出来，将二郎按趴在他的膝盖上，高高抬起手掌，啪啪啪地打了起来："让你撒谎！我看你以后还敢不敢撒谎！"

二郎才四岁，一直都是爹娘眼里的宝贝疙瘩，何曾挨过这种揍，才受了几下便号啕大哭起来："娘！娘快来救我！"

救？魏昳都气笑了，巴掌拍得更狠了："还敢哭？你到底认不认错？"

二郎太疼了，他只顾嗷嗷哭着，根本没听见父亲说了什么，只喊着娘快来救他。

纪纤纤见状，眼睛一转，猛地吸一口气，一手捂住肚子，一手扶住身边的丫鬟，一脸痛苦地说道："二爷，我肚子疼……"

魏昳手一顿，扭头去看纪纤纤，正好捕捉到纪纤纤心虚躲闪的眼神。

就算肚子疼是假装的，她终究怀着孩子，都七个月了，万一真出个好歹，后悔的还是他。

魏昳心中怒火翻滚，最后拍了二郎一下，丢开二郎，指着纪纤纤骂道："你就装吧！你就继续惯着他！看看人家大郎，再看看你惯出来的好儿子！"

纪纤纤低着头，楚楚可怜地看了一眼丈夫。她小声替儿子说话道："大郎都六岁了，咱们二郎还小。再说了，还不是三郎在那边挑唆？如果不是三郎，二郎也不会闹。"

魏昳的吐沫星子马上喷了过来："二郎小，你也小吗？若不是你在三弟妹面前炫耀你那点儿见识，二郎会闹着要去京城？"

纪纤纤被他喷得脖子一缩，然而她是任性骄傲惯了的人，怎会轻易承认自己的错误，仍是狡辩道："我怎么炫耀了？我只是惋惜她不能跟着三爷一块儿去，是她想知道京城如何繁华，我才给她介绍的。"

顶多就是说得太多了，弄得儿子眼馋了，才惹出后面的事来。

纪纤纤委委屈屈地看着魏昳。

魏昳一点儿都不觉得她委屈。今日夫妻俩所受的惩罚，错都在纪纤纤：第一，不该拿话奚落妯娌；第二，不该溺爱二郎，养得他撒谎成性！

见纪纤纤还不肯认错，他说一句，她能顶回五句来，魏昳也不想说了，瞪着二郎道："行，你们母子俩都没错，我错了，行了吧！我这就思过去，你们娘俩谁也不用改，反正中秋后你们都能出去了。就算再犯错，大不了继续禁足，反正你们平时也没事干，只会耽误我的差事！"

说完，魏昳铁青着脸大步离开。

纪纤纤眼瞅着丈夫往柳姨娘的院子去了！

被魏昳痛骂，她都没怎么生气，一想到接下来禁足期间，丈夫可能都会与柳姨娘母子俩混在一起，纪纤纤好像真的有点儿肚子疼了。

"夫人别急，您身子要紧，何况二爷只是在气头上，过两日您教少爷认错，再去二爷面前赔个不是，二爷肯定就回来了。"丫鬟们赶紧劝说纪纤纤道。

纪纤纤扶着肚子深深地吸了几口气，对，孩子要紧，再坚持两三个月就生了，不能有闪失。

这笔账可以先记下来，等她的禁足解了，再去跟殷蕙算账。

那边，柳姨娘正在照拂生病的四郎。四郎刚刚一岁，前两日染了风寒，一直在咳嗽，小小的娃吃不好饭，夜里也睡不踏实，都瘦了一圈了。

前院的吵闹声隐隐约约传过来，柳姨娘也没有在意，直到二爷魏昳气势汹汹地冲进来，吓了她一跳。

柳姨娘还以为自己犯了什么错，见二爷只是坐在床边，眉头紧锁地看着才睡下不久的儿子，倒好像是在外面受了气，柳姨娘这才紧张地问："二爷，出了何事？"

魏昳抬头看向柳姨娘。

柳姨娘原本只是王府里伺候花草的一个小丫鬟，论美貌，柳姨娘远远不如纪纤纤，只是声音温柔似水，一开口就叫他舒服得头皮发麻，魏昳便收了她做通房，生子后又抬了姨娘。

柳姨娘温柔本分，从不与纪纤纤争抢，此刻她神色憔悴，可以想象这两日她照顾四郎有多尽心。

在温柔的人面前，魏昳神色缓和下来，叮嘱柳姨娘道："二郎在父王面前撒谎，害得咱们一家都被禁足。二郎那边夫人会教他改正，四郎还要靠你多费心，务必教导他事理。"

禁足？

二爷都当差了，竟然还受了如此严惩，足见燕王有多生气。柳姨娘心中亦敬畏起来，点头应下。

畅远堂外，魏昳的胞妹魏杉焦急地走到门前，她叫丫鬟去拍门，想问问兄嫂究竟发生了何事。

燕王叫儿子、儿媳禁足，门房不敢开门，透过门缝见是魏杉主仆，门房才多嘴解释了禁足一事，至于二爷为何被禁足，他就不清楚了。

听说兄嫂被禁足了，魏杉下意识地想去西六所找她的母亲李侧妃，只是走了几步，魏杉心中一动，带着丫鬟去了澄心堂。

侧殿里发生的事，他们几个后去的都不知道，知情的，大哥与三哥出发去京城了，她只能去找三嫂殷蕙打听。

殷蕙正盘算着要哪日回娘家。魏曕才走，今、明两天都不合适，十四、十五王府里也要准备中元节，七月十三刚刚好。

“夫人，杉姑娘来了。”银盏进来禀报。

魏杉吗？

殷蕙脸色微沉。

魏曕的舅舅早年丧妻，没有再娶，因为还要读书考取功名，便把唯一的女儿温如月寄托在了温夫人身边，所以，温如月是在燕王府长大的，吃穿供应都不输官家小姐。又因温如月与魏杉同岁，两个姑娘经常玩在一起。二人感情究竟如何，殷蕙无从知晓，但自从她嫁过来，魏杉没少在她面前提及魏曕与温如月的青梅竹马之情。

可以说，魏杉与纪纤纤一样令她厌恶。

只是该走的过场还是要走。

殷蕙去了前院的厅堂。

魏杉在门口站着，一瞧见殷蕙，便迫不及待地跑到殷蕙面前，直接在走廊里问道：“三嫂，二哥、二嫂到底做了什么，竟惹得父王那般生气？”

殷蕙叹息一声做做样子，解释道：“二嫂与我讲解京城的繁华，二郎听着也想去，正哭闹时父王来了……因为二郎撒谎，父王才动了怒。”

殷蕙眼中的燕王，浑身上下都透着威严，谁也不可侵犯。

寻常人家祖父疼爱孙儿，孩子撒谎并不算什么严重的错误，燕王却不容许。

魏杉听了，下意识地责怪殷蕙：“二郎只是太想去京城了，若三嫂肯开口承认你也想去，三郎肯定不会去揭穿二郎。”

殷蕙在心里冷笑。她若顺着二郎的意思说，公爹要罚的人就是她了。

魏杉真是只把二房一家当亲戚，没把她当人看。

“我怎敢欺骗父王？妹妹实在是为难我了。”

面对魏杉的傲慢无礼，殷蕙只是爱莫能助地说道。

魏杉察觉到殷蕙好像变了，只是此刻不是深思这个的时候，她迁怒地瞪了一眼殷蕙，转身离开。

路过颐志堂的时候，魏杉脚步一顿。

殷蕙也许隐瞒了什么，但大哥的庶女眉姐儿当时也在场，一个五岁的孩子，应该不会隐瞒，也不敢在她面前隐瞒。

魏杉马上又去了颐志堂。

世子爷魏旸、徐清婉夫妻俩虽然不在，颐志堂还有老练的管事嬷嬷掌管，一切井然有序。

管事嬷嬷前来招待魏杉。

魏杉给徐清婉面子，在厅堂落座，喝了茶才笑道："眉姐儿呢？我想带她去花园里捉迷藏。"

管事嬷嬷眼角的褶子笑得更深了，弯着腰答道："姑娘来得不巧，因为今日世子爷他们要出门，昨晚大小姐一夜没睡，刚刚送完世子爷回来就犯困了，这会儿在姨娘身边睡得可香了。"

魏杉笑容一僵，转瞬明白过来。徐清婉提前跟管事嬷嬷打了招呼，不许眉姐儿掺和到此事中来。

好个徐清婉，滴水不漏的，怪不得镇国公府徐家那么多适龄姑娘，徐王妃偏偏挑了徐清婉来做儿媳。

见再也打听不到更多的消息，魏杉直接去见生母李侧妃了。

侧殿发生的事还没有完全传出去，因为女儿来报信儿，李侧妃才知道儿子一家被禁了足，气得差点儿将手里的茶碗丢了！

母凭子贵，如今她的儿子、儿媳受罚，她脸面何存？

前面有徐王妃压着，后面又来了个郭侧妃，来燕地后她受的气还少吗？

"娘，现在咱们该怎么办？总不能真让二哥、二嫂禁足到中秋吧？"魏杉心疼地说道。

李侧妃攥紧茶碗，半晌才道："娘会想办法，你且回去等着，不用着急，归根结底，二郎犯的错并不严重。"

燕王一直在前朝待到黄昏。

燕地北线分别与金国、瓦刺国接壤，战事频发，所以建隆帝赐给燕王的权力也比较大，除了燕王府按例配备的三个护卫所共五万人马，燕王也能参与燕地十万禁军的管理调度，包括燕地的其他文武官员在处理政务时遇到什么紧急情况，也可以先与燕王商议，后禀报朝廷。

所以，燕王是个大忙人。

从前朝回到后宫，已经是红日西沉。燕王一边舒展着筋骨一边往前走，来到勤政殿前，远远就见李侧妃带着两个丫鬟站在殿外。养尊处优的女人们看起来都比同龄人年轻，李侧妃穿了件红底妆花的褙子，徐娘半老，笑起来依然讨人喜欢，那两个丫鬟则一人抱着一个食盒。

“表哥怎么现在才回来？忙了半日，早就饿了吧？”李侧妃殷勤地迎上来，亲昵地挽住燕王的胳膊。

徐王妃娘家显赫又如何？她是建隆帝钦定的儿媳又如何？自己还是燕王的亲表妹呢，少时便经常见面，早定了情意。

李侧妃十分肯定，她是燕王喜欢的第一个女人，青梅竹马的情意，其他人都比不上。

“表哥，我给你做了红烧蹄髈、清蒸茄子和酸菜烩肉，都是你爱吃的。”李侧妃挽着燕王一边往里走，一边笑盈盈地说道。

燕王的口水就冒了出来。表妹或许恃宠生娇，但这三道菜做得最合他口味，王府厨子都比不了。

“辛苦你了。”燕王笑着拍了拍她的手。

李侧妃心里一喜，对后面的事更有把握了。

吃饱喝足，夜里李侧妃又卖力侍奉了燕王一回，等燕王平躺着享受余韵时，李侧妃妩媚无比地伏在他胸口，漂亮的手指一圈一圈地在他胸前打着转：“表哥，二郎那孩子的确该管教，只是老二还有差事呢，他媳妇又大着肚子，你禁二郎一个月的足，饶了他们两口子吧？”

燕王眯着眼睛按住她的手，不太上心地说道：“老二的差事不打紧，停一个月也无碍，正好利用此事让他对二郎上上心，别把孩子全都丢给他媳妇。孩子小时候如果教不好，大了想扳回来就难了。还有老二媳妇，把京城夸得那么好，是后悔远嫁了，还是也想回去，怨我没有安排他们去祝寿？”

李侧妃心里一咯噔，忙道：“她就是喜欢显摆，没有旁的意思，你别多想。”

燕王哼了一声：“喜欢显摆？当时殿里就老三媳妇没去过京城，老三在场她都敢欺负老三媳妇，你说，我该不该罚她？”

李侧妃竟然半个反对的字都说不出来。

燕王困意上来，将怀里的女人推下去，翻个身侧躺着，拉了拉被子，含糊不清地说道：“前面的事已经够多了，内宅的事还要让我操心，这要不是你，换个人我早连着一起罚了。”

说完没多久，燕王睡着了，呼吸变得绵长而有规律。

李侧妃对着他的背影咬牙。

讲那么多大道理，其实就是不肯饶了儿子一家。早知道是这个结果，她何必在厨房忙碌半晌，吸一身油烟？

真是赔了夫人又折兵，丁点儿好处也没捞到。

二房受罚一事，多少与殷蕙有关，这也是两辈子她第一次在燕王府牵涉进这么大的风波。

纪纤纤虽然被禁足了，暂且出不来，可二爷生母李侧妃也是个跋扈不好惹的人，连徐王妃都敢刺，也敢在燕王面前直言不讳。

魏杉走后，殷蕙就有点儿担心李侧妃会不会找她的麻烦。

忐忑的心情持续到傍晚，确定不会再有人过来走动了，殷蕙才如释重负。

一个人睡下后，殷蕙又琢磨了一番此事。

想起燕王对二房的惩罚，魏曕允许她回家探亲，加之李侧妃那边无声无息，殷蕙突然明白了一件事。

她的出身虽然低微，比不上王府里的其他女眷，但她现在是名正言顺的燕王儿媳，只要她不犯错，燕王就不会罚她，李侧妃也不敢明着找她的麻烦。只要她守住该守的规矩，那么那些不违反规矩的事，她大可以光明磊落地去做，不是非要事事向徐清婉、纪纤纤看齐。

她是燕王做主聘来的儿媳，不是买回来的丫鬟，不必处处看别人的脸色。

这么简单的道理，为何那十年里都没有想明白？

是因为出嫁之前祖父对她千叮咛，万嘱咐，让她对燕王府很是忌惮，还是因为少时远远见过燕王府重重高墙与殿宇，让她将燕王府看成了天？或者是因为魏曕总是一副冷冰冰的样子，吝于言辞，从不主动给她指点？

外因肯定有的，关键还是她傻，犯了糊涂，一直把自己放在低人一等的位置。

黑暗中，殷蕙长长地吐出一口气。

幸好，她想明白了，幸好，她得到了一次重新来过的机会。

这一晚殷蕙睡得格外踏实，睡得好，早上自然醒来时，天也才刚刚亮，正好起床。

“夫人，今日穿这套可好？”

银盏为殷蕙梳头时，金盏走过来问，一手提着一件柳色底的褙子，一手提着条平平无奇的白裙。

其实这些颜色都太淡了，偶尔穿穿可以，但一直这么穿，并不符合殷蕙的年龄与新妇的身份。别说她现在才十六岁，就是再过十年，做这种素净打扮也还早得很。远的不提，只说李侧妃，孙子都有了，平时依然打扮得花枝招展，她做何总往老气了打扮？

殷蕙不喜欢李侧妃，却暗暗欣赏李侧妃的穿衣打扮，她想，等她将来老了，也要精心打扮，怎么喜欢怎么来。

“把我出阁前在家里做的那几套春装、秋装都拿出来吧，我挑挑看。”殷蕙道。

她去年春天大婚，出嫁前家里就把接下来一年四季的衣裳都各备了八套，苏绸蜀锦应有尽有，颜色有的鲜艳，有的清雅，适合各种场合。

只是，嫁过来之后，殷蕙被徐清婉、纪纤纤等人的气势所慑，她们两人乃至王府小丫鬟们落到她身上的目光，都好像带着审视，好像她那样的身份不该穿得如此富贵，就连魏曕，有几次看见她的着装，表情也意味不明。

殷蕙就收起那些衣裳，重新做了几套素淡的，再加上新婚不久就怀了孕，那些陪嫁的衣裳她基本都没穿过，仍然崭新崭新的。

她提到“旧衣”，金盏、银盏都愣了。金盏心直口快一些，小声道：“夫人不是嫌那些太艳了吗？”

殷蕙笑了笑：“艳就艳吧，我又不嫌了。”

她都这么说了，金盏马上高兴起来，一边去收拾箱笼，一边喜气洋洋地说道：“夫人还是小姑娘时，家里的亲戚们就夸夫人是富贵相，美得大气艳丽，就该穿明艳的颜色才衬人呢。”

这种夸赞殷蕙也记得。

她看向自己的手，十根手指白皙纤长，小时候亲戚们都喜欢给她看手相，甭管真懂假懂，都觉得她天生就该享福。

也确实享福了，只要她别再浪费工夫去讨魏曕的欢心，凭借她的嫁妆与未来王妃的身份，荣华富贵应有尽有，有何可愁？

很快，金盏将那封存一年的十六套春装、秋装都翻了出来。

因为在箱子里放得太久，难免有些折叠痕迹，今早是穿不成了。不过姹紫嫣红的颜色，无声流转的光彩，看得殷蕙仿佛又回到了嫁人前的少女时光。那时候她每年都盼着春暖花开，盼着穿上漂亮的衣裙出去游玩。

“趁天气好，今天都洗一遍吧。”殷蕙交代道，然后走到衣柜前，在一排素淡的褙子中间，挑了件柿红底粉边的褙子换上了。

魏曕不在，整个澄心堂的气氛都轻松了不少，殷蕙叫乳母抱着衡哥儿坐在她身边，心情愉快地用了早饭。

衡哥儿还小，一天大部分时间都是在睡觉。殷蕙逗了儿子一会儿，就把儿子交给乳母，自己拿出针线筐坐在琉璃窗边，开始给祖父绣腰带。

父母去世得早，殷蕙是由祖父、祖母抚养长大的。她十二岁那年，祖母也走了，祖父成了天底下最疼爱她的人。

时间一点点儿过去，金盏从外面逛了一圈回来了，手里捧着几朵红月季。

主仆俩一个做针线，一个剪月季插花。

“夫人，刚刚我在花园里摘花，听见两个小丫鬟嚼舌头，说是昨晚李侧妃提着食盒去了勤政殿，晚上也留宿了。你说，过两天王爷会不会解了二爷他们的禁足？”

殷蕙不知道，她也不是很在意二爷夫妻俩能不能提前出来。不过，李侧妃提食盒去见公爹，倒提点了殷蕙。

第二天，殷蕙也下厨了，煮了一锅银耳香梨汤。

燕地一入秋便天气干燥，祖父身体康健，祖母去世前那几年却容易咳嗽上火，殷蕙孝顺祖母，特意跟府里的厨子学了煮银耳香梨汤，火候掌握得很是不错。

殷蕙舀了两汤碗银耳香梨汤，分别装进两个食盒，再从那十六套衣裳里选出一件粉底牡丹纹的褙子，重新梳头打扮，便带着金盏、银盏出发了。

这个时辰，四爷、五爷都在学堂读书，魏杉、魏楹两位姑娘多半在各自的生母身边，东六所静悄悄的，殷蕙一直走出所门，都没有遇见什么人。

出了东六所，殷蕙又从后花园那边绕路，终于来到西六所。不知是阳光晒的还是走路走的，她的鼻尖竟然冒出了汗珠。

拿帕子擦过汗，稍微休息了一会儿，进了西六所后，殷蕙叫银盏提着食盒直接去温夫人那里，她则领着金盏来给徐王妃请安。

小丫鬟将她们引了进去。

徐王妃已经四十岁了，容貌在燕王府的一众女人里并不出挑，甚至算得上普通，但那份端庄雍容的气度，与世子夫人徐清婉几乎同出一辙。

镇国公府徐家在本朝便是一等一的勋贵。

国公爷是跟着建隆帝开国的大将军，立下战功无数，建隆帝十分器重徐家，从太子妃到三位藩王王妃，均是徐家女。

燕王对徐王妃也是敬重有加，新宠、旧宠都越不过徐王妃。

“儿媳给母亲请安。”

殷蕙走到厅堂中央，带着笑容行礼道，恭敬依旧，却再无往日的拘谨。

粉底牡丹纹的褙子衬得她也像朵花，还是一朵会笑的花，谁见了都会忍不住欣赏欣赏。

徐王妃上下打量殷蕙一番，赞许道：“这么打扮多好看。你们年轻人就是该穿鲜亮的颜色。”

殷蕙笑道："谢母亲夸赞。母亲喜欢我这么穿，往后我就常这么打扮了。"

徐王妃叫她坐。

殷蕙转身从金盏手里接过食盒，提到徐王妃面前，笑道："母亲，近日天气开始干燥了，我煮了银耳香梨汤，清热润燥的，您尝尝味道如何？"

徐王妃点点头："巧了，我才跟嬷嬷们理完事，喉咙正干呢。"

殷蕙便将食盒放到桌子上，打开盖子取出汤碗，碗盖移开时，淡淡的雾气散开来。

"盛出来的时候已经不烫了，现在喝刚刚好。"

殷蕙双手将汤碗举到徐王妃面前。

徐王妃接过来，拿起勺子先舀了一片银耳，入口又滑又软，清甜而不腻。

徐王妃满意地点头，又尝了一口："不错，我还没喝过这么合我心意的银耳汤，以前吃的要么太甜，要么太淡。"

殷蕙忙道："那儿媳以后经常给您煮。"

一位嬷嬷开起玩笑来："三夫人人甜嘴甜，煮的汤也甜，一出手就把我们都比下去了。"

殷蕙赔着笑，面上看不出紧张，其实后背早就悄悄出了汗。

有些道理她虽然早明白了，却是第一次这样做，究竟能否行得通，都需要试探、摸索。

徐王妃吃了半碗汤，终于放下。她看了一眼殷蕙，主动问道："好啦，汤也喝了，说说吧，你想跟我求什么？"

殷蕙的心都提到嗓子眼了，见徐王妃一脸慈和的笑意，她才顺势而为，似扭捏地低下头，惭愧地说道："母亲都看出来啦？"

徐王妃笑道："我也做过小姑娘，当然看得穿你们这些小心思。说吧，你有什么事？"

殷蕙就小声道："不瞒母亲，昨夜我梦见家中祖父了，想得慌，所以想问问母亲，能否允许我回家探探亲。"

徐王妃似乎没有料到她求的是这个，顿了一瞬才笑道："我还以为你有什么过分的请求，原来就是这个。那你说说，你想哪日回去？"

殷蕙惊喜交加地看着徐王妃道："马上过节了，我想明日回去，可以吗？"

徐王妃："可以，早点儿出发，吃过午饭待一会儿就回来。五郎还小，暂且就先别带过去给老人家看了，等明年硬朗些了再说。对了，也去跟温夫人说一声吧，免得她牵挂。"

至此，殷蕙心里的大石头终于落下来。她后退一步，郑重地朝徐王妃行礼：

“多谢母亲。”

徐王妃还有别的事要处理，殷蕙就告辞了，未料才走到院门口，李侧妃迎面走了过来。

今日的李侧妃破天荒地没有怎么打扮，穿着一件青色的褙子，头上珠钗也不多。

见到殷蕙，再看一眼金盏手里提着的食盒，李侧妃眉毛一扬，讽刺地笑道：“好个孝顺的儿媳，趁家里大嫂不在，二嫂禁了足，你就赶紧来巴结讨好嫡母了，是不是？”

殷蕙不与她碰硬，避让到一旁，垂着眼道：“见过侧妃。”

李侧妃显然没有将她放在眼里，讽刺完了就走了。

殷蕙隐约猜到了李侧妃的来意，燕王那里求情不管用，就来求徐王妃帮忙了。为了儿子，还不惜素面朝天，委曲求全。

可见，燕王府的后宅终归是徐王妃说了算。只要不得罪徐王妃，其他几房敢无理取闹，她也可以交给徐王妃做主。

里面，徐王妃正与身边人谈论殷蕙的变化，得知李侧妃来了，主仆几人便掐断了话头。

“姐姐，求你帮帮忙吧。老二媳妇正是要紧的时候，这个节骨眼禁足，万一动了胎气，怎么得了？”

能屈能伸的李侧妃人未至，话先到，面带清泪来到了徐王妃面前。

徐王妃示意身边的嬷嬷扶李侧妃落座，神色凝重地说道：“这事我也听说了。王爷最恨人骗他，二郎委实不该撒谎。”

李侧妃抹泪道：“二郎该打，回头我一定会狠狠教训他。只是老二媳妇身子要紧，还请王妃帮忙在王爷那边劝说一二。”

徐王妃道：“王爷正在气头上，此时相劝只会火上浇油。妹妹再等等，等王爷心情好了，我会择机劝劝的。老二媳妇那边你也不用担心，咱们王府里养了三个郎中，真有变故，郎中随叫随到。再说，老二媳妇已经生过一次了，懂得如何养胎，肯定没事的。”

言外之意，如果出了事，也是纪纤纤这个做娘的不分轻重，没照顾好孩子。

李侧妃差点儿吐血。

好个徐王妃，话说得比唱的还好听，实则一句应承也没给她。

李侧妃不甘心，又试了几次，可惜无论她怎么说，徐王妃都能漂漂亮亮地推过去。

李侧妃无功而返，却付出了白白被辣椒水熏眼睛的代价。

殷蕙上午走的这两趟倒是顺利无比，徐王妃那边应了她，温夫人也很好说话。

儿媳要出府，她不但没有生气，还从她的小库房里取出一支人参，让殷蕙带回去送给老爷子。

殷蕙推辞不过，只好接了。

夜里，殷蕙兴奋得睡不着，满心满脑想的都是与祖父团聚的情景。

次日，用过早饭，殷蕙带上魏瞻的腰牌，向徐王妃、温夫人请安辞行后，便朝燕王府北面的后宰门走去。

秋光融融，她带着金盏依次穿过后宰门、护城河前的北过门以及最厚重的北外门，两辈子里的第三次走出了燕王府。

前面两次，都发生在那十年中，一次是祖父横死，她去祭奠，一次是随徐王妃等人进京受封。

坐上马车，殷蕙微微挑开一条帘缝，看着马车沿着巷道一直往前走，直到燕王府高高的围墙终于到了头，视野陡然开阔，入眼就是漫无边际的湛蓝天空。

清风毫无阻隔地吹过来，殷蕙闭上眼睛，深深地吸了一口气。

真好，真好。

# 第三章

燕王府与殷宅都位于平城东城，只是一个在北，一个在南。

殷蕙这番出来，王府为她安排了四个佩刀侍卫，均骑着高头大马，两个在前面开路，两个在后面护卫。

放眼整个平城，除了一些高官，也就只有燕王府的家眷出行能有如此排场。

殷蕙坐在车中，能听见路边百姓们的议论与猜测，等马车来到殷宅所在的狮子巷，就有人猜到她的身份了：“是不是殷家二小姐回家探亲了？马车前面挂着的是燕王府的牌子吧？张叔认字，快叫张叔出来看看！”

很快，一个中年男人的声音就传了过来：“对，是燕王府的马车，是殷家二小姐回来了！”

一时间，整个狮子巷都沸腾起来。有闲散的百姓跟着马车朝殷家走去，喧哗声引得更多街坊出来看热闹。

毕竟，殷家是燕地第一巨富之家，整个平城更是没有人不知道殷家的，其中最熟悉殷家情况的，莫过于狮子巷里的街坊。

“二小姐是我亲眼看着长大的，从小就喜欢出来玩，长得水灵又漂亮，说是天上下凡的仙女也不为过。哎，我一早就看出来她命好，瞧瞧，果真高嫁了。

人家现在可是燕王爷的儿媳，与京城国公府、伯府家的贵女做妯娌，就是知府家的千金都嫁不了这么好！”

“是啊，二小姐一看就是个有福的。我记得她小时候特别喜欢吃我们家的干果，每次出门都要来买……”

“胡说八道，人家二小姐明明更喜欢吃我们家的豆沙包！”

百姓们尤其是妇人们热热闹闹地议论着，好多声音都是殷蕙熟悉的，纵使多年没见过了，她也还记得。

金盏的眼眶都红了：“怎么感觉咱们已经很久没回来了似的？”

她很怀念在殷家做丫鬟的日子。小姐受宠，喜欢出门游逛，她与银盏跟着小姐好吃好喝好玩，多么逍遥自在！然而到了燕王府，别说其他几房的小丫鬟们都瞧不起她与银盏，就连小姐，也在纪纤纤、魏杉等人面前受了不少委屈，甚至三爷待小姐也是冷冰冰的。

“别哭，传出去不像话。”殷蕙提醒金盏道。

不是所有街坊都高兴她高嫁的，若是被人瞧见金盏落泪，散播一些她们主仆在燕王府受了委屈的传言，王府众人怎么想？

金盏狠狠地吸了几口气，把那股酸涩咽了下去。

殷宅到了。

金盏替殷蕙戴上帷帽，哪怕街坊们都见过殷蕙的面容，但现在她是燕王府的女眷，该讲究的还是要讲究。

准备好了之后，金盏先跳下马车，站好了，再转身来扶殷蕙。

殷蕙探身出来，隔着一层面纱，看到巷子里密密麻麻地挤了好多街坊，将殷宅门口一圈围得水泄不通，只是碍于四个佩刀侍卫的气势，不敢靠得太前。

街坊们将动静闹得这么大，殷宅里面的人也都出来了，乃是殷蕙的婶母赵氏、堂姐殷蓉、堂弟殷阆。

祖父、二叔他们大概出门了，还没有得到消息。

“阿蕙回来了？怎么没提前报个信儿？我们好准备准备啊。”

赵氏亲热地来到马车前，就要拉住殷蕙的手。

殷蕙不着痕迹地避开，轻声道：“咱们先进去吧。”

赵氏扫了一眼看戏似的街坊们，笑着跟着殷蕙往里走。金盏从车上取下那支用锦盒盛装的人参，昂首挺胸，面带笑容地跟在后面。

“哟，看看金盏这丫头，在王府住了一年多，气势都不一样了。”

“你再看看她手里的盒子，肯定是二小姐带回来孝敬殷老爷的贵重礼品。”

“奇怪了，怎么只孝敬殷老爷，没给她婶母准备东西？”

“呸，赵氏算什么婶母？想当年燕王欲与殷家结亲，是谁散播谣言诋毁二小姐的？幸好燕王没信，不然二小姐就得留在家里，眼睁睁看着堂姐嫁进燕王府喽。”

议论声不大，已经跨进殷宅的殷蕙等人是听不见了。

大门一关，管家德叔难掩激动地朝殷蕙行礼道：“二小姐。”

都是自家人了，殷蕙取下帷帽，按捺住心中的激动朝德叔笑了笑，道：“祖父去哪里了？”

德叔道：“有批货要出城了，老爷带大少爷去看了。二小姐放心，我已经让人去请老爷回来了，您安心等着就是。”

殷蕙点点头。祖父听说她回家了，肯定会放下手头的事赶回来的。

这时，她才看向赵氏和殷蓉母女。

母女俩也在悄悄地打量她。

殷蕙从小就是美人坯子，五官艳丽，睫毛浓密卷翘，眼眸黑亮，朱唇丰润，即便是素面朝天，瞧着也像是精心打扮过。

自从殷蕙嫁到燕王府，赵氏等人就再也没见过她了。听说殷蕙怀孕生子，赵氏琢磨着殷蕙或许会产后发胖，坏了身段，抑或是脸上长斑。哪想到从马车上下来的殷蕙腰还是那么细，身段还是那么窈窕，摘掉帷帽后，脸依然还是那张牡丹花似的脸，甚至因为褪去了几分青涩，变得更加妩媚了。

赵氏想到了殷蕙的母亲，然后就在心里叹了一口气。

也许美人都是这样吧，无论生没生孩子，都是美人。不像她，生一个胖一点儿，生了仨，现在的身材已经没法看了。

赵氏又看向自己的女儿殷蓉。

怎么说呢，单独看时，女儿明明很漂亮，可往殷蕙身边一站，立即显得平庸起来。

殷蓉注意到母亲的眼神，心里明白她在拿自己同殷蕙比较，暗暗咬唇。若不是想听听殷蕙在燕王府过得怎么样，她马上就走。

“阿蕙，你快跟婶母说说，怎么突然回来了？”赵氏一边跟着殷蕙往里走，一边问。

殷蕙淡淡地笑道：“想祖父了，便回来看看。”

赵氏：“燕王府是那么好出来的？我听说王妃她们都很少出门。阿蕙啊，莫不是你犯了什么错，被罚回来了？”

这个猜想让赵氏既痛快又忐忑，她希望殷蕙被燕王府厌弃，却又怕她连累殷家。

殷蕙没有理会赵氏，直到进了厅堂坐下，她才看着赵氏道：“听婶母的意思，怎么好像盼着我犯错一样？”

赵氏脸上一僵，嗔怪道：“你这丫头，都当娘了，还喜欢跟长辈开玩笑。”

殷蕙看着赵氏虚伪的笑脸只觉不爽，故意说道：“我在王府过得很好，不劳婶母挂念。倒是姐姐，婶母还没挑好合适的姐夫人选吗？”

殷蓉的脸一下子沉了下来，嫉恨地瞪着殷蕙。

她一直都觉得不公平。那年燕王需要殷家的银子解决军需，又不愿明抢，便对祖父提出想与家里结亲。如此，殷家姑娘可以高嫁，燕王也能得到银子，两全其美。

按理说，她是殷家的大小姐，祖父该把她嫁给燕王府的三爷才是，可祖父偏心，将机会给了殷蕙！

殷蕙知道殷蓉在恨什么，只是想到那十年里小心翼翼，如履薄冰，丈夫也从未给过她呵护与关心，殷蕙倒很想问问殷蓉，如果她知道嫁给魏曕后会过那种日子，是否还会嫉妒她。

不过，殷蕙并不认为自己抢了殷蓉什么东西。燕王要结亲的时候并没有指定非要娶殷家大小姐做儿媳，所以她与堂姐的机会是均等的。再说了，殷蓉与她同岁，只是生辰大了几个月，姐妹俩谁先成亲都没关系。

殷蓉要怪，就怪她自己不够稳重吧。正式定亲之前，祖父跟她说过心里话，说以殷蓉的脾气，嫁进王府肯定会闯祸，祖父不放心，所以才定了她。

姐妹俩互相看对方不顺眼，赵氏插话道：“唉，一直没找到合适的。要不阿蕙你帮你姐姐牵牵线？”

殷蕙转向赵氏：“我如何牵线？”

赵氏一脸希冀道：“燕王手下那么多官员，里面或许有年轻有为的，若是你姐姐能嫁过去做官夫人，以后也能帮衬你与三爷嘛。”

殷蕙上辈子没机会回娘家，也就没机会听赵氏说这些，如今才知道赵氏打了什么好算盘。

她再次看向殷蓉。

上辈子，殷蓉一直拖延到十八岁才出嫁，难道就是在等她帮忙牵线？因为她一直不回来，赵氏等不了了，最后将殷蓉嫁给了一个举人为妻，那举人却不成器，考了两次春闱都没考上，最后居然找上魏曕，希望魏曕帮忙举荐，让他做个替补知县。

还是魏曕跟她提起，她才知道这茬。

当时她坐在魏曕对面，羞愧得无地自容。她表示自己不知情，又劝魏曕不用理会。

后来魏瞻就没有再提此事了。过了半年左右，魏瞻才告诉她，他给那位姐夫找了个偏远地方知县的替补，如果姐夫有才华，自能凭借政绩一步步升上去，否则这辈子做到底也就是个知县了。

殷蕙与殷蓉从小不和，殷蓉总是喜欢跟她抢东西。明明祖父送了她们一样的首饰，殷蓉总怀疑她的更好一点儿。

虽然没什么姐妹情，殷蕙却并不希望殷蓉发生什么不好的事，但殷蓉害她在魏瞻面前失了体面，殷蕙很不高兴。

“我平时都在后宅，如何结识那些官员？”殷蕙硬邦邦地说道，毫不掩饰自己的不悦。

赵氏有求于人，满脸堆笑道：“你不认得，三爷认得啊。别的不说，燕王身边三个护卫，每个护卫军里面都有统领千户、百户等官员，总能挑到一两个条件合适的。”

殷蕙想了想，道：“好，等三爷从京城回来，我会同他说说。”

赵氏惊讶地问道：“三爷去了京城？为何而去？”

寻常人家并不会一直留意燕王府众人的动向，所以赵氏并不知道魏瞻等人进京去给建隆帝祝寿的事。

殷蕙简单地解释了一下。

殷蓉总算找到机会，阴阳怪气道：“三爷怎么没带你去？两个多月呢，你就不怕三爷收通房？”

魏瞻来殷家迎亲那日，殷蓉偷偷见过他一面。那般俊美无双又身份尊贵的男人，哪怕给他做妾，殷蓉都愿意，更何况做魏瞻的妻子。若没有机会，便不会妄想，可她曾经距离那个机会只有一步之遥，最后却被殷蕙抢走，殷蓉如何甘心？

殷蕙不想理她，看向金盏。

金盏便笑着回殷蓉道：“瞧大小姐这话问的，咱们五郎还小，夫人哪里丢得下手？”

提到衡哥儿，赵氏、殷蓉母女的嫉妒就更明显了。

商户女身份低微又如何？殷蕙是魏瞻明媒正娶的妻子，又有了儿子傍身，这一世的荣华富贵就稳了。

而这样的尊荣，差一点儿就是她们的！

“老爷回来了！老爷回来了！”

下人的声音传进来，殷蕙顿时忘了赵氏、殷蓉，也忘了燕王府儿媳该有的礼仪举止，心中只有慈爱的祖父，上辈子连最后一面都没能见到的祖父！

视线变得模糊，她不管不顾，从厅堂一路朝外跑去。

殷墉是骑马回来的，风尘仆仆，才绕过影壁，就见到久别的小孙女一手提着裙摆，一手抹着眼睛，朝他奔来。

千言万语都堵在了喉头，殷墉唯一能做的，就是站稳身形，张开双臂，将不知为何哭成泪人的小孙女抱入怀中。

“祖父！”

“哎哎，祖父在呢，阿蕙不哭。”

殷墉的衣襟都被殷蕙哭湿了。

德叔将无关的下人打发走了，殷墉用眼神示意愣在旁边的赵氏娘仨先退下。

赵氏不敢违背公爹的意思，揣着一肚子疑惑，带着殷蓉、殷阆先行告退。

殷墉这才看向金盏：“你们在府里可是遇到了什么麻烦？”

金盏也没想到主子会哭得这么伤心，绞尽脑汁回忆了一番，茫然地摇摇头：“没有啊，府里一切都好，早上夫人出发时还高高兴兴地打扮呢。”

虽然燕王府里没有殷家自在，但也不至于让夫人哭成这样吧？肯定是有别的什么理由。

“祖父，我没事，就是太久没见您了，想得慌。”

殷蕙终于将积压在心底多年的委屈与想念都哭出来了，拿出帕子擦擦眼睛，一边擦一边从祖父怀里退了出来。

殷墉总算能够端详自己的小孙女了。只见她除了鼻尖哭得通红，人也比出嫁的时候瘦了。

过得不舒心才会瘦，光这一点，殷墉心里便犯起疼来。

他走南闯北了一辈子，很清楚女子高嫁未必是幸事，尤其是燕王府与自家，行事做派上简直是天壤之别。只是当年燕王以结亲之名暗示他主动献银替朝廷筹集军需，殷墉无法拒绝。拒绝了，等待殷家的便是燕王的另一种取银手段，自古富商，又有几个能在皇权下得以善终？

朝廷不缺银子还好，缺银子了，最先盯上的就是富商贪官。

不过，殷墉安排小孙女嫁过去，还是藏了私心。

同住在平城，燕王对殷家的情况了如指掌，殷墉对燕王的五个儿子亦有所了解。当年燕王派人来商议婚事，世子爷、二爷都已成亲，四爷、五爷年纪还小，只有三爷魏曕正当适婚之年。魏曕其人，殷墉曾远远见过几面，长得俊美又沉稳，的确是个好夫婿人选。

这样的好儿郎，殷墉自然要留给他最疼爱的小孙女。小孙女过于美貌，也只有嫁给皇孙，将来才不会在失去祖父的庇佑后被人欺负。

可惜想得再好，过日子又岂是嘴上说说，心里想想那么简单？在他眼里还是孩子的小孙女，突然去到一个陌生又规矩森严的地方，不知该有多怕，该有多慌。

"阿蕙，这次回来能待多久？"殷墉有很多话想问小孙女，先打听时间。

殷蕙放下帕子，目不转睛地看着面前的祖父，笑了出来："吃完午饭还能再陪您待一会儿呢。"

殷墉放下心来，笑道："好了，先进去洗洗脸，哭得跟小花猫似的。"

小时候每次殷蕙哭，祖父都喜欢叫她小花猫。

殷蕙也喜欢做祖父身边的小花猫。

她依赖地挽住祖父的胳膊，祖孙俩依偎着去了殷墉的书房。

金盏熟门熟路地端了一盆温水来，伺候殷蕙将脸擦干净。殷墉笑眯眯地坐在一旁，好像要将之前少看的都补回来一样。

殷蕙也抓紧时间看着自己的祖父。

祖父今年五十七岁了，由于经常打拳健身，身子骨很是硬朗，头发也还乌黑乌黑的，不见一丝白发。

上辈子，殷蕙曾经以为祖父能长命百岁，没想到祖父六十岁那年春天，在南下进货的路上遭遇变故，横死他乡。

本来祖父从江南回来后，就该庆祝六十岁寿辰的，殷蕙也早早问过魏瞻，得到了魏瞻允许她回家给老爷子庆生的承诺。

她也确实回家了，只是，不是给老爷子贺寿，而是送葬。

光是回忆，殷蕙都受不了。

杀死祖父的是殷家养的一个商队护卫，姓廖，名十三。据同行的护卫、管事们所说，廖十三行凶的对象是她的堂哥殷闻，殷闻躲闪时推了祖父一把，导致廖十三的刀狠狠地插进了祖父的胸口。廖十三似乎也没料到是这种结果，疯了一般拔刀再次冲向殷闻，后来眼看刺杀无望，挥刀自刎。

谁也不知道廖十三为何要刺杀殷闻，最该知道原因的殷闻也咬定不知情，此案就成了一桩悬案。

那两年，殷蕙不知有多少次从噩梦中醒来，不知有多少次怨恨为何死的不是殷闻。

殷蕙用湿巾子盖着脸，将心中的恨与疼压了下去，这才揭下毛巾，露出笑脸来，走到祖父身边坐下了。

金盏端走铜盆，从外面带上房门，留祖孙俩说悄悄话。

“阿蕙，三爷对你好吗？”互相凝望了片刻，殷墉率先开口道。

殷蕙想笑，可在自己最亲的祖父面前，她笑不出来。

在燕王府的那十年，她几乎每日都戴着面具过日子，太累太累了，如今回了娘家，她再也不想伪装。

她低下头，看着手指道：“说不好吧，他从没有看不起我，也没有言语嘲讽过我，更不曾打我，也不曾收通房、纳小妾。可是说好吧，他几乎没有对我笑过，从没有主动与我聊过家长里短，更没有哄我开心的时候。他那个人，就像一块冰，也不光是对我这样，对他生母也是如此。”

整整十年，魏曕只在衡哥儿做出天真可爱的举动时露出过笑脸，且一闪而逝。后来衡哥儿渐渐变成一个小冰块儿，魏曕脸上原本罕见的笑容也重新消失了。

殷墉默默地听着，脑海里接连冒出多个猜想。

小孙女这么美，魏曕的冷淡绝非是因为不满意小孙女本人。那么，是魏曕不满燕王拿他的婚事换银子，迁怒到了小孙女头上，还是魏曕从骨子里嫌弃小孙女商贾女儿的身份，所以不喜？又或者，他只是天生冷情，无论妻子儿女都无法让他显露出温柔的一面？

“这种人虽然少，祖父倒是也见过几个。总的来说，祖父觉得三爷是个君子。”殷墉比较公允地说道。

换成有些男人，身份尊贵却只能娶个商家姑娘，心里一气，可能会对妻子言语辱骂，甚至拳脚相加。

君子吗？殷蕙扯了扯嘴角。

魏曕才不是君子。君子最重礼，待人温和亦是礼的一种。魏曕哪怕多对她笑一笑，她也不至于过得那么小心。

“那阿蕙喜欢三爷吗？会不会怪祖父安排你嫁过去？”殷墉怜惜地问。

殷蕙怕祖父自责，心中一动，微微偏头，有些恼火地说道：“我喜不喜欢他又有何关系？是他瞧不上我。”

十六岁的殷蕙看起来还是一个小姑娘，见她露出这副娇羞的模样，殷墉终于松了一口气。至少，小孙女是喜欢魏曕的。倘若一个女人被迫跟一个她不喜欢的男人过日子，那才是一点儿指望都没有。

“慢慢来吧，父母之命，媒妁之言促成的夫妻都是这样。从未见过面，刚开始的时候彼此不熟悉，时间长了就会好了，就像我跟你祖母。”殷墉笑着安慰道。

殷蕙嘟嘟嘴：“希望如此吧。”

不过，她也说不清自己对魏曕的感情究竟是不是喜欢。

刚成亲的时候，掀开盖头瞧见魏曕俊美的脸，那一刻肯定是喜欢的。夜里魏曕热情似火时，她也常常被勾得紧紧攀附着他，恨不得永远也不要分开。只是白日的魏曕太冷，冷得她的喜欢也变得不那么纯粹。最后魏曕提出要纳温如月做妾，殷蕙第一气的不是有女人要与她抢男人，而是纪纤纤等人会如何嘲笑她。

罢了，反正都过去了，现在她才懒得计较魏曕的那颗心到底归谁。

管他喜欢谁，她只想过好自己的日子。

“祖父，我最近明白了一件事。”

殷蕙将燕王对二房的惩罚以及她的心得体会全部说了出来，很是开心地说道：“以前是我太傻，顾忌这个，顾忌那个。如今三爷与王妃都给了我准话，以后逢年过节，我就可以经常回来探望您了。”

殷墉再有钱，也对燕王府里的规矩不了解。小孙女出嫁前，他还隔三岔五地嘱咐小孙女要恪守规矩，免得被人抓到错处受惩罚。今日听了小孙女的话，殷墉才意识到他这个祖父做得也不够好，给小孙女施加了太多的压力，让她将燕王府当成了龙潭虎穴。

“你过得自在一些也好，不过一年到头节日太多了，你也不必什么大节小节都回来，免得叫世子夫人她们羡慕。这样吧，以后每年端午、中秋、过年前回一趟家，差不多一季一次，不少了。”

“祖父是不是不喜欢我了，所以不想我回来？”

“胡说，祖父是为你好。”

祖孙俩一会儿聊些正经的，一会儿开开玩笑，不知不觉一个时辰就过去了。赵氏那边派人来传话，问老爷子想何时开饭。

殷墉是真舍不得浪费时间，可小孙女难得回来一次，也该腾出时间跟叔婶兄弟们坐坐。

“走吧，咱们先去吃饭。”殷墉站起来道。

殷蕙再次凑过来挽着祖父的胳膊。

祖孙俩一边走一边聊。

“衡哥儿怎么样？长得像谁？”

“金盏说像我，我瞧着更像三爷，长大了肯定是丹凤眼，没有我的眼睛大。”

“哈哈，丹凤眼好，有气势，男孩子不用像你这么漂亮。”

谈话声传到厅堂，二房一家人都出来了，除了赵氏娘仨，还多了忙完上午差事，赶回来的殷景善、殷闻父子。

殷蕙的目光扫到堂哥殷闻的胸口便止住了，没有去看他的脸，怕泄露自己的恨意。

“阿蕙可算回来了，二叔天天想你呢。”大腹便便的殷景善声音洪亮地说道，双眼快眯成了两条线。

殷蕙对这位二叔也没有什么好印象，酒囊饭袋之辈，祖父去世不久，殷家就在二叔与堂哥手里败落了下去，糟蹋了殷家列祖列宗几代人呕心沥血攒下的家业。

如果父亲早年没有遇到海上那场风暴，英年早逝，殷家或许还能多支撑几代。

厅堂里摆了一张黄梨木八仙桌，殷景善、赵氏夫妻俩坐一面，殷闻、殷阆兄弟俩坐一面，殷蓉瞥了一眼殷蕙，不太情愿地在她这边给殷蕙留了地方。

殷蕙笑了笑，走到殷墉这边，撒娇道：“祖父往里面挪挪，我要挨着你坐。”

殷墉也高兴这样，笑着挪出地方来。

赵氏受不了祖孙俩这腻歪劲儿，用一副宠溺的语气对殷蕙道：“阿蕙都当娘了，怎么还一副孩子脾气？在咱们自家还好，回了王府可千万要改，别叫贵人们笑话。”

殷蕙兴致勃勃地看着桌子上的饭菜，漫不经心地说道：“婶母放心吧，我都懂的。”

殷墉已经开始给小孙女夹菜了：“阿蕙快尝尝，这是你最爱吃的海鲈鱼，今早刚从海边运来的一批，我都忘了，还是德叔疼你，记着呢。”

他一回家就忙着与孙女叙旧了，厨房那边肯定是德叔吩咐的，做了一桌小孙女爱吃的菜。

平城并不靠海，这样的海鱼，一条都能卖几十两银子，普通富贵人家都吃不起，殷蕙却是想什么时候吃就什么时候吃。

燕王府建得气派，在饮食上却不兴奢侈之风，只有逢年过节才会上如此贵重的菜色。

包括在殷家，也不是人人都有殷蕙这样的待遇，譬如赵氏，她就不敢顿顿要求吃海货、珍货。

殷蕙突然回来，二房一家每人都有话问她，或是询问她回来的原因，或是打听燕王府里贵人们的起居做派。殷蕙只管吃饭，殷墉本就心疼小孙女变瘦了，见二房还要打扰小孙女，不高兴地说道：“哪有那么多话要问？都先吃饭！”

有祖父的疼爱，殷蕙的胃口更好了。

吃完了，她马上又跟着祖父去了书房。

只是这次不能再聊那么久了，第一次出门探亲，若是回去太晚，可能会影响下次。

殷墉也不敢留小孙女太久，喝了两盏茶，他离开一会儿，回来时就要塞银票给殷蕙。

殷蕙捂住祖父的手，哭笑不得道："您还怕我缺银子不成？"

她的嫁妆，除了贵重的金银首饰、绫罗绸缎、田产商铺，光是列在嫁妆单子上的陪嫁银子就有十万两，而这只是小头，祖父还偷偷给了她一百万两银票。

一百万两银票，对于外人来说已经是难以想象的数字，不过以殷家的家底，就算给燕王捐了两百万两的军需，又给了殷蕙一百万两的陪嫁，剩下的依然非常可观。

燕地首富之家，绝非虚传。

殷墉目光慈爱地看着殷蕙："你的夫家权势滔天，就算你受了委屈，祖父也帮不了你，唯一能给你的只有这些身外之物。万一将来遇到什么麻烦，花些银子或许就能消灾了。再说了，那些是给你的，这笔是给衡哥儿的。人人都知道他曾外祖父有钱，我怎能什么表示也没有？"

祖孙俩推来推去，最终殷蕙还是拗不过祖父，将用帕子包好的一沓银票贴身收好。

温夫人赠了殷墉一支人参，殷墉也为温夫人准备了一份回礼，是一幅前朝大家的画作，重在雅致。另让德叔准备了一水箱的海鲈鱼，叫小孙女带回去给王府众人加餐。

殷家就是有钱，左右人人都知道，便也无须遮掩了。

"您好好保重身体，中秋前孙女再回来孝敬您老人家。"

殷蕙站在殷宅门内，恋恋不舍地说道。

殷墉笑道："祖父的身板比你还好呢，阿蕙不用担心。"

说着，他亲手替小孙女戴好了帷帽。

白纱落下之前，殷蕙扫见了站在不远处的堂哥殷闻。

她暗暗发誓，这辈子，一定不会再让殷闻连累祖父。

重新上了燕王府的马车，殷蕙的心情已经恢复了平和。

距离导致祖父丧命的那场变故还早，她有的是时间调查殷闻身上究竟发生了什么事，一步一步慢慢来，不必急于一时。

马车毫不耽搁地驶回了燕王府。

殷蕙先去给徐王妃请安。

徐王妃客气地问了一下殷墉的身体状况。

殷蕙笑道："多谢母亲关心，祖父他身体康健，硬朗着呢。正好有批海货刚刚运过来，祖父叫我带回来给大家尝尝鲜，还劳母亲分配一下。"

徐王妃笑道："嗯，我知道了，你早点儿去休息吧。"

殷蕙告退。

她走后，四个粗使婆子搬了水箱进来，里面养了二十来条近两尺长的海鲈鱼，条条游得欢快。

海鱼运输比河鱼更麻烦，哪怕味道同样鲜美，海鱼就是要比珍稀的河鱼贵上几倍。而且海鱼难养，养不了多久，这几天都得赶紧吃了，不然死了浪费。

燕王爱吃鱼，徐王妃做主，给府里各院主子分别送一条鱼去，剩下的都送到燕王那边的厨房。

“王妃，这么大的海鲈鱼，一箱能卖千八百两银子吧？”

粗使婆子们离开后，徐王妃身边的心腹嬷嬷低声问道。

徐王妃：“差不多。拿到京城去卖，还能更贵一些。”

嬷嬷啧啧道：“殷家可真有钱，三夫人回趟家，殷家就费了千两银子，可见殷老爷有多宠爱这个孙女。”

徐王妃想到殷家“主动”捐献出来的两百万两军需银子，心想，对于那等巨富之家，千两银子的回礼又算什么？

三爷娶了殷家女，损了面子，捞了实惠，得失如何衡量，不同的人也有不同的看法。

殷蕙辞别徐王妃后，又去了温夫人那边。

温夫人惊讶于儿媳妇回来得这么早：“怎么没多待一会儿？”

殷蕙笑道：“能回去看看祖父我已经十分满足了，不敢逗留太久。对了，母亲，祖父很感念您送的人参，听我说您喜欢菊花，特意挑了这幅《秋菊图》，让我送给您赏玩。”

金盏双手托着这幅名贵的大家之作，送到温夫人面前。

温夫人出身农门，见识跟殷蕙都没法比，也不曾听闻什么书画大家，打开这画后只觉得画里的菊花栩栩如生，自有一股令人忘我的神韵传递出来。她也特意去看了看画卷上的落款，然而并不认得。

“阿蕙，这画是不是很贵？”温夫人悄悄问。

殷蕙：“贵不贵的，一幅画最重要的是能传到喜欢赏画的人手中。祖父虽然喜欢收集字画，平时却并无闲暇欣赏，送您正合适。”

温夫人轻轻叹息：“我哪里懂得欣赏？看个表面罢了。”

哥哥少时想走科举之路，她家里也有些四书五经之类的书，温夫人曾跟着哥哥读书识字，但只是学了皮毛，比普通村妇强一点儿而已，难登大雅之堂。

殷蕙想了想，道：“儿媳略懂一些，那儿媳给您讲讲这幅画？”

温夫人立即高兴起来，像个好学的学生遇到了夫子，一脸渴盼。

殷蕙被婆母的表情逗笑了。也是做祖母的人了，性情竟还保留着一份天真质朴。

至于殷蕙自己，从小跟着祖父聘回来的名家们读书，诗词歌赋、琴棋书画样样精通，甚至还学过一套女子剑。倒不是她自己多刻苦好学，而是祖父、祖母过于疼爱她，殷家又富得流油，不差钱养那些女先生。殷蕙的兴趣也是一阵一变，譬如她七岁的时候喜欢读书，就大多数时候跟着教书的女先生学，八岁的时候想学剑了，教剑的女先生就忙了起来，待到十岁懂事了，才每样都认真地学习起来。

家里七八个女先生，一直到殷蕙要出嫁了，那些堂姐不需要的女先生才带着丰厚的赏钱愉快离去。

“阿蕙懂得真多。”

听完殷蕙的讲解，温夫人只觉得意犹未尽。儿媳貌美，声音也轻柔动听，她很喜欢，心里亦高兴儿子娶了这么一位才学渊博的好姑娘，真正相配。

殷蕙笑了笑。就在她准备告辞的时候，徐王妃那边送了一条海鲈鱼过来。

殷蕙就问温夫人：“海鲈鱼有好多种吃法，可清蒸、红烧、煎烤，您喜欢怎么吃？”

温夫人咽了咽口水：“我吃鱼都习惯红烧了，不过鲈鱼是好东西，阿蕙觉得怎么样更好吃？”

殷蕙笑道：“咱们口味不同，没法说哪种更好，只能说儿媳更喜欢吃烤鱼。既然您吃惯了红烧的，今晚就让厨房烤鱼吃？”

温夫人问：“怎么烤？”

她不怎么挑食，平时都是厨房做什么，她吃什么，遇到特别不对胃口的，丫鬟看见了便跟厨房说一声，往后也就不上了。

殷蕙会吃，也知道要怎么做，就让丫鬟准备纸笔，她亲手将烤鱼的做法一条一条地记在了纸上。

“阿蕙的手好看，字也好看。”

温夫人坐在旁边，看着儿媳在宣纸上写下一行行秀美的小字，夸赞的话不由自主就冒了出来。

没办法，谁让儿媳妇确实多才多艺呢？

殷蕙被夸得心情也更好了。上辈子温夫人就是个好相处的人，如今她有了变化，婆媳二人相处起来也多了些趣味。

“今晚先让厨房试试，若是您这边的厨子做出来不好吃，下次儿媳叫人做好了再给您送过来。”

离开时，殷蕙细心地说道。

温夫人心里暖暖的，一直将儿媳妇送到静好堂门口才折了回来。

殷蕙回到澄心堂后，先去耳房看衡哥儿。

衡哥儿刚吃完一顿奶，此刻已经睡着了。他穿着一件红底黑边的小褂子，脸蛋胖嘟嘟的，两只小胳膊齐齐地往上举，睡相别提有多可爱了。

殷蕙取出祖父送的银票，厚厚一沓，整整一万两。

“看看曾外祖父对你多好，你才这么大，就给了你这么多银子用，长大了你可得孝敬他老人家。”

殷蕙收好银票，对着熟睡的衡哥儿嘀咕道。

她敢保证，整个平城四个月大的孩子里面，她的衡哥儿一定是最有钱的。

可惜衡哥儿并不知道这些，兀自睡得香甜。

殷蕙看着看着也困了，也不在乎什么耳房不耳房的，擦过手脸，就在儿子身边躺下，娘俩一起歇晌。

燕王今日从前朝回来得比较早，大太监海公公服侍他更换常服时，笑着说道：“王爷，今日三夫人回门了，带回来一箱海鲈鱼，晚上让厨房做一条？”

燕王嗬了一声：“这个殷墉，一出手就是一箱海货，本王都没他会享福。”

海公公：“那是王爷节俭，不忍劳民伤财，不然山珍海味还不是随您吃？”

燕王只是随口调侃一下殷墉，本也没有看殷家不顺眼的意思。他换过衣服，道：“就清蒸吧。最近天气干燥，清淡一点儿。”

海公公就叫小太监去传话了。

燕王一个人吃的晚饭，吃完天色刚刚暗下来，燕王想了想，带上海公公去了西六所。

西六所住的全是他的妻妾，燕王走在路上时还想着去郭侧妃那边，只是被别的念头打了岔，等他回神时，人已经到了温夫人的静好堂附近。

温夫人……

燕王迟疑了片刻。

温夫人是他来燕地后纳的第一个妾。初来平城，他对平城的一切都感到新鲜，经常微服去街上巡访。那日恰好路过温家门口，一个穿青衫白裙的姑娘打开门正要出来，瞧见他，那姑娘吃了一惊，马上又缩了进去。匆匆一面，燕王却忘不了那张清丽秀美的脸庞和那惊讶羞涩的眼神，叫人打听一番，便把温氏纳进府来。

可惜温夫人美虽美，却见识太少，两人话不投机，最初的新鲜感淡了后，燕王对温夫人的兴趣也就淡了，如今妻妾五人，燕王宠幸温夫人的次数最少。

罢了，来都来了，就去看看她吧。

温夫人刚吃完晚饭。

因为那条海鲈鱼太昂贵，静好堂的厨子第一次处理这么好的食材，犹犹豫豫不敢下手，先拿一条普通的鱼照着殷蕙的食谱试了一次，发现味道非常不错，厨子才有了信心，做了一条烤鱼配两个素菜，端到了温夫人面前。

烤鱼太好吃了，温夫人几乎没动那两个素菜，一个人干掉了一条两尺来长的大鱼。

吃得太饱，温夫人在院子里走来走去遛着弯，一抬头，看见了许久不曾见面的燕王。

“王爷。”温夫人赶紧迎了上来。

燕王驻足细细打量温氏。只见她红光满面，给原本的清丽容颜增添了几分艳媚。

“气色不错。”燕王握住温夫人的手，与她并肩朝里面走去。

温夫人用另一只手摸摸自己的脸，心中很是懊恼。早知道王爷会来，刚刚她就不吃那么多了。

晚饭才撤下去没多久，燕王一跨进厅堂，就闻到了烤鱼的香味，且比他以前吃过的烤鱼都香。

他再次看向温夫人的脸，忽然明白温夫人的好气色是从何而来了。

“听说老三媳妇给每房都送了一条海鱼，你这边的厨子倒是厨艺不错，没糟蹋好东西。”燕王闻着余香道。

温夫人还以为王爷在调侃自己嘴馋，脸更红了，慌忙接话道：“是……是老三媳妇教我的做法，确实挺好吃的。先前不知道王爷要来，不然就等着您一块儿吃了。”

燕王坐到椅子上，惊讶地问道：“老三媳妇教你的？她是怎么个做法？”

温夫人一下子也记不清了，便去内室将儿媳妇送她的食谱拿了出来，递给燕王过目。

看到三儿媳的字，燕王赞许地点了点头。没想到平时看起来瑟瑟缩缩的三儿媳，竟能写出这手好字。

燕王仔细看过食谱，随手递给了海公公。

温夫人太敬畏自己的丈夫，并不觉得被丈夫收走一张食谱有什么关系。

燕王猜到她需要时间消食，便同她聊了起来：“老三媳妇今日回去探亲，你可有给殷老爷子准备礼物？”

已经结了亲家，该尽的礼数就得尽到，而这礼数也只能由温夫人来尽。若让王妃送礼给殷老爷子，则过于看得起殷家了。

温夫人这点儿道理还是懂的，解释她挑了人参送过去，殷老爷子回赠了《秋菊图》。

燕王想看看。

温夫人乖乖拿了出来。

燕王还没看到落款就猜到这幅《秋菊图》是哪位大家所作了，没忍住又在心里数落了殷墉一顿，这等雅物送温氏有何用？该送他才对啊。

不过，殷墉是不想表现得过于巴结他，又不能送太差的给温氏吧？

没关系，《秋菊图》在温氏这边，他什么时候想观赏了，随时过来看就是。

“你可知道这图是谁画的？”遇到名画，燕王不禁想要抒发一番心中的感慨，笑着问温氏道。

温夫人若是个精明的，就该装傻，给燕王表现的机会，但温夫人见识短，眼力也不够，闻言高兴地说道：“知道，老三媳妇跟我讲过了……”

这下子，燕王不但没能抒发自己的感慨，反而听温夫人背诵文章般磕磕巴巴地介绍了那位大家的生平。

好在，她眉飞色舞的模样也算有趣，燕王一边赏画一边耐心地听完了。

末了，燕王问：“那老三媳妇有没有告诉你，这幅画现在价值几何？”

温夫人摇摇头：“我问她了，她没说，只说一幅画最重要的是能传到喜欢赏画的人手中，胜过束之高阁。”

燕王又点了点头。三儿媳虽然出身商户，人却不俗，没有动不动将银子挂在嘴边。

“没错，好画就是让人赏的。你也别收起来了，就挂在内室吧，方便赏看。”燕王做主道。

温夫人有些不放心：“这画肯定贵，我怕不小心弄坏了。”

燕王：“你又不是小孩子，没事不去动它，如何会坏？”

还是温夫人身边的丫鬟懂事，跪下去向燕王保证会照看好这幅画，绝不会有闪失。

聊了这么久的画，燕王叫丫鬟们备水，带着温夫人去了内室。

翌日早上，燕王起来后，又赏了一刻钟的《秋菊图》才离开静好堂。

不久，燕王昨晚歇在静好堂的消息也在西六所传开了。

徐王妃年纪最长，对这些事早已不在意。李侧妃却不服老，得知燕王竟然去宠幸了温夫人，李侧妃十分生气。

嬷嬷劝道："您别气啊，那边素来不得王爷宠爱，这次肯定是因为王爷吃了殷家的鱼，想起那边来了，一时兴起去看看。您等着，接下来王爷肯定又要冷落那边一两个月。"

李侧妃咬牙道："堂堂王爷，一把年纪了，还因为口腹之欲去宠爱女人，他真好意思。"

嬷嬷心想，您上次想给二爷一家求情，利用的不也是王爷的口腹之欲？

嘴上却道："要怪就怪三夫人，她不回娘家，殷家也不敢无故往王府献殷勤。"

李侧妃因此又记了殷蕙一笔。

殷蕙哪里知道几条鱼还影响了西六所的宠爱分配，一早起来，她便给厨房列了一张她的膳食单子，包括每道菜的火候掌握。

前两日忙这个，忙那个，差点儿给忘了。从今以后，她再也不想将就魏曕那糟糕的饮食喜好，自己喜欢吃什么就吃什么。

列完单子，逗逗儿子，丫鬟来报，说是楹姑娘过来做客了。

楹姑娘叫魏楹，郭侧妃之女，亦是燕王最宠爱的掌上明珠。

# 第四章

燕王一共有三个女儿，长女已经出嫁，次女魏杉、幺女魏楹待字闺中。

魏楹的生母乃郭侧妃。

燕王的妻妾当中，徐王妃、李侧妃的母族都是京城显赫之家，可惜离平城太远，无法与王府频繁走动。郭侧妃就不一样了，她的哥哥是燕地第一猛将郭啸，掌管着调遣燕地十万禁军的虎符。而且郭家本族就住在平城，郭侧妃经常回娘家小坐，燕王府设宴时，也会请郭家人登门做客。

因此种种，郭侧妃虽然进府晚，她在燕王府的地位却比李侧妃还要高，仅次于徐王妃。再加上郭侧妃又比较年轻，且姿色艳丽，她也是如今侍寝燕王次数最多的女人。

不过，燕王除了敬重徐王妃，对其他几个妾室的态度都差不多，看不出特别宠爱谁。即便对郭侧妃，睡得多归睡得多，燕王并不会因为床上事就给郭侧妃特殊的权利，西六所众人依然要听徐王妃的管教。

整个燕王府，真正让燕王破格宠爱的，只有郭侧妃的女儿魏楹。

其他子女，包括世子爷，在燕王面前都是毕恭毕敬，唯独魏楹，敢与燕王顶嘴且不会受到任何惩罚。

上辈子，殷蕙与魏楹并无什么密切的来往。

她恪守规矩，魏楹却是个喜欢舞刀弄剑的人。殷蕙陪着妯娌们赏花、喝茶、打牌时，魏楹要么在练武场练武，要么出府去玩了，或是逛铺子、逛庙会，或是跑马踏青，据说她还跟着燕王去过军营。总之，魏楹并不喜欢像其他大家闺秀那样乖乖地待在内宅。

内心深处，殷蕙很喜欢魏楹，因为魏楹喜欢做的事，也是她爱做的，只是身份不同，魏楹能做的比她更多罢了。

但魏楹是燕王的爱女，她只是燕王的儿媳，又没有强大的娘家做靠山，那十年里的殷蕙处处小心翼翼。刚嫁过来的时候魏楹还试着与她相处过，发现大家不是一路人，魏楹就不再来找她说话，两人也就在去给徐王妃请安时或是在燕王府的宴席上能见见面。

今日魏楹又是为何而来？

短暂的思索后，殷蕙安排金盏去把魏楹请到后院来。

换成魏杉，来者不善，殷蕙就去前厅见她。魏楹与人和善，这辈子，殷蕙想试试，看看能不能挽回曾经错失的友情。

魏楹已经在前面的厅堂坐下了，等着三嫂像之前那般客客气气地赶过来，拘谨小心地与她说话。

没想到，出现的只有三嫂身边的丫鬟金盏，笑着请她去后院。

魏楹心中觉得奇怪，但也没有想太多，只跟着金盏往后院走。

魏楹身边还带了一个叫阿福的丫鬟，金盏见阿福手里抱着匣子，就猜楹姑娘是因为吃了海鲈鱼，来给夫人回礼的。

那么受宠，还如此懂礼，楹姑娘可真好，不像杉姑娘，鼻孔仿佛长在了脑门上。

魏楹一直走到后院的东侧间，才见到了殷蕙。

明亮的阳光透过琉璃窗照进来，殷蕙盘腿坐在榻上，正拿一个小拨浪鼓逗弄五郎。五郎仰面躺着，一会儿晃晃小手，一会儿踢踢小腿儿，眼睛追着拨浪鼓，不断发出独属于婴孩的欢快笑声。

五郎笑，殷蕙也在笑。她穿着一件海棠色的褙子，笑得比花还好看。

“妹妹来啦，快上来坐。”

见魏楹怔怔地看着自己，殷蕙笑着招呼道，再把儿子抱起来，指着魏楹介绍道：“小姑姑来看五郎了，五郎快认认。”

衡哥儿靠在娘亲怀里，黑葡萄似的眼睛稀奇地盯着魏楹。

魏楹其实很喜欢小孩子，尤其是三岁以下的孩子，又小又软又好哄，再大些就不好玩了。譬如家里那几个侄子，大郎、眉姐儿太守礼，没意思；二郎霸道无礼，令人厌恶；三郎任性，什么事都要依着他。才一岁的四郎年龄正好，可惜身子骨弱，常常生病，魏楹不太敢去逗。

“五郎越长越漂亮了。”

魏楹原本打算回完礼就告退的，这会儿不自觉就脱了鞋子，来到殷蕙身边坐下。

殷蕙将儿子交给魏楹。

家里侄儿多，魏楹很会抱孩子，一手托着衡哥儿的背，一手捏着衡哥儿的小胖手，低头逗弄起来。

“今儿个天气好，妹妹怎么没出去玩？”殷蕙语气熟稔地问。

魏楹：“前阵子出去太多，被我娘训了，最近先装装老实。不过，我与四哥、五弟他们都约好了，明晚出去放河灯，三嫂要不要去？”

最后一句，魏楹纯粹是出于客气才问的，她心里已经知道了答案，三嫂太重规矩，一定不会去。

殷蕙果然想了想，然后凑近魏楹道：“我是想去，不过二嫂他们刚挨罚，我昨日又才回过娘家，明晚再出门不合适。等中秋二嫂他们可以出来走动了，妹妹再约我，我肯定与妹妹同行。”

魏楹惊讶得眼睛都亮了。

殷蕙瞅瞅衡哥儿，半真半假地说道：“去年我刚嫁过来，不懂府里的规矩，做什么事都紧张。现在不一样了，我已知道父王开明，母妃也是和善之人，又有什么好怕的呢？”

魏楹欢喜地说道：“确实如此。三嫂这么想就对了。那你等着，以后我会常来找你的。对了，昨日吃了三嫂送的鱼，我很喜欢，又不知道该送什么回礼给三嫂，就把我小时候玩的一个玩物翻了出来，给五郎玩吧。”

说完，魏楹吩咐丫鬟阿福将她的礼物拿出来。

是一个有成人两个拳头大的赤金镂空球，里面还有一个金铃铛，球壁的金边都精心打磨过，保证不会割破小孩子娇嫩的肌肤，金铃铛在里面晃来晃去，发出的声音清脆又不刺耳。

普通人家孩子玩的镂空球都是用藤条编成的，魏楹是王府贵女，玩具也非比寻常。

殷蕙道：“这么精巧的球，一定是长辈所赠，妹妹还是自己留着做纪念吧。咱们一家人，又何必因为一条鱼客气？”

魏楹：“以后我不会再跟三嫂客气了，不过这个都拿来了，还是送给五郎吧。”

她将球塞到衡哥儿手中，衡哥儿笨拙地抱着，很喜欢的样子。

逗逗孩子，又说说话，魏楹不知不觉在澄心堂坐了一个时辰才欣然离开，直接去陪生母郭侧妃用饭。

“你这半晌又去哪里玩了？”郭侧妃看到这个女儿就头疼，明明是个姑娘，偏养得像个男孩似的，练起武来比哥哥还不怕苦。郭侧妃有时候甚至会想，其实当年她怀的是双胞胎儿子，只是因为她太想要龙凤胎，其中一个才不太情愿地变成了女孩的身，内里却还是男孩的心。

魏楹笑道：“我去三嫂那里待了一会儿。”

郭侧妃：“哦，你是去谢她送的鱼？”

魏楹：“也不全是。娘，我今天才发现，其实三嫂这个人很有意思，我们两个非常谈得来。可惜以前没机会认识，不然我们也许早就做成闺中密友了。”

郭侧妃惊讶地问道：“竟有此事？”

在她的记忆里，老三媳妇跟温夫人的脾气差不多，都是畏畏缩缩的，只是老三媳妇更美，娘家也更有钱。

魏楹解释道：“三嫂不敢流露本性，是因为咱们家的门第太高了，她需要时间适应。说出来娘可能都不信，三嫂还学过剑法呢，找机会我一定要跟三嫂切磋切磋。”

郭侧妃生在平城，长在平城，早就听闻殷老爷十分疼爱殷蕙这个孙女了，对殷家请的那些各怀绝技的女先生也是有所耳闻。她点点头道：“嗯，这样才对嘛。咱们燕地第一富商家的姑娘，怎么可能真那么小家子气？”

魏楹为多了一个性情相投的嫂子而高兴。

李侧妃一直跟母亲对着干，导致魏杉与她从小就不对付。寄居在这里的表姑娘温如月又被魏杉拉拢了过去，魏楹只能跟舅舅家的表妹玩耍。后来大哥、二哥娶妻了，大嫂徐清婉知书达理，与她不是一路的，二嫂纪纤纤完全站在魏杉那边，总算又来了个三嫂，真好。

八月初十，魏瞻一行人在路上走了一个月，终于抵达了都城金陵。

三位藩王在金陵也有各自的王府，只是府邸与高级官员的府邸差不多，远不如藩地的王府豪华气派。

金陵的燕王府常年有丫鬟、仆人打扫，魏瞻、魏旸兄弟俩分别挑了一个院子居住。

魏瞻只带了一文一武两个随从，行囊简单。魏旸这边，夫妻俩再加上两个孩子，下人们忙忙碌碌，黄昏前总算都安置好了。

大郎、三郎累得洗完澡就爬上床去睡了，徐清婉与魏旸精神好一些，吃完晚饭又说了一会儿话。

魏旸道："我叫人去打听过了，咱们最先到，秦王叔、代王叔那边的堂弟们都还在路上。"

从平城到金陵，既有运河水路方便于行，陆路也畅通，秦地地处西北，代地地处西南，来金陵都要越过崇山峻岭。

徐清婉："应该也快了。虽然皇祖父的生辰是八月二十，可马上中秋了，宫中必有宴请，他们还能不赶来过节？"

魏旸："是啊，就是不知道四位堂弟性情如何。大家离得太远了，别说见不到面，连个音信也难听到。"

徐清婉翻了个身，手覆到丈夫的手背上，担忧地说道："诸位皇孙进京，皇祖父会不会安排什么比试考量你们？"

魏旸笑道："考量也不怕，文有我，武有三弟，两样都不至于垫底，丢不了父王的人。"

提到魏曕，徐清婉轻声道："三弟这一路，身边连个伺候的丫鬟都没有，瞧着怪冷清的。我身为长嫂，若是不管，显得不够关心小叔。可若是安排丫鬟过去伺候，三弟收了，又担心回去后三弟妹吃味。"

魏旸："这个就不用你操心了。三弟不好女色，别说普通丫鬟了，你就是挑个容貌不输三弟妹的美人送过去，三弟也不会碰的。"

说者无心，徐清婉的心弦却轻轻地拨动了一下。

容貌不输三弟妹的美人？

丈夫与殷蕙才见过几面，之前殷蕙又是那样瑟缩的性子，丈夫却也注意到了殷蕙的美貌？

"原来如此，那我就放心了。"徐清婉一边说着，一边往丈夫怀里靠了靠。

舟车劳顿太辛苦，魏旸今晚并没有什么兴致，拍拍她的背，睡了。

翌日，魏旸带着家小，与魏曕一块儿进宫给建隆帝请安。

六十岁的建隆帝精神矍铄，看起来就是长寿相，而同在场的太子，明明才四十五岁，精气神反倒不如建隆帝。

建隆帝似乎很喜欢大郎、三郎这两个曾孙，一手抱着一个，同魏旸、魏曕兄弟俩说着话，心情很不错的样子。

"一转眼老大都当爹了，上次见你的时候，你跟大郎差不多吧？"

魏旸颔首，微显伤感。

上次他进京，是皇祖母去世，他随父王进京吊唁。

建隆帝也叹了一口气，又问魏曕："怎么没带你媳妇来？开春时你们父王给我写信报喜，你们家五郎也差不多会爬了吧？”

建隆帝有三个儿子在外就藩，每个儿子又分别给他生了一堆基本上没见过面的孙子，就这样他居然还能说出魏瞻的家事，魏瞻登时面露感动，垂眸回道：“谢皇祖父关心。五郎太小了，孙儿便留他娘在家里照看。孙儿启程时，五郎能趴着抬起头了。”

建隆帝笑眯眯的，魏家子孙昌盛，是福气。

“行，你们先回去吧，趁这两日好好在京城逛逛，中秋朕再宣你们进宫吃团圆酒。”

兄弟俩告退。

回来不久，建隆帝就赐了赏过来，除了金银珠宝，另有八个环肥燕瘦的歌姬。

金银珠宝兄弟俩一人一份，八个歌姬并没有点名如何分配。

徐清婉不在，魏旸扫了一眼八位美人，笑着对魏瞻道：“三弟先挑吧，大哥让你。”

魏瞻还是那副天生的冰块儿脸，道：“大哥都收了吧，你知道我不好这个。”

魏旸故意调侃道：“三弟莫非是怕弟妹拈酸不成？放心，咱们回去时并不会带上这些歌姬。”

魏瞻扯了扯嘴角，算是附和兄长的玩笑，随即起身告辞。

魏旸还要陪徐清婉去镇国公府探望，便让歌姬们先下去。

黄昏时分，大房一家还没回来，魏瞻也带着随从离开了这座小小的燕王府。

他的舅舅温成当年考上功名，在外地任了几任知县，前年也调进京城为官了，只是官职低微，六品而已。

不论官职高低，都是他的舅舅。

魏瞻来到温家的小宅门前，温成正好从官署回来了，见到魏瞻，想认又不敢认。

魏瞻先行礼，唤舅父。

温成眼睛发酸，忙把外甥请了进去。

他外放之后续娶的妻子也出来招待，是个看起来颇为精明干练的年轻妇人。

魏瞻对新舅母态度冷淡，喝了一盏茶，不见表妹温如月，主动问道：“舅父，表妹去年来京，可还适应京城的气候？”

他三月大婚，表妹二月里主动辞别，来投奔舅舅。

温成笑道：“适应，适应，她很喜欢金陵呢，说这边景色好。哦，忘了跟你说了，今年年初，如月出嫁了，跟着你妹夫去了绍兴。”

魏瞻扫了一眼年轻的新舅母：“是吗？不知妹婿是哪家的公子？”

温成对女儿的婚事还是很满意的，解释道："是永城侯家的薛七公子。虽然是庶出，但薛七公子出身名门，亦年少有为，你表妹能嫁他，已经是温家祖宗保佑了。"

魏瞻点点头。

永城侯现在正受重用，表妹这门婚事确实不错。他刚刚担心的，是表妹不受继母待见，所嫁非人。

在温家吃了晚饭，魏瞻没有多逗留，很快回了王府。

这晚，他依然独自歇下，世子爷魏旸却挑了一个美艳的歌姬陪伴。

魏瞻一行人进京的时候，平城的燕王府里，被禁足一个多月的二房一家终于可以出来了。

解禁后的第一件事，当然是去燕王面前赔罪。

魏昳、二郎一见到燕王就跪下了，纪纤纤也想跪，只是怀孕八月的她肚子实在太大，得丫鬟扶着才好屈膝。

燕王瞥了二儿媳一眼，道："你就不用跪了。"

纪纤纤松了一口气，福礼道："谢父王宽恕。父王放心，儿媳已经知道错了，以后定会……"

"知错了？那你先说说，当日你都犯了哪些错？"燕王听到一半就打断道。

纪纤纤刚放松的心弦马上又紧绷起来，求助地看向丈夫。

魏昳狠狠地瞪她。

纪纤纤就记起了这一个月内丈夫对她的种种责备，担心自己不老实回答可能还得继续禁足。她心一横，垂下头道："儿媳犯了三个错。第一，不该在三弟妹面前炫耀见识；第二，不该过于宠溺二郎，养得他不懂礼数；第三，不该在二郎撒谎后没有及时澄清。"

燕王真心懒得管后宅这些琐事，只因上次被他撞见，他才出手惩治了二房。此时见纪纤纤认错认得还算诚恳，燕王"嗯"了一声："知错就改，以后别再犯了。"

纪纤纤连忙应是。

燕王又教训儿子："孩子是你们两个的，你这个做父亲的也要在他们的管教上多花花心思，只会在孩子出事后打打骂骂，与村野汉子有何区别？"

魏昳脸涨得通红，无话可辩，只得叩首道："儿子一定改。"

燕王最后对二郎道："祖父很忙，没工夫管你。你做个好孩子，祖父有赏；你若犯错，祖父就罚你爹。你看着办吧。"

二郎听得眼睛亮晶晶的，做好了就赏他，犯错了却只罚父亲，好像还不错？

不过，父亲挨了罚，肯定又会来揍他的。

燕王被孙子脸上的精彩表情逗笑了，摆摆手，叫一家三口退下。

燕王还算公允，儿子、儿媳都教训了。到了李侧妃这边，不骂儿子，也不骂孙子，专对着纪纤纤一人喷口水：“你是怀孕把脑子也怀傻了是不是？竟然在侧殿里挤对妯娌，生怕王爷听不见？你自己禁足没关系，却连累二爷跟你一起禁足，耽误了一个月的差事。你说你，除了拖二爷后腿还会做什么？”

这一个月，王爷来找她的次数竟然成了最少的，连温夫人都伺候了四晚。李侧妃想办法打听到，王爷去静好堂主要是因为殷家送了温夫人一幅大家的《秋菊图》！

瞧瞧人家的儿媳妇，不给丈夫惹事，还能帮婆母争宠。她这个儿媳妇倒好，光会扯后腿！

纪纤纤不敢反驳婆婆，只耷拉着脑袋，眼里浮动着泪花，楚楚可怜地瞥向魏昳。

魏昳是个怜香惜玉的，这会儿又心疼媳妇了，出言劝道：“娘，事情都过去了，您就别气了。父王已经恢复了我的差事，儿子好好表现，争取将功补过。再说，纤纤马上又要为咱们家添丁了，孩子生下来，父王一高兴，哪里还会记得这点儿小事。”

李侧妃看了看儿媳妇的大肚子，终于不再喷火。

魏昳要去做事，二郎也要去学堂读书，父子俩先走了。

纪纤纤留下来陪婆婆说话，见李侧妃不再那么生气了，才很是无辜地说道：“娘，您别怪我，儿媳其实是上了殷蕙的当。以前她多老实啊，我怎么奚落她，她都不敢吭声，唯独那日敢与我顶嘴，就是为了给我下套呢。儿媳一不小心轻了敌，中了她的计。如果她自始至终都像徐清婉似的，儿媳早防着她了。”

李侧妃哼了哼，回想最近殷蕙的表现，难得认可了纪纤纤的话：“别说你，我都被她骗了。以前她怯弱，是因为没有底气，在谁面前都装小羊羔。如今五郎养得越来越好，她在王府有了立足之本，便开始显露商人奸诈的本性了。又是回家探亲，想办法替静好堂争宠，又是巴结王妃、魏楹那边，这心机，三个你也斗不过她。”

纪纤纤不以为意道：“我也不需要跟她斗啊。她是什么出身？温夫人又是什么出身？婆媳俩都是低贱的，她们费尽心思才能得到的，咱们早都有了。温夫人就算多得几次宠爱，难道还能越过您去？殷蕙就是跟魏楹交好，她依然是我们妯娌当中最卑微的。她想争的，无非是与我们平起平坐。”

李侧妃道：“话虽如此，她害你们栽了这么一个大跟头，也不能让她太顺心了。”

纪纤纤："嗯，娘放心，儿媳心里有数。我刚解禁，现在不宜做什么，后面有她受的。"

因为有共同的眼中刺，婆媳俩的关系反而恢复了融洽。

与徐王妃打了声招呼，殷蕙又出府了。马上中秋了，她给娘家送节礼天经地义。而且昨日郭侧妃也带着一双儿女回娘家省亲了，这样也显不出她的特殊来。

这次温夫人就没有给她备什么礼物了，毕竟回娘家这种事，一年一次是稀奇，一年好几次，次次都得送礼的话，够折腾的。

殷墉记得孙女要回来，这几日都没出远门，一心等着孙女。

殷蕙在路上就想好要与祖父说什么了。

"祖父，您想过要给姐姐找个什么样的人家吗？"

陪祖父逛自家花园时，殷蕙轻声问。

殷墉好奇地问道："怎么突然问起这个了？"

殷蕙没有隐瞒："上次我回来，先与婶母、姐姐坐了一会儿。婶母的意思是，王爷身边人才济济，她希望我能帮姐姐牵桥搭线，若姐姐能嫁个年轻官员做官夫人，姐姐、姐夫还能帮衬我与三爷。哦，这些都是婶母的原话，可不是我编派她的。"

殷墉的脸就沉了下来。

这么多年，二儿媳赵氏只有嫌弃他们偏心阿蕙的时候，何曾给过阿蕙关心？就连与燕王府的婚事，赵氏为了让他安排大孙女嫁给三爷，竟不惜在外面散播谣言诋毁阿蕙。念在赵氏为殷家开枝散叶的分上，殷墉只罚赵氏去住了三个月的庄子。如今赵氏盼着阿蕙帮大孙女牵线，为的也全是她自己攀高枝，怎么可能去帮衬阿蕙与三爷？

赵氏目光短浅，大孙女殷蓉也虚荣势利，真做了官夫人，两口子只会给阿蕙、三爷找麻烦。

"不用听她的。除非牵扯到利益，正经官家谁会娶商户女做妻子？就算为了利益娶了，男人也未必会真心对待，所以祖父根本没想过与任何官员结亲。王爷这边实在躲不了，祖父才委屈了你。"殷墉看着已经梳了妇人发髻的小孙女，满眼疼惜地说道。

人人都羡慕他殷墉与燕王成了亲家，只有殷墉心里清楚，小孙女嫁过去肯定会受委屈，哪有嫁给旁人自在？

以殷家的财富，放眼天下，随便挑一个富商家的年轻公子都会高高兴兴地把小孙女娶回去当菩萨供着，他才不稀罕什么冷脸皇孙做孙婿殷蕙只能安慰老爷子："祖父言重了。孙女没觉得委屈，特别是有了衡哥儿后，在王府的日子也充实多了。"

殷墉点点头："无论嫁给什么人，日子都是自己过出来的，阿蕙这么好，我相信三爷慢慢也会喜欢你的。你只管伺候三爷，照顾孩子，家里的事都不用你操心。等着吧，今年年前祖父就会把你姐姐的婚事定下，保证不让他们去打扰你与三爷。"

殷蕙替祖父扯平袖口的折痕，低声道："您会不会觉得我冷血，不想帮衬姐姐？实在是我在王府还要小心谨慎地做人，哪敢再掺和官场上的事？三爷本来就待我冷淡，万一婶母他们再去烦他，我都不知道他会怎么看我。"

殷墉拍拍小孙女的手："祖父都明白，阿蕙不用多想。结了这门亲事，祖父只盼望你能安好，从不曾想过殷家能不能借点儿王府的光。祖父不会，也绝不会让你叔婶他们给你添麻烦。"

殷蕙蓦地湿了眼角。

祖父的确是这么做的。上辈子，直到祖父死了，二叔一家人才开始频繁前往燕王府，想托关系办事。

家里另有客人来，殷墉去待客了。

殷蕙仍然待在祖父的院子里。趁祖父不在，她坐在廊檐下，请祖父身边的老管事德叔喝茶说话。

"德叔，咱们家养的商队护卫里，可有一个叫廖十三的？"

"有，夫人怎么知道他的？"

殷蕙笑着说道："过来的路上听见有人夸他，说是咱们家的护卫，我就想了解了解。"

德叔不疑有他，向她讲起廖十三来："这人原来在别人家的商队里做事，有一年老爷去关外，路上遇到一支才被劫匪打劫过的商队，几十个人几乎死光了，只有一人命大，挨了刀子，还留了一口气，此人便是廖十三。老爷救下他的性命，廖十三也愿意来咱们家效力，其人高大威猛，有一身好本事，且忠心耿耿，老爷很器重他的。"

殷蕙点点头："他家里都有什么人？"

德叔想了想，道："他刚来咱们家做事时还没成家，到了平城后安定下来，娶了一个妻子，生了一个女儿。不过他妻子身子骨不好，常年卧病在床，说不定什么时候就没了。女儿倒是懂事，小小年纪，心灵手巧的。"

殷蕙陷入了沉思。

上辈子，祖父替堂哥殷闻挡刀，冤死在廖十三手中，官府调查过廖十三的行凶动机，可那时廖十三已经是孤家寡人了，妻子、女儿双双去世，他自己也与殷家无仇，反而欠了当年的救命之恩。至于他妻女的死因，据商队其他护卫所说，廖十三的妻子是病逝的，女儿过于悲痛，自己撞墙跟着娘走了，同样与殷家无关。

若廖十三动手时说些气话，周围的人还能猜到一二，偏偏廖十三什么都没说，只有滔天杀意。

有人怀疑廖十三是不是疯了。

殷蕙不接受如此荒谬的猜测，一个年年跟着商队出生入死的武者，心志之坚定，只会远超常人。

廖家种种，最匪夷所思的是廖十三女儿的死。父母去世，子女悲痛是人之常情，可谁会跟着亡者一起死？

官府也怀疑廖姑娘死得不正常，若是他杀，极有可能与此案有关。然而当年是廖十三亲手埋葬的女儿，邻居街坊只瞥见过廖姑娘额头的撞伤，两年后仵作挖出廖姑娘的尸体，尸体已经化为累累白骨，未能提供什么线索。

殷蕙曾质问殷闻，是不是殷闻害了廖姑娘，过了两年才被廖十三发现，继而引发了廖十三的刺杀。

殷闻坚决否认，殷蕙也没有证据。

“我想见见廖姑娘。”殷蕙对德叔说。

德叔看看日头，就快晌午了，便道：“我现在派人过去接她，等姑娘用过午饭，她人也到了。”

殷蕙：“嗯，不是很急，您找个合适的借口，别吓到她。”

德叔笑道：“那丫头今年捣鼓出了陕西那边的小吃猪肉馍，还曾送来给老爷品尝，正好她现在也摆摊卖这个，我就说夫人想跟她打听做法，您看成不？”

殷蕙心中一动。

她小时候最喜欢听祖父讲他走南闯北的故事，祖父众多的见闻里就包括各地的美食小吃。西北那边，祖父经常提到的除了烤羊肉，便是猪肉馍了。她嘴馋，祖父就让家里的厨子试着做，可做出来的味道都得不到祖父的认可。

“廖姑娘做的，好吃吗？”殷蕙下意识地问。

德叔笑出声来：“好吃，好吃，我叫那丫头带些过来。”

等殷蕙陪殷家众人吃过午饭，廖十三的女儿廖秋娘已经在殷墉的院子里候着了。

殷墉陪小孙女一起去见廖秋娘。

廖秋娘今年才十三岁，身量倒是高挑，粗布衣裳下已经能看出些曼妙来。

她肤色偏黑，一双眼睛又圆又大，不笑的时候就能看出嘴角两个梨涡的形状，甜美可人。又孝顺母亲，又能摆摊卖吃食填补家用，确实如德叔夸的那般心灵手巧，殷蕙一眼就喜欢上了。

算算时间，如果殷蕙什么都不做，廖秋娘母女俩将于明年夏天去世。

她就像一株刚长出花骨朵的花草，换成谁都不忍心她就这么没了。

廖秋娘带了满满一食盒的猪肉馍来，殷蕙取出一个，尝了几口。面皮酥脆，肥瘦相间的肉馅儿软烂醇香，几乎入口即化，比什么肉包子、肉饼都要好吃。

“可惜我才吃饱，不然这一个都能吃掉。”殷蕙笑着表达了自己的喜欢。

廖秋娘兴奋地说道：“夫人爱吃，以后我常常给您送来。”

殷蕙：“不用那么麻烦。我更想资助你开个卖猪肉馍的吃食铺子，前面街市，后面宅院那种，既方便你开门做生意，又方便你照顾母亲。我再送个女账房、女护卫协助你，这生意肯定红火。你每年支付我铺子租金，支付她们的佣金便可。”

廖秋娘一副受宠若惊的样子。

殷蕙解释道：“主要是我喜欢你的手艺，但以我现在的身份，让别人知道我派人去一个脏兮兮的小摊上买吃的，恐怕会被人看不起。你把铺子开起来，名声打响了，平时再把铺子打扫得干干净净，我就可以光明正大地叫人去买了。”

廖秋娘忐忑地说道：“万一生意不好……”

殷蕙笑道：“先做一年试试。这一年的本金我来出，等你赚钱了再还我；若你亏了，我也不用你还钱，只是你要继续去外面摆摊了。”

廖秋娘不想摆摊，摆摊总会遇到一些嘴巴不干净的男人，她想开铺子，做大生意！

“多谢夫人！夫人放心，秋娘一定不会让您失望的！”

到底是武者的女儿，性格爽快果决，廖秋娘短暂犹豫一番后就接受了贵人的提议。

谈妥这件事，殷蕙也该回去了。

廖秋娘跟着她一起往外走，走到殷家前院，恰巧遇到大少爷殷闻要出门。

殷蕙不着痕迹地观察两人。

殷闻只虚伪地与她寒暄，廖秋娘见到殷闻，却悄悄往金盏身后躲了躲，与其说是怕，更像是嫌恶。

寒暄两句，殷蕙故意放慢脚步，让殷闻先走了。

殷闻年方十八，身材颀长，容貌俊朗。作为殷家的大公子，他总是一身锦袍出现在人前，自身的优秀与豪富的身世，让他走到哪里都能吸引大批少女甚至少妇的目光。

殷墉对这位长孙寄予了厚望，他若外出做生意，必会带上殷闻。在老爷子的栽培下，殷闻也早早接触了殷家的各项产业，日日早出晚归，连一母同胞的妹妹殷蓉都很少见到他，更别提殷蕙这个堂妹了。

对于殷闻的为人，殷蕙真的不怎么了解，直到祖父冤死，殷蕙才恨上了殷闻。

因为事先提防了，自然能注意到廖秋娘与殷闻之间的微妙关系。

等殷蕙走出宅子，殷闻的马车已经走远。

殷蕙站在马车前，低声问廖秋娘："我看你似乎很怕大少爷，这是为何？"

廖秋娘虽然爽快，有些事情却也难以启齿，又哪里敢在殷蕙面前告大少爷的状？

她目光躲闪，低头道："有次我过来给父亲送伞，不小心撞到了大少爷，被大少爷骂了，所以怕他。"

就在今年夏天，她的确撞了殷闻，只是殷闻看清她的脸后，不但没有责骂，反而替她捡起伞，并在她接伞的时候，紧紧握住她的手不肯松开。

廖秋娘讨厌殷闻的眼神，更讨厌那只滑腻湿凉的手。

她不愿意再来殷宅，殷闻却常常从她的摊子前经过，有时候会叫小厮排队买饼，有时候只是站在远处打量她，带着一种审视货物的笑容，让她浑身都不自在。

殷蕙看了一眼廖秋娘不安攥弄衣摆的手，没有再问。此事她已经有了猜测，盯紧殷闻、廖十三就是。

"铺子的事周叔会安排好，你等他的消息，快的话，中秋时应该可以开张。"殷蕙交代廖秋娘道。

周叔也是祖父身边的老人，如今替殷蕙打理偌大的嫁妆产业。今日殷蕙资助廖秋娘开铺子乃临时起意，没叫周叔过来，不过德叔会替她传话的。

廖秋娘连连点头，也叮嘱殷蕙道："夫人，晚上您想吃猪肉馍了，记得告诉厨房要用小火加热，两边分别热几下就行了，千万别用大火，容易煳。"

殷蕙笑着应了。

猪肉馍虽然好吃，却没有海货那么体面，回到王府后，殷蕙就只分了温夫人、魏楹一人两个，也交代了该如何加热。

静好堂，温夫人对儿媳妇带回来的两个猪肉馍兴致不大。猪肉什么的，王府里顿顿都有，不管什么做法她都吃过，再好吃还能好吃到哪里去？

不过，这毕竟是儿媳妇的孝心，傍晚时分，温夫人还是交代厨房把两个馍热了。

小丫鬟刚去厨房传话，燕王来了。

《秋菊图》的消息传开后，李侧妃早来讥讽过温夫人，说温夫人靠儿媳妇送的东西争宠。温夫人被李侧妃奚落惯了，没往心里去。李侧妃恨不得将《秋菊图》烧出两个窟窿的嫉妒眼神，反而让她暗暗觉得好笑。老三刚与殷家议婚时，李侧妃曾假惺惺地同情她只能娶商女做儿媳，如今又来羡慕儿媳妇送她的好东西，说到底，谁不爱钱呢？

温夫人没想过要与李侧妃等人争燕王，但燕王自己过来，她也不会傻傻地将人往外推。天越来越冷了，被窝里有个男人搂一搂，抱一抱，总比一个人冷冷清清的强。

“王爷可用饭了？”温夫人迎上来道。

燕王摇摇头，问她这边都做了什么。

小丫鬟报上了今晚的菜肴。

燕王微微皱眉，三儿媳这次竟然没有带什么新鲜吃食回来？

温夫人紧张地说道：“我再让厨房给您加两个菜？”

燕王已经有些失望了，加菜也逃不出那几样，于是起身道：“不必，晚饭清淡点儿也好。”

说完，他就去里面欣赏《秋菊图》了。

他脸色不好看，温夫人就有种伺候官员的战战兢兢感。这时候只恨不能马上天黑，进被窝后就不怕了。

两刻钟后，厨房将饭菜都端了上来。

燕王洗了手，坐到饭桌旁，一眼就看到了单独放在一个盘子上的那两个猪肉馍，金黄微焦的面皮里面裹着厚厚一层散发着炙烤香味的肉馅儿，怪新鲜的。

“这是什么？”燕王问。

温夫人站在旁边解释道：“这叫猪肉馍，老三媳妇从外面带回来的，说是陕西那边市井街头的小吃。殷家有个小丫头根据从商队里面打听到的做法给做出来了，不是什么值钱东西，老三媳妇就没给大家分。”

燕王看着那两个馍，这种卖相，的确像市井街头的吃食，难登大雅之堂。老三媳妇若是给王妃、侧妃她们送去，八成要被嫌弃。

燕王虽然身份尊贵，其实是个武将，在战场上有时候跟士兵们一样吃大锅饭，能讲究的时候他讲究，但也不会瞧不起平民百姓的吃法。

他用筷子夹了一个猪肉馍，肉馅儿塞得太满，得张大嘴才能咬全一口。

只一口，那油而不腻的酥烂口感就让燕王胃口大开，索性放下筷子，直接用手抓着馍大口大口吃了起来。

如果在徐王妃面前，燕王绝不会做出这种姿态，换成平民出身的温夫人，燕王也就放得开了。

他的吃相，看得温夫人嘴里也泛起口水来。是啊，这东西肯定好吃，不然儿媳妇会特意带过来？

温夫人拿起筷子，便要去夹第二个馍。

一个馍其实只有掌心大小，女子吃，或许能一个顶饱，似燕王这种习武之人，五六个或许才能管够。

“吃吧，不必拘束。”燕王一手拿着所剩不多的馍，一手用筷子给温夫人夹了一块红烧排骨。

王爷难得给她夹回菜，温夫人心里一暖，就先去吃排骨了。

排骨吃了一半，就见燕王的筷子伸过来，夹走了第二个猪肉馍。

温夫人眼巴巴地盯着那个忽然间变得更香的馍，眼巴巴地看着燕王张开嘴，咬了一大口下去。

温夫人收回视线，嘴里的排骨变得没有滋味了。

“这馍不错，老三媳妇也很孝顺，在外面吃到什么好吃的都记得给你带一份。”

两个馍都吃下肚，燕王意犹未尽地夸赞儿媳妇道。

温夫人不敢在王爷面前显露出怨气，笑道：“王爷喜欢就好。老三媳妇说了，这么好吃的东西只摆地摊怪可惜的，她会腾出一个铺面给那手巧的丫头开吃食铺子，体体面面，咱们叫下人去买也方便。”

燕王满意地点点头。开铺子好，方方面面都比小吃摊干净。三儿媳是富贵窝里出来的人，有她派人盯着，他以后再吃这个馍也能彻底放心。

次日，燕王一走，温夫人就派身边的大丫鬟去找儿媳妇了，理由也编得不错，一点儿都不会显出她嘴馋。

“三夫人，昨晚王爷去静好堂了，吃了您送的馍，很是喜欢，主子就派我来问问，看您这边还有没有。”大丫鬟笑眯眯的，说得滴水不漏。

殷蕙遗憾地说道：“我怕这东西隔夜就不好吃了，昨晚都发下去了。你去回夫人，就说等铺子开张了，我叫人多送些过来。”

大丫鬟明白了，临走之时还透露了一个消息给殷蕙：“三夫人，您上次写给主子的烤鱼方子，也让王爷拿去了呢。”

殷蕙愣住了。

喜欢吃馍，还拿走了烤鱼方子，难道她那位看起来威严无比，且日后会登基称帝的公爹，竟然也贪口腹之欲？

八月十四下午，周叔通过王府护卫送了口信儿给殷蕙，说廖秋娘的“潼关烤肉馍”店铺已经准备好了，明天中午吉时开张。

正好魏楹来约殷蕙第二天晚上一起出府赏灯，殷蕙一口答应了。

中秋佳节，燕王府举办了一场赏月宴，只是今年因为少了魏瞻以及大房一家四口，看起来比去年略为冷清。

殷蕙的席面摆在纪纤纤旁边，乳母抱着衡哥儿坐在她后侧。

明月已经挂在了天边，燕王看着面前的妻妾儿女与孙辈，想的却是京城的建隆帝。

不知不觉，父皇都六十了，也不知道自己还有没有再见父皇的那一日。再者，老大、老三这会儿都在京城，京城人才济济，皇孙们会聚一堂，希望兄弟俩没给他丢脸。

想着这俩儿子，燕王的视线朝大房、三房的席位那边看了过去。今晚大房只来了一个眉姐儿，五岁的小丫头没什么好看的。

念头闪过，燕王看到了三儿媳。年纪轻轻的小妇人，水灵灵一朵花似的，这等美貌，又有才情，老三心里应该也没啥委屈的。

“把五郎抱过来。”燕王道。

几个孙子，大郎、三郎进京了，二郎坐在那边看得清清楚楚的，四郎是个小病秧子，又是庶出，嫡出的孙子里，燕王见五郎的次数最少，上次抱五郎，还是小家伙过满月的时候。

他一开口，宴席上的众人都安静了下来。

殷蕙有些紧张。好在衡哥儿还小，刚刚也才抱下去换过尿布，今晚应该不会无意间得罪了祖父。

“抱稳点儿。”她低声嘱咐乳母。

几位小郎的乳母都是燕王府精心挑选进来的，还不至于被这种场面吓到。在殷蕙目不转睛的注视下，乳母恭恭敬敬地抱着五郎来到燕王面前。

燕王思念老子，也惦记儿子，此刻正是满腔亲情的时候，直接伸手把衡哥儿抱到了怀里。

五个月大的衡哥儿长得壮壮实实的，小家伙仰着脸靠在祖父的臂弯里，祖父看他，他也盯着祖父看。

燕王笑了，钩了钩胖孙的小手，自言自语道：“长得像你爹。”

衡哥儿爱笑，见祖父笑了，他也咧开小嘴儿，丹凤眼眯成了两条线。

燕王心想，老三小时候也这般爱笑，谁知道越大，心事越重，变成了冰块儿脸。

“千万别学你爹。”燕王戳了戳胖孙的脸。

衡哥儿还以为祖父在逗他，配合地一蹬脚，穿着虎头鞋的一只小脚丫正好蹬在燕王的裆部。

弯着腰站在旁边的乳母吓得身形一晃，后背瞬间冒出一层汗珠。

燕王维持着脸上的笑容，缓缓地换了一口气，另一手攥着胖孙还在踢蹬的小脚，心里又骂又笑。

为了避免闹出更多的事故，燕王将衡哥儿还给了乳母。

乳母如释重负地退回到殷蕙身后。

“父王，今晚我想与三嫂出去赏灯，可以吗？”魏楹主动询问，打破了刚刚的安静。

燕王看向爱女：“年年中秋你都出去逛，还没逛够？”

魏楹笑道：“总比咱们王府里热闹。”

燕王拿这个女儿最没办法，只好准了：“早去早回，别耽搁太晚。”

女儿自己出去他还不放心，有个年龄相近的嫂子陪着也好。

散席后，殷蕙先带乳母回澄心堂。衡哥儿已经睡着了，摸摸额头，与平时一样。殷蕙放了心，加了一件斗篷，去东六所的所门前等魏楹。

魏楹却是与魏杉一块儿来的。虽然姐妹俩平时不太和睦，但也只是暗地里较劲儿。魏杉非要同行，魏楹也不好赶她。

三人上了一辆马车，带着一队护卫去了平城最繁华的大街。

魏楹知道廖秋娘的吃食铺子今日开张了，到了街上，她直接挽着殷蕙朝铺子所在的位置走去。

“你们要去哪儿？”魏杉有些倨傲地问。

魏楹道：“城里新开了一家美食铺子，我们带你去吃个新鲜。”

谁又不爱吃呢？魏杉心中也生出了几分期待。

然而等她跟着殷蕙、魏楹两人来到一个叫“潼关烤肉馍”的不大的店面前，店里只有三个布衣姑娘在忙来忙去，卖的吃食看起来也粗糙无比，并非她想象中的气派酒楼，魏杉下意识地奚落道：“你们大老远跑来，就是为了吃这个？”

猪肉馍食材简单，卖价也便宜，所以排队的多是布衣百姓，且很多人买完边走边吃，不时有碎肉掉下来……

那画面，看得魏杉一脸嫌弃。

魏楹见了，笑道：“既然姐姐不喜欢，那我就只买我跟嫂子的了。”

魏杉哼道：“随便你们，反正我不吃。”

殷蕙听着她们姐妹俩斗嘴，注意力却一直放在廖秋娘与两个女伙计忙碌的身影上。

其中一个女伙计会功夫，有她保护着，这辈子，廖秋娘应该不会再离奇死去了。廖秋娘好好的，廖十三也就没有理由再对殷闻下手，继而误杀祖父。

生意太火爆，廖秋娘并没有发现殷蕙也来了。

等了一会儿，魏楹的丫鬟一手拿着一个用油纸包好的馍回来了。

殷蕙与魏楹津津有味地吃了起来。

魏杉故意不看她们，只是烤肉馍的香味不断地飘过来，着实馋人。

或许，这东西真的很好吃？

次日，魏杉便打发她的小丫鬟来买两个回去尝尝。

小丫鬟抵达铺子时，前面已经排了长长一条队伍。小丫鬟一边闻着肉香，一边慢慢往前挪。突然，她看到了两个熟人，一个是王爷院里的小太监，一个是三夫人身边的金盏。

“姑娘，王爷居然也爱吃这个馍！”

一回到王府，小丫鬟就迫不及待地对魏杉道。

魏杉震惊极了。等她吃了整整一个烤肉馍……马上又把第二个也吃了。

# 第五章

今年平城燕王府里的中秋与往年相比，并无什么稀奇，京城皇宫里的中秋却热闹多了。

十来个气血方刚的皇孙聚在一起，这个敬完酒，那个又端了酒过来，燕王府的魏旸、魏瞻都被灌了不少酒。

魏瞻的酒量只能算寻常，应付小席、小宴还行，今晚这么喝，他有些招架不住，肚子里仿佛烧起了一把火。

离开皇宫时，明月高升，周围一片寂寥。

魏瞻一直在忍，想回到自己的院子里再吐。

没想到刚下马车，前面的魏旸先冲到墙边吐了起来。徐清婉追上去，一手扶着魏旸，一手轻柔地替魏旸拍背。乳母一手牵着大郎，一手牵着三郎，准备先进去休息。两个孩子边走边回头，相似的两张小脸上都流露出对父亲的担忧。

“爷，您没事吧？”

从小伺候魏瞻的小太监安顺儿担心主子要吐，提前扶住他的胳膊问。

魏瞻摇摇头，挥开他，刻意不去看魏旸那边，大步朝府里走去。

到了下榻的院子，魏瞻冲进净房，翻江倒海地吐了一通。

安顺儿在旁边伺候着，让长风去厨房取醒酒茶来，再吩咐厨房煮碗面。三爷这趟出门只带了他们两个，指望不上旁人。

魏瞻吐够了，被安顺儿扶到榻上躺着休息。

他很热，闭着眼睛扒拉身上的袍子。

安顺儿赶紧帮主子把外袍脱了。好在金陵这边入秋了依然还算暖和，只穿中衣也不怕着凉。

长风端着醒酒茶走了进来。

听到脚步声，魏瞻睁开眼睛，瞥见长风那张平平无奇的长方脸，他又闭上了。

“爷，喝点儿茶吧，不然胃里得一直闹腾。”安顺儿放轻声音哄道。

魏瞻懒得动。

安顺儿与长风一起将他扶坐起来，靠着东边的墙壁，腰下再塞个软枕。

喝了醒酒汤，魏瞻舒服些了，脑海中又浮现魏旸身边妻子环绕的画面。

中秋夜，该是一家团圆的时候，殷氏此刻在做什么？

分开时她还在怨他不带她来京，一晃眼这么久过去了，她的怨气也该散了，这会儿可能正抱着衡哥儿，对着月亮思念他。

平城。

殷蕙舒舒服服地睡了一觉。魏瞻不在，她暂且将魏瞻的被子收了起来，宽宽大大的一张床，全是她的地盘。

起床打扮好后，殷蕙将三房的腰牌交给金盏，让金盏去廖秋娘那里给婆母买烤肉馍。吃食这东西，还是要吃个新鲜。

金盏回来后，先去静好堂给温夫人送馍，再回澄心堂见主子，笑嘻嘻地说道：“夫人，我看见杉姑娘身边的丫鬟了，也去买馍，被我发现，她还躲呢。”

殷蕙想起昨夜魏杉嘴硬嫌弃她们的样子，笑了。

人其实生来不分贵贱，都是一样的肉骨支撑着，只分有钱没钱。既然舌头都一样，那么让平民百姓叫好的吃食，王孙贵胄同样也会喜欢。差别就在于，老百姓舍不得天天吃美味，偶尔吃一顿会惦记一辈子。有钱人买得起，可以经常吃，过了新鲜劲儿可能就觉得腻了。

譬如这个烤肉馍，燕王府里的众人再喜欢吃，多吃两顿也就不惦记了。

王府绣房的管事嬷嬷带着小丫鬟过来了，给各房主子裁量身段，准备缝制四套冬装与过新年的新衣。这是份例，如果哪个主子觉得四套新衣不够穿，也可以自掏腰包另做衣裳，只要不是过分奢侈，谁也不会管。

“三夫人又长高了。”绣房的嬷嬷替殷蕙量完，笑着恭维道，“身段也更好了。”

殷蕙也能感觉到随嫁的那些衣裳现在穿起来并不是那么合身，裙子还好，上衣的胸口多多少少都有些紧，而去年秋冬在王府做的新衣又都是孕妇穿的，此刻穿起来又过于宽松肥大。

重阳节前，殷蕙又出了一趟门。

探望祖父是真的，但也是幌子。这次祖孙俩没聊多久，殷墉有事要处理，殷蕙也没留在殷家用饭，与祖父分开后，她去了锦绣楼。

锦绣楼是平城首屈一指的绸缎庄，这里卖各种名贵的绫罗绸缎，也有擅长各种精美绣法的绣娘替有钱人缝制新衣。

锦绣楼原是殷家的产业，殷蕙出嫁时，殷墉将整个锦绣楼，包括里面的管事与绣娘们，作为陪嫁送给了小孙女。除此之外，殷墉还专门从杭州、福州、蜀地、山西挑了四家染坊送给小孙女，不但能保证殷蕙的锦绣楼自给自足，还能做其他绸缎庄的生意。

虽然殷家还有更多的染坊与绸缎庄，但殷墉送给小孙女的这份陪嫁，乃是挑了其中生意最好的几家产业。殷蕙的二叔、二婶曾为此与老爷子闹了一场，认为老爷子过于偏爱殷蕙。夫妻俩的理由是，自古以来，家产都是留给儿子、孙子的，女儿、孙女嫁出去就是泼出去的水，给份嫁妆足够了，哪有分家业根基的？

殷墉却坚持送了这些产业给殷蕙。

殷景善再反对，殷墉就说："咱们家的家业，等我死后，本该你与你大哥一人一份，你大哥命苦，早早没了，只留阿蕙一条血脉，我只是把本该属于你大哥的一小部分给了阿蕙，留给你的更多，哪里不公平？"

殷景善这才不吭声了。

上辈子殷蕙一心都扑在魏曕与儿子身上，手里的银子太多了，从小不必为银钱烦恼的她，对祖父送她的任何铺子都不曾上心，完全交给周叔打理。好在周叔对她足够忠心，再加上背靠燕王府这棵大树，这些产业也没有出现什么问题。再后来，殷景善、殷闻父子俩败光了殷家的产业，竟然还跑来央求她，希望她能把那四家染坊还给他们，让他们重振殷家家业。

殷蕙自然没有理会。

重新活一回，殷蕙收回了对魏曕的心，自然就有心力做其他事情了。

周叔再可靠，今年也快五十了，她能再用周叔十年，甚至二十年，但周叔总有干不动的时候。万一新的管事能力不行，她自己又什么都不懂，岂不是要步二叔一家的后尘，让祖父苦心分给她的产业也败落了？

所以，她必须熟悉这些产业的经营，必须趁祖父、周叔他们还在，扶植、栽培下一代管事。

正是吃午饭的时候，锦绣楼里的客人不多，女掌柜刘曼娘坐在柜台后拨打着算盘，不经意朝外面看了一眼，然后就愣住了。

殷蕙朝刘曼娘笑了笑。

她是祖父的掌上明珠，从小就喜欢跟着祖父四处走动，外地太远，没办法去，但平城里面殷家的大小铺子，殷蕙都去过。又因为女孩子爱美，殷蕙来锦绣楼的次数最多，与刘曼娘也十分熟悉。

用刘曼娘的话说，殷蕙乃她看着长大的。

“我的二小姐，您不在王府待着，怎么自己出来了？”刘曼娘丢下算盘，激动地跑出来，以最快的速度将殷蕙请到了后院。

“二小姐，您出门没关系吧？”

燕王府就是平城百姓眼里的天，刘曼娘又快两年没见过殷蕙了，自然把燕王府想成了轻易不能进出的地方。

殷蕙笑道：“一个月出来一次还是没关系的。你先派人把周叔请来吧，咱们慢慢聊。”

刘曼娘马上吩咐一个小厮去请周叔。

殷蕙的陪嫁产业太多，周叔每家都要管，是个大忙人。

殷蕙再让刘曼娘拿软尺来，她要在自家铺子里另做六套冬装、六套春装。

加上王府的四套，一季十套，于她而言，不算奢侈。

刘曼娘很高兴。一切准备就绪，她一边替殷蕙量尺寸，一边感慨道：“上次给小姐做衣裳还是准备陪嫁呢，今日终于又有机会了。哎哟，小姐的腰怎么还这么细？一点儿都不像生过孩子的人。嗯，胸又长了……”

与王府里的绣娘相比，刘曼娘简直是把殷蕙当成自家孩子了，说话直白，却透着亲昵。

殷蕙今日的心思却不在这上面，而是与刘曼娘打听起锦绣楼的运作来。

刘曼娘惊讶地问道：“小姐怎么突然问起这些了？”

殷蕙直言道：“二叔他们一直不满祖父将锦绣楼给我，我若不上心，将来你与周叔老了，帮不了我了，我却什么都不懂，一旦影响了锦绣楼的生意，二叔、二婶再来奚落两句，我可受不了。”

刘曼娘既感到意外，又感到欣慰。曾经只知道吃喝玩乐的二小姐，终于长大了。

刘曼娘就先从一些浅显的东西讲了起来。

正讲得口干舌燥时，周叔来了。刘曼娘让周叔招待殷蕙，她去前面招待客人。

时间有限，殷蕙也不能一口气吃成胖子，便让周叔将各处产业去年一整年的账目都整理好，送到燕王府去，她自己对着账本慢慢学，有疑惑先记下来，下次见面时再问。毕竟是巨商家的小姐，从小耳濡目染，殷蕙还是有些基础的，真想上手，假以时日一定能学透，至少不会被人轻易糊弄了过去。

周叔动作很快，隔了一日就命人送了一箱账簿过来，包括与外地庄头、管事往来的书信。

殷蕙除了王府里面的一些应酬，总体还是清闲的，有大把时间可以看账本。

转眼到了九月初九重阳节。

燕王府里上午举行了祭祖，下午徐王妃在花园里设了赏菊花会，算是应个重阳赏秋的景。

天气不错，殷蕙把衡哥儿也带了出来。小家伙会坐了，大人们说话，他坐在带轮子的木制小推车里面，大眼睛东瞅瞅，西看看。

眉姐儿、二郎、四郎也都在。

眉姐儿五岁，乖乖地坐在亲祖母徐王妃身边，二郎吃了禁足一个月的教训，如今稳重些了，哪怕被拘束在这种他明显不喜欢的场合，也能老老实实的。

纪纤纤的肚子已经非常大了，说不定哪日就生。今日她也将庶子四郎带了出来，四郎早已过了周岁，只是体弱，现在还走不稳当。

纪纤纤看了一眼一个人在木车里玩得不亦乐乎的衡哥儿，笑着对四郎的乳母道："让四郎与五郎玩去吧，就他们俩不会走呢。"

殷蕙沉得住气，温夫人却神色紧张起来。那四郎就是个病秧子，现在瞧着好，万一身上还有病气，过给衡哥儿怎么办？

李侧妃一脸看好戏的表情。

徐王妃笑道："还是让四郎自己玩吧，五郎看着小，力气可不小，踢到四郎怎么办？"

殷蕙这才附和着点点头："母亲说得是。早上我喂五郎吃葡萄泥，被他踢了一脚在胳膊上，现在还隐隐作痛呢。"

纪纤纤："哟，五郎力气这么大啊！那快把四郎抱回来吧。我们四郎娇气，可不敢招惹五郎。"

李侧妃扭头对徐王妃道："世子爷他们这会儿已经启程回来了吧？"

徐王妃道："应该回了。之前王爷推测，说他们差不多月底到。"

李侧妃瞥了一眼殷蕙，笑道："快回来吧，三爷一走仨月，可把老三媳妇闷坏了，隔三岔五就出去透透气。"

殷蕙就知道，一旦她频繁出府，肯定会被人盯上。

因为李侧妃是长辈，她没有说什么。

温夫人平时虽然不争，却也看不得李侧妃夹枪带棒地欺负自己的儿媳，再加上这阵子燕王常去她那边，给了她底气，这会儿便道："阿蕙脸皮薄，姐姐可别揶揄她了。阿蕙去年刚嫁进来就怀了孕，整整一年都没回家探亲。难得老三不在府里，没什么事，她才得了闲回娘家看看。"

郭侧妃也开口了："是啊，老三媳妇够沉得住气了。哪像我，连着仨月不让我回娘家看看，我都想得慌。"

李侧妃直接翻了个白眼给她。

徐王妃无奈地摇摇头："好了，起风了，咱们也散了吧，别吹着孩子们。"

一群内眷，分别朝东、西六所走去。

纪纤纤肚子大，走得慢，殷蕙这边推着衡哥儿的小车，也快不起来，妯娌俩就挨上了。

"三弟妹，三爷离开这么久，你想不想啊？"纪纤纤明知故问道。

正常情况下，哪个新婚妻子会不思念丈夫？

偏偏殷蕙是个特殊的。

她笑道："还好。"

纪纤纤啧啧道"你可别怪我多嘴，如月表妹也在京城呢，三爷与她青梅竹马，既然去了京城，能不去探望一番？"

殷蕙故意装糊涂："去也是应该的，表兄妹俩难得见个面。"

她的神色过于平静，瞧着也不像装的，纪纤纤纳闷了，以前只要她提温如月，殷蕙便会变脸色，今日怎么换了个人似的？

岔路口到了，殷蕙与纪纤纤道别，回了澄心堂。

又要照顾孩子，又要看账本，殷蕙的时间忽然过得快了起来。

九月二十一的傍晚，像上辈子一样，纪纤纤有惊无险地生下了一个女孩儿，起名庄姐儿。

次日，锦绣楼将殷蕙订做的六套冬装送来了，春装要慢些，左右不急。

庄姐儿洗三那日，殷蕙穿的是王府发下来的一套冬装，桃红缎面的夹袄，衬得她胸鼓腰细，如一朵开得满满的粉牡丹。

二爷魏昳百忙之中，都留意到了这位娇艳动人的弟妹。

殷蕙打他面前走过的那一瞬，魏昳突然很羡慕老三。

弟妹虽然出身低微，却美艳无比，对老三也恭恭敬敬，温温柔柔，服服帖帖，不像他家那位，天天与他顶撞。

说曹操，曹操到，宴席还没散，魏瞻、魏旸兄弟俩回来了。

得知府里正在给新出生的庄姐儿庆洗三，魏旸、魏瞻等人直接来了畅远堂。

至此，燕王府一大家子才是真正地团圆了。

殷蕙与魏杉、魏楹站在一块儿，默默地看着阔别三月的丈夫朝燕王走去，行跪拜之礼。

那晚她与魏瞻在被窝里狠狠地折腾了一回，黑灯瞎火的什么也看不见，她甚至都没发现魏瞻已经变成了二十岁的魏瞻。醒来不久，魏瞻又动身前往京城了，殷蕙也就没有机会仔仔细细地再端详一遍自己年轻了十岁的夫君。

不过，也没什么好看的。魏瞻这人，无论何时都冷冰冰的，表情少得像幅画，只要随着年月的流逝，逐渐给他添加几笔皱纹、胡须就行了。

突然，魏楹悄悄地撞了撞她的胳膊，还飞了一个揶揄的眼色过来。

换成上辈子，殷蕙定会闹个红脸。如今，殷蕙只遗憾魏瞻回来了，那张舒舒服服的大床又要经常分一半位置给他。

关于京城一行，燕王有很多话要问两个儿子，只是现在不是时候。

“都还没吃饭吧？晌午就先在这边吃点儿，晚上府里再正式设宴替你们接风洗尘。”

“谢父王。”

如此，魏旸、魏瞻留在了燕王那张桌，徐清婉带着两个孩子坐到了女眷们这边。

“二弟妹身子如何了？”徐清婉关心地问殷蕙，又朝纪纤纤的屋子望了一眼，“我这刚回来，一身风尘，就先不进去瞧她了。”

殷蕙笑道：“二嫂恢复得不错，庄姐儿也白白净净的。”

徐清婉点点头。

她端起茶碗先润喉咙，面上妆容精致，只是眼角难掩一丝疲惫。

殷蕙收回视线，她心里很清楚，魏旸这次进京，带回来一个日后很受他宠爱的歌姬。之前魏旸虽然也有妾室，但都是徐清婉怀孕时主动挑了身边的丫鬟去伺候魏旸的，个个都受徐清婉的掌控，掀不起什么风浪。唯独这次的歌姬，既美又有心机，暗暗给徐清婉添了不少堵。

徐清婉喝过茶，余光落到了殷蕙的衣裙上，是粉粉艳艳的颜色。

五官寡淡的人撑不起艳色，而似殷蕙这等天生明艳的美人，就该穿得艳丽一些。

如果她也有殷蕙的美貌，魏旸是不是会像魏瞻那般，八个歌姬一个都不碰？

念头一转，徐清婉又想到了纪纤纤，纪纤纤同样美貌，二爷还不是纳了姨娘？

根子还在男人身上，是殷蕙命好，嫁了不好女色的三爷。

宴席终于散了。

毕竟是一家人，殷蕙下意识地朝魏瞻看去，却只看到魏瞻、魏旸跟随燕王离开的背影。

殷蕙便带着衡哥儿先回了澄心堂。

“把三爷的被子铺好吧。”殷蕙坐在窗边的椅子上吩咐银盏道。

魏瞻回来了，无论他住在前院，还是来她这里，她这边都得给他留着被子。

殷蕙只是不想再去求魏瞻的心，人还是不能故意得罪的。毕竟，她光有银子了，未来尊贵的王妃身份乃是依赖魏瞻得来的。已经成了皇家的媳妇，殷蕙就要风风光光地过下去，不能给魏瞻休她的借口，丢下衡哥儿在某个继母手下讨生活。

她沉浸在思绪中，金盏、银盏都像过年一样开心，很快就把两床被子铺好了。

“夫人要不要重新梳个头？”金盏意有所指地提议道。

殷蕙只觉得好笑：“不用，你们下去吧。留意前边的动静，三爷回来了记得知会我。”

两个丫鬟喜滋滋地退下了。

殷蕙试着回忆上辈子的今日，一切都很模糊，只记得她一直在前院巴巴地等着魏瞻，魏瞻呢，他爱干净，回澄心堂的第一件事就是沐浴。殷蕙当时在场，努力要做个贤妻的她当然主动跟着进去伺候了。魏瞻神色淡淡，却也没有反对。紧跟着，她才红着脸解开他的衫子，就被他按在了桌子上。

殷蕙嗤了一声。

那时候她可是真真正正才十六岁的小媳妇，情窦初开，脸皮也薄，受的冲击大，记忆自然深刻。

当时她心里可热乎了，觉得魏瞻只是脸冷，其实心里也在深深地思念着她，所以才会那么迫不及待，那么热情似火。

如今想来，魏瞻想她的身子是真，那是男人的本能，与情情爱爱一点儿关系都没有。

换句话说，在魏瞻眼里，她这个妻子就是个暖床的，除了陪他睡觉，给他生孩子，她的其他方面，魏瞻都不放在眼里。

这些旧事就不能想，一想就来气。

今日畅远堂的洗三宴殷蕙也跟着忙活了半天，宴席上还要各种应酬，这会儿也累了。反正魏瞻要在勤政殿逗留小半晌，快黄昏才回来呢，殷蕙便散了发髻，脱了外裳，钻进被窝里歇晌了。

魏瞻并没有在勤政殿逗留太久。

两个儿子，燕王有话可以问长子，老三本来就话少，与其在这里杵着浪费时间，不如让他先回去好好休息。长子去京城带着妻子和孩子，啥也没耽误，老三可不一样。

魏瞻离开勤政殿后，还要去静好堂给生母请安。

温夫人有很多话想和儿子说，但儿媳因为儿子不在，受了一些委屈，温夫人就对儿子道："娘这边一切都好，你快回去看看阿蕙跟衡哥儿吧。"

魏瞻就想到了在畅远堂瞥见的殷氏。她穿着一件桃红的夹袄，耳垂上戴着一对儿红玛瑙的坠子，笑靥如花地与长嫂等人说着话。

三个月没见，她好像变了，变得更美，更艳了。

或是料到他快回来了，所以提前打扮起来了？

正是血气方刚之年，有些东西就不能想，想了便刹不住。

"儿子不在的时候，衡哥儿可还好？"魏瞻神色不变地端坐在椅子上，先打听稚子的情况。

温夫人笑道："好着呢，长得壮壮的，都会坐了，快回去瞧瞧吧。"

魏瞻顺势而为，起身告退。

其他院里的主子都在休息，魏瞻大步流星地回了澄心堂。

迎接他的是安顺儿，意料之中的人并不在。

"夫人呢？"魏瞻淡淡地问。

安顺儿道："许是累了，夫人先歇下了，只叫金盏留意您何时回来。"

魏瞻："嗯，告诉金盏，不必打扰夫人，备水吧。"

安顺儿早叫水房烧上水了，很快就兑好了一大桶温水。

两刻钟后，魏瞻换了件家常袍子，去了后院。

金盏、银盏都在院子里守着，因为三爷不许她们打扰夫人，她们就没敢知会她。

魏瞻先去耳房看衡哥儿。

乳母恭恭敬敬地站在一旁，床上衡哥儿睡得很香，白白净净的脸蛋，比他离开之前更漂亮了。

魏瞻戳了戳儿子的小胖脸。

衡哥儿皱皱小眉头。

魏瞻手指一顿，没再打扰儿子。

乳母试着问："要不，奴婢把五郎叫醒？"

魏瞻："不必。"

他又看了几眼儿子，起身离去。这一次，他直接去了殷蕙的屋子。

金盏、银盏识趣地守在门外。

殷蕙睡得并不是很深，当魏瞻坐到床上，床板下沉，她忽地醒来。她朝后偏头，就见魏瞻已经脱得只剩中衣，丹凤黑眸沉沉地看着她。

殷蕙眨了眨眼睛，又往魏瞻身后看去，窗户那边一片明亮，不像黄昏。

“您……您回来啦？”

殷蕙一边疑惑他怎么提前回来了，一边撑着床铺坐了起来，乌黑顺滑的长发自然而然地垂落下去，有几缕不老实地翘了起来，那凌乱却给她增添了几分慵懒与妩媚。

魏瞻的视线从她的发丝移到她的脸上。她的脸睡得红扑扑的，半边脸上还残留枕头的压痕。

床帏中飘散着一缕清香，是她常用的花露味道。

“怎么没等我？”魏瞻看着她的眼睛问。

那样的神色，那样平淡的语气，不了解他的人，会以为他在生气。

幸好，殷蕙很了解他了，知道他只是纯粹地在问一个问题。

她垂着眼道：“我以为父王会多留您一会儿。”

回答完了，注意到中衣的领口有些松散，殷蕙下意识地拢了拢。

还没拢好，一只大手从斜刺里探了过来。

殷蕙深深地吸了一口气，就像回忆中本该发生在浴房的那一幕，突如其来的动作总是叫人心惊。

下一刻，她被魏瞻按回了床上。

依然是从脖子开始。

殷蕙试图保持冷静，可魏瞻的呼吸太热，早已熟悉这滋味儿的身体也不太受她的控制。

既然不受控制，殷蕙索性不去管了。

又有什么关系？魏瞻可以把她当暖床的摆设，她也可以把魏瞻当暖床的摆设，反正这事又不是只有他自己快活。

快到黄昏，魏瞻才终于抱着殷蕙不再动了。

殷蕙大口大口地喘着气，鬓发湿漉漉的，整个人仿佛刚从水里捞出来一样。

身后的男人长长地呼出一口气，气息吹得她耳根一凉，怪舒服的。

当他的呼吸越来越平稳，殷蕙也完全冷静了下来，挪开他搭在她腰间的手道：“晚上还有接风宴，咱们该起来了。”

今晚若是迟到，两口子都要被人笑话。

魏瞻自然也明白这个道理，摇摇铃铛，命丫鬟们端水进来。

不同场合需要用的水也不一样，金盏、银盏分别提了一桶兑好的温水进来。

魏瞻先去清洗。

殷蕙躺在床上，透过一层帷幔与屏风，看到魏瞻模糊的身影。他个子很高，拧了拧巾子，上上下下地擦拭着。

燕王的五个儿子里面，魏瞻的武艺最好，体形也最耐看。

殷蕙的思绪又开始乱飞。

盲婚哑嫁能嫁一个这么俊俏的夫君，她也不算亏了。只要别死求什么一心一意，有钱，有身份，又有个俊夫君时不时地暖一下被窝，这日子真的很不错了。就算将来温如月进门做妾又怎样？妾能越过正室去？瞧瞧人家徐清婉、纪纤纤，年轻的时候或许还会酸一酸，时间一长，胸怀练出来了，看小妾跟看花花草草一样。

魏瞻擦拭完了，穿好衣袍，朝床上看去，却见殷氏正目不转睛地看着他这边。

明明想他想得厉害，刚刚黏在一起时她偏闭着眼睛，这会儿倒肯看他了。

“我去看看衡哥儿，你快点儿收拾。”

交代完了，魏瞻转身就走。

殷蕙回过神来，揉揉发酸的腰，站起来去收拾。

等她走出厅堂，就见魏瞻坐在椅子上，一双有力的大手握着衡哥儿腋下，衡哥儿双脚踩在爹爹的腿上，蹦跶得正欢。

魏瞻的嘴角挂着一丝浅浅的笑意，只是殷蕙一出来，他的笑容也迅速消失了，仿佛他的笑容非常值钱似的，旁人不给钱他就不给笑。

衡哥儿歪头看看娘亲，继续踩爹爹玩。

小家伙长得壮，殷蕙与乳母的力气都不能支持她们长时间这样逗弄衡哥儿，好不容易来个力气大的爹爹，衡哥儿当然玩得开心，小嘴巴里发出咿咿呀呀的声音，不时喷出几点口水来。

魏瞻反应够快，每次衡哥儿一喷口水，他便往后躲，竟然都躲了过去。

他就是如此爱干净，连亲儿子的口水都嫌。

“好了，咱们也该出发了。”殷蕙喝了一口茶，提醒道。只是那声音绵绵软软，带着一丝喑哑，听得金盏、银盏都低下头，魏瞻也朝殷蕙看了过来。

殷蕙察觉自己的异样，不由得瞪向魏瞻，一双桃花眼湿漉漉的，双颊又染了薄红，越发艳媚。

魏瞻只是说道：“走吧。”

傍晚的北风已经很凉了，或许能吹散她脸上的红晕。

殷蕙给自己加了件斗篷，紧紧地跟在魏瞻旁边，见风吹起儿子的兜帽，她刚想替儿子拉下帽子，魏瞻先做了。

到了勤政殿侧殿，他们一家三口竟然是小辈里面来得最早的。

二爷魏昳牵着二郎来了，见到他们，习惯性地调侃魏曕："三弟舟车劳顿，怎么没多歇会儿？我还以为今天肯定是我最早。"

魏曕起身与他说话，殷蕙只管坐着，没往那边看。

魏昳悄悄看了她一眼，直看得心里一惊。他暗暗警告自己，那可是弟妹，再美，再艳，他也不能胡思乱想。

渐渐地，各房都到齐了，只有纪纤纤因为坐月子没能来。

宴席开始，一大家子人吃吃喝喝起来，气氛融洽。

燕王笑容满面地提起了魏曕在京城的表现："皇上安排诸位皇孙们比试骑射，老三拿了头筹。老四，老五，你们也要勤练武艺，争取向你们三哥看齐。"

"三哥威武！"

四爷魏昡、五爷魏暻齐齐赞道，举杯向魏曕敬酒。

魏曕谦虚地说道："侥幸而已。"

温夫人一脸骄傲地看着自己的儿子。

李侧妃看了看魏曕，忽然转头看向了徐王妃、郭侧妃。这两人多次维护殷蕙，莫非是想拉拢魏曕替他们的儿子效力？

魏曕有才，殷蕙有钱……

李侧妃突然后悔起来。这么明显的香饽饽，她怎么没早想到这一层，反倒把老三一家得罪死了！

接风宴结束时，外面已经黑漆漆的了。

风也大了，嗖嗖地吹着，走在前面的魏曕几兄弟都不想开口吃风，女眷们也都紧紧地闭着嘴。

殷蕙双手插在袖套里，心想，往后再有晚上的席，她就不带衡哥儿出来了。

到了东六所，几位爷和姑娘们各回各的院子，殷蕙一家回到澄心堂时，衡哥儿竟然已经睡着了。

小孩子就是好，无忧无虑的，吃了睡，睡了吃，一天就这么过去了。

魏曕让殷蕙先去后院，他有些事。

言外之意，虽然他会晚点儿来，但今晚肯定会在后院过夜。

殷蕙下午根本没睡多久，这会儿又困又累的，回到屋里洗漱洗漱，就钻进了被窝。

过了一刻钟，魏曕来了。殷蕙探头瞧了瞧，看见他手里拿着一个匣子。

看清楚了，殷蕙又躺回枕头上，看着魏曕在床边坐下，将匣子放在他的枕头旁，也就是她的面前。

金盏端了铜盆过来，伺候魏瞻洗脚。

魏瞻默默坐着，柔和的灯光缓和了他冷峻的脸色，看着似乎多了一两分人情味儿。

殷蕙又看了看那匣子。

上辈子魏瞻从京城回来，也是这样拿了一个匣子过来，往旁边一放。她站在床前看着他洗脚，没敢问匣子里是什么，还是魏瞻将匣子递给她，说："皇上赏你的。"

殷蕙惊喜地打开匣子，里面是一支镶宝石的金簪子。再贵的簪子殷蕙也有，但这是御赐之物啊，殷蕙就很高兴。夜里魏瞻要，她也很是配合，尽管身子其实已经累了。

可是今晚，殷蕙不想再来了。下午她已经尽了妻子的义务，两次呢，够了。晚上继续强撑，只会便宜他。有情的时候自己委屈一下也没关系，没了情，殷蕙就不想委屈自己。

魏瞻侧对着她，余光能看见她眼巴巴地观察那匣子，却什么都不问。

她一直都是这样，过分守礼，过分谨慎。

"爷，要熄灯吗？"金盏、银盏退下之前，请示道。

魏瞻："不用。"

两个丫鬟便低头告退。

魏瞻转过头来，才要开口，却见殷蕙拉起被子盖住鼻子，好像在打哈欠，一双映着灯光的桃花眼里浮现出一层水色。

"困了？"他问。

殷蕙点点头，委婉却又相当明确地暗示道："上午在二嫂那边帮忙，下午又没睡好。"

魏瞻看着她垂下去的眼帘，刚刚进来时的疑惑终于有了解答。怪不得她没有像以前那样恭恭敬敬地伺候他，而是自己先躺下了，原来是身子撑不住了。

"皇上赏你的，先看看吧。"魏瞻将匣子推了过去。

殷蕙也没有诚惶诚恐地坐起来，仿佛皇上只是一位普通的长辈罢了，仍然懒懒地躺着，只伸出两条胳膊，一手扶着匣子，一手打开盖子，往里面看了看。熟悉的簪子映入眼帘，殷蕙露出一个笑容，拿出簪子，仰面端详起来，然后问魏瞻："皇上怎么想到赏我东西了？"

魏瞻："今年春天，父王给宫里写信，提到你与衡哥儿了。"

殷蕙："大嫂、二嫂她们有吗？"

魏瞻看着她漂亮的眼睛，只觉得她此时倒是胆大。只是，分开这么久才相聚，这是第一晚，他没有教训她，只解释道："也给了大嫂赏赐，不知是什么。"

殷蕙笑了："二哥、二嫂没去，所以他们没有？"

魏瞻默认。

殷蕙就将簪子放进匣子，试探着使唤他道："先收起来吧。二嫂在坐月子，等她身子养好了，我再去她面前显摆。"

之前她过于敬畏魏瞻，在他面前战战兢兢的，夫妻俩白日完全不像夫妻，倒像主子与丫鬟。重活一回，殷蕙既不想得罪魏瞻，给魏瞻留下半路休妻的把柄，也不想太束缚自己。如果能与魏瞻比较平等地相处，她给魏瞻倒茶，魏瞻也愿意帮她做些小事，日子才更舒坦。

而且这种夫妻相处模式，在王府里并不是特例。纪纤纤就经常不给魏昳面子，她殷蕙还没那么过分呢。

魏瞻颇感意外地看着被窝里的女人。

今晚她的每一种表现，都出乎他的意料。平时那么恭谨，此刻面对御赐之物，反应竟如此稀松寻常，甚至还想着去二嫂面前炫耀。

殷蕙又蒙着脸打了一次哈欠。

魏瞻转身，拿起匣子下了床。

刚把匣子放到梳妆台上，帐子里飘出她绵软的声音："您顺便把灯也熄了吧。"

魏瞻就又多走几步路，把几盏灯熄了。虽是很寻常的事，那种怪异感却越来越明显。

回到床上，双眼已经习惯了黑暗，能看见她裹着被子睡在最里面，被窝与他的被子中间空出一片，还能再睡个孩子。

魏瞻躺下，一片静谧中，能听到她清浅的呼吸声，大概已经睡着了。

魏瞻只好也睡了。

黎明之际，殷蕙被魏瞻弄醒了，他钻进她的被窝，把她当面团揉。

殷蕙还想装睡，装着装着没忍住，哼了出来。

耳边传来一声轻笑。

殷蕙被那短促笑声中透出的得意刺激到了，赌气去推他的手。

魏瞻紧紧地抓住她的手。

当第一缕晨光透过琉璃窗投射到室内铺着的地板上时，魏瞻终于挑开帐子，若无其事地走了出来。

丫鬟们早在外面候着了，听到传唤，依次端着水走了进来。

魏瞻收拾妥当，去了前院。

银盏来到床边，透过薄纱帷幔，看见夫人趴在枕头上，半边肩头露出来，乌黑的长发凌乱地披散着。

“夫人，该起了。”银盏轻声道。

殷蕙知道该起了，可骨头仿佛还在温泉池子里泡着，懒洋洋的使不上劲儿。

“我再躺一刻钟。”殷蕙懒懒地说道，非常庆幸徐王妃是个宽容慈善的嫡母，她们妯娌只需在每个月逢十的日子去请安便可，平时可以睡个懒觉。

银盏就先退下了。

一刻钟很快过去，殷蕙叹了一口气，坐了起来，开始梳头打扮。在梳妆台前坐了一会儿，她才发现台面上多了两个匣子，一个匣子里装着御赐的金簪，一个匣子里整整齐齐地摆着十个金光灿灿的元宝，每个元宝都是五两的。

十个金元宝，也就是五百两银子。

“三爷说，这是皇上赏给您与五郎的，叫您收好。”金盏笑盈盈地解释道。

殷蕙笑了。谁见到金子又会不笑呢？

魏旸几兄弟，包括家眷，都是从公账上领份例生活，哪怕魏旸、魏昳、魏曕都有了差事，俸禄也要充公。只有燕王或皇上给了赏赐，才会归属各位爷的小库房。

魏曕冷情归冷情，封王前每次得了赏赐，都会交给她保管，绝不会跑外面花天酒地。

到了吃早饭的时候，魏曕从前面过来了。

因为那匣子金元宝，殷蕙也就懒得计较黎明那场胡闹了，叫丫鬟们备饭。

一家三口，今早早饭也分成了三份。摆在魏曕面前的还是他爱吃的稠粥、干巴巴的肉馅儿饼，殷蕙这边却是一份薄皮汤包、一碗汤米均匀的粥以及银鱼鸡蛋羹。衡哥儿可以吃些辅食了，殷蕙叫厨房给儿子蒸了南瓜泥，小家伙很喜欢吃。

以前魏曕不说话，殷蕙吃饭也吃得紧张，如今她吃着自己爱吃的，再看着乳母喂儿子，才不管魏曕做什么呢。

饭桌上的变化太明显，魏曕想不注意都难。

最明显的变化是，殷氏不再时时刻刻观察着他。她变得从容了，眼里好像，也没了他。

饭后，魏曕去了前面。他也有差事在身，不过因为刚从京城回来，父王给他放了三日假，让他多陪陪妻子和孩子。

衡哥儿太小，没什么好陪的，殷氏……好像变了一个人。

“叫汪平过来。”

进书房前，魏曕吩咐安顺儿道。

安顺儿点头，去找汪平。

汪平是在魏瞻身边伺候的另一个太监，才十三岁，平时负责一些端茶倒水的小事，听安顺儿差遣。

之前安顺儿跟着魏瞻去了京城，汪平留在了府里。

“爷，您找我？”

汪平恭恭敬敬地站到了主子面前。

魏瞻问：“我不在的这三个月，夫人与以前相比，可有什么变化？”

汪平下意识地挠了挠脑袋，瞄了一眼主子，斟酌着说道：“夫人平时也不使唤我，都让金盏她们伺候，我就没发现什么太大的变化。不过，夫人比以前爱出门了，中元、中秋、重阳前都出过府，还陪榅姑娘出去过两次。榅姑娘也经常来咱们这边做客。哦，还有，重阳前，夫人的陪嫁管事送了一箱账本过来，前几日锦绣楼也给夫人送来了几套冬装，瞧着都挺鲜艳的，跟夫人以前穿的不太一样。”

除此之外，汪平还发现了一个变化。

夫人更爱笑了，也更大方了。以前夫人见到他都要紧张一下，如今他上前行礼，夫人已经是一副主子应有的姿态了。

汪平觉得，变了的夫人更美了，看起来更舒服了。

只是作为下人，他不能把这点也说出来。

魏瞻：“只有冬装变艳了？”

如果只是冬装，殷氏便是为了他而打扮。

汪平回忆了片刻，又道：“也不是，秋天夫人穿的那几身也挺明艳的，好像是夫人之前的陪嫁。”

魏瞻薄唇微抿。

他在家的时候她穿得素淡，他走了，她打扮那么好看给谁看？

“下去吧。”

汪平如释重负，赶紧走了，心里却忍不住胡思乱想起来：三爷一回来就打听夫人的变化，莫非察觉了什么？

可三爷能察觉什么呢？夫人还是那个夫人啊。

魏瞻在书房看了一个时辰的书，然后来了后院。

殷蕙坐在次间的暖榻上看账本，乳母与衡哥儿在榻的另一头玩。衡哥儿似乎对娘亲正在做的事情非常感兴趣，可他还不会爬，无法过来捣乱。

魏瞻没让丫鬟们通传，直接进来了。

乳母吓了一跳，赶紧站到了地上。殷蕙仍然靠着迎枕，视线从手中的账本上抬起来，看向白日里很少踏足后宅的冷脸夫君："您怎么过来了？"

她这闲适的模样，更加印证了魏瞻的猜测：殷氏变了，不知为何变了。

"我来看看衡哥儿。"

魏瞻道，同时扫了一眼屋里的几个下人。

乳母与丫鬟们连忙告退。

魏瞻脱了鞋子，坐到儿子身边。衡哥儿正仰面躺着呢，手里抱着一个赤金的铃铛球。

魏瞻指着铃铛球问："此物看着眼熟，是不是三妹的？"

殷蕙十分佩服他的记性，一个同父异母的妹妹幼时的玩物，他都能记得。

"是啊。七月里我回娘家，带了一箱海货回来，给大家分着吃了，三妹妹客气，送了这份回礼给衡哥儿，后来我们也就经常走动了。"

魏瞻看着她道："三妹性情爽朗，活泼好动，难得你们能亲近起来。"

殷蕙总觉得他这话里好像藏了什么别的意思，但还是顺着他的话道："其实我与三妹的性情挺像的，都贪玩好动。只是嫁到王府后，我怕无意间触犯了什么规矩，刻意收敛了一年。最近发现大家都挺好相处的，我也就放开了，敢吃，敢穿，也敢出门，正合了三妹妹的脾气。就是不知，您喜欢我保持哪个样子？"

最后一句，她是低头对着账本说的，刻意显出几分羞涩。

魏瞻想起了她刚嫁过来的时候，虽然一举一动都很谨慎，一双水润的眼睛却透出几分不规矩来。只是慢慢地，那份灵动越来越少，仿佛一匹野马，终于被人驯服了。

"随你喜欢，我都可以。只是，你与三妹不同，该守的规矩还是要守。"魏瞻说完，开始逗儿子了。

殷蕙松了一口气，刚刚她真怕魏瞻要她继续做那个谨小慎微的三夫人。

"怎么突然看起账本了？"

沉默片刻后，魏瞻又与她说话了。

殷蕙如实答道："那日回家，听祖父提起有个管事做假账，所以我也看看，免得被下面的人糊弄了还不知道。"

魏瞻："嗯。"

时间一点儿一点儿过去了，殷蕙看看窗外，厨房的烟囱里已经冒起了炊烟。

她收起账本，对魏瞻道："我出去看看。"

魏瞻头也不抬地应了一声。

直到殷蕙走出去了，魏瞻才抬眸看了一眼那微微晃动的棉布帘子。

他离家三个月，她竟然一点儿也不好奇他在京城都做了什么，甚至连句"路途是否辛苦”都没有问。

难道先前她对他的殷勤周到都是装出来的，因为陌生而怕他，现在不怕了，她索性也不装殷勤了？

突然，一股暖流直直地落到了他手上。

魏瞻猛地避到一旁。

衡哥儿仍在撒着尿，打湿了一片垫子。

魏瞻看看衣袍，再看看手，冷声朝外叫道：“乳母！”

殷蕙与乳母一起往里赶，进来时，只瞥见魏瞻跨进内室的背影，以及榻上咿咿呀呀自己玩耍的衡哥儿。

“哎，五郎尿了。”

乳母一边检查衡哥儿的裤子有没有湿，一边给了殷蕙一个担忧的眼神，会不会尿到三爷身上了啊？

殷蕙心想，尿了才好呢，叫他假干净！

# 第六章

乳母在外面照看衡哥儿，殷蕙去了内室。

魏瞻穿着中衣，背对着她站在东面那一溜的八门黄花梨衣柜前。他已经连着打开四扇门了，都没有看见一件属于他的衣裳。

“您的都在最里面的柜子里。”殷蕙轻声提醒道。

魏瞻在前院留宿的时候更多，所以只放了一小部分衣裳在这边，前阵子她收拾衣柜，将他那点儿衣裳都放到一个柜子里了。

魏瞻瞥了一眼还没有打开的四扇柜门，反而不开了，走到屏风前冷声道:“你去找。”

殷蕙偷偷撇嘴，依言走向衣柜。谁让人家是尊贵的王子龙孙呢?

魏瞻侧目注视着她的一举一动。

那一排黄花梨衣柜比她高很多，站在柜子前的她，显得十分娇小，单薄。

今日她穿了件橙红缎面绣宝蓝花的夹袄，一手扶着柜门，五指纤细白皙，然后微微踮起脚尖，用另一只手取了一件天青色的男式外袍下来。因为伸着胳膊，夹袄往上一动，不经意就露出一截窄细的腰来。

在她转身之前，魏瞻垂眸，目光瞥见被他丢在一旁，沾了儿子的尿的袍子，抿了抿嘴角。

男人脸色不好看，殷蕙没敢拿乔，抱着袍子走到他面前，温温柔柔地说道：“衡哥儿还小，您别生他的气。”

魏曕只是伸开手臂，让她服侍穿衣。

殷蕙伺候好他，转身提着脏衣裳走了出去，叫银盏拿给小丫鬟去洗。

都要吃午饭了，魏曕依然待在里面不出来。殷蕙想了想，抱着衡哥儿进去了。

魏曕坐在床上，不知在想什么。

幸好殷蕙有了那十年的经验，没有被他的冰块儿脸吓到。她抱着衡哥儿坐到他身边，笑着说道：“您还真生衡哥儿的气啦？”

魏曕脸上的肌肉绷紧了。

殷蕙就抓起儿子的两只小胖手，摆成作揖的姿势朝他晃了晃：“衡哥儿快给爹爹赔罪，说你以后不敢了。”

衡哥儿懂什么呀？只管对着爹爹傻笑。

魏曕皱眉对殷蕙道：“我在想事情，与孩子无关。”

说着，他抢走衡哥儿，去了外面。

殷蕙还真不知道他在琢磨什么，也不在意。她来叫他吃饭，只是不想全后院的下人因为他而战战兢兢，如履薄冰。

这晚魏曕宿在了前头。

殷蕙习以为常。魏曕一直都比较节制，很少会连着在她屋里睡。昨日下午，再加上今天早上，次次都很久，他肯定也得歇歇。

次日上午，魏曕来静好堂坐了坐。

温夫人看见儿子很高兴，只是有点儿奇怪：“怎么你自己来的？阿蕙跟五郎呢？”

魏曕道：“儿子想单独陪陪您。”

温夫人闻言，露出了一副受宠若惊的表情。自打儿子懂事后，可再也没有说过如此贴心的话了。

母子二人互相看了看，还是温夫人慈母心肠，主动询问起儿子去京城的见闻来，譬如燕王提到的皇孙比武，具体都比了哪些，儿子有没有受伤什么的。

魏曕言简意赅地回答了母亲，心里下意识又比对起来。

三个月前的殷氏在某些方面与母亲很像，都是一样在意他，关心他，事无巨细地对他嘘寒问暖，过于殷勤，以至于经常令他觉得聒噪。如今母亲的关心与唠叨依旧，殷氏却变了。

这其中肯定发生了什么事，促使了殷氏的变化。

可无论魏瞻如何回忆，都找不到原因。最开始的苗头，是临别的那晚，半夜时分温存时，殷氏突然一反常态，不但抗拒，还骂他浑蛋。

难不成，殷氏还是在怨他没有带她去京城，如今表现出来的冷淡疏离都是她怨怪的方式？果真如此的话，简直是无理取闹。

“娘，您觉得殷氏可有什么变化？”魏瞻忽然问。

温夫人愣了一会儿才反应过来儿子在说谁，先劝儿子：“你叫她阿蕙吧，叫殷氏听着怪生分的。”

魏瞻不置可否。

温夫人开始思索儿子的问题，沉吟片刻，笑道：“阿蕙好像比以前开朗了，会主动给我讲画。嗯，胆子也大了，居然敢派丫鬟出府给我买烤肉馍吃。这孩子真孝顺，又美貌，又有才华，你可要好好对她。”

魏瞻：“她给您讲画？”

温夫人笑着叫丫鬟把那幅《秋菊图》拿出来，叫儿子过目：“这画画得真好，你父王也喜欢看呢。”

魏瞻见了《秋菊图》，唯有沉默。

温夫人见儿子赏画的兴致似乎不高，就叫丫鬟将《秋菊图》挂了回去，反问儿子：“你怎么突然问起阿蕙了？难道你不喜欢阿蕙现在这样？”

魏瞻抿唇不语。他不喜欢的是殷氏对他的忽视，仿佛他只是一个外人，而不是她的夫君，也不喜欢猜不透她究竟为何变了的烦躁心情。

“她很好，儿子只是随便问问。”

在母亲这里找不到线索，魏瞻就准备告退。

温夫人想起一件事来，问：“阿蕙的生辰，你可记得？”

魏瞻想了想，道：“十月初六。”

当初两人议婚，虽然已经是板上钉钉的事，但该走的流程都走了，合八字的时候，他看过殷氏的庚帖，也就记下了她的生辰。

儿子对答如流，温夫人顿觉欣慰。她的儿子面冷如冰，其实心里对儿媳妇很上心呢。瞧瞧，生辰记得这么清楚。

“那你别忘了给阿蕙准备生辰礼物。她虽然做了娘了，却也才十六岁，还是姑娘心性呢，你多哄哄她。”

魏瞻敷衍地点点头，走了。

去年她生辰，他差事正忙，忙过了某一日才突然记起这事。不过已经过了，她也好像不记得这回事，魏瞻就没有补什么礼物。

今年，如果不是母亲提醒，他大概也不会想起来，就像他也从来不会特意去记着要给自己过生辰。

又去学堂看了看老四、老五读书，快到晌午，魏瞻才回了澄心堂。

他一走一上午，殷蕙也没有问他去了哪里。这种问题，上辈子她问了太多次，魏瞻总是不愿回答，这辈子又何必再问？

她也不好奇了，左右就是那几处地方。

午饭端上桌，依然是魏瞻坐一边，殷蕙与乳母坐在一边，中间夹着衡哥儿。

前阵子殷蕙叫木匠给衡哥儿做了一张椅子，后面有靠背，前面有放吃食的托盘，这样大人给他喂饭也方便，省得抱着了，等衡哥儿再大一些，还可以早早练习自己吃。

椅子上面铺满了缎面的垫子，无论衡哥儿怎么拍打、玩耍，都不会有划伤手指的危险。

"这椅子哪里买的？"魏瞻罕见地在吃饭的时候说话了。

殷蕙看了他一眼，道："我突发奇想想到的，您觉得如何？"

魏瞻："有些危险。平时别让他自己坐在上面，小心摔下来。"

殷蕙本想解释下面都有带子系着的，见他低头吃饭了，就把话咽了回去，看向乳母。

乳母立即站起身来，弯着腰向魏瞻保证，她会寸步不离地守在小主子身边。

魏瞻淡淡地应了一声。

衡哥儿急着吃东西，呀呀地朝乳母叫，乳母忙重新坐下，拿勺子舀煮成粥状的红薯泥喂他，一勺下去，衡哥儿两边嘴角都沾了金红色的糊糊。

即便如此，殷蕙也觉得儿子漂亮可爱。一顿饭的时间，她除了自己夹菜吃饭，视线几乎没有离开过儿子。

魏瞻放下筷子，去了书房。不过到了晚上，吃完晚饭他没有走，逗了一会儿衡哥儿，等乳母抱走衡哥儿，他径直去了内室。

殷蕙梳头时，他就靠在床上看书。

丫鬟们端来洗脚水，夫妻俩并肩坐在床边，让丫鬟们伺候。

自始至终，谁也没有主动开口说话。

魏瞻的话非常少，如今殷蕙收了心，也没有什么话可与他说。

主子们各怀心思，金盏、银盏都察觉了夫人的不对劲儿。以前夫人首先会恭恭敬敬地服侍三爷，也会努力找些话说。如今呢，三爷还是那个冷冰冰的三爷，夫人虽然不冷，可好像不爱搭理三爷了，也没了那份恭敬劲儿。瞧瞧，洗完脚竟然直接钻到里面的被窝躺下了。

退下后，金盏忍不住悄悄问银盏："夫人与三爷是不是吵架了？"

银盏下意识地摇摇头："怎么可能？"

夫人怎么可能敢与三爷吵架？这两人根本也吵不起来，只要三爷皱皱眉，夫人都怕得要认错了。

金盏："但你没觉得夫人在三爷面前，好像不一样了吗？"

银盏沉默了。是不一样了。夫人又变回了殷家的二小姐，我行我素，不必看谁的脸色。她喜欢这样的夫人。

"别多想了，三爷都没说什么。"

金盏点点头，可心里总是莫名地不踏实。

今晚该金盏守夜，九月底的平城几乎就是入了冬，哪怕屋子里烧着地龙，刚铺好的被窝也冷冰冰的。幸好夫人体恤她们，也赐了汤婆子下来。

夜黑人静，金盏抱着汤婆子取暖的时候，内室忽然传来了熟悉的动静。

金盏在被窝里笑了。果然是她多虑了，三爷与夫人亲密依旧呢。

"二嫂将京城夸得那样好，你真不想去？"

魏瞻缓缓地问道，吐字的节奏与动作一致。

殷蕙只觉得荒谬。这时候他不专心办事，说什么话？还提什么二嫂？京城又是哪辈子的话题？

"不想去，太远了。"她偏着头道，想避开他的气息。

魏瞻："真不想？"

他似乎很执着于这个答案，慢吞吞地动着，像是在给她时间好好考虑。

殷蕙真不想。她只想他快点儿，别在这节骨眼吊着她。

"真不想。祖父去过南边，说根本没有传说的那么好。冬天湿冷，夏天闷热，春秋虽然气候宜人，却时间太短，远不如平城的气候叫人舒服。再说了，衡哥儿这么小，带出去肯定不方便。不带他，叫我离开他仨月，比要了我的命还难受，我可舍不得。"

为了打消他那根本不必有的怀疑，殷蕙一口气解释了很多。

她的语气那么自然，甚至还用小动作催了催他，哪里又像在为不能同去京城而怄气？

所以，她真的只是放开了本性。而她的本性，也没有像之前表现出来的那般在意他。父王让他娶殷家女是为了利益，她也并不曾真正把他当夫君看待，之前的种种谨慎殷勤，都只是初来乍到的试探与摸索，一旦有了儿子，在王府站稳了脚跟，便可以把他推开，连装贤惠温柔都懒得装了。

帐子里太黑，殷蕙看不清魏瞻的表情，只感觉他的呼吸陡然急促起来，莫名叫人觉得危险。

她说错什么话了？

殷蕙还在思索，魏曕突然抽身而退。

殷蕙：……

简单地收拾收拾，两人重新躺下，一人一个被窝。

殷蕙有点儿睡不着了。今晚他的表现过于异常。那十年里，他可从来没有在这种事情上半途而废过。

“您没事吧？是不是我说京城那边的气候不好，您不爱听了？”

殷蕙对着魏曕的背影低声道。

男人没有理她。

殷蕙叹道：“是我失言了。金陵乃龙脉所在，岂是我可以随意置评的？不过您放心，我以后一定谨言慎行，绝不再妄言。”

魏曕睁着眼睛，默默地看着帐子，根本没有听她说话。

他想起了父王要他娶殷家女的消息刚刚在王府传开时，王府众人的表现。

大哥特意宽慰过他，说父王不屑做强抢民财之事，只能委屈他，这也是为父王分忧，父王会记着他的功劳。

二哥也来宽慰他，说殷家女是平城出了名的美人，叫他安心享受艳福。

母亲垂头叹气，自责是她没用，没能为他娶回一个名门贵女，不如兄长们的婚事体面。

表妹默默垂泪，心疼他接了这门门不当，户不对的婚事，替他难过。

对这门婚事，魏曕确实有过不满。

可他没有迁怒过殷氏，因为他知道，一切都是父王的决定，殷家根本没有反对的资格。他必须娶殷氏，殷氏也必须嫁过来。

殷氏那么小心翼翼，那么谨慎地看别人的脸色，魏曕虽然不喜，却也能理解她的处境。

然而现在，他突然发现，那一切只是殷氏的权宜之计罢了。她一早就清楚这门婚事是如何来的，根本就没想过要与他举案齐眉，她要的，只是燕王府三夫人的身份，只是母凭子贵带来的安稳。

魏曕冷笑。

他能接受一个出身不相当的妻子，却不能接受妻子不将他看在眼里。

魏曕是个闷葫芦，他心情好的时候话都不多，如果他刻意不想说话，别人更休想从他嘴里套出话来。

那十年里，因为魏曕这糟糕的脾气，殷蕙没少生闷气。人家睡得好好的，她在被窝里睁着眼睛猜测他究竟在想什么。

幸好，她再也不会犯这个傻。

软话也说了，见魏瞻不理人，殷蕙翻了个身，裹了裹被子，自己睡了。

不知什么时候，殷蕙忽然醒了。

身子感觉不太对劲儿。

看看外面，一片漆黑。殷蕙犹豫片刻，悄悄坐了起来，再从床脚爬下去。

眼睛习惯了黑暗，殷蕙从桌子上找到火折子，去了净房。

点亮这边的灯，殷蕙检查了一下裤子，果然来了月事。

殷蕙提着灯回到房间，一手打开一扇衣柜的门。

虽然她的动作很轻，还是发出了声音。

“你在做什么？”帐子里传来男人冷漠的声音。

殷蕙无奈地说道：“月事来了，我换条裤子。”

等了一会儿，见魏瞻那边没了动静，殷蕙也就忙自己的去了。

等她重新钻进被窝，抓着被子瑟瑟发抖地回暖时，发现魏瞻翻了个身。

殷蕙试探着叫道：“三爷？”

魏瞻似乎不太耐烦地“嗯”了声。

殷蕙道：“我月事来了，这几日您担待些。”

魏瞻沉默不语。

他原本就打算晾她一段时间，让她反思过错，没想到竟然会撞到她来月事，那接下来的六七日就算他不过来，她大概也不会发觉他其实是在故意冷落她。

心情不好，魏瞻再也没能入睡，躺到天微微亮，便马上起来了。

来后院用早饭时，发现只有乳母、衡哥儿在。

虽然他就是为了衡哥儿才过来的，但没看到殷氏，他还是皱了皱眉。

银盏低着头走到他面前，轻声解释道：“禀三爷，夫人身子不适，今早就不吃了。”

夫人每次月事的第一日都会腹痛，以前都忍了，今早大概实在撑不住了吧。

魏瞻不以为意，见儿子吃得欢，这么大点儿的人竟然吃了小半碗南瓜泥，他的心情也好了一些。吃完饭，逗逗儿子，他便去了书房。

殷蕙连逗儿子的心情都没有，躺在被窝里，一动也懒得动。

“夫人，喝点儿红糖银耳汤吧，肚子里没东西也不行啊。”银盏端了羹汤进来，瞧见主子苍白虚弱的脸，心疼得不行。三爷也真是的，她都说了夫人身子不适，三爷也不知道进来瞧瞧，一点儿都不会怜惜人。

“你喂我吧。”殷蕙有气无力地说道。

金盏凑过来，扶着她靠在软枕上，银盏坐到旁边，一口一口地喂她。

暖汤下肚，殷蕙觉得舒服了些，吃完简单漱漱口，就又躺下了。

今日魏曕仍然放假，魏楹那么机灵，绝不会过来打扰他们夫妻久别团聚，徐清婉等人也不会过来走动，她可以安心地卧床休息。

畅远堂，纪纤纤还在坐月子，虽然产后有很多不适，但丫鬟打听来的一些消息让她十分愉悦。

“世子爷平时沉稳庄重，一副不在意女色的样子，身边的姨娘也都是徐氏给安排的，我还以为他真的不在意美丑。这不去了趟京城，徐氏还跟着呢，他竟然也带了个歌姬回来。我猜啊，那歌姬一定非常美貌，美到世子爷连徐氏的面子都不给了。”

丫鬟笑道：“哪有男人不爱美人的？都说柳下惠坐怀不乱，依奴婢看，他不乱，也是因为坐上去的美人不够美罢了。”

纪纤纤一开始还笑，笑着笑着想起一个人来，纳闷地问道：“三爷没带歌姬回来，在京城也没有睡过哪个歌姬？”

丫鬟点头：“这倒是真的。奴婢从大房那边打听到的，说是宫里赏了八个歌姬，三爷都让给了世子爷。”

纪纤纤咬牙：“这个三爷，你说他是真的不近女色呢，还是真喜欢殷氏，别人都看不入眼了？”

丫鬟猜测道：“应该是前者吧。三爷那人，像块冰似的，反正奴婢是想象不出他会对谁热乎起来。”

纪纤纤心念一转，想到了温如月。

别看她经常拿魏曕与温如月的青梅竹马关系去刺激殷蕙，其实她自己清楚，魏曕在温如月面前同样是那副冷淡样子，最多温如月有什么事求他帮忙，魏曕都会帮罢了，更像个好表哥。

青梅竹马都换不来魏曕的温柔，殷氏何德何能？命好罢了，让她嫁了三爷。

晌午魏曕也没有见到殷蕙，看丫鬟，丫鬟还是说她身子不适，正睡着。

以前她来月事也没有这般过，难道是昨晚爬上爬下的，着了凉？

趁午饭还没端上来，魏曕去了内室。

房间里面静悄悄的，魏曕站在床边，隔着一层薄纱帷帐，看见她侧着身子朝外躺着，乌发凌乱，露出半张苍白的小脸，眉头也皱着，仿佛正在承受很严重的不适。

看了一会儿，魏曕悄然退了出去。

吃过午饭，他抱着衡哥儿坐到廊檐下晒太阳。初冬的阳光温暖却不刺眼，衡哥儿坐在爹爹怀里，好奇地东张西望。

银盏与乳母恭敬地伺候在左右。

魏瞻忽然问银盏："夫人以前来月事，也会如此？"

银盏眼眶都发酸了。小姐在娘家时多受老爷的宠爱啊，嫁到王府快两年了，三爷连小姐喜欢什么，怕什么都不了解，今日总算想起过问一下了。

她低下头道："后面几日还好，第一日总要痛上一天。请了郎中看过，也吃过几服药，都没有用，只能忍过去。夫人怕您担心，从来都硬挺着，今日肯定是挺不住了，才在您面前失了礼数，还请三爷莫要责怪夫人。"

衡哥儿突然吐了一点儿口水出来。

魏瞻拿柔软的棉布帕子替儿子擦掉，随口对银盏道："你去伺候夫人吧，这边不用你。"

银盏忐忑不安地走了。

乳母木头似的站在一旁，半个字也不敢在三爷面前多说。

魏瞻还在逗儿子，安顺儿从前面过来了："爷，王爷叫您去趟存心殿。"

魏瞻立即将儿子交给乳母，匆匆离去。

存心殿在前朝，如果燕王在前朝召见几个儿子，那肯定是为了正事。

从澄心堂到存心殿，魏瞻疾步而行，穿过重重宫门，终于来到了燕王面前："儿子见过父王。"

燕王抬头，看见儿子还在努力地调整呼吸，不由得笑了："不是什么急事。"又对下人道，"来人，给你们三爷端碗茶。"

很快就有人奉了茶上来。

魏瞻看了一眼父王，奉命喝了两口茶。

这时，殿外有人求见，乃是燕王身边三个护卫指挥使之一冯谡，他手下统领了一万八千人马。

冯谡进来后，先朝燕王行礼，再朝魏瞻点头致意。

燕王笑着对魏瞻道："你武艺好，先前让你做文职有些浪费了。从明日开始，你到冯谡手下做副指挥使，好好跟着你冯叔学习。北地两国都不老实，以后有你带兵的机会。"

燕王无法插手燕地其他文武官员的任命，但他身边的三个护卫所完全归他掌管，包括里面大小武官的选拔与任命。

如今燕王膝下三个成年的儿子中，世子爷魏旸协理平城的田地税收，二爷魏昳协理平城的刑罚诉讼，魏瞻是第一个可以插手燕王手中兵权的人。

"谢父王器重，儿子一定不会辜负您的厚望。"

燕王相信自己的眼光，叫儿子起来，又对冯谡道："老三太年轻了，你尽管调教，武将就是要多吃苦头才能成材。”

冯谡与燕王年纪相当，乃是燕王的心腹武将，王爷将三爷给交给他，他自然承诺会对三爷倾囊相授。

燕王还有别的事，让两人先退下了。

冯谡与魏瞻道别：“三爷且休息，明早我再带您去卫所熟悉事务。”

魏瞻颔首，目送冯谡离开，他才朝后宫走去。

凛冽的北风迎面吹来，魏瞻胸口却一片炽热。原来父王让他娶殷氏并非彻底放弃了他这个儿子，原来父王还会委他以重任。

回到澄心堂，魏瞻钻进书房就不出来了，直到窗外夜色降临，魏瞻才惊觉时间居然过得如此快，又到了吃晚饭的时候。

他又来了后院，这一次，总算见到了殷氏。

殷蕙歇晌起来后肚子就好受多了，吃了一碗红枣粥，气色也恢复了几分。

“明早您就又要早起当差去了，天越来越冷，您记得多穿些。”

殷蕙坐在暖榻上，很是关心般嘱咐魏瞻道。

当然，这只是为了维持夫妻和睦的表面功夫罢了，总不能真就一句话也不与魏瞻说了。

魏瞻瞥她一眼，道：“父王要我去护卫所做事，以后可能会经常宿在兵营。”

殷蕙怔了一下，笑容忽然僵住，像极了听闻丈夫要住在外面，心中有些失落。

至少在屋里伺候的金盏、银盏都是这么以为的。

魏瞻逗了逗儿子，再朝她看去。

殷蕙的神情还是有些复杂，却知道此刻该说些恭喜的话：“您武艺好，父王这是知人善任。只是兵营条件不如王府，起居上要辛苦您了。”

魏瞻没有错过她脸上的复杂情绪，他想，殷氏还是在意他的吧，不希望他常住外面。

毕竟是个女人，身子给了他，孩子也为他生了，怎么可能心里没他？

明早就要去卫所，有些事情要准备，今晚魏瞻还是宿在了前院。

殷蕙一个人躺在床上，怀里抱着汤婆子，脑子里全是事。

上辈子魏瞻从京城回来后，也领了去卫所的差事。毕竟还年轻，被燕王委以重任，魏瞻很高兴，那几日逗衡哥儿时露出的笑容都更深一些。

只是，魏瞻的运气不太好，他才进卫所不久，好像是冬月吧，一次校场比武，魏瞻与指挥使冯谡的儿子冯腾切磋时，冯腾不慎坠马，伤了脖子，从此肩膀以下都不能动了，成了一个废人。

这完全是一场意外，但卫所里围观那场切磋比武的将士们都认为是魏瞻下手太重，导致了冯腾的重伤。冯谡是否迁怒了魏瞻，无人知晓，但唯一的儿子废了，冯谡深受打击，向燕王辞了指挥使一职。燕王再三挽留也留不住，只好放冯谡离去。

冯谡走后，燕王换了新的指挥使，也撤了魏瞻的副指挥使一职，随便给他安排了一个不起眼的差事。

魏瞻变得更冷，沉寂了一年多，直到咸宁十年边关战事起，魏瞻在战场立了大功，才重新赢得了燕王的倚重。

魏瞻郁郁寡欢的那一年多，殷蕙的日子也过得非常煎熬。外有看不起她的妯娌们，内有冰山一样的丈夫，她真是在魏瞻面前喝口水都要心惊胆战。

不行，她得想办法阻止魏瞻与冯腾切磋，既避免燕王损失一位心腹，也避免魏瞻无辜受牵连，影响她与儿子。

魏瞻去卫所当了一日的差，傍晚回来时，魏旸、魏昳带着老四、老五都来了澄心堂，贺喜他换了新差事。

魏瞻不善言辞，只说今晚他做东，请兄弟们在澄心堂吃饭。

魏昳道："王府里的饭菜都吃腻了，你这边还能有什么新花样不成？依我看啊，后日正好休沐，你请我们去酒楼里吃席才是。"

魏瞻便痛快地答应了。

送走几个兄弟，魏瞻换过常服，去了后院。

殷蕙一直在等着他呢，问道："大哥他们都来了，您怎么没留他们在这边吃？我都吩咐厨房加菜了。"

魏瞻道："二哥要我后日请他们去酒楼。"

殷蕙懂了。魏昳一直都是个好热闹的人，也很会见风使舵。魏瞻被燕王器重，魏昳就与魏瞻称兄道弟；魏瞻出了事，魏昳便连个人影也不见了。世子爷魏旸至少还会带着三郎来澄心堂坐坐，四爷、五爷也一直敬重魏瞻这个哥哥。

"那您明早就叫人去订好酒楼吧，飘香楼的酒很不错，不知您喝过没有？"殷蕙摆出贤妻的姿态，主动给平时很少去外面下馆子的皇孙夫君推荐道。

魏瞻看了看她，问："你喝过？"

殷蕙笑道："祖父爱喝，只是飘香楼的东家跟他不对付，他都是拐着弯叫别人买来偷偷喝。"

能让死对头偷偷摸摸买着喝的酒，肯定是好酒了。

入夜，金盏、银盏伺候殷蕙洗脚。

"夫人，咱们家的吉祥酒楼在平城鼎鼎有名，您怎么叫三爷他们去李家的飘香楼？"金盏坐在小板凳上，一边帮主子搓脚一边不解地问。

殷蕙笑道："这叫举贤避亲，我可不想让三爷觉得我是在替自家酒楼拉客。"

上辈子她推荐的也是飘香楼。

她与魏曕的婚事，对殷家来说是荣耀，魏曕可不那么以为。若再请兄弟们去妻家酒楼喝酒，更有占妻族便宜之嫌，显得穷酸小气。以魏曕的骄傲清高，她就是打断魏曕的腿要抬他去吉祥酒楼，魏曕也会挣扎着翻身下去，坚决不踏入吉祥酒楼一步。

爱去不去，殷家的酒楼也不差他们这一桌酒席的进项。

晚上，魏曕仍然住在前院。次日早上，他照旧带着长风离开王府，只是离开不久，他吩咐长风道："你先去打听打听殷家与飘香楼的东家有何过节，再去订一家与这两家无关的酒楼。"

长风领命。

主仆俩就此分开，一个骑马出了平城，一个去城里最繁华的主街打探起来。

快到晌午时，长风也来了卫所。

魏曕待在自己的营房，正准备吃午饭。他与冯谡等军官共用一个小厨房，饭菜肯定比士兵们的好，但也就是稍微精致点儿，两荤一素一汤，并没有特别讲究。

两个侍卫在外面守着，通传过后，让长风进去了。

"爷，我都打听清楚了。殷、李两家原是世交，殷老爷爱喝李家飘香楼的酒，但凡要宴请客人，都会去飘香楼订桌吃席。有一年，咱们夫人才五六岁吧，殷老爷带着夫人去李家做客，李家也有几位小姐，与夫人玩闹时不知起了什么争执，对夫人口出不敬，气得夫人号啕大哭。殷老爷一生气，就带着夫人走了，后来还从各地请了名厨过来，开了吉祥酒楼，抢了飘香楼不少生意，从此两家就杠上了。不过，两家只是断了往来，倒也没有什么龌龊算计。"

魏曕默默听着，脑海里好像看到了五六岁的殷氏，受了排挤便像衡哥儿那般哇哇大哭，脸上挂满泪珠。

她的眼睛又大又漂亮，睫毛长长的，若是哭起来，应该会很讨长辈怜惜。

小孩子之间的口角罢了，殷墉竟然气得与李家断交，还为此开了一家酒楼，足见他对殷氏有多宠爱。

"你订了哪家？"魏曕问。

长风道："平城有三大酒楼，殷家的吉祥酒楼汇聚天下名菜，李家的飘香楼更擅长北地的菜色，配上好酒，还有一家仙客来，主打淮扬菜，酒楼装潢也很雅致。我就在仙客来订了一个雅间。对了，爷，仙客来还有一个特色，就是里面养了一些擅长弹唱的歌姬，专门服侍雅间客人。东家问我要不要安排歌姬，我叫他们预备上，爷若是不喜，去的时候我再跟东家说一声，免了弹唱。"

魏瞻想了想，道："安排吧。"

既然仙客来有这个特色，其他雅间定有弹唱之声传出来，独他这边没有，二哥定会调侃他小气。老五才十二，即便二哥有什么花花心思，也不会当着老五的面胡来，歌姬在场便只是弹唱怡情。

月底这日的黄昏，五兄弟在东六所的所门前碰头，一块儿出了王府。

"老三，这事你跟父王说了吗？"骑在马上，魏昳有些担心地问。

魏瞻道："说了，父王叫咱们早些回来，别在外面耽搁。"

言外之意，喝酒吃席可以，谁也别想在外面眠花宿柳。

魏昳失望地摸了摸鼻子。

世子爷魏旸笑道："三弟订了哪家酒楼？"

魏瞻看了一眼魏昳，道："仙客来，听说这家的歌姬弹唱不错。"

魏昳的眼睛立即恢复了神采，指着魏瞻啧啧道："好你个老三，平时以为你多正经，原来也深谙此道。"

魏瞻淡淡一笑："二哥尽兴便好。"

魏旸则提醒道："老四、老五都在，你悠着点儿，真带坏了他们，就等着父王处置吧。"

魏昳瞥了一眼两个少年郎，遗憾地想，早知道老三这么开窍，他就不叫上两个弟弟了。

兄弟五个骑着马，很快就到了仙客来酒楼。

除了燕王，他们便是平城最最尊贵的客人，仙客来的东家亲自将五位爷迎到了雅间，还安排了五位据说只卖艺不卖身的貌美歌姬过来弹唱。

五位歌姬，一个弹琴，一个怀抱琵琶，一个吹笛，一个吹箫，还有一个坐在四人中间，和乐唱曲。二爷魏昳挑了一个正对着歌姬们的席位，眼睛就再也无法从歌姬们身上移开了。

魏旸扫视一眼五人，虽然个个美貌，却远不能打动他的心，便与魏瞻、老四、老五说起话来。

有人欣赏歌姬，有人品尝美酒佳肴，有人纯粹享受王府外的热闹，兄弟几个都很尽兴。

酒席吃到一半，魏昳做主，要歌姬们退下。

然而没喝完一盏茶，魏昳也站了起来，笑着说道："喝多了，我出去一趟，你们慢慢吃。"

魏旸无奈地摇摇头。

魏瞻只当不知道他去做什么，至于老四、老五，是真不知道吧？

天色暗了下来，宴席快要结束时，魏昳终于回来了，脸庞有些红，眼中残留欢愉后的痕迹。

魏旸低声道：“你这样，也不怕回去后二弟妹说你。”

魏昳扯扯自己的衣襟，让他帮忙闻闻有没有脂粉味儿。

魏旸偏过头去，一脸不屑。

魏昳又凑向魏瞻，然而他才表露出这个意思，魏瞻便走开了。

魏昳大笑：“看看老三，从小就爱干净，不就是一点儿脂粉味儿吗？难不成你还没闻习惯？”

魏瞻蹙眉，魏旸猛地扯了一把魏昳的袖子。

歌姬们可以随便编派，二弟却不该将三弟妹牵扯进来。

魏昳察觉自己失言，忙举杯向魏瞻赔罪。

魏瞻知道他喝多了，没与他计较。

清醒的扶着喝醉的，五兄弟先后走出了仙客来。

夜幕初降，但距离宵禁还有半个时辰，街道两侧的铺子前都挂起了大红灯笼，仙客来对面，就是一家首饰楼。

魏昳盯着首饰楼的匾额，忽然道：“我去那边看看。”

老四魏昡打趣道：“二哥是想买样首饰给二嫂赔罪吧？”

魏昳一脚踹了过去：“我给她赔什么罪？我是高兴她给我生了个女儿，赏她点儿好东西。你个毛都没长齐的臭小子，懂个屁！”

魏旸皱眉道：“行了，你快去快回，我们在外面等你。”

魏昳都站不太稳了，魏瞻主动扶住他的胳膊，陪着去了首饰楼。

这个时候，首饰楼里都没有客人了，一个女掌柜啪啪地拨打着算盘，两个小伙计在打扫柜台。

突然来了两个衣裳华贵的公子，女掌柜登时打起精神来：“两位公子要买首饰吗？”

魏昳醉眼迷蒙，一身酒气地说道：“少废话，把你们这儿最新鲜、最贵的首饰都拿出来，差的爷看不上。”

女掌柜最喜欢这样的豪客了，提着裙摆噔噔噔跑到二楼，一口气抱了十来个锦盒下来，一一打开，在柜台上摆了一溜。有的匣子里是一整套头面，有的匣子里全是簪子，有的全是耳坠儿，样样齐全，或珍珠，或宝石，或金银翡翠，在灯光下闪闪发光。

魏昳双手撑着柜台，挨个看着，看到一半，拿了一只通体赤红的红玉镯子出来：“就这个吧，多少银子？”

女掌柜笑眯眯地报了一个数，报完还悄悄瞄了一眼魏瞻。

她报的价钱肯定虚高了，糊弄的就是魏昳这种有钱且喝醉的人。

魏瞻看破没有说破，一手扶着魏昳，一手默默地将一个匣子推给女掌柜。

女掌柜试探着问："您二位一起结账？"

魏瞻："各付各的。"

他长得太冷漠，不容糊弄的样子，再加上他并没有拆穿女掌柜报给魏昳的虚价，女掌柜也就没有跟他玩虚的，报了一个很实诚的价格。换成别的客人，就算浪费半天唇舌，女掌柜都未必会同意这个价格。

双方一手交钱，一手交货。

魏昳眼看着魏瞻拿起一个匣子揣到怀里，这才意识到魏瞻也买东西了，手指点着魏瞻笑起来："原来你也是个怕媳妇的。"

喝醉的人，无意间承认了他自己怕纪纤纤的事实。

魏瞻不屑解释，一手抓着魏昳的肩膀，大步朝外走去。

首饰楼的门重新关上，一个小伙计凑到女掌柜身边，好奇地问道："掌柜的，你怎么没宰那个冷面公子？"

女掌柜掂了掂刚到手的银子，笑道："你都说他是冷面公子了，我还宰他，嫌命长吗？"

燕王府。

燕王今晚自己睡，正洗脚的时候，大太监海公公进来了，笑着禀报道："王爷，几位爷刚刚都回来了。"

燕王："瞧着如何？"

海公公："世子爷、三爷都还好，二爷、四爷、五爷多多少少都有些醉意。"

燕王哼道："没出息。"

他没有指名道姓，海公公也只低头听着。

畅远堂，魏昳喝了醒酒茶，擦了擦脖子和脸，又换了身袍子，这才带着新买的镯子去看纪纤纤。

纪纤纤坐在床上，审视地打量他："怎么这么晚才回来？"

魏昳撒谎不眨眼睛："老四、老五难得出趟门，舍不得回来。不过我陪他们逛的时候，经过一家首饰铺。"

说着，他献宝似的拿出了那只镯子。

纪纤纤接过镯子，套在手腕上看了看，睨着他道："本来我没有怀疑你什么，现在却有点儿怀疑了。如果没有做对不起我的事，你会平白给我献殷勤？"

魏昳连叫冤枉。

纪纤纤让他趴下来，方便她闻他的头发，魏昳怕露馅儿，突然抱住纪纤纤亲了起来。纪纤纤一开始还骂他，奈何怀孕生子耽搁了太久，魏昳一撩拨，她便也动了情，两口子搂搂抱抱就把今晚的宴席之事揭过去了。

“你去首饰楼给我买东西，世子爷他们就在外面干等着？还是也进去了？”

关键时刻，纪纤纤及时拦住魏昳，把玩着镯子问道。

魏昳了解她好比较的小心眼，笑道：“大哥在外等着，三弟陪我进去的，他好像也挑了一样，我没看清楚。”

纪纤纤的嘴角就翘了起来。

她从未将殷蕙看在眼里，只暗暗与徐清婉较着劲儿，有了这只镯子，回头又可以去刺激徐清婉了。

澄心堂，魏瞻身上沾了魏昳的酒气，回来后先让安顺儿备水。

安顺儿道：“夫人还没睡，您在哪边洗？”

她月事在身，魏瞻肯定不过去了，只让安顺儿去后院禀报一声，就说他已经回来了，她不必再等。

安顺儿低头退下了。

魏瞻脱了外袍丢在一旁，再把怀里的长条锦盒取了出来，打开看了看，重新盖上，放去了书房。

# 第七章

殷蕙十月初六生辰，初五这晚，金盏特意叫厨房擀了长寿面，粥也煮了，以防三爷不爱吃面。

魏瞻过来后，殷蕙笑着问他："今晚厨房有面也有粥，您想吃哪口？"

魏瞻抱着衡哥儿，漫不经心地说道："面吧。"

殷蕙就朝金盏使了个眼色。

很快，晚饭摆到了桌子上。魏瞻、殷蕙一人一大碗面，面条擀得只有柳条尖那么细，根根筋道透亮，辅以酸菜、火腿丝、荷包蛋，香气扑鼻。桌上另摆了煎饺、醋酱、辣酱等小碟子，方便主子们自己调味儿。

衡哥儿也得了一小碗长寿面，薄薄的面皮煮得烂烂的，筷子都夹不起来，只能用勺子舀着喂。

小家伙一点儿也不挑食，喂什么都吃得津津有味。

"咱们衡哥儿看起来比四郎还要大了。"殷蕙同魏瞻聊了一句。别的话题他不感兴趣，与衡哥儿有关的，他能听进去。

魏瞻果然接话了："你们最近去过畅远堂？"

殷蕙："没，庄姐儿太小了，天又冷，怕带了寒气过去。"

万一庄姐儿有个头疼脑热的，纪纤纤还要怪在她头上。

魏瞻："嗯，一个小，一个弱，少去那边。"

魏昳好色，平时还能稳住，万一喝了酒，她又撞上去，平添是非。

殷蕙只当他也担心二房的两个孩子容易闹毛病，便应了。

饭后，魏瞻抱着衡哥儿去了次间。

金盏看殷蕙时眼里就带了笑。前几天夫人月事，三爷连着在前面住了好几晚，今晚总算不走了。

殷蕙瞪了金盏一眼。这傻丫头，有什么可笑的？这只能说明魏瞻算着日子呢，没有好处他便懒得陪她睡。

交代丫鬟们一些事后，殷蕙也去了东次间。

临窗的暖榻上，魏瞻盘腿而坐，衡哥儿稳稳地坐在他对面。

魏瞻将一只布老虎扔到了衡哥儿面前，衡哥儿双手一起抓到布老虎，捧起来咬两口，再往爹爹那边丢，当然，丢得不远。魏瞻探身捡起布老虎，再丢给衡哥儿。

父子玩耍的画面本该温馨，偏偏魏瞻一张冷脸，不像在逗儿子，倒像在训练孩子。

殷蕙去了内室，没有打扰魏瞻陪孩子。当差的男人早出晚归的，只有这会儿能与孩子亲近。

魏瞻陪衡哥儿玩了两三刻钟，才让乳母抱衡哥儿去睡觉。

殷蕙先洗了脚，穿着一双红色缎面的软底睡鞋，坐在镜子前优哉游哉地梳着那一头乌黑顺滑的长发。魏瞻挑帘进来，她歪着头与他对视一眼，笑了笑，又转头继续看向镜中的自己。

魏瞻坐到床上，金盏、银盏端着水来伺候。

魏瞻垂着眼睛，但余光能看到梳妆台前的殷氏。可能是她明日要过生辰，心里高兴，今晚她穿得十分艳丽，一身大红色绣金线牡丹镶边的绸缎中衣，脸微微朝他这边偏着，长长的睫毛低垂，认真地看着那一手从牛角梳齿间流畅穿过的发丝。

这样的角度，她丰润的唇好像更艳了，红衣衬托得脖颈肌肤也更白了，耳垂上的红玛瑙坠子似是忘了摘。

突然，她放下了梳子。

魏瞻敛眸。

殷蕙步伐舒缓地来到床边，从他身边爬了上去，一双雪白的天足一闪而过。

金盏、银盏终于端着铜盆告退。

魏瞻偏头，看见她朝他这边躺着，漂亮的眼睛巴巴地瞅着他，目光相撞，她脸一红，飞快地将头转了过去。

那眼神，那姿态，明明是欲迎还拒。

所以，他连着几晚没过来，她也是想他的吧？那一身艳丽的红妆也是为了他。

留着灯，魏瞻直接掀开了她这边的被子。

“身上可干净了？”

“嗯。”

魏瞻便动起手来。

也许上次的半途而废叫两人都吊足了胃口，魏瞻热情似火，殷蕙也大胆了很多，仿佛怕他又莫名其妙离开。

势均力敌，酣畅淋漓。

魏瞻闭着眼睛，脑海里浮现出这几个字眼。

殷蕙藤蔓般靠在他的肩膀上，随着他一起平复呼吸。

“早上我去给娘请安，她跟我说，明日是你的生辰。”魏瞻一手无意识地摩挲着她的手臂，声音沙哑地说道。

殷蕙睫毛一动，欢喜地说道：“娘居然还记得我的生辰，真好。”

魏瞻拍拍她的肩膀，趁殷蕙挪开的时候，下了床。

殷蕙裹紧被子，平躺着看他披上中衣，绕过屏风，一会儿又绕过来，面无表情地递给她一个锦盒：“随便挑了一样，看看是否喜欢。”

殷蕙抱着被子坐了起来。上辈子嫁给魏瞻十年，他也没有送过她生辰礼，只偶尔带回一些赏赐。

她心里惊讶着，手已经拿起盒子。打开一看，里面是一支牡丹花金簪，那层层叠叠的牡丹花瓣乃是用红晶石镶嵌而成，外围嵌几片碧绿色的晶石叶子，精巧别致，栩栩如生。

殷蕙看了又看，瞥见魏瞻还站在床边，忙道：“喜欢，叫您破费了。”

魏瞻不置可否，转身去了浴房。

殷蕙望着他的背影，再看看簪子，试图分析出魏瞻突然送礼的动机。

因为要来睡她，不好意思空手而来？

应该不是。魏瞻素来是想睡就睡的，才不会顾及她的心情。

肯定是温夫人的提醒起了作用吧？她与温夫人的关系更亲近了，温夫人叫魏瞻送礼，魏瞻不好不听。

穿上那身被魏瞻揉得皱巴巴的红色中衣，殷蕙走到梳妆台前，用新收到的牡丹簪子绾个懒散却妩媚的发髻，也去了浴房。

魏瞻正在擦拭身体，他沐浴时不喜欢丫鬟伺候，突然听到推门声，脸色就沉了下来。等他看清来人，才收起了通身的肃杀之气。

殷蕙一手从后面掩上门，一手伸到面前，用宽松的衣袖挡住眼睛，好似羞涩不敢看他。

魏瞻手上继续擦着，一双丹凤黑眸颇觉意外地看着渐渐靠近的妻子。她在这方面脸皮很薄，很少会与他一起沐浴，今晚怎么闯了过来？

“我戴着好看吗？”

离他近了，殷蕙放下袖子，闭着眼睛问道。她的脸蛋红红的，无限娇羞，实则又大胆无比。

魏瞻看着这样陌生又新鲜的她，攥攥手里的帕子，又丢到了一旁，走过来，竖着将她抱过底下那一圈挡水的台阶，再将她背对自己放到了擦拭区中间的柱子前，红衣落地。

过了半个时辰，魏瞻才抱着殷蕙走出了浴房。

殷蕙将脸缩在他怀里，只露出红红的耳垂。

金盏、银盏站在外面，被这一幕惊得齐齐低下头去。天啊，夫人嫁过来快两年了，这还是她们第一次看见三爷抱夫人！

内室，魏瞻将殷蕙放到了里面的被窝。

他准备睡了，没想到熄了灯刚躺好，她竟然钻到了他这边，没等他开口，她便紧紧地抱住了他。

魏瞻神色复杂地看着床顶的帐子，难道她还没够？

殷蕙想要的自然不是他想的那个。她拿脸贴着他的肩头，低低地说道：“三爷，之前我不是跟您说过吗，我怕底下的管事糊弄我，准备学着打理铺子。我还跟周管事约好了，每月初七会在锦绣楼对账，可是，我又担心自己月月出去不好，您觉得呢？”

魏瞻的理智快速回笼。

她就从来没有用这么娇滴滴的语气与他说过话。

他好像明白她今晚打扮得那么漂亮的真正意图了，也明白了她为何敢追去浴房诱惑他。

魏瞻不喜欢她这种算计。

只是，他的确很享受她今晚的表现。

就算她另有所图，至少也付出了报酬。

“可以去，但不能再多了。”魏瞻道。

殷蕙心里一喜，很好，很好，今晚总算没有白忙活。

“谢谢三爷。”殷蕙太过高兴，抬起头飞快地在他脸上亲了一下。

魏曕皱眉，沉默片刻，道：“睡吧。”

殷蕙麻溜地回到了自己的被窝。

魏曕这才抬手，用袖口擦了擦她刚刚亲过的地方。

初七这日，殷蕙如约来了锦绣楼。

账本有些问题，她一一问出来，周叔一一作答。

生意上的事谈完了，殷蕙看着在街上走动的百姓，忽然心中一动，问周叔：“王爷身边有个叫冯谡的指挥使，您可听说过？”

周叔笑道：“夫人忘了咱们家是做什么的了？商贾之家想要在一个地方立足，首先要掌握的不是对头商家的消息，而是该地官员的情况。不说官商勾结，至少咱们不能得罪当官的。”

殷蕙欣喜地说道：“那您快给我讲讲冯家的事。”

周叔反问道：“夫人为何要打听冯家？莫非冯家与三爷有什么过节？”

殷蕙：“没有，您想多了。王爷要历练三爷，安排三爷在冯谡手下做副指挥使，所以我想了解了解那边的事。”

周叔懂了，于是将他知悉的冯家之事说给殷蕙听。

冯谡本家在京城，只有他跟着燕王来了平城，并在平城娶妻生子。冯谡与妻子恩爱无比，家中并无妾室，只是这么多年下来，夫妻俩只得了冯腾这一个儿子，自然十分宠爱。

冯腾好武，身手了得，最喜以武会友，结交了一批年轻的武官。

“周叔，冯腾身体如何？可有什么隐疾？”

“这倒不曾听说，通常习武之人身体都很强壮啊。”

“那冯腾可有什么令人不喜的缺点？”

“这我还真不知道。回头我叫人打听打听？”

殷蕙便交代周叔：“凡是与冯腾有关的事，好的坏的，事无巨细，我都想知道。当然，您悄悄打探，尽量别叫人察觉。”

周叔一口应了下来。

殷蕙想，魏曕与冯腾的切磋发生在下个月的月中，只要下月初七见面时，周叔能提供有用的消息，她就还有机会阻拦。

十月里下了一场大雪，连下三日，纷纷扬扬的雪花终于停下时，院子里的积雪都有一尺多深了。

金盏、银盏带着丫鬟、婆子们扫雪，呵口气便是一团白雾。

殷蕙抱着衡哥儿坐在厅堂门口看，旁边摆着炭盆，娘俩谁也冷不着，清冽的空气闻起来还很舒服。

“衡哥儿想不想爹爹啊？”殷蕙笑着问。

衡哥儿看丫鬟们铲雪看得起劲儿，这边的丫鬟停下来休息，他马上歪过脑袋看另一边的丫鬟，看得出来，是一点儿都没想他爹。

殷蕙握了握儿子的小胖手，暖乎乎的。

这场大雪将魏曕留在了城外的兵营，再加上下雪前他就在兵营住了两晚，一晃眼又五日没见到儿子了。

那十年里的事，一些大事殷蕙记得清楚，似魏曕究竟在雪后第几日回来的这种琐事，殷蕙早忘了，也懒得费劲儿去想。

总之，无论中间遇到什么挫折，魏曕都会在战场上立下功劳，最后也会顺顺利利地册封蜀王，安危上无须她担心。

她需要做的，就是过好自己的日子，帮魏曕少走一些弯路，再照顾好孩子。

雪扫了一半，长风回来了，说魏曕这会儿在存心殿。

殷蕙的记忆被这话唤醒。她想起来了，今日魏曕虽然回了王府，却马上又被燕王打发出去巡视燕地各处的灾情，得一直忙到月底，连二房庄姐儿的满月宴都没能参加。

果不其然，没多久魏曕就满身风雪地回来了，让安顺儿在前面收拾他外出要带的衣物，他抓紧时间来看儿子。

一家三口坐在东次间的暖榻上，魏曕抱着多日不见的衡哥儿，眼里好似再无旁人。

殷蕙却注意到，他手背上多了几处冻伤。

军营那种地方，殷蕙虽然没去过，却能想象其中的艰辛。

殷蕙带着银盏去了内室。

“防冻膏都放在哪里了？给三爷装几盒吧。”殷蕙站在一排楠木箱笼前，吩咐银盏道。这种小东西，向来都是丫鬟们打理的。

银盏就打开一个箱笼，蹲在那里取防冻膏。

殷家的生意遍布天南海北，商队有时候会出海，有时候会去塞外，炎热寒冷种种艰苦条件都要经历，吃的苦头多了，慢慢地也就研制出了一些去暑防寒的好东西。就像防冻膏，大小药铺都有，殷家铺子里的却是最最管用的。一入冬，殷墉也叫人送了一箱子过来。

银盏一口气装了满满一匣子，足足有二十盒。

主仆俩正要出去，魏瞻进来了。

银盏看了一眼夫人，将匣子放到桌子上，低头退了出去。

“这是什么？”魏瞻看着那匣子问。

殷蕙朝他的手努了努嘴：“防冻膏。您也不知道爱惜身体，手上都有冻疮了。”

说着，殷蕙走到洗漱架旁。这里放了一壶刚烧好的热水，她提起铜壶倒了些水进铜盆，白雾升腾而起，再兑些凉水，转身对站在那边的男人道：“过来吧，您先洗洗手。”

魏瞻走过来。

殷蕙替他卷起袖子，没等她帮忙，魏瞻自己伸手到盆子里去洗了。

殷蕙便拿着干巾子在旁边候着，垂眸与他说话：“您不爱听我啰唆，其他的我也就不多说了，只是这防冻膏您千万记着涂，只要湿了手后都要涂，不然落下冻疮的病根，年年都要犯，又痒又疼。”

燕王虽然严格，对他的五个儿子却也关心。办错差事要罚，可如果叫燕王看见他的三儿子手上满是冻疮，心里定会责怪她这个儿媳妇不会照顾男人。

为了自己的贤妇名声，殷蕙也得照看好魏瞻的身子，不能放纵他自己糙下去。

魏瞻没说什么。

殷蕙帮他擦干手，再去挖了两坨防冻膏出来，分别替他涂上，手心、手背都抹匀了。

两个人四只手翻来转去地贴在一起，殷蕙是没想什么，魏瞻却突然出手，将她拉到屏风之后，抵在了床柱上。

殷蕙深深地吸了一口气。

魏瞻在她耳边道：“等会儿就走了，不好耽搁太久。”

所以能省的步骤都得省。

殷蕙理解。燕王派他去办大事，他若在后宅流连太久，燕王会怎么想？

她尽量放松自己。

魏瞻眼里的她，长长的睫毛低垂，显得很乖很乖，初时苍白的脸色，渐渐红润起来。

外间的传言不虚，她的确当得起燕地第一美人的赞誉。

“照顾好衡哥儿，无须担心我。”魏瞻整理他并未怎么乱的衣袍时，看了一眼床上道。

殷蕙掩在一床锦被当中，有气无力地应了一声。

魏瞻不在王府，除了温夫人会惦记他，对燕王府的其他人来说，他在与不在似乎并没有什么区别。

十月二十一，畅远堂为庄姐儿庆满月。

魏昳、纪纤纤都是好容貌，才满月的庄姐儿也是个小小的美人坯子了，小小的脸蛋，大大的眼睛，瞧着就让人喜欢。

乳母们带着几位小郎在东暖阁里玩耍，殷蕙等女眷坐在西暖阁。

长辈们都还没到，这边只有妯娌三人和魏杉、魏楹两个姑娘。

纪纤纤伸手逗弄襁褓里的庄姐儿时，露出一截白皙的腕子和一只红艳艳的镯子。

魏杉多看了两眼，笑道："嫂子这镯子真好看。新买的吗？以前都没见你戴过。"

纪纤纤闻言，一边摸了摸镯子，一边笑盈盈地说道："上个月你三哥请兄弟们吃酒，酒楼对面刚好是家首饰楼，你二哥一时兴起，去给我买了这只镯子。大嫂瞧瞧如何？我是真没想到平城的小铺子里也能有这么好的货色。"

她还真把镯子取了下来，递给徐清婉过目。

徐清婉自然是要夸赞一番的，笑容端庄温和。

纪纤纤重新戴好镯子，美眸一转，看向了殷蕙："对了，我听二爷说，三爷跟他一起去了首饰楼，还给三弟妹买了一样东西。啧啧，三爷看着冷，居然也有贴心的时候。三弟妹，你快告诉我们，三爷送了你什么好东西？"

殷蕙简直服了。纪纤纤这女人，养胎坐月子才安分没多久，一出月子马上又挑起事来。

"初六我生辰，三爷便顺手为我买了一支簪子庆生。"

她还算是新妇，魏曕送礼为她庆生也算分内之事，绝非腻歪，如此说，徐清婉该会好受些。

当然，殷蕙只是回答问题，并没有去看徐清婉。若真看了，徐清婉不恼也得恼。

"啊，三嫂怎么没早说？早说我也给你预备一份礼物了。"魏楹马上接了殷蕙的话。姑嫂俩再一打趣，自然而然地转移了话题。

纪纤纤炫耀手镯并借机讽刺徐清婉不得男人心的目的已经达成，也没有再挑拨了。

殷蕙看看还什么都不懂的庄姐儿，想到这么漂亮的女娃娃将来会变得像纪纤纤一样，还经常挤对她的衡哥儿，忽然就觉得小丫头一点儿也不可爱了。

晌午要开席时，燕王也抽空过来了，看到了襁褓里的小孙女，也看到了五个大小不一的孙子。

大郎、二郎、三郎都大了，各有各的性情，燕王基本已经了解，只有四郎、五郎，一个病弱，一个还小，他见得不多。

见四郎还得让乳母抱着，燕王皱眉问魏昳：“四郎还不会走？”

但凡燕王不笑，魏昳都会心惊胆战。他替儿子解释道：“会走了，只是冬日衣裳穿得多，走得又不利索了，干脆让乳母抱着。”

燕王让乳母把四郎抱过来，试着逗小家伙说话。

四郎瘦瘦的，看着可怜巴巴，平时见的人少，本就认生，面对威严的王爷祖父，小家伙都快哭了。

燕王很快就没了耐心，将四郎还给魏昳，不悦道：“孩子不能太娇养了，天气好的时候多抱出去走走。”

魏昳连连应是。

燕王又让乳母把衡哥儿抱过来。

孩子一到怀里，燕王先笑了：“好小子，比你四哥还要沉了。”

他一笑，衡哥儿也笑了，小脚丫子踩着祖父的腿就开始蹦跶起来。

燕王猛地想起臭小子踩痛过他一次，忙将胖孙往外面挪了挪。再看看衡哥儿亮晶晶的大眼睛，神采飞扬的，燕王不由得点头赞道：“模样像你爹，看这力气，长大了也是练武的好料子。”

衡哥儿只管傻笑。

燕王稀罕够孙子们，就开始落座吃席。

一家人难得团聚，燕王也是难得有这闲工夫，一边吃饭，眼睛也四处看着，一会儿看儿子们这边，一会儿看两个女儿，更多的时候还是看孙子们那桌，至于妻妾与儿媳妇们，燕王半个眼神都没给。

很快，燕王又被衡哥儿吸引了。小家伙吃得真香啊，乳母喂一口，他便吸溜一口。小哥哥们互相还说说话，他却吃得全神贯注。与之形成鲜明对比的是二房的四郎。每次乳母递了勺子过来，四郎都皱着小脸左右躲闪。尽管乳母足够小心仔细，还是弄脏了四郎的围兜。

燕王“哼”了一声，临走时对李侧妃道：“你跟老二媳妇说一声，让她别只顾着二郎、庄姐儿，四郎也是她的孩子。”

妻妾五人都在，燕王独独叫她说话，李侧妃心里正美呢，没想到却听了一耳朵训斥，更挨了燕王一记眼刀。

李侧妃维持着脸上的笑容，心里别提多窝火了。

满月席散后，李侧妃转头就将这火气发到了纪纤纤身上：“看你把四郎养成了什么样！王爷都挂在心上了，你再这么下去，真养废了四郎，王爷第一个饶不过你！”

纪纤纤小声嘟哝道："四郎天生体弱，我能怎么办？带到我身边来，他姨娘舍不得，我也不敢。真出了事，外人还以为我容不下庶子。"

李侧妃："跟我说这些没用，你才是四郎的嫡母，自己看着办吧！"

纪纤纤恨恨地攥了攥帕子。

早料到会挨骂，她还不如盼着公爹政事繁忙，没空过来吃席呢！

四郎的事都惊动燕王了，纪纤纤虽然心里不服，夜里还是与魏昳聊了聊四郎的教养问题。

"我话先说在前头，不是我之前不想好好带四郎，实在是他的身子太弱。交给亲娘养还三天两头出事呢，放到我这边来，我是真不敢。"

纪纤纤坐在梳妆台前，一边通发一边斜睨着已经猴急地钻进被窝的魏昳。

想到四郎那小瘦猴子样，魏昳叹了一口气，捏着眉心道："我知道，这事不怪你。今日父王就是看见五郎了，五郎养得那么好，他便觉得是咱们亏待了四郎。没事，再等等，等四郎长大了，方方面面都跟上来，父王也就放心了。"

纪纤纤哼了哼："娘那边呢？今天她训我训得好凶，人家才刚出月子呢。"

她眼波勾人，魏昳笑着哄道："娘纯粹是拿你撒气，过两日也就忘了。快上来吧，下面冷。"

纪纤纤这才扭着腰走了过来。

魏昳将人搂在怀里，贪婪地吸了一口妻子身上的香气。柳姨娘的声音再好听，外面的歌姬再美，终究都是上不了台面的土花、野花，不如纪纤纤的国色天香。

魏昳见过那么多美人，一个个比过去，也就三弟妹殷氏能略胜纪纤纤一分。

奇怪的是，殷氏嫁过来这么久，以前不显山不露水的，怎么最近几个月才叫他越看越惊艳了？

罢了，殷氏再美都是弟妹，他是沾不着了，不如专心吃自家的。

冬日天寒，大家都不爱出门，殷蕙也就安心地待在澄心堂翻账本，看累了就逗逗衡哥儿。

月底这日，殷蕙带上衡哥儿，照例去给徐王妃请安。

暖阁里坐着的都是熟面孔，只是殷蕙发现，徐清婉好像瘦了些。

她刚这么想，前面席位上的纪纤纤关心地问徐清婉："大嫂是不是病了？怎么才八九日不见，这脸都瘦了一圈？"

徐清婉淡淡一笑："是受了些寒气，喝了几服药，已经快好了。"

纪纤纤意味深长地"哦"了一声："天冷了，大嫂千万照顾好身体。"

徐王妃突然看向殷蕙："叔夜出差这么久了，可写信说过归期？"

叔夜是魏瞻的字。

殷蕙答道："不曾。可能他就快回来了吧，不想再差遣信差跑一趟。"

徐王妃："嗯，天寒地冻的，总是在外面跑也辛苦。下回叔夜再出远门，你记得安排两个丫鬟跟着伺候。小厮粗枝大叶的，不如丫鬟知冷知热。"

殷蕙面上笑着应了，心中却一沉。那十年里，徐王妃可从来都没有掺和过她与魏瞻的屋里事，今日怎么暗示她替魏瞻张罗纳妾了？

纪纤纤瞥向徐清婉。

徐清婉低头喝茶，指尖泛白。

请安结束，三妯娌与魏杉、魏楹前后走了出来，两个姑娘不知道去哪里玩了，到了东六所，便只剩三妯娌了。

纪纤纤突然拉住殷蕙的胳膊，挽着她朝徐清婉笑了笑："大嫂，听说大哥从京城带了一位妹妹回来，前阵子我坐月子不好出门，今日你带我们过去见见新妹妹如何？"

殷蕙一听，就想把胳膊抽出来，嘴上道："我还有事，就不去了。"

纪纤纤竟死死地抓着她。

殷蕙正准备踩她一脚，徐清婉笑了，看着她们道："见见也好，免得日后撞见都不认得。你们就随我一道去颐志堂坐坐吧。"

纪纤纤笑了出来，终于肯松开殷蕙了。

殷蕙毫不掩饰地瞪了她一眼。

纪纤纤仿佛见了鬼，若不是徐清婉在旁边，她都要揪着殷蕙理论理论尊卑。

殷蕙让乳母先抱衡哥儿回去，默默地跟着纪纤纤去了大房的颐志堂。

徐清婉请她们在暖阁里落座，上了茶，聊了两句，再派人去请魏旸带回来的歌姬，也就是现今大房的孟姨娘。

听见外面传来脚步声，纪纤纤笑着朝门口看去。

殷蕙眼观鼻，鼻观心，一副不太在意的样子。

那十年里，她就见过魏旸的孟姨娘，美自然是美的，长了一双眼尾上挑的狐狸眼，一看就不像正经人，偏脸庞小小的，像个孩子般单纯，那种违和感反而令人印象深刻。

孟姨娘一进来，纪纤纤都看愣了。

孟姨娘柔柔弱弱地朝徐清婉行礼，一手看似无意地搭在肚子上。

这种小动作，殷蕙与纪纤纤都看懂了，孟姨娘有了身孕。

又受宠，又有孕，难怪徐清婉会病了。

徐清婉再端庄，今年也才二十出头，想养成徐王妃那般荣辱不惊的心性，还要再多吃几年的盐。

“这是二夫人、三夫人，往后见了莫要失礼。”徐清婉淡笑着对孟姨娘道。

孟姨娘侧身过来，分别朝纪纤纤、殷蕙行礼。或许是没料到二人都十分美貌，她眼中露出惊讶的神情来。

纪纤纤得意地笑了。这种下贱的歌姬，当真以为大家闺秀就没有美的吗？以为个个都似徐清婉？

殷蕙只是点点头，继续喝茶。

见过了人，徐清婉以身子不适为由，请两个妯娌走了。

离开颐志堂，纪纤纤又想起殷蕙对她的失礼了，趾高气扬地对殷蕙道：“一阵子没见，三弟妹的礼数怎么大不如从前了？我好心邀请你去看新来的妹妹，你竟然瞪我？”

殷蕙心平气和地说道：“二嫂弄疼我了。”

纪纤纤刚要说话，一阵风忽地吹来，吹落殷蕙一缕鬓发，乌黑的发丝贴在殷蕙那张奶白水嫩的小脸上，有种无法形容的美。

纪纤纤后知后觉，这个原本不被她放在眼里的三弟妹，变了，变得再难让人忽视。

可那又如何？

她笑着刺起殷蕙来：“我知道，你不敢得罪大嫂。可王妃的话你也听清楚了，提醒你给三爷添人呢。好端端的，王妃为何要管你们的事？还不是大嫂拈酸吃醋，王妃心疼了？凭什么大嫂都要与这种人争夫君的宠，你却能独占三爷的宠爱？现在明白了吧？你再怎么讨好人家也没有用。她过得好便不屑对付你，她心里不舒坦，你也别想独乐。就算她不动手，自有王妃替她撑腰，帮忙拉个垫背的陪着。”

殷蕙仿佛没听明白她这一大串话，径自走了。

金盏寸步不离地跟着主子，走出一段距离，见周围也没有旁人，金盏才担忧地问道：“夫人，王妃真要你给三爷添人了？”

殷蕙点点头。

金盏着急地问道：“这可怎么办？”

殷蕙笑道：“该怎么办就怎么办。三爷愿意添人，你还能拦着不成？”

早晚会有温如月，魏曕真提前纳了别的妾，她也不在意。

到了下午，魏曕回来了，在存心殿陪燕王说了一个时辰的话，回澄心堂时，天都快黑了。

他在前院沐浴过后才来了后院。

殷蕙特意看了看他的手，还好，不但没有添新的冻疮，之前的也快养好了。

衡哥儿平时好像忘了自己有爹爹一样，但魏瞻一出现，衡哥儿就笑起来，主动伸手要爹爹抱。

饭前父子俩相处的时间太短，饭后魏瞻就又抱衡哥儿去了次间。

见他有在后院过夜的意思，殷蕙怕他失望，趁衡哥儿爬到一旁的工夫，凑到他耳边道："我前日来的月事，还没断呢。"

魏瞻看了她一眼，冷冷的脸配冷冷的眼，饶是殷蕙与他相处过十年，也没能在这双寒潭般的眼里看出什么情绪。

管他呢，该说的都说了，殷蕙先去睡了。

睡暖了被窝，魏瞻来了。

他让丫鬟们退下时将灯灭了。

通常留灯就是今晚会要水的意思，不留，便是告诉丫鬟们，今晚不必备水。

屋里一黑，殷蕙也踏实了。

没想到，魏瞻还是钻到了她的被窝。

殷蕙想了想，道："今早我去给王妃请安，她问您何时回来，还心疼您在外面奔波辛苦，让我下次给您准备俩丫鬟，跟过去伺候。那，我提前调教俩丫鬟，等您下次出门，您好直接带上？"

魏瞻："不用，我不需要。"

嘴上是这么说，但殷蕙感受着他的手，觉得他很需要。

沉默片刻，她低声道："您不需要，就怕王妃误会我善妒，不许您收用丫鬟。"

魏瞻顿了顿："那就买两个，安排在偏房，等我远行了，王妃再问起，你便说是我不愿带包袱上路。"

殷蕙再也无话可说，借着夜色遮掩，目光复杂地看着他下巴处的冷漠线条。

按照那十年里魏瞻的表现，他确实不喜欢用丫鬟。金盏、银盏够熟悉了，也都小有姿色，魏瞻也从未多看过她们一眼。

魏旸的孟姨娘那么美，想来宫里赏给兄弟俩的其他七位歌姬也都是美的，魏瞻依然无动于衷。

拒绝了那么多可以纳妾的机会，无视了那么多的美人，偏偏，他愿意纳一个守寡的温如月做妾。

所以，魏瞻对温如月还是有情的吧，甚至只对温如月有情。她殷蕙若非因为燕王的命令嫁给魏瞻做妻，少了夫妻的名分，可能就算是有人将她打昏送到魏瞻的床上，魏瞻也不会碰她一下。

"不舒服，您别闹我了。"殷蕙按住他的手，用商量的口吻道。

魏瞻挪开手，眉头微锁。

她从来没有在他面前抱怨过不舒服，即便是新婚夜，她都落泪了，也没吭一声。

殷蕙翻了个身，背对他躺着，还假装无意般踢到他的小腿，提醒他去自己的被窝。

提醒很管用，魏瞻掀开被子出去了，甚至还帮她将背后的被角掖了掖。

殷蕙睁着眼睛一时睡不着，她不想去回忆一些添堵的旧事，转而去想周叔。

马上就是冬月初七了，希望周叔能打探到一些有用的消息，否则她真不知道该怎么劝阻魏瞻与冯腾切磋。

说出那十年的经历？

魏瞻能信吗？就算信了，他还敢把她当正常的妻子看待吗？万一他找个由头休了她，殷蕙就亏大了。

为了衡哥儿，为了殷家搭进去的两百万两银子，殷蕙也不会给魏瞻休妻的机会。

# 第八章

因为提前得了魏瞻的准话，知道自己每月可以出一次门，至少魏瞻不认为这是越规，初七这日，殷蕙又来了锦绣楼。

周叔已经早早过来等着了。

天冷，锦绣楼的掌柜刘曼娘给殷蕙准备了一个崭新的紫铜小手炉，亲自端来茶水，之后就退下了。

殷蕙捧着手炉，期待地看向周叔。

周叔叹道："夫人交给我的差事还真够难的。那冯腾公子自幼痴迷武学兵法，几乎是跟着冯指挥使在军营长大的。军营里的士兵们都服他，从未说过他的坏话。就算冯公子离开军营，出来也都是以武会友，从没闹过什么龃龉或起过什么争执。若三爷与他交好，夫人不必有任何担心。冯公子品行端正，可以来往。"

殷蕙没见过冯腾，听了周叔的话，脑海里便浮现出一道高大健壮、英姿笔挺的年轻武官的身影。

若冯腾毫无可指摘之处，她怎么劝魏瞻？

她难掩失望。

周叔见了，诧异地问道："夫人是想听冯公子的不好？"

殷蕙点点头。

周叔犹豫了一下，咳了咳，对着敞开的门道："其实，冯公子处处都好，就是二十岁了，至今不肯成亲，叫冯夫人操碎了心。这也没什么，只是去年，咱们平城来了一个刀客，冯腾听说后非要去与那刀客比试切磋。刀客知道他是官家少爷，再三拒绝，冯腾竟赖在刀客借宿的院子，说什么也不肯走。"

"天黑了，看热闹的百姓都散了，谁也不知两人到底比试了没有。只是第二天，有人发现冯公子与那刀客同床而眠，一屋子酒气，于是就传出了冯公子有……有龙阳之好。"

说到这里，周叔飞快地看了一眼殷蕙，不知道夫人懂不懂什么叫龙阳之好。

殷蕙懂，吃惊地问道："只是传言，还是确有此事？"

周叔摸着胡子道："后来冯公子也听说了这传言，很不高兴，解释说那晚他与刀客切磋了，不分胜负，两人惺惺相惜，成了好友，对酒当歌，喝醉了，他就直接睡在了刀客的房里，总不能醉醺醺地跑回家挨冯大人骂吧。而且，为了证明自己没有那种癖好，冯公子也开始相亲了，只是还没看上哪家姑娘。"

殷蕙思索片刻，忽地笑了，对周叔道："好了，咱们不提他了。上次的账有几处疑惑，您给我讲讲吧。"

周叔看着她俏皮的笑容，莫名有种感觉，那位冯公子可能要被夫人算计了。

祖父最近不在平城，殷蕙离开锦绣楼后，又去了趟廖秋娘的烤肉馍铺子。

将至晌午，小小的铺子前排了长长的队伍，廖秋娘与两个女伙计忙得团团转。殷蕙便没有过去打扰，直接回府了。

前阵子魏曕素了太久，今晚又在后院歇了。清洗过后重新躺下，殷蕙主动钻到了魏曕这边，头亲昵地枕着他的肩膀，一手抱住他的腰。

魏曕怕她乱动，下意识地握住她的手，对着帐顶问："怎么还不睡？"

殷蕙："睡不着，您呢？"

魏曕倒也不困。

殷蕙："那咱们说说话吧？"

魏曕："你想说什么？"

殷蕙"嗯，家里没什么事，我想知道您在兵营当差都要做什么，辛苦不辛苦。"

魏曕想了想，道："早上所有营中将士都要操练半个时辰，我会巡视左右，看看有没有偷懒耍滑的。操练结束，会与各级武官了解士兵的情况。有时会演练阵形，有时指点士兵们的骑射刀枪，有时与冯大人讨论兵法，事情杂，但并没有你想象的那么辛苦。"

殷蕙："听说士兵都是硬骨头，您这么年轻却身居高位，他们可服您？"

魏瞻想到了他刚进卫所的前几日。他是燕王之子，士兵们自然不敢当面对他不敬，但私底下肯定会议论。冯大人也清楚这点，便安排了一场骑射比赛，他与几位千户同场竞技，他赢了。在兵营，士兵们畏惧权势，对真本领却是心服口服。

"我击败了几位千户。"魏瞻简单说道。

殷蕙懂了，笑道："您厉害，他们就服了。"

魏瞻没说什么，只捏了捏她柔若无骨的指头。其实兵营最苦的是营房，没有地龙，只能烧炭烧炕，他又不喜睡太热的炕，屋里总是冷，被窝刚进去的时候也冷冷的。

那个时候，他会想殷氏，会想跟她睡在一起，她身子丰满，抱着很舒服。

"兵营经常让人切磋武艺吗？您也要上场与千户们比武？"殷蕙不知道他在想什么，继续问道。

魏瞻："士兵们每日都要安排对打，我很少下场，除非有人找我切磋。"

殷蕙惊讶地问道："还有人敢挑战您啊？您赢了还好，您若输了，他们不怕您生气？"

魏瞻："我没那么小气。"

殷蕙抱紧了他："刀枪无眼，我怕您受伤。"

魏瞻："我也没那么无用。"

说着，人就翻了上来。

殷蕙傻了眼。还没说到最关键的地方呢，他怎么就……

只是，今晚既然要演娇妻，殷蕙也只能小意配合。

好不容易完了事，又忍着寒冷洗了洗，殷蕙再次赖到了他的被窝。

魏瞻翻了个身，背对着她，明显是要拒绝闲聊："睡吧。"

殷蕙用指尖轻轻地戳他的肩膀："三爷，我突然想起一件事。"

魏瞻："何事？"

殷蕙："我今天不是出门了吗，跟周叔对完账，我一时嘴馋，就带丫鬟去买烤肉馍。排队的时候，我听见有人提到了冯大人家的冯腾公子。"

听她提到冯家父子，魏瞻转了过来："他们议论什么？"

殷蕙往他怀里钻，暖和了，接着道："他们说，冯腾公子好比武，却又输不起。每次找人比试，赢了自然好，一旦输了，他就要一直纠缠对方，非要对方一次又一次地陪他切磋，直到他赢了为止。他们还说，曾经有个刀客赢了他，又不想比第二场，冯腾公子竟然赖到刀客的房间，与其同宿同眠，刀客不厌其烦，干脆离开了平城。"

魏瞻皱眉，冯腾竟然是这种人？

冯腾是冯指挥使的儿子，他早有耳闻，不过冯腾陪着冯夫人去给他外祖父祝寿了，还没有回来，魏瞻也还没有机会与其见面。

“三爷，您武艺好，冯腾公子有没有找您切磋？”

魏瞻：“他最近不在兵营。”

殷蕙：“怪不得。那等他回来，肯定会来骚扰您，到时候您可别答应他。输了只会长他的威风，赢了也要被他纠缠不清。您若夜夜都住在王府，他肯定不敢过来，可您住在兵营，他说不定也敢追到您的屋里去，传出去不好听。”

冯腾不怕被人笑话，魏瞻清高，他才不会让自己牵扯到冯腾的笑料之中。

这便是殷蕙想到的法子。

果然，魏瞻在她头顶道：“知道了，我不会与他比试。”

殷蕙找到他的手，钩住他的指头道：“这可是您应下来的，咱们拉钩，您不许食言。”

魏瞻从不食言，只是……

“你似乎很不喜冯腾？”

殷蕙心头一颤，念头飞转，哼了哼，道：“我与他无冤无仇，谈何喜不喜的？我只是怕他擅闯您的营房。”

魏瞻：“擅闯又如何？他敢闯，我便打他出去。”

他还是觉得她的态度很是奇怪。

他起了疑心，殷蕙只好再加一味猛料，闷声道：“您没听说吗？因为冯腾与刀客的那场传言，有人怀疑，冯腾有……有龙阳之好。”

料太猛，魏瞻的呼吸都变了。

殷蕙迅速溜回自己的被窝，嘟哝道：“我都是为了您好，哪怕冯腾公子没那癖好，您与他保持距离也没坏处。”

魏瞻没有回她。

次日，魏瞻叫长风再去打探冯腾的事，长风果然也探听到一些有关冯腾与刀客共度了一夜的传言，事实究竟如何，就只有冯腾、刀客清楚了。

魏瞻记住了。

过了几日，魏瞻早上来到兵营，就见指挥使冯谡身边站着一个英姿勃发的年轻武官，容貌与冯谡有六分相似。

察觉到冯腾上上下下审视他的视线，魏瞻抿紧了唇。

冯谡瞪了一眼儿子。魏瞻乃是皇孙，岂容儿子无礼？

“三爷，这是犬子冯腾，他久闻您枪法了得，早就想一睹您的风采了，失礼之处，还请三爷海涵。”

魏瞻颔首，随后就去了他的兵营，并没有与冯腾结交之意。

“爹，这三爷也太狂了吧？一点儿面子都不给我。”冯腾看着魏瞻的背影，有些不满地说道。

冯谡教训儿子：“为何要给你面子？我警告你，在三爷面前恭敬些。三爷可不是别的武官，愿意纵容你的虎脾气。”

冯腾左耳进，右耳出，转身走了。

他确实听说魏瞻枪法了得，也立下了要与魏瞻一较高下的决心。

想什么就做什么，上午魏瞻指导士兵们枪法时，冯腾凑了过来，请求与魏瞻切磋。

魏瞻不予理会。

冯腾怒了：“三爷莫非瞧不起我？”

魏瞻：“我只是不喜欢无谓的争强好胜，你若想比，将来若有机会，你我战场上比杀敌数量。”

冯腾还要再说，魏瞻看他一眼：“莫非你只敢在平城撒野，不敢在战场动真刀真枪？”

冯腾的血性顿时被激得千尺高，涨红脸道：“好，咱们战场见！谁怕谁是孙子！”

闻讯赶来的指挥使冯谡正好听到这句，一鞭子就甩到了冯腾的背上。臭小子不要命了！敢赌三爷给他当孙子，皇上可还好好地在龙椅上坐着呢！

冯谡带走了儿子，魏瞻也继续当差。

殷蕙听说此事后，长长地松了一口气。

如此最好，冯腾没废，燕王没有损失心腹武将，魏瞻也就不会无辜受牵连。

魏瞻与冯腾之间的那场切磋就这么解决了。

殷蕙又担心了一段时间，怕冯腾真的喜欢纠缠人，也怕魏瞻冲动之下应了对方的挑衅。一直到了腊月，魏瞻还顺顺利利地在卫所当着差，殷蕙总算可以彻底将这事翻篇了。

天更冷了，但年关将近，街上的百姓反而比以前多了起来。锦绣楼生意兴隆，今日刘曼娘都没空招待殷蕙，于是派小丫鬟过来引殷蕙去了后院。

“周叔，我祖父回来了吗？等会儿我想去看看他老人家。”

见到周叔，殷蕙先打听祖父的动向。

周叔道：“恐怕还要再等半个月，老爷出发前说会赶回来过小年。”

殷蕙不由得有些失望。奈何殷家从商，总是有做不完的生意，不然何以攒下那么大的家业？

周叔打量她的神色，欲言又止。

殷蕙疑道："您可是有什么事要说？"

周叔望了一眼门外，压低声音道："不瞒夫人，自从老爷让我跟着您做事，我就不再插手殷家本家那边的生意了，但我与殷家上下的管事们都保持着联系，女眷们也是如此。就在这个月月初，我们家那口子听说，二太太好像很着急要把大小姐嫁出去，见了很多媒婆。"

殷蕙皱起眉头。上辈子赵氏一直将殷蓉留到十八岁才挑了个举人做女婿，这辈子如此急不可耐，莫非是看出祖父要做主殷蓉的婚事了，便准备趁祖父远行，先把殷蓉的婚事定下？

赵氏一心要找个做官的女婿，奈何有前程，有门第的官员看不上殷家，没前程的芝麻小官赵氏母女也瞧不上，不然也不会挑个举人……

难道，她与祖父的插手会让赵氏提前相中那个举人？

那举人就是个投机取巧之辈，一心指望魏瞻扶持，殷蕙与祖父打招呼就是想阻止殷蓉嫁给对方。

与周叔分开后，殷蕙立即去了殷家。

好巧不巧的，马车才停下，她就看见赵氏身边的吕嬷嬷笑呵呵地送了一个媒婆打扮的妇人出来。

认出殷蕙的马车，吕嬷嬷脸色微变，立即推了推那个还想驻足看热闹的媒婆，赶在殷蕙下车前将人撵走了。

"哎，二小姐又回来啦？可不巧，老爷还没回来呢。"吕嬷嬷脸上堆满笑容朝殷蕙行礼道。

殷蕙："我来看看婶母。"

吕嬷嬷便在前面领路，将殷蕙主仆领到了赵氏的院子。

赵氏正与女儿在次间说话，听小丫鬟通传说二小姐回来了，赵氏心里一突。

殷蓉的脸色也变了，紧张地说道："她回来做什么？莫非听到了什么风声？"

赵氏定了定神，安慰女儿道："别慌，这消息娘也才知道，她能听说什么？碰巧而已，等会儿你可稳住，别露出端倪。她自己做了皇亲国戚，恨不得你一辈子也翻不了身，一旦知道你有希望做官夫人，肯定会想办法使坏。"

殷蓉自然明白，本来她还指望殷蕙帮她撮合一门好婚事，谁料殷蕙不安好心，竟然撺掇祖父要把她嫁给一个商户。

凭什么啊？殷蕙能做官夫人，她也要做！

娘俩对了个眼色，这才挂上笑容出来迎接殷蕙。

“哟，阿蕙有阵子没回来了。我瞧瞧，哎，这王府里的贵气就是养人，咱们阿蕙越来越有贵妇人的风范了。”

赵氏嘴巴抹了蜜似的夸赞道。

殷蕙笑道：“我就是喜欢听您夸才回来的。对了，刚刚我瞧见吕嬷嬷送了一位媒人出去，可是姐姐的婚事有了着落？”

赵氏看了一眼女儿，愁容顿显：“没呢。之前请了几个媒婆都没挑到合适的人家，刚刚那个嘴上承诺得好听，说会给你姐姐找个门当户对的如意郎君，谁知道她有没有那么厉害？还得再等等。万一她真能找到个好郎君，我再请老爷子做主，趁早把你姐姐嫁出去，我好省心。”

“娘，人家还想多陪您两年呢。”殷蓉假装不高兴道。

赵氏哼道：“陪陪陪，陪成老姑娘吗？看看阿蕙，比你还小几个月呢，都当娘了。”

殷蓉攥了攥帕子，恼羞成怒地跑了。

赵氏一心应酬殷蕙，舌灿莲花，东扯西扯，愣是一点儿风声也没漏。

殷蕙就拿她没办法了。儿女婚事父母做主，赵氏真定了女婿人选，除非祖父能及时赶回来，她做侄女的能如何？尤其是，她住在燕王府，一个月出一次门都是小心翼翼跟魏瞻讨来的。

“太太！太太！不好了，二少爷晕过去了！”

就在殷蕙准备告辞时，一个十五六岁的小厮慌慌张张地跑了过来，在院子里就嚷嚷开了。

二少爷就是殷阆，殷蕙二叔殷景善的庶子。

赵氏的脸登时拉得老长，又急于撇清似的对殷蕙道：“奇怪了，阆哥儿平时好好的，今天怎么晕倒了？阿蕙你先坐，我赶紧去看看。”

殷蕙起身道：“我陪您一块儿去吧。”

赵氏没理由拦着，一边往外走一边派人去请郎中。

殷阆是在学堂晕倒的，殷蕙等人赶到时，教书先生已经通过掐人中将殷阆掐醒了。十四岁的少年郎脸色苍白，嘴唇发青，有气无力地看了看赵氏与殷蕙，又垂下眼皮去。

“阆哥儿，你哪里不舒服吗？”赵氏关心地蹲下去，摸着殷阆的额头问。

殷阆不知是不想回答，还是没有力气，闭上了眼睛。

赵氏还想问，殷蕙皱眉道：“先把人抬到屋里去吧。”

殷阆的院子在大少爷殷闻的院子后面，同样是三进宅子的布局，屋里的陈设可不一样。

殷蕙一进殷阆的屋子，便觉得处处冷清，甚至殷阆床上垂挂的帐子，一看就是用了多年的旧物。

说句难听的，殷蕙身边的大丫鬟们用的帐子都比殷阆的好。

殷蕙深深地看了一眼赵氏。

赵氏马上去训斥殷阆身边的小厮："你们怎么做事的？每年都给你们少爷做新衣，发新帐子，你们怎么还是用这些旧物？"

小厮不敢反驳，低着头跪在一旁。因为他知道，现在反驳了，回头二太太就敢变本加厉地苛待自家少爷。

殷蕙懒得拆穿赵氏的虚伪面目，见这会儿殷阆的脸又恢复了血色，只是嘴唇发干，便叫小厮去倒水。

喂了水，殷阆恢复了些精神，目光复杂地看了一眼殷蕙。

他就像墙角一株杂草，面对无意经过的富贵花，既仰慕，又自惭形秽。

殷蕙心里有些不是滋味儿。

说起来，她与殷阆都是没娘的孩子。

殷阆的生母是二叔背着赵氏在南方养的外室，后来那外室生病去世，丢下六岁的殷阆，殷景善一时心软，将殷阆带回了殷家，认祖归宗。

殷阆性格孤僻，再加上男女有别，曾经同样还是孩子的殷蕙也想不到要找殷阆玩，姐弟俩一个享受着祖父的宠爱，无忧无虑，一个被困在二房，默默忍受嫡母的苛待。如果不是今日碰巧撞见这事，殷蕙都不知道殷阆的居住条件居然如此简陋。平时在家宴上见面，殷阆的穿着与殷闻可并没有太大的差别。

对这个很少见面的堂弟，殷蕙印象淡薄，甚至，在殷蕙出嫁后，她便忘记了这个堂弟，还是殷家败落后周叔跟她提了一嘴，说殷阆离开了，不知所终。

殷蕙想，就凭殷阆没有像殷景善一家那样处心积虑地要占她与魏瞻的便宜，这辈子，她都想帮殷阆一把。

殷景善、殷闻目光短浅，挑不起殷家的大梁，如果祖父肯栽培殷阆，或许殷家的产业还能后继有人。

郎中来了。

替殷阆检查过后，郎中道："二少爷这是染了风寒，耽误久了，拖重了病情。今日起必须按时服药，不可再费心费神。"

赵氏用关心的口吻责备殷阆："你这孩子就是要强，身体不舒服也不早点儿说。瞧瞧，小病拖成大病了吧？"

殷阆垂眸不语。

赵氏叫人去送郎中，再来观察殷蕙的神色。

殷蕙神色淡淡："没事就好。快过年了，早点儿养好身子，一家人团团圆圆地过年。"

说完，殷蕙走了，并没有对殷阆流露出过多的关心。

殷阆躺在床上，呆呆地看着床顶。

小厮送完客人回到屋里，心疼地说道："我还以为二小姐心善，会替少爷撑腰，没想到二小姐也是走走过场。"

殷阆自嘲地笑了一声，声音沙哑道："这就是我的命，怨不得旁人。下次再有这种事，你也不必自作聪明。"

小厮很委屈。他故意趁二小姐没走之时跑去禀报，还不是为了少爷？

马车上，金盏轻声对主子道："夫人，二少爷闹了这么一出，二太太落了面子，会不会越发苛待二少爷啊？"

殷蕙说不准，但八成会的。

这天下的嫡母，有几个会对庶子视如己出？似徐王妃、徐清婉那样的都是好的。

这也是殷蕙虽然带着一肚子愤懑开启了下一个十年，却不愿与魏曕撕破脸大吵一架的原因。她怕将来有一日魏曕休了自己，再给衡哥儿找个继母。如果魏曕肯让她带走衡哥儿，她宁可不做什么皇孙媳、蜀王妃。可这根本不可能，就算魏曕同意，燕王也不会同意。

殷蓉的婚事、殷阆的病情与处境，都挂在了殷蕙的心上，偏偏此时她什么也做不了。

傍晚魏曕逗衡哥儿玩，瞥见她拿着账本坐在暖榻一头，半晌都没有翻一页，细细的眉也蹙了起来。

夜里歇下后，魏曕钻到她这边，抱住了她。

出乎殷蕙的意料，他竟然没有直接上手，而是先问了个问题："你这次出门，可是遇到了麻烦？"

殷蕙诧异于他的敏锐，转瞬又明白了。

上辈子但凡魏曕来后院，她便一心一意都扑在他身上，观察他的神色，再谨慎地应对。如今她没那么在意魏曕了，敢想自己的事情了，无意间流露出什么情绪，他自然也会察觉。

"想我祖父了，特意回了一趟家，他老人家却不在。"短暂的沉默后，殷蕙如此回答道，还往他怀里贴了贴，"祖父也是快六十的人了，我怕他路上出什么意外。"

那声音轻轻的，像羽毛落在了他胸口，又像是想在他这里寻求安慰。

魏瞻便拍了拍她的背："殷老爷走南闯北了一辈子，没事的。"

殷蕙："我知道，就是年关将近，忍不住惦记。"

魏瞻走了一会儿神。

他也有一位祖父，只是长这么大，他也就见过皇祖父一次，谈不上什么祖孙情。

常年住在燕王府，父王、母亲都在身边，他唯一一次思念亲人，便是七月里进京，很想衡哥儿。

怀里的女人又拱了拱。

魏瞻回神，问："殷老爷子不回平城过年？"

殷蕙："据说要等小年才回来。"

魏瞻："那你那时候再回去一趟，年前探亲，旁人不会议论什么。"

殷蕙等的就是这句。她笑了，仰起头，在他的脖子一侧印下一个吻："您对我真好。"

谈话就此结束，魏瞻覆了上来。

腊月里又下了一场雪，到小年时还没有融干净，屋顶背阴一侧仍然铺着一层白色，偶尔露出一角青色檐瓦。

阳光倒是明媚，照得那雪反射出刺眼的白光。

晌午燕王府里有家宴，殷蕙、魏瞻提前抱着衡哥儿来到了勤政殿侧殿。

衡哥儿十个月大了，不但爬得飞快，还能扶着东西摇摇晃晃地走来走去。手脚越灵活，小家伙越不安分，才在乳母怀里坐了一会儿，就哼唧着要下地活动，乳母只好双手架着衡哥儿的腋窝，弯着腰跟着他走。

衡哥儿漫无目的地转了一会儿，忽然有了目标，开始挨个去看侧殿里坐着的人。

从徐清婉、纪纤纤、殷蕙看到魏杉、魏楹两个姑娘，再从世子爷魏旸、二爷魏昳、亲爹魏瞻看到四爷、五爷两个少年郎。

大郎、二郎都不掺和，三郎兴高采烈地跟着五郎一起逛，四郎则赖在乳母怀里，对小五弟的巡视毫无兴趣。

"五郎真爱笑，性子也外向，谁能猜到他是三弟的孩子。"魏昳被五郎逗得直乐，随口道。

魏瞻斜了他一眼。若论爱笑，魏昳最爱笑，难道衡哥儿就该是魏昳的骨肉？

魏昳本就好色，再说这种话，很难不让人怀疑他在拐着弯占殷氏的便宜。

不过，在场的也就他想多了，世子爷魏旸就没有想歪，微笑着说道："应该是随了三弟妹。"

魏瞻顿时也觉得他的笑容刺眼了。大哥怎么知道殷氏爱笑？难道大哥经常窥视殷氏？

“抱！”衡哥儿逛到五爷面前忽然又往回走，最后清晰地叫了一声，扑向爹爹的怀里。

魏瞻嘴角微扬，将儿子放到腿上抱着。

魏昳：“瞧瞧，三弟果然外冷内热。五郎不怕他，说明三弟平时没少逗五郎。”

魏瞻并未否认。

这时，燕王、徐王妃并肩走了过来，后面跟着李侧妃等四个妾室。

众人起身相迎，魏瞻也及时将衡哥儿还给了乳母。

三郎早就跑回徐清婉身后了。

于是，只剩衡哥儿与乳母站在几位爷这边，衡哥儿还在扭来扭去，想脱离乳母的怀抱。

燕王笑道：“五郎在闹什么？”

魏瞻解释道：“能走了，就不肯让人抱了。”

燕王眉峰一挑：“这么快就会走了？放下来我看看。”

燕王是个大忙人，偶尔才会分点儿心思在孙子这边，家里的几个孙子在他眼中都像地里的萝卜，隔一阵子不见，萝卜头们就变了一个样。

衡哥儿这个小萝卜就被乳母放了下来。乳母还是在后面扶着他，本以为衡哥儿还会去找三爷，没想到衡哥儿四处看了看，竟然带着乳母朝燕王走去。

乳母来不及思索，已经下意识地跟着了。

转瞬之间，衡哥儿就来到了燕王面前，小胖手往燕王膝盖上一放，燕王也配合孙子，将小家伙抱了起来。

衡哥儿讨人喜欢不假，但大家也都看出来了，燕王似乎格外疼爱衡哥儿。

李侧妃看看自家的二郎、四郎，酸溜溜地开口了：“都说幺儿招人疼，这话真是一点儿都不假。从大郎到四郎，哪个叫您如此稀罕过？”

燕王一心逗衡哥儿，没理她。

李侧妃再看看胆大包天，敢拉燕王胡子的衡哥儿，笑了笑，对衡哥儿道：“五郎好好珍惜这段时间吧，再有几个月你可能又要多个弟弟了，到时候咱们家幺孙就换人喽。”

燕王心中一动，想起来了，徐王妃好像跟他说过，老大屋里有个姨娘号出了喜脉。

子孙昌盛，燕王的心情更上一层楼。

魏昳尽量缩着脖子，很怕父王又注意到四郎的孱弱。

幸好，今日燕王并没有找他的碴。

吃吃喝喝，这场家宴持续了快一个时辰。

散席后，魏瞻几房一起朝东六所走。

纪纤纤挨着殷蕙，好像她与殷蕙很亲密一样，打听道："三弟妹平时都是怎么照顾五郎的？瞧五郎那小胳膊，都快比我们四郎的腿还要粗了，我可真是羡慕。你给我支支招，我好早点儿把四郎养胖。"

殷蕙笑道："二嫂比我先生几年，把二郎养得那么好，庄姐儿也白白胖胖的，我可不敢班门弄斧。"

纪纤纤意味深长地看着殷蕙。

经过这一连串的试探，她算是明白了，殷氏果然城府深沉，先前的卑怯都是装的。

"看你说的，我虽然长你几岁，但也都是白长了，还不如你会教孩子。瞧瞧父王多喜欢五郎，都把大郎比了下去。"

殷蕙再次钦佩起纪纤纤的挑事功夫来，总能想办法利用她挤对徐清婉。

"二嫂说笑了，五郎现在还小，才能靠笑脸讨父王喜欢。等他再大几岁，若调皮捣蛋，不好好读书，迟早也要被父王责罚。若五郎能有大郎的一半聪敏懂事，我都满足。"殷蕙惭愧地说道。

她说的也是实话。论沉稳懂事，大郎一直都是小兄弟几个当中的翘楚。

徐清婉始终保持微笑旁听，殷蕙说完，她下意识地看向走在魏旸身后的大郎，眼中流露出自豪的神色来。

她确实不够美貌，但论相夫教子，纪氏、殷氏加起来也比不过她。

念头至此，徐清婉又对孟姨娘腹中的孩子释怀了。就算孟姨娘真生出了六郎又如何？一个歌姬的儿子，再怎么折腾也越不过她的两个儿子。

终于到了东六所，几房人各回各的院子。

魏瞻与殷蕙一起进了内室。

宅大人多，一会儿提防这个搬弄是非，一会儿提防那个话里藏刀，更要随时准备应对燕王，家宴总是耗人心神，连魏瞻的眉宇间都显出了疲态。

殷蕙先服侍他洗脸更衣。

等殷蕙爬上床，就见魏瞻闭着眼睛，似乎已经睡着了。

殷蕙这会儿也只想好好歇个晌。

"衡哥儿越来越大，你要时常告诫乳母，不得大意。"

男人突然开口，殷蕙听得脊背发寒。魏瞻是担心有人眼红衡哥儿得宠，可能会陷害衡哥儿？

殷蕙下意识地去想那十年。

衡哥儿在这个月份时也爱笑的，后来，因为冯腾父子的事，燕王迁怒魏瞻，连带着对衡哥儿也不再关心，不但没有在这场家宴上抱衡哥儿，甚至三月里衡哥儿庆周岁时，不巧赶上燕王犯了牙疼，看谁烦谁，澄心堂都没有大办周岁宴。

那一日，魏曕的脸比冻了千年的冰还要冷。

他自己遇冷就算了，儿子最重要的周岁宴也没能看到祖父，二房的四郎庆周岁时父王都去吃席了。

殷蕙也替儿子委屈来着。

如今，她帮魏曕避免了那霉头，却又间接导致儿子碍了旁人的眼？

魏曕侧过身来，就见殷蕙的眉头都快拧成两把小剑了。

“有防范之心就好，不必过于忧虑。”魏曕不想她吓坏胆子。

殷蕙还在想衡哥儿得宠这件事。她不知道该如何把握分寸，难不成要教儿子韬光养晦？可这么大点儿的孩子，做什么都是顺应天性，就算讲些大道理，他也听不懂。

她看向魏曕：“您觉得，衡哥儿的性子需要改吗？”

魏曕：“你要怎么改？不许他笑，还是不许他亲近父王？”

殷蕙立即懂了。他不希望大人为了避风头，强行改变儿子的天性。

殷蕙如释重负：“我是怕您要衡哥儿改。不改就好，我就想看咱们衡哥儿一直开开心心的。”

她舒展了眉头，魏曕的脸色也缓和下来。

他早出晚归，能陪衡哥儿的时间太少，如果殷氏再犯糊涂，变得像母亲那样，只知道教他谨小慎微，忍让兄长，毁的是衡哥儿。

魏曕握了握她的手：“你只管照顾他饮食起居，等衡哥儿大了，我会教他为人处世。”

殷蕙点头。

上辈子的衡哥儿虽然变成了小冰块儿，可从五六岁开始，衡哥儿行事便不卑不亢，不骄不躁了，这是魏曕的功劳。

魏曕是王子皇孙，熟悉皇家规矩，知道确切的界限所在，由他教导衡哥儿更合适。

殷蕙只是想弥补儿子，只想在儿子被人欺负时，能给予小家伙他真正需要的关爱。

作为父母，她与魏曕各有所长，各有所短，理当互相配合，互相弥补。

腊月二十五，殷蕙带着节礼回了娘家。

殷墉三日前就回来了，外面的生意谈得很顺利，今年可以踏踏实实地过个好年。

“祖父瘦了。”祖孙俩相见，殷蕙关心地说道，“您都一把年纪了，以后叫二叔、大哥、管事们去跑，您就老老实实待在平城享福行不行？”

殷景善、殷闻都打起了精神，等着听老爷子怎么说，尤其是殷景善，早想接手家业了。

殷墉捋着胡子，笑眯眯道：“再跑两年，等祖父六十了，再休息。”

殷景善顿时泄了气，被赵氏用眼神提醒，才赶紧收敛失望的神色。

殷蕙在祖父身边坐下，对面就是殷闻、殷阆兄弟俩。半个多月不见，殷阆已经去了病容，一身锦袍，又变成了一个看起来衣食无忧的沉默寡言的少年郎。

一家人坐在一起说了一会儿话，殷墉便打发其他人离开了，他单独与小孙女叙家常。

听殷蕙提到燕王很喜欢衡哥儿，殷墉仿佛目睹了那一幕似的，频频点头：“好啊，好啊，小家伙讨人喜欢才好，这点肯定随了你。你小时候就爱笑，有时候馋东西馋哭了，将吃的往你面前一摆，你立即就能笑出来，脸上还挂着泪，又晴又雨的。”

殷蕙暗暗庆幸，幸好祖父没说衡哥儿好吃也随了她。

“祖父，您曾说要在年前帮姐姐定下婚事，可有合适的人选了？”因为上次回来撞上那个媒婆，殷蕙心中一直隐隐不安。

殷墉脸色微变，接着长长地叹了一口气：“我是有人选了，可你二叔、二婶不满意，趁我不在的时候，竟把你姐姐的八字都交给媒婆去与男方合了。”

他老了，越来越难镇住儿子、儿媳。生意上的事他还能说一不二，可孙女想做官夫人，儿子、儿媳也乐意成全，紧锣密鼓地策划下，八字都有了一撇，这时候他若坚持反对，硬把大孙女绑上别的花轿，只会与儿子更生分。

大过年的，与其闹得家里乌烟瘴气，不如遂了他们的心愿，把大孙女嫁出去，家里也就安生了。

殷蕙在祖父脸上看到了老态与疲惫。

无论祖父曾经多么意气风发，他终归抵挡不住岁月的摧残，老了，有些事情只能对儿孙妥协。

殷蕙很心疼，也自责。她不该为了自己的小家，让祖父为难。

她笑着去哄祖父：“这样也好，有二叔、二婶替姐姐做主，您还省心了，少长多少白头发呢。”

殷墉看着善解人意的小孙女，又叹了一口气：“你可知道你未来姐夫是谁？”

殷蕙摇摇头。

殷墉：“香河县你知道吧？在平城东南边，隔了四十里地，你二叔、二婶定下的，便是香河县的知县蒋大人。”

殷蕙自然听说过香河县，只是没料到上辈子赵氏只抓了个举人做女婿，这辈子提前两年打算，竟然捡到一位现成的七品官。

“您可熟悉蒋大人？”

“听说过。去年新上任的知县，寒门出身，年纪轻轻，一表人才，今年二十六了吧，尚未成婚。这样的人，一看就是心气高的，有耐心放长线钓大鱼，专等着好姻缘。”

对于寒门书生，好姻缘最重要的是能有益于其官途。大孙女殷蓉能带去一份丰厚的嫁妆使其锦衣玉食，甚至源源不断地孝敬上封，为他铺路，还能使其成为燕王府三爷的连襟，蒋知县当然高兴地应允了这门婚事。

殷蕙明白了。

知县三年一调任，上辈子殷蓉十八岁才开始挑夫君，那时蒋知县已经不在香河县，两人就没勾搭上。

# 第九章

祖父都没有心力再管殷蓉的婚事了，殷蕙也不打算再掺和。

她厌恶的是上辈子殷蓉嫁的那个举人，这辈子殷蓉的夫婿变了，蒋知县是忠是奸尚未可知，她总不能因为怀疑人家可能会找上魏瞻便去棒打鸳鸯，闹出自己不愿堂姐做官夫人的臭名。

希望蒋知县是个有本事的，过两年便升到外地去，与燕王府扯不上关系。

说实话，有殷蓉带过去的嫁妆，蒋知县就算不依靠魏瞻，靠银子也能铺出一条青云之路来。

“祖父，我今日过来，其实有一事想与您商量。”殷蕙软声道。

殷墉：“何事？阿蕙尽管说。”

殷蕙便提了上次回来，撞见堂弟殷阆病倒一事。

殷墉继续叹气，次子在外面养外室，本就对不起儿媳赵氏，所以赵氏苛待殷阆一些，只要不是太过分，殷墉都睁一只眼，闭一只眼。

况且在殷墉心里，嫡孙殷闻才是最重要的。殷阆虽然也是他的孙子，终究是个外室子。殷墉实在太忙了，没精力再越过儿子去照看一个在外面养到六岁才带回来的庶孙。

“祖父别愁，我没想让您替二弟撑腰。二婶给他吃，给他穿，也让他读书，只是一次生病没能及时察觉，又算什么？”殷蕙绕到祖父背后，轻轻地替祖父捶起肩膀来，“就是上次他病恹恹的，瞧着可怜，孙女回到王府也总惦记，惦记着惦记着，孙女忽然冒出一个念头。”

殷墉扭头问：“什么念头？”

殷蕙俏皮一笑：“孙女想让您把二弟过继到我爹名下，让二弟给我当同房弟弟。如此，婶母可以省心了，二弟也不用再受任何委屈，专心读书就行。”

殷墉震惊地看着小孙女：“你……你怎么会冒出这种想法？你二弟他……他那种身份，那是埋汰你爹！”

长子膝下没有继承香火的儿子，但凡次子再多个嫡出，甚至正经良妾庶出的儿子，殷墉都早就操持过继一事了。奈何二房就长孙一根独苗，殷阆又是最被世人看不起的外室子，殷墉就压根没有考虑过这件事。

殷蕙坐回到祖父面前，交心道：“祖父，爹爹最疼我了，如果爹爹在九泉之下，知道我在娘家有个同房弟弟为我撑腰，无论何时我想回来都不用担心娘家无人真心欢迎我，他只会欣慰，绝不会怨您，更不会在乎那虚名。”

殷墉心中一震。

殷蕙低下头，委委屈屈地说道：“我嫁给三爷前，二婶做过什么，其实我都知道。我不恨她，只是难过。二婶不把我当亲人也就算了，二叔和姐姐竟然也都默许了此事。”

小孙女落寞的神情看得殷墉心中也泛起酸来。他想要安慰小孙女不是那样的，想告诉小孙女其实二叔、婶母都喜欢她，却说不出口。

半晌，殷墉才道：“还有你大哥在，阿蕙不怕，别人糊涂，你大哥永远不会把你当外人。”

殷蕙紧紧地咬着牙关，才没有把殷闻做的那些好事说出来。

她不敢赌自己与殷闻在祖父心中谁轻谁重，她怕自己说了殷闻的坏话，祖父一气之下便冷着她，不许她再回来尽孝。

“大哥太忙了，以后肯定像您一样一年有三季都不在平城，一旦我出了什么事需要娘家撑腰，只能指望二弟。”

殷墉被这话说服了，只是有些担心：“你与阆哥儿没什么来往，你就不怕白过继一场，他根本不会真心对你？”

殷蕙轻声道：“真心是要用真心去换的。过继之后，我把二弟当亲弟弟照顾，他同样待我，说明我们姐弟有缘。即便他不领情，我也认了，终归都是殷家的骨血，也不算白帮他。”

殷墉摸了摸小孙女的头："阿蕙心善，你二叔没有做生意的天分，但凡有你一半看重亲情，祖父也不用全部指望你大哥。"

殷蕙想说，大哥也是指望不住的，您为殷家的基业奔波了一辈子，最终还是败在了殷闻手里。当然，她也就是想想，不敢说出来气老爷子。

"咱们是商量好了，就怕二叔、二婶不同意。"殷蕙也有顾虑。

殷阆在二房做庶子，将来能继承多少家业全是殷景善说了算。老子管儿子，天经地义。等殷阆过继到殷蕙父亲这边来，祖父去世前肯定会先分殷阆一份家业，到那时，殷景善反而没有资格插手大房的事了。以叔父的名义跟侄子争抢，传出去名声不好听。

祖父若提出过继，殷景善、赵氏夫妻定会想到是她撺掇祖父的，再认定她准备利用殷阆与他们争家产。

殷蕙确实有私心，只是她没想私吞娘家的产业、钱财，而是要栽培殷阆来延续殷家的产业。

祖孙俩聊了这么久，殷墉为了几件糟心事连连叹气，此刻却露出一个成竹在胸的笑容。他慈爱地看着殷蕙："阿蕙放心，这事祖父还能做主，你爹可在天上看着呢，你二叔没脸拒绝。"

"辛苦您了。都怪孙女不好，都嫁出去了，还总让您费心。"殷蕙撒娇道。

殷墉打趣道："这说明祖父现在还有点儿用，就怕哪一天祖父没用了，阿蕙也不回来了。"

殷蕙抱住祖父："才不会。只要祖父在，我就年年回来。等衡哥儿满周岁了，我还要带他回来，我们娘俩一起闹腾您。"

殷墉笑眯眯的，只盼着快点儿见到曾外孙。

去厅堂用饭之前，殷墉嘱咐殷蕙此事先保密，他会等过年祭祖后提起过继一事，只说梦见长子哭诉无人继承香火，尽量将殷蕙摘出去。哪怕次子、儿媳猜到真相，只要殷蕙不承认，夫妻俩就没什么可闹的。

殷蕙自然配合祖父。

一家人用饭时，殷蕙依然只陪祖父说话，没有特意去关注殷阆。

赵氏做贼心虚，很怕她会告状，一直到殷蕙离开了，赵氏才放下心来。

殷蕙回到王府时，衡哥儿居然还没睡午觉，与魏曕在暖榻上玩得欢快。

魏曕将布老虎藏到枕头后面或被子下方，衡哥儿笑呵呵爬过去，再把布老虎翻出来，那炫耀的小表情，仿佛他做了一件很了不起的事。

不过衡哥儿更想娘亲了，一看到殷蕙，便弃了布老虎往榻沿这边爬，小嘴巴里含糊不清地叫着"凉凉"。

殷蕙抱起胖儿子，视线一偏，就见魏瞻正默默地打量着她。

殷蕙粲然一笑："祖父已经回来了，我没忍住，多陪他老人家待了一会儿。"

魏瞻不懂她为何要说这个，他并没有责怪她回来晚了的意思。

"衡哥儿怎么还不睡啊？"殷蕙低头逗儿子了。

衡哥儿乖乖地趴在娘亲肩头，与刚刚四处爬来爬去的活泼小子判若两人。

其实就是玩累了，困了。

殷蕙在次间绕了三四圈，再一看，衡哥儿已经睡着了。

魏瞻挑开帘子，用眼神示意乳母进来。

乳母抱走衡哥儿后，殷蕙不由得捶了捶右边的肩膀，朝魏瞻道："衡哥儿长得快，我都要抱不动了。"

魏瞻看了看她轻轻捶打的手，道："下次直接叫乳母进来哄睡。"

殷蕙又不愿意了："衡哥儿想我，我也想多抱他一会儿。"

魏瞻再也无话可说。

两人进了内室。

魏瞻饭后就洗过脸了，率先坐到床上，看她慢条斯理地洗手、净面、通发。午后的阳光照亮了半间屋子，穿着一件红缎夹袄的女人一会儿走到光线中，一会儿又回到暗处，为这安静的屋子添了一份灵动与生气。

终于，她朝床边走来，白皙纤长的双手绕着胸前一缕长发。

"您怎么一直看着我？"

殷蕙自然早就察觉了他的注视。

魏瞻将人拉到怀里，鼻子贴上她的后颈："月事又该来了？"

殷蕙闻言，半是嘲弄半是揶揄地说道："您记得可真准，就这几日吧。"

既然如此，魏瞻便不再浪费时间。

帐子里升腾起热意，殷蕙此行收获不小，既知道殷蓉要嫁谁了，过继殷阆的事也得到了祖父的首肯，心情轻松下来，身子也更放得开。

"三爷，您对我家里的事感兴趣吗？"

事后依偎在一起，殷蕙软绵绵地问。

魏瞻没什么兴趣，但她既然主动提了，他听听也无妨，"什么事？"

殷蕙："两件事。第一件，我堂姐的亲事快定了，男方是香河县的知县大人；第二件，祖父可能要把我一个堂弟过继到我爹名下，不过能不能办成还说不准，祖父叫我先别透露出去。"

第一件与她完全无关，魏瞻丝毫不放在心上，倒是第二件……

"怎么突然想到要过继了？"

“二叔、二婶待我不是特别亲，祖父怕将来他走了，家里连个欢迎我回去的人都没有。”殷蕙钩着他的手指道，也是趁此机会让魏曕清楚她与殷家二房的关系。

魏曕目光一沉，殷景善、赵氏夫妻俩做过什么好事，他亦知晓。

当时殷家已经决定把二小姐嫁给他了，坊间突然出现几则诋毁殷二小姐的流言，目的便是触怒燕王府，诱使燕王府要求殷家换个小姐出嫁。

父王也的确问过他要不要换一个。

魏曕不换。

左右都是商家女子，不管娶谁，他都会沦落成其他皇亲国戚乃至世家子弟口中的笑柄，那他宁可娶一个父母早亡的孤女，也不想再多一对儿愚蠢自私的岳父、岳母。至于妻子美不美，魏曕从始至终都没有放在心上。直到大婚当日，掀开盖头，他才发现殷二小姐确实美得不似凡人。她怯生生地望过来，倒叫他不忍迁怒于她。

“你那堂弟品行如何？”魏曕握住她的手问，“若是像你二叔，不过继也罢。”

殷蕙笑了：“我二叔、二婶待他不亲，所以他也没有沾染夫妻俩的市侩，才十四岁，好好栽培几年，兴许能成材。”

魏曕：“终归隔了一层。那边的事你不要太费心，照顾衡哥儿要紧。”

殷蕙：“您放心，在我这里，谁也越不过咱们儿子去。”

燕王府里的年味儿越来越浓了。

燕王忙碌了一年，腊月最后这几日也终于清闲了下来。

不过燕王休息的方式也与别人不一样。沉迷后宫是不可能的，就没有哪个女人能把燕王长时间地留在后宅。相反，燕王准备带上五个儿子，骑马前往平城北郊的虎啸山狩猎。

燕王好武，骑马狩猎便是他愉悦自己的方式。

“父王也真是的，好好在家休息不行吗？这么冷的天，滴水成冰，猎物都赖在窝里不愿出来，谁给他猎？”

黎明时分，天黑得伸手不见五指，二爷魏昳赖在被窝里，虽然醒了，却不想起来。

纪纤纤推他：“说这个有什么用？你能不去还是怎么的？赶紧起来，迟了还要挨父王数落。”

魏昳往被窝里缩得更深了。

纪纤纤拿脚踹他：“你武艺虽不如三爷，但总比大哥强，到时候拿个第二名，也在父王面前露个脸。这几个月父王看咱们处处不顺眼，咱们赶在年前翻翻身。”

魏昳不动。

纪纤纤："你再耽搁，等会儿没工夫吃早饭，饿着肚子马都骑不动，想挨父王的鞭子是不是？"

魏昳眨眨眼睛，终于认命地坐了起来。见纪纤纤马上将被子往她那边扯，魏昳咧嘴一笑，突然抓起被子跳下床，要冷夫妻俩一起冷。

纪纤纤气得大叫，跳下来跟他抢被子。

澄心堂。

魏瞻比魏昳自律多了，醒来后看看天色，一会儿都没耽误，静悄悄下了床，抱起衣裳去外面穿。

殷蕙还是醒了，揉揉眼睛故意弄出些动静来，再软声道："要我伺候您吗？"

其实换成上一个十年，这都不用问的，她早跟着他爬起来了。

魏瞻不知道她脑中所想，可他记得七月之前的殷氏，除了怀孕坐月子那段时间，其他时候，但凡他宿在后院，每日早上殷氏都会与他一起起床。他洗手，她便拿着帕子在旁边等着；他看一眼茶壶，她马上就会倒茶。

魏瞻并不需要她那样，说过一次，她大概当他在客气，殷勤依旧。

如今，她自己改了，却又来跟他耍小聪明，装体贴。

"为我梳头吧。"他应道。

被窝里的殷蕙：……

她就该一直装睡！

魏瞻一边穿衣一边等着，看她是不情不愿地爬起来，还是胆大包天地赖掉。

殷蕙采用了一个折中的办法，裹着被子坐起来，朝外面嘟哝道："您把梳子拿过来，我在床上给您梳。"

魏瞻系好腰带，去她的梳妆台找到梳子，再提灯走进帐中。

床上的她像个粽子，从脖子到脚都裹在被子下面，只露出脑袋与一头凌乱的长发，灯光照亮她红扑扑的脸，天生丽质的人终究占了便宜，什么邋遢样也都是美的。

魏瞻将梳子递给她，转身坐到她面前。

殷蕙试了试，怎么样都得放下被子才能方便动作。

她无可奈何，只好将被子掖在腰下，放开两条胳膊帮他梳头。打哈欠的时候，梳齿不小心扯到他一根头发，她察觉力道受阻的同时，魏瞻吸了一口气。

殷蕙赶紧松了力道，再弥补般替他揉了揉脑袋："您别生气，我不是故意的。"

魏瞻猜她还不至于胆大如此。

梳好头，魏瞻转身看了她一眼。

殷蕙笑了笑："天冷，您别忘了披上大氅。"

魏瞻便走了。

燕王府四处还一片漆黑，魏瞻一个人用了早饭，披上大氅，带着长风走出了澄心堂。

夜色如墨，天上繁星点点，有的暗淡，有的明亮引人瞩目。

兄弟五个出门的时间差不多，路上遇到，再一起去勤政殿等候燕王。

天微微亮时，父子六人带上护卫队，快马加鞭地去了虎啸山。

骏马跑得快，无风也起了风，魏昳只觉得自己的脸都要僵掉了，耳朵更是早早没了知觉。

“冷吗？塞外的风更冷。你们几个从小养尊处优，都没吃过真正的苦头。”

燕王一马当先，跑着跑着，回头看了看儿子们，很是鄙夷地说道。

“都是托父王的福。”魏昳拍马屁道。

燕王哼了哼。

一行人到达虎啸山脚下，天也亮了。他们来得早，冯谡与三千兵马更是昨日就来了，早早将虎啸山搜了个遍，再在四周包围起来，杜绝刺客行凶的可能。

燕王点了魏曝同行，大的四个各自出发，晌午再在山脚下会合。

每位爷都只能带一个护卫、两个负责搬运猎物的人。

魏瞻出发前，瞥见护卫队里的冯腾悄悄朝他比画了一个手势，让他去西山。

冯腾昨日跟着冯谡来这边巡山，肯定摸清了一些猎物出没的位置。

可魏瞻不想作弊，进山不久，他就往东边去了。

魏昳也注意到了冯腾的手势，笑着去了西面。

晌午会合时，魏瞻只打到两只野兔，与魏旸的收获差不多。

魏昳竟打到了一对儿大狐狸，还从狐狸窝掏出两只小狐狸，关在笼子里，活蹦乱跳的。

燕王总算夸了夸他：“老二今日运气不错。”

魏昳笑道：“儿子是占了三弟的便宜。冯腾都给三弟指明方向了，三弟不愿取巧，儿子就偷了回懒。”

父王明察秋毫，魏昳可不信冯腾的小动作能逃得过父王的眼睛，与其贪功，不如说实话。

燕王看向魏瞻、冯腾。

魏瞻垂眸，冯腾尴尬地挠了挠头。

燕王没有追究这点儿小事，带队回去了，护卫队还要集结，统一回兵营。

趁人马还在聚集，指挥使冯谡将儿子叫到一旁。借着树木遮掩，他狠狠地踢了儿子一脚：“三爷武艺高超，打个猎还用你帮忙？”

冯腾委屈："我跟他一起做事，提个醒又怎么了？"

儿子直脑筋，打也打不出几个弯来，冯谡只能把话说得明白一些："你在心里偏向了三爷，所以想帮三爷，是不是？"

冯腾揉着被踢痛的腿，还不服："是又怎么了？"

冯谡："小事你都帮了，如果几位爷出了大事，你是不是也要先帮三爷？"

冯腾："那当然，我跟三爷最熟啊。"

冯谡："糊涂！你把世子爷置于何地？尊卑有别，长幼有序，世子爷才是下任燕王。你公然偏袒三爷，只会害了三爷。"

绕了这么大一个弯子，冯腾终于反应过来，顿时懊恼不已："完了，我是不是给三爷添麻烦了？"

冯谡摇头："做都做了，其他的你也管不了，看世子爷如何想吧。"

二爷也是个不安分的，非要挑明。

燕王等人回府时，红日已经开始偏西。

几位爷都饿了，没再交谈，各回各的院子。

颐志堂，徐清婉服侍世子爷魏旸换了衣裳，出来时桌子上已经摆好了饭菜。

魏旸默默地吃饭。

徐清婉察言观色，觉得他心情不太好。丈夫武艺不精，今日狩猎怕是被弟弟们抢了风头，所以不高兴了。

等魏旸吃完，徐清婉柔声道："上午孟姨娘那边请了郎中把脉，说是肚子有点儿不舒服，您要不要去看看？"

魏旸十分宠爱孟姨娘，闻言马上去了。

孟姨娘非常看重她肚子里的这个孩子。她乃歌姬出身，貌美又不能美一辈子，就指望这胎生个儿子固宠呢，所以哪怕只是有一点点儿不舒服，孟姨娘也紧张得要请郎中。

"爷，您回来啦？"见到魏旸，孟姨娘高兴地打招呼道。

魏旸看向她的肚子："身子如何？"

孟姨娘笑道："已经好多了。您呢，可猎了什么好东西？"

魏旸的脸色眼看着就沉了下来。

孟姨娘心里一咯噔，忙转移话题，暗暗地将徐清婉骂了一顿。她就说呢，怎么世子爷一回来就听说了她的事？原来是徐清婉看出世子爷心情欠佳，怕触霉头，这才将男人推到她这边来。什么端庄大度？都是装的！

魏旸不耐烦听孟姨娘说些没用的，回前院歇晌了。

但他又哪里睡得着？父王虽然也器重他，却没有让他插手兵权。老三倒好，年纪轻轻就去了卫所，还拉拢了人心。

冯腾是冯谡的儿子，冯谡是父王的心腹，倘若父子俩齐齐支持老三……

太子都有被废的，更别说世子了。

徐清婉的母族虽然显赫，终究离得太远，还不如老四的母族郭家。郭侧妃很受父王宠爱，老四背后又有燕地的十万禁军，算起来，还是老四的威胁最大。

老三这边，若能收为己用，倒不失为一个好助力。

澄心堂。

魏瞻若无其事地吃着饭，殷蕙抱着衡哥儿坐在一旁，无法根据他的脸色猜测狩猎结果。

殷蕙也不担心，上辈子这场狩猎并没有引发什么事端。

又过了两日便是除夕。

王府在花园里搭了戏台子，席位摆在朝阳的一侧，殷蕙穿着厚厚的斗篷，手里捧着暖炉，坐在妯娌与小姑们中间，心神安宁地听着戏。

燕王爱听戏，府里专门养了乐人与剧作先生，其中一位贾先生最受燕王赏识。下午这场戏，便是贾先生新排出来的，讲的是天上的金童玉女生了凡心，不被天庭所容，只能投胎转世成人间的一对儿男女成就姻缘之好，后来被王母娘娘派铁拐李度化，重归仙界。

“天上规矩那么多，换成是我，宁可在世为人，不做神仙。”

魏楹小声与殷蕙耳语道。

殷蕙笑道：“神仙能长生不老，凡人便是生在富贵人家，也免不了病痛，所以还是做神仙好吧？”

魏楹：“可做神仙不能动情啊。这么说吧，如果现在你可以做神仙，你会舍下三哥吗？”

巧了，戏台上这会儿刚好唱完一段安静下来，于是所有听戏的人都听到了魏楹的话，也就都朝殷蕙看过来，包括燕王。

第一次受到这种关注，殷蕙脸红了，众人心领神会，知道她舍不得夫君。

“哟，三弟听见没？三弟妹宁可不做神仙，也要与你做夫妻。”魏昳低声调侃魏瞻道。

魏瞻置若罔闻。

魏旸瞥了一眼他泛红的耳垂，笑了。老三终究年轻几岁，还很纯情呢。

被众人揶揄了一番，殷蕙暗觉好笑。她脸红只是因为与魏楹的悄悄话被大家听见了，没想到却叫大家误会她对魏瞻痴心一片。

然而，若真能做神仙，她肯定会毫不犹豫地抛弃魏瞻。就算她选择留在凡世，也是为了衡哥儿与祖父。

戏子们继续唱戏，殷蕙怕再闹出什么笑话，也认真地听了起来，不再与魏楹窃窃私语。

下午就这么过去了，接下来便是除夕夜宴。

夜宴设在勤政殿，殿内摆了一圈炭盆，烧的是最上等的银霜炭，又暖和又没有烟尘。

这样喜庆的场合，人人都说着吉祥话，便是李侧妃、纪纤纤那种喜欢四处挑拨的，今晚也不会触谁的霉头。

一顿饭吃了一个多时辰，饭后四郎、五郎、庄姐儿这些小娃都被乳母先抱回去了，其他人要聚在一起守夜到子时。

丽春院的歌姬们依次上场，为众人献上她们精心排练的歌舞，有的舞曲壮怀激烈，有的婉转缠绵，很是赏心悦目。

殷蕙强撑着精神，其实腰已经酸得不行了。得亏今日不是月事第一天，不然她今晚可能挺不住。

快到子时时，乐人们都退下，燕王喝了一口酒，开始畅谈对新年的期盼。他希望儿子们好好当差，历练出一番才干，希望女儿们能嫁得如意郎君，希望儿媳妇继续相夫教子，尤其是教好他的几个孙子。

魏旸、徐清婉分别领着兄弟、妯娌们离席，朝燕王跪拜行礼。

这种事燕王府众人做了二十多年，肯定都习惯了，时间把握得非常好。大家叩拜完毕，刚回到席位上坐下，外面啪啪地燃起了鞭炮。

鞭炮声中，咸宁九年到了。

走出勤政殿，一股冷风迎面吹来，饶是斗篷足够厚，殷蕙还是打了个激灵。

冷归冷，平城各地却十分热闹，四方不断有烟花升空绽开，仿佛有人偷了天上的星星关在爆竹里，再在这一刻放它们归于天际。

“哎，这鞋套也太重了，我都走不动路了。”

殷蕙还在看烟花，纪纤纤突然叫了起来。

殷蕙闻言看向纪纤纤的鞋套。今晚她们过来时都准备了一双鞋套，外皮内毛，从脚底一直裹到膝盖。在殿里暖和，不用穿，防的就是子时外面冷。

纪纤纤那双外面是鹿皮，应该也暖和，只是走路确实不方便。

“二爷，您过来。”纪纤纤抱怨完就不走了，嘟着嘴叫魏昳。

前面的五兄弟都停了下来。魏昳双手缩在袖子里，不耐烦地问道：“做什么？有话不能回去再说？”

纪纤纤指指自己的脚：“我走不动了，您背我。”

魏昳瞪圆了眼睛。当着兄弟、嫂子、弟妹、妹妹们的面，纪纤纤竟然敢让他背她？

他当然拒绝了：“胡闹，自己走！”

纪纤纤：“我才出月子没多久，怕冷畏寒！”

女人产后总要虚弱一段时间，虽然纪纤纤十月底就出了月子，但才多养了两个月，比其他人更怕冷也在情理当中。

徐清婉与殷蕙默默地看戏，魏昳其实也动摇了，就是碍着面子想再撑一撑。

他们这事不解决，大家都不好走。世子爷魏旸就劝他：“二弟妹身子要紧，你就去背背她吧。都是自家人，没谁会笑话你。”

魏昳有了台阶，这才一边责备纪纤纤娇气，一边来到纪纤纤面前。

纪纤纤的丫鬟帮忙将她扶到了魏昳的背上，纪纤纤很是愉悦，双手抱着魏昳的脖子，回头朝徐清婉等人道：“大嫂，我们就先走啦。”

徐清婉笑着点点头。

魏昳就背着纪纤纤先走了。

成家的人要顾及礼仪，有耐心慢慢走，四爷、五爷、魏杉、魏楹原本也会跟着兄长们，这会儿见二哥、二嫂都搞特殊了，四兄妹便也笑嘻嘻地追了上去，很快就跑远了，只留魏旸、魏曕两对儿夫妻。

殷蕙、徐清婉的脚上同样套了鞋套，走不快，魏旸、魏曕也只能放慢速度，迁就她们。幸好魏旸很能聊，带着魏曕从家事聊到差事，一副长兄谆谆教导弟弟的样子。魏曕虽然话少，但该点头的时候点头，该道谢的时候道谢，看起来也很敬重兄长。

终于，大房的颐志堂到了，道别之后，魏旸、徐清婉先进去了。

从颐志堂到澄心堂还要走一盏茶的工夫，再考虑殷蕙脚上穿着鞋套，这个时间只会更长。

远处的烟花全部落下，夜晚归于沉寂，只有北风不知疲倦地吹着，吹散所有云，天上的星更亮了。

魏曕吩咐安顺儿、金盏：“你们先回去，叫厨房煮好姜汤，水房也预备起来。”

二人捧着手跑了起来。说实话，这样的冷天，跑起来比慢慢走要舒服多了。

殷蕙手里抱着暖炉，大半张脸都掩在兜帽的狐毛领子中，继续拖着厚厚的鞋套，慢慢吞吞往前走。

魏曕突然挡在了她面前。

殷蕙诧异地抬起头，从蓬松的狐毛中露出两只漂亮清澈的眼睛和快要冻僵的红红鼻头。

“走得太慢了。”夜色模糊了魏曕的脸，殷蕙只能听到他冷冷的声音。

殷蕙怔住，旋即脑海里冒出一个念头。

真有做神仙的机会，她不但会抛弃魏曕，还会用仙法狠狠地揍他一顿，把她身为商户女，不敢对皇孙发泄的怒气都发干净了再离开。

“那您先回……”

话没说完，魏曕突然弯腰将她打横抱了起来，随即大步流星地朝前走去。

殷蕙僵了一会儿，锋利如刀的寒风将她唤醒，她忙将脸埋到他的怀里，免得再吹风。

算了，看在他还有点儿人性的分上，她痛快飞升好了，不揍他。

除夕夜，澄心堂各个院子都挂满了灯笼，金盏、银盏站在屋檐下候着主子们，冷不丁就见三爷抱着夫人从走廊那边转了过来。

银盏呆呆地看着，金盏反应快些，笑得比年底得了双份赏钱还开心。趁主子们离得还远，她低声向银盏解释道：“刚出勤政殿的时候，二夫人叫二爷背她走了，当时我还羡慕二爷愿意宠二夫人呢，如今瞧着，咱们三爷也是一样的，只是脸皮薄，非得外人都走了才抱夫人。”

二爷体力不行，只能背二夫人。瞧瞧自家三爷，横抱夫人轻松得像她抱花瓶一样。可惜她不会画画，不然非将这神仙眷侣一样的一幕画下来。

可惜，殷蕙并不是神仙，因为神仙不会因为挨了一路冻就流鼻涕。

魏曕将她抱进内室，放到屏风前，殷蕙刚想道谢，就感到鼻子下面一凉，她赶紧转过身去。

魏曕没看见，抱她走了这么久，他很热，径自脱起身上的大氅来。

殷蕙趁机拾掇拾掇自己。

“三爷，现在就泡脚吗？还是先喝姜汤？”金盏过来问。

魏曕：“泡脚。给你们夫人端一碗姜汤。”

也就是说，他不用喝汤。

两个丫鬟赶紧去传话。

没过多久，殷蕙就坐在床边一边泡脚，一边手捧着汤碗默默地喝起汤来。

殷蕙身子暖和了，人也犯起困来，又漱了漱口，就钻进了里面的被窝。

金盏、银盏放下帘子，熄了灯，端着铜盆与汤碗静静离去。

忽然，魏曕掀开殷蕙这边的被子，钻进来了。

殷蕙配合地钻到他怀里。他知道她这几日身子不方便，肯定没有别的意思。

魏曕一手揽着她的肩膀，一手寻到她的手，是暖的，再用腿碰碰她的脚，也还好。明早还要去各处拜年，她可不能病。

殷蕙明白他动来动去的原因，困倦地说道：“您放心，我没事，都喝过姜汤了。”

好歹也练过几年剑，她没那么娇气。

魏曕却说了一句风马牛不相及的话：“下次再看戏，专心听戏，少窃窃私语。”

殷蕙咬唇，他是在责怪她与魏楹的神仙之论？

也是，魏曕不喜张扬，她与魏楹的戏言却连累他也承受了众人调侃的目光。

“我错了，下次再也不会了。”殷蕙闭着眼睛道，只想结束话题，快点儿睡觉。

魏曕果然没再说话了，殷蕙很快睡去，也不知道他何时回的另一个被窝。

虽然睡得晚，早上殷蕙还是天没亮就醒了。想不醒也难，外面的鞭炮声一阵接着一阵，大年初一的早上，谁也别想睡懒觉。

一只大手蓦地贴上了她的额头，确认她没有发烧便收了回去。

为了证明自己没病倒，殷蕙笑着坐了起来，一边穿衣一边与他说话：“这是咱们衡哥儿出生后过的第一个年，您给他准备压岁钱了吗？”

听她声音欢快，精神十足，魏曕彻底放心了，点点头。

今早衡哥儿也起得比平时早。殷蕙还在梳头，魏曕正要出去看看的时候，乳母抱着衡哥儿过来了。小家伙穿了一件红底绸面的褂子，上面用金线绣着一只憨态可掬的虎头，正应了今年的生肖。

乳母先给魏曕行礼，再教衡哥儿：“五郎快给爹爹拜年。”

衡哥儿仰起小脸看爹爹，笑得眼睛弯弯的：“呆呆！”

魏曕眼里也带了笑意，接过儿子，重新来床边坐下。

衡哥儿的目光已经投向了还在打扮的娘亲：“凉凉！”

银盏暂停手上的动作，方便殷蕙转身回应儿子：“衡哥儿乖，等娘梳完头就给你好东西。”

衡哥儿只管坐在爹爹腿上等着。

魏曕也不知道殷蕙给儿子准备了什么好东西。只见她离开梳妆台，走到一个衣柜前，不知拿了什么出来放在背后，再走到他们面前，弯着腰逗衡哥儿：“要猜猜看吗？”

衡哥儿抱着小手给娘亲作揖，这都是乳母提前教的，刚刚小家伙已经给爹爹作了好几个了。

殷蕙笑着拿出一只纯金打造的空心老虎罐来。金老虎胖嘟嘟的，屁股上面盘起的一圈小尾巴其实是盖子，打开盖子，里面空荡荡的，只有一片金色。

“娘送衡哥儿一个存宝箱，今天衡哥儿收到的压岁钱都放在这里面，留着你长大了再用，怎么样？”殷蕙晃动金老虎逗儿子。

衡哥儿双手抱住金老虎，张嘴就啃。

魏瞻心情复杂。殷氏不愧是燕地第一富商家的小姐，准备的礼物都如此贵气。他虽然是王子皇孙，却从没见过这么大一块金子。这礼物若是传出去，旁人不知道会如何笑她。

只是，这么金闪闪且胖嘟嘟的一只老虎，瞧着确实讨人喜欢，很喜庆。

最重要的是，衡哥儿喜欢。

“娘还要再打扮一会儿，衡哥儿先跟爹爹去前面吧，你爹爹也有礼物呢。”

逗完儿子，殷蕙笑着说道。

魏瞻嘴角一抿。

他的礼物是一个封红，还有一对儿金镯子，适合衡哥儿戴的金镯子。

魏瞻看向金老虎的两只耳朵。

# 第十章

勤政殿，燕王与徐王妃一起接受了子孙们的拜年。

儿子们都大了，燕王只给孙辈准备了封红，像大郎、眉姐儿、二郎、三郎都可以自己走过去拜年，顺便领礼物，四郎、五郎、庄姐儿还得由乳母陪着。

魏昳端坐在左侧的席位上，看到三郎退下，该轮到自家四郎了，他心里就开始紧张。纪纤纤也悄悄捏了一把汗。四郎这臭小子，虽不是她生的，让她操的心却比亲儿子二郎还要多，一不小心就害他们夫妻俩都挨骂。如果不是今日日子特殊，她真不想带四郎出来。

在魏昳、纪纤纤的千叮咛，万嘱咐下，四郎的乳母特意训练了小家伙走路，轮到四郎时，乳母只需牵着他的手就可以了。

燕王看着渐渐靠近的四郎，小家伙一脸怕生的样子，看他跟看见老虎似的，不，这么大的孩子看到老虎或许还会兴奋！

不过，四郎与上次见面相比，还是有了进步，又是大年初一，燕王就没数落老二两口子。他摸摸四郎的小脑袋，递出去一个封红：“新年了，祖父希望四郎多多吃饭，长得又高又壮。”

毕竟是亲孙子，燕王说此话时充满了对小家伙的祝福与期许。

四郎瞅了瞅祖父威严的眼睛，转身扑到了乳母怀里。

下面的魏昳、纪纤纤见了，脸都白了。

燕王无奈地叹了一口气，叫乳母抱四郎退下。

澄心堂的乳母马上抱着衡哥儿走上前。

刚刚燕王、徐王妃还没到时，衡哥儿就已经给几位伯父、伯母、叔叔、小姑作了一圈的揖，这会儿乳母又带他去见人，小家伙懵懵懂懂知道大概是怎么回事，还没到燕王面前，就抱起小手朝燕王晃了起来，看得燕王展颜大笑："这小子，简直是个小人精！"

徐王妃也笑："五郎就是讨人喜欢。"

本就是幺孙，再加上讨人喜欢，待遇自然就不一样了。燕王又把衡哥儿抱到怀里，再把封红放到衡哥儿面前，隔了一点儿距离，看小家伙会有什么表现。

衡哥儿看看封红，视线突然被祖父大拇指上的黄玉扳指吸引了。

黄玉色泽类似金子，略浅一些，但玉色剔透光洁，亮晶晶的，更好看。

衡哥儿往前一探，双手抱住祖父的大手，就要把玉扳指往嘴里塞，尝尝味道。

这下子，轮到殷蕙提心吊胆了。她目不转睛地看着儿子。

衡哥儿很有毅力，无论燕王怎么往后挪，衡哥儿都紧紧抱着祖父的手，嘴巴里发出无人听得懂的声音，但猜也猜得出来是在表达想要扳指的意思。

燕王心情好，真把扳指摘下来，放到衡哥儿的手里。

魏瞻猛地站了起来。

没等他开口，燕王瞪过来道："我给衡哥儿的，不用你多嘴。"

魏瞻眼瞅着儿子就要将扳指往嘴里塞，脱口道："父王拦住他！"

燕王低头一看，背后惊出一层冷汗，猛地将已经快被衡哥儿完全塞进嘴里的扳指抢了出来。

乳母扑通跪下。主要是孩子在燕王怀里，她没敢盯着看。

燕王正要发作，衡哥儿竟抱着他的手啃了起来。

看着这样软绵绵的一个小家伙，燕王心一软，点了点衡哥儿的脸蛋道："五郎还小，等你长大学射箭时，祖父专门送你一个武扳指。"

说完，他将衡哥儿还给乳母，乳母心有余悸地退下。

燕王扫了一眼魏瞻，没说什么。

魏瞻也若无其事地坐回原处。

魏昳低声道："老三你行，敢命令父王。"

魏瞻瞥了一眼父王的席位。难道他刚刚的声音听起来很像命令？其实他只是担心衡哥儿，说得急了。

这边的拜年结束后，殷蕙一家三口去了温夫人的静好堂。

温夫人准备了两个封红，一个给胖孙，一个给儿媳妇。百姓人家，新妇进门前三年都要给压岁钱的，她虽然不是正经的嫡母婆婆，却也想尽自己的心意。

“儿媳也有啊？娘就是疼我。”殷蕙大大方方地接了过来。

温夫人看了几眼魏曕，笑着对殷蕙道：“娘这里还有几匹料子，阿蕙过来挑挑，看看有没有喜欢的。”

殷蕙猜到婆母有事，跟着进去了。

“出什么事了吗？我怎么觉得叔夜不太高兴？”进了屋，温夫人有些担心地问。

殷蕙不禁佩服起来。就魏曕那种挨了刀子可能都不会变色的冷脸，大概也只有温夫人这个亲娘能看出喜怒差别。

她将衡哥儿差点儿吞了燕王的扳指之事说了出来。

温夫人十分后怕，忍不住埋怨燕王：“王爷什么都好，就是没照顾过孩子，心太粗了。”

殷蕙诧异于温夫人胆敢如此说燕王，忙提醒道：“这话您与儿媳说没事，若父王过来，您可千万别在父王面前说气话。那会儿三爷提醒父王的语气都有点儿冲了，现在或许都在后悔。”

燕王对于魏曕几兄弟而言，既是父亲，也是燕王，得敬着，不像有的百姓人家，儿子顶撞老子乃家常便饭。

温夫人：“这个我懂。咱们娘俩发发牢骚罢了，我哪敢与王爷置气？”

殷蕙笑：“好了，咱们出去吧。我看三爷肚子里憋着气，等着回去朝乳母撒呢。”

温夫人低声道：“乳母也不是故意的，教训两句就是，别轻易换了，衡哥儿可能不习惯。”

殷蕙点点头。为了做样子，她从温夫人这里挑了一块布料，应该是燕王之前赏赐的好料子，回头给衡哥儿做春装。

回到澄心堂，魏曕果然斥责了乳母。

他不生气都够吓人了，这一动怒，乳母跪伏在地上，半个字也不敢反驳，只不停地保证绝不会再犯错。

“下不为例。”魏曕最后道，让乳母出去了。

他在外间训人，殷蕙与衡哥儿在内室的床上玩。她教衡哥儿将今早收到的各种金叶子、小元宝放到金老虎的肚子里。

魏曕走过来，见衡哥儿手里抓着薄薄的金叶子，脸又是一沉。

殷蕙抢在他前面道：“我都盯着的。衡哥儿只是喜欢啃没见过的东西，这些他知道不能吃。”

魏瞻：“那也得小心。”

殷蕙默认，继续逗儿子。

衡哥儿稳稳地坐着，乐此不疲地将金叶子丢进去，每当里面传来当啷的撞击声，小家伙就仰脸朝爹爹和娘亲笑。

魏瞻眼中的怒气渐渐散去。

殷蕙这才试着与他说话：“您没撵乳母走？我还以为您再也不想用她了。”

魏瞻道：“重罚了乳母，父王会如何想？”

殷蕙反应过来。衡哥儿险些误食玉扳指，乳母虽然有错，但燕王的责任更大。如果魏瞻重罚乳母，燕王会不会觉得三儿子太在意这事，心里也会怨他？

唉，都说伴君如伴虎，公爹还没登基呢，魏瞻几兄弟都这么怕他了。

初一晚上，燕王自然要宿在徐王妃这边。

李侧妃想，她既是王爷的表妹，又是妻妾里第二个进府的，按照往年的规矩，明晚王爷便会来她这边。

然而初二傍晚，燕王去了静好堂。

李侧妃白白打扮了半晌，得到消息气得差点儿晕过去。论年纪，温夫人只比她年轻五岁，怎么就突然得宠了？

殊不知，燕王昨晚才在徐王妃那里交了“公粮”，今晚只想好好睡一觉。如果去李侧妃那儿，继续交吧，懒得动；不交吧，李侧妃又得想方设法诱他，直到他妥协为止。温夫人就老实多了，全看他的脸色行事，他不想做，温夫人也绝不会主动邀宠。

温夫人压根儿就没想那些事，见到燕王，她下意识地看向王爷大拇指上的扳指。好家伙，那么大一个，若衡哥儿真不小心吞了，命还要不要了？

燕王都准备越过温夫人进去了，忽然发现温夫人在看他的手。

“你也听说了？”

进屋坐下后，燕王转了转那枚黄玉扳指，喜怒难辨地问道。

温夫人点头，庆幸道：“还好，您及时拉住了衡哥儿，不然我也要吓死了。”

燕王挑眉：“你也？还有谁差点儿被吓死？老三媳妇？”

温夫人恭顺地坐到他旁边，露出一个哭笑不得的表情：“是咱们叔夜。昨天早上他们两口子过来拜年，我一眼就看出他脸色不对，就跟老三媳妇打听发生了什么。叔夜这孩子，平时看着冷冰冰的，跟谁都热乎不起来，其实心里重情着呢，尤其对衡哥儿。衡哥儿真出事，我估摸着，叔夜得比老三媳妇还伤心。”

燕王瞪她：“大过年的，你说什么晦气话？”

温夫人赶紧朝旁边呸呸两声，念叨着："菩萨保佑衡哥儿。"

燕王摇摇头，转而想到了昨日的老三，忽地又笑了，对温夫人道："老三不错，虽然年轻，已经有父亲的架子了，知道疼孩子。"

若是换成老二，恐怕四郎已经没了。

"您不怪叔夜吗？老三媳妇还说叔夜很后悔，说他提醒您时的语气太重了。"温夫人打量着燕王的神色道。

燕王："怪他做什么？哪个当爹的不在意儿子？"

温夫人拍拍胸口，笑道："您没生气就好。回头我也跟老三媳妇说一声，免得他们两口子瞎担心。"

等燕王与温夫人躺到床上时，燕王还不困，又不想做别的，便继续与温夫人聊孩子们的事。

"说起来，老三媳妇把衡哥儿养得不错。燕地有新妇初二、初三回娘家探亲的习俗，明早你顺便告诉老三，让他后日陪老三媳妇回殷家拜年。殷墉那人，能经营那么大一份产业，也是个厉害人物。老三偶尔去坐一坐，陪老爷子聊聊，有益无害。"

治国、经商都藏着大学问，燕王对殷墉还是有三分赏识的，否则当初直接找个由头抄了殷家就是，何必联姻？

初三一早，温夫人叫身边的丫鬟来澄心堂传递了两个消息。

第一，燕王根本没怪魏瞻那声"命令"，反而还夸赞了魏瞻对衡哥儿的细心与看重。

第二，燕王让小两口明早去殷家探亲。

殷蕙与魏瞻一起坐在厅堂北面的红木椅上，小丫鬟说出第一条，殷蕙笑了，等小丫鬟说完第二条，殷蕙心口一紧，悄悄拿余光去看魏瞻。

魏瞻还是那张冰块儿脸，没什么表情，只打发小丫鬟回去复命，就说他们都知道了。

小丫鬟走后，魏瞻对殷蕙道："你预备节礼，我先走了。"

燕王护卫所的士兵们也要过年，今日父王要去三个卫所巡视，点了他与大哥、二哥分别先带上赏赐过去。

殷蕙送他出门，魏瞻一走，她脸上就露出笑容来。

以前都是她自己回娘家，徐王妃担心衡哥儿太小，会受寒什么的，不许她带衡哥儿同行。这次有魏瞻作陪，她总算可以抱衡哥儿过去给祖父瞧瞧了。

为防祖父明日出门，让魏瞻空跑一趟，殷蕙拿了腰牌给金盏，要她回去知会祖父一声。

金盏兴高采烈地穿过燕王府的层层宫门时，殷景善夫妻俩正在屋里合计着如何让老爷子打消将殷阆过继给大房的念头。

过年本该是喜事，昨日老爷子却突然提出过继一事，当时殷景善、赵氏都蒙了，也就没能说出什么有理有据的话来反对。

“这一听就是阿蕙那死丫头的主意。死丫头从小被老爷子宠上了天，根本不把咱们看在眼里，既不想帮扶蓉蓉高嫁，也不想殷家的钱财日后都落在咱们手中，于是便要扶植阆哥儿为她所用。她是燕王府的少夫人，身份尊贵，别说阆哥儿现在只是孩子，就是将来长大了，敢违背她的意思？还不是死丫头要钱他就乖乖奉上？唉，气死我了！怎么有她这么贪婪，会算计的人！”

赵氏一边说一边揉着心口，恨不得拿吐沫把殷蕙淹死。

殷景善咬牙道：“我也是没看出来她野心这么大。老爷子都给了她一百万两私房钱了，还不够她花？”

一百万两啊，本来都该是他的，就那么让一个外嫁的死丫头分了去，每次想起这事，殷景善都肉疼。

赵氏心中一动，紧张地问：“你说，会不会是王爷又缺钱了，不好意思明着跟殷家要，于是想了这种办法？”

殷景善沉吟片刻，摇摇头：“应该不是。王爷什么身份？不至于为银子绕这么大的弯，直接让人传声话，咱们就得乖乖把银子抬过去。”

赵氏：“那就是三爷？是他在算计咱们家的银子？等王爷去了，他就要封郡王，建府另住，盖房子最费银子了，三爷该不是未雨绸缪吧？这会儿扶植了阆哥儿，将来要钱理直气壮。否则再过十几年，阆哥儿都大了，他们临时提出过继，既不合适，也没有人偏帮着他们。”

老爷子怎么都不可能活过燕王去，等三爷做郡王的时候，殷家也是他们夫妻俩当家了。

殷景善眉头紧锁，觉得妻子可能猜中了。

赵氏见他这样，急了：“那咱们更不能答应了。王爷都没再算计咱们的银子，三爷恐怕也不希望这事闹大。只要老爷子能站到咱们这边，三爷与阿蕙只能灰溜溜地偃旗息鼓。”

殷景善：“关键是，咱们怎么劝老爷子？一边是孝道，一边是兄弟情分，大哥那支确实没有儿子，老爷子只要请几个族老来，一群老骨头盯着，我敢不答应？”

赵氏心计飞转，有了：“你不反对，那就让阆哥儿反对！他是你儿子，肯定听你的话，只要他咬定这辈子只认你做父亲，老爷子还能硬绑他过去不成？

就算老爷子生气，也只会惩罚阆哥儿。你要做的，就是稳住阆哥儿，哪怕许他大好处，也千万不能让他妥协。”

殷景善喜道：“这法子好，我这就去跟阆哥儿说！”

赵氏见他那高兴样子，忍不住又算起旧账来：“都怪你，你当初若不在外面乱搞，也不会扯出这些破事！”

殷景善挥挥手，瞪她道：“什么时候了，还计较这个！我走了！”

他脚步如飞地来了殷阆这边。

教书先生放年假回家了，最近殷阆都不用读书，不过他无事可做，便还是待在书房。

赵氏在钱财上吝啬，其他方面倒是不怎么管殷阆，再加上殷家的藏书阁包罗万象，殷家子孙都可以借阅，殷阆倒是不缺书看。

“少爷，二爷来了，请您去厅堂说话。”小厮过来通传道，声音里透着欢喜，觉得二爷是来关心主子的。

殷阆应了一声，继续看完本页剩下的几段。书里讲的是晋献公之子重耳被骊姬陷害，逃至蒲城之事。

其实他该庆幸殷家有位仪表堂堂、文武双全的长兄，庆幸祖父、父亲都只器重长兄一人，否则，他或许早已丢了性命。

放好书签，殷阆去见父亲了。

殷景善打发小厮退下，单独与殷阆说话：“初一晚上，老爷子梦到你死去的大伯了，醒来叫我们过去，说想把你过继到你大伯名下，你怎么想？”

殷阆抬头，对上殷景善审视的眼睛。那眼里只有算计，没有任何温情。

殷阆忽然想起小时候，母亲去世半年后，父亲才趁着来江南做生意之际，顺路来了他们母子的宅子。殷阆跟着乳母去见父亲，当时父亲看他的眼神，就像在看一件货物，觉得不怎么值钱，不想带走，又因为与他有着血缘关系，父亲才勉为其难地带上了他。

“儿子听父亲安排。”殷阆跪下，垂着眼帘道，声音也没有透出什么情绪波动。

殷景善对这个外室子没什么感情。他在外面养外室，图的是在外做生意时有人能伺候他，生了子女也可以交给外室抚养，天南地北的，消息也传不到平城来。谁知道那外室命短，早早没了，丢下一个稚子。到底是亲生的，总不能随便将殷阆交给外人带。

如今殷阆给他带来这么一桩大麻烦，牵扯到日后家产的分配，殷景善对殷阆的态度已经从漠不关心变成迁怒、怨恨了。只是，为了大计，还得做出慈父的样子来，免得殷阆寒了心，答应过继。

想到此处，殷景善忽然偏过头，拿袖子擦了擦眼角压根不存在的眼泪，哽咽两声道：“听我安排？你是我的骨肉，我如何忍心叫你喊我叔父？这么多年，我对你不闻不问，不是不关心你，而是怕我越关心，你母亲越恼你。阆哥儿，你可明白父亲的一片苦心？”

殷阆在听到哽咽之声时便抬起了头，然而只能看到殷景善的袖子，只能听到他带着哭腔的话。

殷阆只想笑。父亲的苦心？真的有吗？若有，他怎么丝毫也感受不到？还是说，父亲藏得太深了？

父母之爱子，则为之计深远。他真过继到大房，往近了说，可以摆脱赵氏的苛待；往远了说，可以自己分得一些产业。怎么想都是于他有利的事。父亲真关心他，这会儿该高兴他得了这样的际遇才是。

“儿子明白，儿子不想过继，还请父亲成全。”

殷阆俯身，抱着最后一丝对父子亲情的希冀，朝殷景善叩首道。

殷景善看着跪在那里的少年郎，面上露出笑容来。他起身来到殷阆面前，扶起殷阆抱到怀里，欣慰地说道：“我真怕你一直在怪我，怕你一气之下，高高兴兴地去大房。如今我总算放心了。阆哥儿不怕，只要咱们父子一条心，只要你在老爷子面前不肯屈服、松口，咱们就永远都是父子，谁也别想分开咱们。”

殷阆闻言，嘴角上扬，再也压抑不住满腔的嘲讽。

不过，一心演戏的殷景善是看不见的。

稳住了殷阆，殷景善便与赵氏一起去见老爷子了。

没想到金盏竟然也在。

“你不在王府里伺候夫人，来这里做什么？”赵氏下意识地问了出来。

金盏笑道：“明日三爷会陪夫人回来探亲，夫人叫我先来通传一声。”

三爷要来？

赵氏的脑海里，便浮现出一张年轻的，俊美无比，却又冷冰冰的脸来。当年三爷来迎亲，一身大红喜袍都没能让他的脸暖和半点儿，这样的活阎王，竟然要来殷家了？

为何来啊？去年过年两口子都没来。

赵氏担忧地看向殷景善。

殷景善与她面面相觑。

殷墉扫了一眼夫妻俩，对金盏道：“你先回去吧，路上小心点儿。”

金盏行了个礼，走了。

“爹，三爷那等贵人突然登门，莫非是为了阆哥儿过继一事？”殷景善试探着问。

殷墉笑他："你当三爷是神啊？我初一晚上做的梦，初二才跟你们提了一嘴，今日三爷就听到消息了？"

殷景善脸都憋紫了。

老爷子，您糊弄谁啊？这事肯定是三爷与阿蕙先合计好的，再请您配合，您还在这儿跟我们演戏！

赵氏的脸也发紫，可她是儿媳妇，有些话还得让丈夫开口。

她频频朝殷景善使眼色，眼皮都眨酸了。

殷墉默默地喝茶，放下茶盏后，他看着二人道："你们过来可是有事？没事我先出门了。"

殷景善忙道："爹，过继的事，我跟阆哥儿说了。他不愿意，跪着跟我哭，问我是不是不要他了，我看着实在难受。"

说着，他抬袖擦眼睛，袖口沾了赵氏提前兑的辣椒水，轻轻一蹭，两只眼睛的眼皮都红了，眼泪哗哗地往下掉。

赵氏也配合地落起泪来。这事她做习惯了，分寸掌握得好，哭得还算体面。

殷墉看着儿子滑稽的哭相，叹道："阆哥儿还小，你再好好给他讲讲道理，若他实在不愿意，那便罢了。"

殷景善闻言，心中狂喜！

魏曕在卫所里用的午饭，下午才回府。

殷蕙刚歇晌起来，正准备梳头，见到魏曕，她朝两个丫鬟使了个眼色。

金盏、银盏麻溜地退了出去。

殷蕙走到魏曕面前，先去握他的手。

外面寒气侵骨，魏曕又是骑马回来的，手冷冰冰的。

"先前给您做了两副皮套子，今日没戴吗？"殷蕙用自己温热的双手抱住他的手，一边放到怀里暖着，一边柔声问。

殷家的商队冬日出行，大家都会戴上厚厚的棉布套子，里面絮着兔毛。魏曕身份尊贵，殷蕙特意让锦绣楼的绣娘给他做了两副貂皮套子，从指尖一直护到手腕。她试过，戴上后可暖和了，而且手指行动还算灵活，至少不会影响他攥握马缰。

魏曕："大哥他们都没有。"

那皮套子很暖和，平时魏曕去卫所的路上都会用，今早三兄弟一起骑马出门，他又只有两副，不够送，索性自己也没戴。

殷蕙："那，我让人多做几副？回头您给几位爷以及父王都送两副。"

魏瞻："不必，大哥他们冬日很少骑马出门，父王用的机会也不多。"

主要是他不想出这个风头。

送给父王，父王喜欢最好，若不喜欢，可能还觉得他娇气，骑个马都怕冻手。兄弟们那边，也会落个刻意讨好父王的猜疑。

殷蕙懂了，专心给他暖手，魏瞻的目光落在她的脸上。

才起床的她，穿着一件榴红底绣宝蓝蝴蝶纹的夹袄，瀑布般的长发乌黑蓬松，衬着一张白里透粉的美人面。

视线再移到两人的手上。

说起来，她有阵子没这么巴巴地献殷勤了。入冬后他便去卫所里当差，顶着风骑马那么多次，她问过他冷不冷，跑来暖手还是第一次。

已经吃过她的美人计，魏瞻稍微一想就明白了：殷氏怕他不高兴陪她回殷家探亲，抑或是怕他到了殷家不把殷墉放在眼里。

又想提前贿赂他？光暖个手可不够。

他腾出一只手来，解开她腋下的盘扣。

殷蕙柔顺地靠到了他身上。

魏瞻看着她越来越美艳的脸，问："可以了？"

殷蕙垂着睫毛摇摇头："明晚吧。"

魏瞻抿唇。这个年过得很素，今日她主动来招惹，他还以为她的月事已经彻底结束。

虽然失望，却也没有马上就松手，还是将她抱到了帐中。

主菜美味，前菜也能怡情。

等他怡够了，殷蕙才枕着他的肩膀软声问："明日出门，咱们把衡哥儿也带上吧？祖父挺想他的。"

魏瞻："嗯。"

殷蕙先把殷家可能让他不喜的事说了说："您是贵人，我娘家人没见过什么世面，失礼之处还望您多多包涵。"

魏瞻："嗯。"

殷蕙："若祖父提到过继的事，二叔、二婶争辩起来，我会接话，您只管坐着喝茶就行，犯不着与他们多嘴。"

魏瞻："好。"

殷蕙忽然撑起来，看着他的眼睛问："不会我们说着说着，您嫌聒噪，便一走了之吧？"

魏瞻瞥她一眼："不会。"

殷蕙笑了，无论如何，魏瞻还算言而有信。

次日上午，下人们先把殷蕙预备的节礼抬到马车上，之后殷蕙、魏瞻才出了门，乳母抱着衡哥儿走在后面。

到了东六所所门附近，撞见魏昳、纪纤纤，看打扮也是要出府。

“三弟要去哪里？”魏昳跟魏瞻打招呼。

魏瞻解释道：“带五郎去给殷老爷子拜年。”

魏昳笑道：“应该的，应该的。五郎长这么大，还没见过他曾外祖父吧？”

这个问题，他是看着殷蕙问的。

殷蕙笑着应道：“是还没见过。”

魏瞻：“二哥也出府吗？”

魏昳：“嗯，一起走吧。”

如此，殷蕙与纪纤纤便走到了一块儿。

无论是皇家还是普通百姓人家，儿媳妇能回家探亲都是喜事，殷蕙心情好，脸上始终带着盈盈笑意。

纪纤纤看得心里发酸。自打她嫁到燕王府，已经五年多没见过家人了，平时只能书信来往。

“三弟妹真叫人羡慕，娘家离得这么近，想何时回去就何时回去。不像我，家里在京城，寄个信都要等很久。”

殷蕙听出来了，纪纤纤这句话的重点是炫耀她祖籍在京城。

转而殷蕙又想到，再过几年，等公爹入主京城，徐清婉、纪纤纤就都能频繁见家人了，反而轮到她离家千里。只是上个十年，祖父横死，燕地再无值得她思念的人；这辈子，她宁可去品品这思念之苦，也要保祖父身体安康。

“总有机会见面的。”殷蕙轻声客套道，其实也是实话。

纪纤纤却觉得这妯娌在刺激自己。她有什么机会？公爹燕王都难回一趟京城。

出了王府，两家人分别上了马车。

纪纤纤还在酸殷蕙可以回娘家。

魏昳搂着人哄道：“回去又如何？三弟妹的父母早去世了，家里就一个祖父还惦记她。哪像你？岳父、岳母年年都送东西过来，你可比她有福多了。”

纪纤纤心中终于舒坦了，不再想三房的事。

殷蕙一家三口坐在一辆马车里，这是衡哥儿第一次走出王府。

征得魏瞻的同意后，殷蕙挑起半边帘子，让衡哥儿扶着窗边，她在后面抱着小家伙，娘俩一起往外看。

衡哥儿的眼睛都快不够用了，一会儿仰头往上看天，一会儿低头看地。

其实王府外面太静了，没什么好看的。可惜真正到了热闹的地段，魏瞻就让殷蕙放下帘子，不许娘俩再抛头露面。

衡哥儿不干，在娘亲怀里扭来扭去。

魏瞻将儿子接过来，父子俩你伸手，我按手，多次扒窗失败后，衡哥儿看看老子，抿着小嘴，整张脸开始转红。

这就是要哭的前兆。

魏瞻默默地挑开了他这边的帘子。

衡哥儿立即就笑起来，红红的脸也恢复了白净的颜色。

魏瞻面无表情地扶着儿子，俊美冷清的脸一半露出来，一半掩在半垂的帘子后。

马车到了殷家所在的狮子巷，很快就有街坊百姓认出了燕王府的马车，再看窗边趴着一个眉眼漂亮的男娃娃，有人惊呼起来："哎哟，这孩子长得可真俊，是不是殷二小姐的儿子啊？"

"扶着他的是不是燕王府的三爷？"

"这么说，三爷陪二小姐回娘家了？"

"二小姐就是有福！"

议论声接二连三地传进来，殷蕙瞅了瞅魏瞻，小声道："街坊们喜欢看热闹，不过没恶意的，您别在意。"

魏瞻神色淡淡。

"有的百姓会跟着马车走，等会儿我们家门口肯定挤满了等着瞻仰您风采的人，您无视他们就好。"

魏瞻看过来。

殷蕙咳了咳，有点儿担心魏瞻会不会被那人挤人，抢着看他的阵仗气到。

殷宅到了，马车停了下来。

十步开外，殷墉带着家人早早恭敬等候在那里。

魏瞻先下车，视线所及，果然是一圈被护卫们拦在外面的布衣百姓。男男女女，老老少少，一双双眼睛上上下下地打量着他。当他看过去时，一部分百姓会惶恐地低下头，等他看向别处时，刚刚低头的那些人马上又抬头继续看他。

随行的乳母接过衡哥儿，最后殷蕙戴着帷帽下了车。

"小民见过三爷。"

殷墉压抑着喜悦，朝魏瞻行礼道。

魏瞻虚扶一把："您老免礼，一家人不必见外。"

殷蕙也道："祖父，咱们先进去吧，外面太冷了。"

殷墉忙请小夫妻俩往里走。

殷蓉挨着赵氏走在旁边，偷偷瞧着魏瞻那份独属于皇家子弟的尊贵气度，再看看魏瞻旁边春风得意的殷蕙，嫉妒得直咬牙。差一点儿，这个男人就是她的了。如今她却只能嫁给一个七品知县蒋维帧，即便最后蒋维帧进了内阁，做了首辅，也比不上殷蕙稳握手中的郡王妃之位。

一家人移步到了厅堂，分主次落座。

殷蕙、魏瞻坐的是主位。

殷墉、殷景善坐在左下首，身后站着殷闻、殷阆两兄弟。赵氏坐在右下首，殷蓉乖巧地站在她身后。

训练有素的丫鬟们端上茶水，再恭敬地退下。

殷蕙知道魏瞻话少，祖父再擅长待人接物，遇到魏瞻也难逃冷场。客套几句后，她便抱着衡哥儿走过去，笑道："衡哥儿快给曾外祖父拜年。"

衡哥儿一听拜年，笑眯眯地朝殷墉作起揖来。

殷墉笑得眼角的褶子更明显了，一边端详着小家伙的五官，一边摸着胡子夸道："衡哥儿长得好，天庭饱满，眼里有神，嗯，像三爷的地方更多，长大了肯定也是龙章凤姿，神采非凡。"

老爷子夸得好听，赵氏偷眼去瞄三爷，见人家还是冷着脸，就像听不懂夸奖似的。

这气势，就算成了她的女婿，她也不敢摆丈母娘的谱啊。

殷墉夸完，还拿了一个封红出来，放到衡哥儿手里。

薄薄的一个封红，衡哥儿双手抓着晃了晃，没听到金叶子的撞击声，便扭头看娘亲。

比金叶子更薄的，只有银票。

殷蕙毫不客气地将封红放到袖子里，笑道："娘先帮你收着，衡哥儿快谢谢曾外祖父。"

说完，她就把小家伙塞到了老爷子怀里。惦记这么久了，光看哪里够？怎么都要抱一会儿。

殷墉非常喜欢衡哥儿，衡哥儿也不认生，跟曾外祖父玩得很亲。

殷蕙坐回原位，轻声给魏瞻介绍殷景善等人："您还记得吗？这是我二叔，那是我大哥……"

魏瞻配合她，用重新认识一遍的眼神扫视了一圈殷家众人。说实话，如果在大街上见到，他确实认不出这些面孔。

殷墉等小孙女介绍完了，突然叹了一口气。

这种场合叹什么气？所有人都看了过去。

殷墉对着殷蕙开口了："阿蕙啊，初一那晚，祖父做了个梦……"

殷景善、赵氏一听这开场，惊得差点儿从椅子上掉下来。

殷墉哪里管他们，一口气说完了，总结道："祖父思量几天了，想把阆哥儿过继到你爹名下，阿蕙你觉得如何？"

殷蕙诧异地看向殷阆。

殷阆垂眸，手心里冒出了汗。

没等殷蕙开口，殷景善忍不住了，低声朝老爷子道："爹，三爷难得过来，您先招待三爷，这事咱们私底下再说吧。"

殷墉便看向魏曕。

魏曕神色冷淡："阿蕙难得出府，过继是大事，今日说清楚也好。"

殷景善心里咯噔咯噔的。媳妇猜得没错，三爷果然是此事的主谋！

赵氏与他对了个眼色。

"三爷都这么说了，阿蕙究竟同不同意？给祖父一个准话吧。"殷墉道。

殷蕙露出缅怀的神色，感慨道："难为祖父一片苦心。二弟若能替父亲继承香火，我自然支持，就是不知二叔、二婶可否舍得。"

这就轮到殷景善夫妻俩表态了。

殷景善刚要说点儿场面话，就见那冷冰冰的三爷冷冰冰地朝他看过来。

殷景善一慌就忘词了，只好直接说最关键的，对殷蕙道："阿蕙这是什么话？二婶、二叔当然都同意，只是阆哥儿倔强，他不愿意，跟我们哭闹两天了，怎么劝都不听。"

殷蕙闻言，越过他看向一直默默站在后面的少年郎："二弟不愿意吗？可否跟姐姐说说你是如何想的？"

殷景善、赵氏同时回头，下意识地用眼神威胁殷阆。

殷阆看了一眼二人，默默地绕到厅前，跪在中间，沉声道："我身份卑微，不敢辱没了大伯父。"

殷景善、赵氏暗暗地松了一口气，还好，还好，这外室子还算懂事。

魏曕端起茶碗，一副置身事外的姿态。

殷蕙叫殷阆抬起头。她看着少年郎那双不符合年纪的沉静的眼睛，柔声道："你我姐弟都是殷家的后人，没有卑贱之分。二弟若没有其他顾虑，我还是希望你能答应此事，从此你我同气连枝。倘若二弟真的不愿，那姐姐也不会强求，继续做堂姐弟也好。"

殷阆蓦地红了眼眶。

他明白了。那日堂姐撞见他病倒，并非冷漠或无动于衷，而是真的关心他，才想出了这个能彻底改善他处境的办法。

得姐如此，胜过亲父。

“承蒙姐姐不弃，弟弟愿意。”

殷阆挺直脊背，再朝殷蕙磕头。

殷蕙赶紧将他扶了起来。

殷景善、赵氏夫妻傻了眼。怎么回事？不是说好拒绝的吗？这小子怎么临时反水了？

耳边突然传来一阵爽朗的笑声，正是殷墉发出的。

“既然大家都同意了，此事便定下来了。阆哥儿别只记得认姐姐，还不快给三爷敬茶？”

殷蕙笑着将魏曕的茶碗交给殷阆。

殷阆再恭恭敬敬地献给魏曕：“姐夫请用茶。”

魏曕扫他一眼，接了，惜字如金道：“岳父素来有贤名，望你自勉自励，将来代岳父耀殷氏门庭。”

# 第十一章

殷阆过继到大房的事就这么定了下来。

殷景善、赵氏心里都憋屈，哪怕碍着魏瞻在场不敢说，脸色也差了，强颜欢笑都笑得好像脸在抽筋。

殷墉看在眼里，很是无奈。

没有三爷，他也有办法叫儿子、儿媳答应过继。别的不说，殷家还有旁支，儿子不交出殷阆，他就从旁支过继一个。对儿子来说，还不如安排阆哥儿出来，好歹也是他的血脉。

只是那些法子，太费唇舌，不如借三爷的威势。瞧瞧，三爷只是坐在这里，儿子、儿媳就消停了。

殷墉又看看长孙殷闻，见殷闻笑容依旧，并不介意过继这事，殷墉略感欣慰。他早就不指望次子了，还好长孙养得正。

“好了，你们带阆哥儿回去收拾收拾吧。明天上午我会请几位族老过来，正式把阆哥儿的名字记在你们大哥名下。”殷墉道。

事已至此，殷景善、赵氏只能认了，行礼就要离开。

殷蕙吩咐金盏：“你跟过去帮忙吧。”

殷景善夫妻俩都憋着气，她怕殷阆挨打。

赵氏听在耳里，暗暗握拳。殷景善的脸也更青了。他确实想回到二房后，狠狠打殷阆一顿的，如今金盏也跟着，他再难动手。

怪谁？

怪侄女殷蕙仗着自己攀上了高枝，跑到家里狐假虎威，不将叔父看在眼中。

转身之际，殷景善深深地看了一眼殷蕙。

一个年近四十的中年男人，将心中的怨恨投向才刚刚十七岁的侄女身上。

殷蕙丝毫不惧，亦不会动摇。若她什么都不做，等待她的便是二房一家害死祖父，也败光了祖宗的基业。

“祖父，我先去几位族老家转转。最近大家都忙着宴请，我看看谁明日有空。”殷闻沉稳有礼地说道。

殷墉笑着颔首。

殷闻再朝魏瞻行礼，跟着父母告退。

厅堂里人少了大半，气氛也轻松下来。殷墉捏捏衡哥儿的小胖手，对魏瞻道：“三爷，过继是大事，今晚可否请您与阿蕙在这边过一夜？等吃完明天晌午的宴席你们再回去如何？”

魏瞻不想留在殷家应酬那些商贾，道：“阿蕙可以留下，我与衡哥儿还有安排。”

殷墉马上道：“也好，三爷正事要紧。这样，阿蕙先带三爷去你院里歇歇，我再去嘱咐你大哥一些事。”

殷蕙便接过儿子。目送祖父出去后，她看向魏瞻：“刚刚有劳您了。”

事情办得这么利落，魏瞻立了头功。

魏瞻不置可否。

一家三口朝殷家大房所在的东院走去。

殷家是巨富，但宅院盖得与其他富豪之家并没有太大的区别，光看宅子布景根本看不出殷家拥有几百万两银子的家底，反而处处透着一种世家的沉稳与简朴。

这种简朴一直延续到殷蕙出阁前所住的蕙香居时，终于消失了。

跨进蕙香居，里面精致得仿佛是另一个天地。

主院里摆了两个半人高的鱼缸，那鱼缸看色泽、质地便知道是定窑所出。如此难得的瓷器，却被殷蕙随随便便摆在院子里接受日晒雨淋。哪怕她已经出嫁，殷家也没有将鱼缸收起来，依然留在这里，随时等候殷蕙回家赏看。

进了厅堂，里面更是摆了一整套紫檀家具，保养得极好，没有丝毫磕碰痕迹。

简单一瞥，魏瞻心中就有了比较。妻子这居处，比徐王妃的院子都贵气。

这还只是厅堂，内室只会更奢华。

难怪能养出她那一身细皮嫩肉。

乳母扶着衡哥儿去院子里玩了，金盏端了茶水上来。重新回到熟悉的家，小丫鬟脸上都带着喜气。

殷蕙问魏瞻："您今晚真不在这边歇吗？若不喜喧哗，明早用过早饭再回去也好啊。"

魏瞻："不必。"

殷蕙就不强求了。

魏瞻开始喝茶。

殷蕙见他一眼都不往内室那边看，似乎对参观她的闺房毫无兴致，她主动邀请吧，又有显摆的嫌疑。

思来想去，殷蕙想到一处魏瞻可能会喜欢的地方。

"距离午宴还早，我带您去藏书阁看看？听祖父说，我们殷家曾经有位老祖宗爱书如命，派人去各地搜罗了一些孤本，或许有您感兴趣的。"

燕王的五个儿子里，魏瞻的武艺最出众，但他亦有文采，只是魏旸、魏昳时常赋诗作画展现自己的文雅，魏瞻寡言少语的，从不卖弄这些。殷蕙毕竟陪他过了十年多，知道他有多喜欢待在书房，偶尔还会带本书到后宅，睡前翻看几页。

魏瞻果然动了心，接受了她的提议。

两人又去了藏书阁。

殷家的藏书阁位于殷家祠堂东侧，别的阁楼主要用木材修建，殷家的藏书阁经过几代改建，如今成了一座完全用红砖修葺的两层楼阁，旨在防火。墙壁四面开窗通风，窗户全是透明的琉璃，哪怕关上窗，藏书阁内依然光线明亮。

"三爷，夫人。"负责照看藏书阁的老管事看到二人，赶到门前恭敬地行礼道。

回到娘家，殷蕙看谁都亲切，笑道："您去忙吧，我带三爷随便看看。"

老管事识趣地退下了。

殷蕙请魏瞻入内。

藏书阁内摆放着一排排的书架，藏书分门别类，摆放有序，每个书架一侧都挂着类别的名称，譬如经、史、子、集。

殷蕙刻意走在魏瞻身后，他对哪里感兴趣，她就跟着走。

一楼逛了个遍，两人去了二楼。上面的藏书更珍贵，甚至有批名家字画，魏瞻的脚步终于慢了下来。

逗留了两三刻钟，魏瞻只动手取下过五本书，翻看片刻，再放回去。

殷蕙默默记下这五本书的书名与位置。

用过午饭，魏瞻带着衡哥儿先行离去。他虽走了，却留下长风供她差遣。

聪明人行事谨慎，不会明目张胆地得罪权势之家，反而是那些蠢的，容易为一时意气而冲动犯错。

殷家现在分成了两房，大房是她与殷阆姐弟，一个妇弱，一个年少，二房真想出什么蠢招，姐弟俩如何抵挡？殷墉再护着她，终究老了。

殷景善、赵氏赔了一顿饭的笑脸，送走魏瞻后，夫妻俩的脸色终于沉了下来，正要向殷蕙发作，见殷蕙身后站着一个身材高大的国字脸冷面男人，腰间佩剑，显然是个护卫。

三爷的护卫，燕王府的护卫！

夫妻俩忙又收起怒色，决定再忍一忍。

“爹，明日过继的事，咱们再好好谈谈吧？”殷景善扯出笑脸道。

殷墉点点头。

赵氏再对殷蕙道：“阿蕙也跟着听听。”

哼，等一家人进了厅堂，护卫留在外面，她再将门一关，就算不敢打这死丫头，她也要骂哭她！

殷蕙笑了笑：“大事祖父、二叔做主就好，我先跟二弟说说话，顺便在东院给他挑间院子。”

殷墉道：“去吧，明早就要忙起来，你就这半日闲了。”

殷蕙便叫上殷阆，在长风与金盏的护卫下回了东院。

午后的阳光明媚，只是寒冬的空气依然凛冽，殷蕙走着走着，忽然停下来。

殷阆也马上停下，与她隔了两步的距离。对上殷蕙的视线，少年郎略显局促地垂下眼帘。

感动归感动，姐弟俩毕竟很少见面，彼此不了解，难免生疏。

殷蕙来到他身边，捏了捏他的胳膊，皱眉道：“穿得这么少，不冷吗？”

殷阆看着姐姐绣着梅花的裙摆，低声道：“还好。”

赵氏的苛待都藏在暗处，譬如冬日炭火给得少，冬衣做得薄，好在，他都习惯了。

殷蕙目睹过少年郎屋里的冷清，不忍再想那些苦处，转身对金盏道：“你去找德叔，让德叔安排两个小伙计，一个去锦绣楼给二少爷拿几套冬装，一个去请周叔过来见我。”

金盏领命而去。

殷蕙与殷阆并肩而行：“阿阆，你对二叔他们还有留恋吗？”

殷阆：“没有。”

他回答得十分干脆，说完了才生出担心，姐姐会不会觉得他过于冷漠无情？

殷蕙却只是朝他笑：“没有最好。我真怕你身在曹营，心在汉。阿阆，咱爹娘去世得早，我也出嫁了，往后你就是殷家大房的继承人，也是这东院的主人。姐姐希望你记住自己的身份，昂首挺胸，堂堂正正地做人。除了祖父，你不要向殷家其他任何人低头示弱，你能做到吗？”

殷阆看着新认的姐姐。

姐姐长得很美，明亮的阳光落在姐姐的脸上，那笑容好像也是暖的。

殷阆不自觉地也笑了：“姐姐放心，我能。”

以前他孤零零的，活成什么样都没人在意。现在不同了，他有姐姐，为了姐姐帮他的心意，他也要活出一个人样来。

殷蕙看出了少年郎发自肺腑的感激。

可她受之有愧，她帮殷阆的目的，并非单纯心善。

“阿阆知道姐姐为何要帮你吗？”殷蕙边走边问道。

殷阆因长期受寒而苍白的脸上突然浮现些微红晕，他在为曾经被姐姐目睹他的凄惨境况而感到窘迫。

殷蕙拍拍他的肩膀，指点着东院里的房屋草木道：“不单单是怜惜你，姐姐有自己的私心。二叔、二婶的为人你比我更清楚，保护殷家的基业靠不了他们，大哥……祖父信任大哥，可我不信。东院是我的家，殷家也是我的娘家，我不想将自己的家完全托付给我不信任的人。”

殷阆愕然地看着她。

他从来没想过，看似柔弱单薄，还要请三爷过来为她撑腰的姐姐，心里竟然装着整个殷家的基业。

殷蕙柔柔一笑：“阿阆，你可敢与大哥一争高下？”

殷阆眼前，便浮现出殷闻那张虚伪的脸。

“敢。”

“那就好。之前有二叔、二婶挡着，祖父看不见你，如今你是父亲的儿子，祖父待你也会不同，你要抓住机会。”

“是。”

少年郎的回答简短有力，殷蕙满意之余，想到了魏曕。

魏曕也是个话少的，当起差来却出类拔萃。

希望殷阆亦如此吧。

殷家旁支族人的住处都在狮子巷附近，殷闻骑马去了几家，确定明日上午谁有闲，便回来向老爷子复命，由老爷子定见证人选。

殷墉才把儿子、儿媳打发走，承受了夫妻俩的怨言，老人家心神俱疲。

听完长孙的回话，殷墉看着年轻人问："阿闻，你爹、你娘心里都不赞同过继这事，你怎么想？"

殷闻笑道："孙儿觉得挺好的。二弟过继过来，既可以为大伯父继承香火，又可以避开我娘的怨怒。祖父，都怪我娘心眼小，为了那点儿陈年旧醋一直迁怒二弟，不想二弟出息。我爹耳根子软，便跟着我娘一起犯糊涂。总之，这事已经定了，您就别想了，回头我再劝劝他们。"

殷墉摇头："不是，跟阆哥儿无关。你爹他们怀疑三爷想贪咱们家的银子，撺掇阿蕙哄我过继阆哥儿，三爷再通过阆哥儿享用殷家家产。"

殷闻怒道："这不是胡搅蛮缠吗？此事与阿蕙、三爷何干？还好，这话没有传出去，不然咱们一家都得被王爷下狱！"

殷墉其实在故意试探长孙的想法，见长孙气得脸都红了，是真心觉得父母犯了大忌，殷墉心里十分欣慰。

"你看得清就好。请族老的事我来安排，你好好劝劝你爹、你娘，我说的话他们听不进去，认定我偏心阿蕙。"

"嗯，孙儿这就去。您别气了，保重身体要紧。"

与老爷子道别后，殷闻便回了二房。

殷景善、赵氏还在生闷气，殷蓉默默地在旁边坐着，脸上也满是戾气。虽然她就要出嫁了，虽然殷家的家产怎么分也轮不到她，可殷家的一切本该都属于她的亲哥哥，如今殷阆变成大房的子嗣横插一脚，一个外室子，凭什么跟大哥抢？又凭什么得到她都没有资格拥有的家产？

都怪殷蕙！

"一个个的，愁眉苦脸做什么？"殷闻笑着跨进门，戏谑地说道。

殷景善瞪他："你还笑得出来！家产都被人明晃晃地算计了，你还高高兴兴地替人跑腿！"

殷闻坐到殷蓉对面，看了一眼空荡荡的桌面，对妹妹道："阿蓉去给我泡壶茶。"

殷蓉皱眉："你想喝茶，吩咐丫鬟就是，为何使唤我？"

殷闻笑而不语。

赵氏反应过来，马上撵女儿："叫你去你就去！"

殷蓉懊恼地跺了一下脚，气冲冲地走了。

赵氏期待地看向儿子："阿闻是不是有什么话说？"

殷闻点头，看着父母道："无论此事是谁的主意，您二老都不用担心。现在二弟还小，等他再大几岁，想做生意都得跟着商队出去历练，商道上盗匪出没，刀枪无眼，二弟能否平安回来，全靠运气。"

这话暗示得十分明显了。

赵氏眼珠一转，笑了出来。见丈夫面露不忍，她立即冷嘲热讽道："怎么，你还舍不得了？你好好想想，他若活着，也只是别人跟你抢家产的一把刀，刀尖是对着你的！"

殷景善的那丝不忍也就消失了。孽子不孝，就别怪他当老子的无情！

殷闻嘱咐二人道："我是怕您二老白担心才说出此计的，你们千万保守秘密，连妹妹也不能知道，免得走漏风声。"

殷景善、赵氏连连点头。

殷蓉端了茶水回来，就见先前还愁眉不展，怒火中烧的父母，这会儿都没事人似的了。

"你们刚刚说了什么？"殷蓉后知后觉，心寒地问。

她还没出嫁呢，爹娘和哥哥就不把她当自家人了？

赵氏看出了女儿的不快，却也没有放在心上。女儿又如何？嫁出去心就偏向女婿了，这等涉及几百万两家产的大事，还是瞒着女儿好，免得女儿也学殷蕙，带着女婿一起来盘剥娘家。

殷家东院，锦绣楼的刘曼娘与周叔前后脚地到了。

"您怎么亲自过来了？"殷蕙惊喜地问刘曼娘。

刘曼娘瞅了瞅殷阆，笑道："听金盏说您认了个亲弟弟，我当然要过来瞧瞧少爷。"

殷蕙便给殷阆介绍刘曼娘、周叔，两人乃她在生意上的左膀右臂，少了谁都不行。

殷阆分别朝二人点点头。

锦绣楼也做成装生意，刘曼娘按照金盏报给她的尺寸，带了八套少年郎的冬装过来。

殷蕙就让刘曼娘陪殷阆去试衣裳，她单独与周叔说话。

"周叔，我有两件事要劳烦您。第一件，请您费心替阆哥儿挑选两个武艺高超的护卫，品行务必端正可靠，只对阆哥儿忠心，不能轻易叫人收买了。"

殷景善、赵氏的贪婪自私摆在明面上，殷闻才是真正冷血歹毒的人，祖父对他那么好，他竟能狠心推祖父出去挡刀。

所以，殷蕙担心殷闻只是表面支持过继，再在暗地里谋害殷阆。

周叔一点就通："夫人放心，我一定亲自把关。"

殷蕙点头："第二件，我想请您过两日去亲友家里吃席时假装牙疼，装上半个月左右，将平城有名的郎中都请回家去看，但谁也治不好您，然后您再派可靠之人去河间府静海县找一位名为袁道清的郎中。无论您使什么法子，请务必在二月中旬将人请到平城。"

怕周叔记不住，殷蕙还提前准备了一张纸条，写着"河间府静海县袁道清"等字。

周叔接过纸条看了又看，还是不明白："夫人，这袁道清是什么人物？"

殷蕙："一时讲不清楚，只是此事对我非常重要，希望您帮我，且一定不能透出风声去，最好连婶子也瞒着。"

周叔看着她期许的目光，应了下来："好，我一定替您办成此事。"

殷蕙自然信得过周叔。

周叔走后，殷蕙想到了那个她并没有见过面的神医袁道清。

上辈子，燕王在二月初时就犯起了牙疼，王府与平城附近的名医都来诊治过。有的开了汤药方子，管用一两天就又复发了；有的建议燕王拔牙，可燕王那颗牙十分顽固，几位名医轮着来也拔不出，若用太狠的招数，既怕牙根断在里面，又怕牵连出其他毛病，毕竟曾有人因为拔牙出过人命。

最后众医达成一致，劝燕王忍着，等牙烂透了，自己掉了，也就好了。

燕王一边继续派人遍寻良医，一边辛苦忍耐。

牙疼拖得越久，疼得也越厉害，那段时间，王府里就没有没挨过燕王骂的人，贤惠如徐王妃，也被燕王粗暴地掀翻过药汤。

这种情况下，三月里衡哥儿过周岁，魏曕也不敢去请燕王，再加上一家之主在承受牙疾痛苦，澄心堂也没有大办。

一直到四月，燕王派出去的人从河间府带了在当地颇有盛名的袁道清回来。

殷蕙不知道袁道清是怎么为燕王治疗的，反正是治好了，从此留在燕王府做事，一家老小也都被接到了平城。

殷蕙无意去燕王面前邀功，但早点儿治好燕王，燕王心情好，衡哥儿的周岁宴就可以大办了。

大郎、二郎等小兄弟们都有的风光，她的衡哥儿也不能少。

傍晚，殷家众人同席吃饭，殷蕙意外地发现，殷景善、赵氏夫妻俩又恢复了和颜悦色的虚伪笑脸，不但没有怒气泄露出来，还不停地教导殷阆要好好读书学本事，别辜负了祖父与她的厚望。

殷蕙看向殷闻，殷闻察觉了，朝她微微一笑，目光温润，像个好兄长。

殷蕙知道，肯定是殷闻用什么法子稳住了他爹娘。没关系，她提前做好准备，无论殷闻有什么阴谋，大不了兵来将挡，水来土掩。

次日上午，在殷家几位族老的见证下，殷阆的名字被正式写进族谱，成了殷家大房的子嗣。

午宴结束后，殷蕙挽着祖父去了藏书阁。

老管事在外面守着，琉璃窗放了明媚的阳光进来，藏书阁里一片宁静。

二楼窗边有书桌，殷蕙让祖父先坐，她在一排排书架间走来走去，最后抱了五本书过来。

“祖父，这些书我想拿到王府去看，看完了再还回来，您看行吗？”

殷墉扫了一眼几本书的封皮，全是文人眼中的宝贝，包括三本孤本、两本殷家祖宗们借阅别人的孤本留下的手抄本。

“是你想看，还是三爷想看？”殷墉调侃道。

殷蕙撇撇嘴：“他想看，可人家堂堂皇孙，哪里舍得下脸面在咱们家借书？”

殷墉笑眯眯道：“所以你就代他借了？我们阿蕙真会体贴人。”

殷蕙才不是真体贴魏曕，只因魏曕是一家之主，往后她总有需要他通融或帮衬的时候，平时对他好些，要用他了才好开口，不然她也似魏曕那般冷冰冰的，魏曕肯帮忙？

“拿走吧，不还也没关系，这种好书放在商户之家，多少有些暴殄天物了。”

殷墉摸摸那几本封皮，低声感慨道。再富的人家，都有败落的一日。祖宗们辛辛苦苦攒下的银子珍宝，迟早也会被子孙们散尽，这是定数，谁也逃不过。所以再珍贵的物件，也不会永远只属于一姓人家，不如趁自己还能做主，送给有缘人。

殷蕙却哼了一声，道：“他连声祖父都不叫，凭什么便宜他？大不了我每本都给他誊一份，孤本还是咱们家的。”

殷墉根本不计较魏曕的称呼：“尊卑有别，你为这个赌什么气？他唤你一声阿蕙，比唤我百声祖父还好听。”

殷蕙在心里冷笑。

私底下，魏曕从未唤过她的小名，平时都是直接说话，你啊你的，交代丫鬟时则用夫人、王妃代替。今日当着二叔等人的面，魏曕跟着祖父称两声“阿蕙”，只是给她应有的体面罢了，免得外人猜疑他们夫妻俩关系冷淡。

“不提他了。祖父，如今阆哥儿是我的娘家亲弟弟，您看在我的面子上，平时多提点提点他。万一将来我那边的生意遇到什么麻烦，还能叫阆哥儿搭把手。”

“嗯，祖父心里有数，你就别费心了。早点儿回去吧，别让三爷牵挂。”

殷蕙破天荒地在娘家住了一晚，还解决了两件大事，心满意足，带上那五本书回了燕王府。

正是午后歇晌之际，王府各处都静悄悄的。

澄心堂里，安顺儿候在书房门外，瞧见夫人主仆，他远远地行个礼，再对书房里面道：“爷，夫人回来了。”

殷蕙瞧见安顺儿通报了，便在原地站了一会儿，想着如果魏曕出来，两人就说说话。

谁知道，书房里面并没有动静。

殷蕙轻嗤一声，领着金盏朝后院走去。

书房里，魏曕继续看了两刻钟的书，猜测这会儿她应该已经洗漱完毕，躺在床上歇晌了，这才不紧不慢地去了后院。

金盏、银盏趴在厅堂的桌子上打盹儿，听见脚步声匆匆起来，迎了出去，齐齐向男人行礼：“三爷。”

魏曕“嗯”了一声，越过二人进去了。

到了内室，就见床前的纱帐垂落，魏曕不疑有他，站在屏风前脱了外袍。

等他掀开纱帐，才错愕地发现床上只有两床铺得整整齐齐的被子。

魏曕抿唇，坐在床边摇了摇铃铛。

金盏、银盏心慌意乱地跑了进来。

纱帐模糊了三爷的脸，只有三爷冰冷的声音传了过来：“夫人何在？”

金盏战战兢兢地说道：“夫人在书房。”

魏曕：“刚刚为何不说？”

金盏吓得不敢吭声，银盏咽了咽口水，跪下道：“夫人……夫人交代我们的，说如果您不问话，便不许我们擅自多嘴。”

魏曕沉默片刻，叫二人退下。金盏、银盏如释重负，赶紧走了。

两人不敢再打盹儿，紧张地注视着内室门口，仿佛里面住着一只猛虎，叫人提心吊胆。

没过多久，那猛虎，不，三爷出来了，衣袍齐整，面无表情地去了后院的书房。

两个丫鬟躲在厅堂门后偷看。

金盏：“夫人故意捉弄三爷，三爷会不会惩罚夫人？”

银盏已经慌得说不出话了，脑海里全是夫人跪在三爷面前落泪乞饶的可怜画面。

魏瞻走到书房前试着推了推门，门便开了。

殷蕙坐在窗边的书桌旁，闻声抬头，与他对视一眼便低下头去，继续写字。

她面前除了纸笔，还摆着一本纸张暗黄的陈旧古籍。魏瞻站在她一侧看了看，正是昨日他在殷家藏书阁翻阅过的一册兵书孤本。

“怎么拿回来了？”魏瞻问，视线落到她脸上。

殷蕙头也不抬：“我喜欢。”

这话好像没什么不对。她是殷家的姑娘，又深受老爷子宠爱，拿些孤本算什么？

可魏瞻总觉得她的态度有些奇怪。

书桌对面还有一把椅子，魏瞻坐过去。再看她，垂着一张白白净净的脸写字，一副旁若无人的样子。

魏瞻又看了一眼那陈旧的孤本：“为何誊写？”

殷蕙认认真真地写着字，还是那句话：“我喜欢。”

她的声音轻轻柔柔的，似乎只是回答问题，并无什么情绪。

但魏瞻何时被她如此对待过？哪怕最近这几个月她变了性子，单独两人时，她也不敢将他晾在一边爱搭不理。

联想她在内室摆的“空城计”，弄得他白脱一回衣裳，魏瞻皱眉道：“你在与我置气？”

殷蕙终于又看了他一眼，漂亮的桃花眼清澈明亮，仿佛在等他继续。

魏瞻不懂她的意思，也不想猜：“有话便说。”

殷蕙偏不说，继续写自己的。

魏瞻起身就走，跨出书房时拿余光扫了一眼，她仍然端端正正地坐在那儿写字。

前院，安顺儿也准备趴着打一会儿盹了。三爷若真的只想歇晌，便不会去后院，这会儿去了，便不是为了歇晌，少了也得逗留半个时辰才回来。再加上最近三爷放假，没什么事要忙，也许三爷会一直在后院待下去。

刚找到最舒服的打盹儿姿势，外面传来了熟悉的脚步声。

安顺儿噌地跳了起来，小跑几步跨出门，歪头一看，果然是三爷，沉着脸的三爷。

安顺儿的心扑通扑通跳了起来。不应该啊，三爷为那事而去，还能出岔子？

“备茶。”魏瞻越过他去了里面。

安顺儿应了一声，忙去泡茶，泡三爷最爱喝的茶。

只是等他将茶水端到三爷面前，三爷却接也不接。安顺儿斗胆抬眼，就见三爷冷着脸看着窗外，不知在想什么。

安顺儿不敢提醒，规规矩矩地端着茶。

就在他的双臂开始颤抖之时，魏瞻终于接过茶水，心不在焉地抿了一口便放在一旁。他看着安顺儿问："夫人回府时，神色如何？"

难不成她在娘家受了委屈，跑回来朝他撒气？

才发生没多久的事，安顺儿记得十分清楚，道："夫人好像挺开心的。"看见他还朝他笑了呢。

魏瞻的脸更沉了。既然开心，为何没事戏耍他？

安顺儿见主子做出思索状，再品味一番主子刚刚的问题，犹豫了片刻，低声补充道："我给夫人行礼时，夫人的确在笑。紧跟着，我不是知会您夫人回来了吗，夫人见了，就在原地站着等了您一会儿，您……夫人离开时，瞧着就不是那么开心了。"

天啊，难道夫人为了这个跟三爷置气了？

安顺儿都替夫人捏了一把汗。

魏瞻反而怔了一下。

当时他在看书，猜到她刚回来，还要收拾收拾，便没着急过去，谁知道她竟然在外面等他？

"为何不告诉我？"魏瞻看向安顺儿。

安顺儿心想，我也以为您会出来，一直盯着门，等我意识到您不会出来时，夫人也气上了。

脑袋里这么想，安顺儿扑通跪了下去，懂事地直接将错揽在了自己头上，没有进行任何辩解："都怪我办事不力，您罚我吧。"

魏瞻："扣三个月月钱。"

安顺儿叩首："谢爷宽恕。"

只罚月钱，真的不算什么。

处置了身边人，魏瞻又想到了书房里默默赌气的小女人。见多了她或谨慎或恭敬或奉承或温柔的样子，还是第一次见她公然朝他摆冷脸。

"爷，要不我去跟夫人解释一下？"安顺儿小心翼翼地问。

魏瞻："去将书房桌子上的书拿来。"

殷蕙其实并没有特别在意这事。

魏瞻不就是冷淡吗？她早习惯了，不值得生气。只是她也不想再做魏瞻心中那个呼之即来，挥之即去的柔顺女人，所以她来到书房，再让丫鬟们放下纱帐演了一出"空城计"。

她也太了解魏瞻的做派，他认定她会在床上乖乖等着，一定不会询问丫鬟们她在不在。只要一想象魏瞻不紧不慢地脱了外袍钻进纱帐，却发现里面空空荡荡时的错愕脸色，殷蕙都要笑出来。

门再次被人推开，殷蕙惊讶地抬起头，嘴角还残留几分幸灾乐祸的笑意。

魏瞻拿着书走了进来。

诧异过后，殷蕙继续忽视他。

魏瞻关上门，径直坐在她对面看起书来，似乎也不介意妻子的无视。

殷蕙写完一行字，悄悄看过去，看到魏瞻半张脸都被他手里的书挡住了，只露出挺拔的鼻峰和一双狭长的丹凤眼。

奇怪了，他离去时明明很生气，殷蕙都做好了他今晚不会来后院的准备。

突然，魏瞻看了过来，犀利清冽的目光敏锐地抓住了她。

殷蕙抿唇，放下笔道："您看吧，我去休息了。"

魏瞻没说什么，继续看书。

殷蕙收拾好纸笔，绕过书桌往外走，余光留意着他，一直到了门口，确定魏瞻没什么反应，殷蕙才收回视线。

然而也就是这一刻，距离她几步远的男人突然放下书大步跨了过来，一手按住她准备开门的手，一手绕过她的腰，将她翻转过来抵在了门板上。

眼前只剩他宽阔的胸膛，熟悉的男人气息扑面而来。

前几天都素着，殷蕙太清楚他要做什么。

"因为我没出去见你，所以生气？"魏瞻低头，看着她问。

殷蕙偏开脸，淡淡地说道："我没生气，我哪里敢生您的气？"

魏瞻："那为何不在房里等我？"

殷蕙抬起长长的睫毛，睨了他一眼："我没生气，可我很不开心。前日您那么急，我以为您会高兴看见我回来。"

魏瞻抿唇。他并不习惯与她谈论内室中的亲密事，这种事情，就不该放在口头上。

"前日，是你先勾引的我。"他提醒她道。是她先扑过来拉着他的手往她怀里放，否则他不会做什么。

殷蕙当时确实有意撩拨他，目的是先给他点儿甜头，好让他到了殷家配合她一些。

她并不否认，垂眸道："那今日呢？我才回后院不久，您便过来，不是急是什么？"

魏瞻："我来问问你过继之事是否顺利。"

殷蕙：“好，那现在，您这样压着我又是为何？”

魏曕微微松了力道，仍然攥着她的手：“我要问你为何与我生气。”

话题绕了回来，殷蕙莫名想笑。她看着他腰间垂挂的玉佩道：“我没生气，我哪里敢生您的气？”

不就是绕吗？谁还不会了？

魏曕沉默。

殷蕙挣了挣：“您问了，我也答了，我没生气，过继的事也很顺利，现在是不是可以放开我了？反正您也不急。”

越说，那赌气的样子就越明显。

魏曕可以否认他不急，但他知道，他确实很想。

“安顺儿没说你在外面等我，如果他说了，我会出去见你。”既然已经知道了症结所在，魏曕低声解释道。

殷蕙：“非要他说吗？您真想我，只要听说我回来了，自己就出来了。”

魏曕突然体会到一种陌生的头疼：“又有什么区别？我不是很快就过来了？”

殷蕙始终垂着眼：“区别大了。当时您马上出来，是想我；您隔了一刻钟出来，是只想我这身子。”

他有什么小心思，当她不懂吗？

魏曕心头微震，她竟然敏感如斯。

可是，想她的身子与想她，不是一回事吗？

殷蕙等了等，见他没有别的话说，又开始挣他的手。

魏曕喉头一滚。

就这短短两趟来往后院的工夫，他已经动了两番欲，不可能放了她，她越耍小性子，他越想要。

“好，我知道了，你没生气，你只是不开心。”魏曕重新将人抵紧，指腹捏着她的耳垂，“那你说，我如何做，才能让你开心？”

他人冷，音色也是冷冷的，可突然放轻语气，竟有种蛊惑人心的味道。

殷蕙第一次听魏曕用这种语气说话。原来，他不是不会哄人，是她以前总是有求必应，他本就无心，便更犯不着哄她了。

她还沉浸在旧事中，魏曕等不及了，开始亲她的脖子。

殷蕙闭上了眼睛。

她知道适可而止。这番捉弄就是要魏曕明白，她也是有脾气的，如今目的已经达到，再推开他，魏曕未必会有继续纵容她的心胸。

后面她还有很多事需要通过魏瞻去做，向燕王举荐袁道清便是最近的一件。

“上元夜您陪我出去赏灯，我便开心了。”

殷蕙伸出双臂勾住他的脖子，提了一个稍稍恃宠生娇的要求，仿佛她真的容易满足。

魏瞻顿了顿，同意了，抱起她朝书房里面的内室走去。

这边的内室只是供主人读书累了时简单休憩的场所，狭窄闭塞，只摆了一张窄榻与一套茶几。

南侧有两扇小窗，这会儿都紧紧地关着，地龙烧得很旺，再加上不通风，才进来魏瞻便觉得热了。他将她放到榻上，他站在一旁脱外袍。

等会儿还要出去，外袍不能乱，也便不能像在内室那般肆无忌惮。

殷蕙还是没忍住，刺了他一句：“您不是不急吗？”

魏瞻看过来，脸是冷的，眼中有火。

殷蕙气势一矮，低下头来，只露出一张酡红的小脸。

魏瞻将外袍丢到茶几上，伸手将人抓了过来。

# 第十二章

殷蕙感受到了魏曕的报复。

他口头上向她服软了，便在别的事情上找补回来。

小小的内室成了两人的战场，殷蕙空有一颗不肯认输的心，却在他铁索般的臂弯里接连溃败。

有些时刻意识不太清醒，徒留一些破碎的画面，譬如屋顶上的雕梁画栋、被子上的精美绣花，譬如窗棂上的红木纹理，以及那双清冷又仿佛跳跃着幽火，执着注视着她的眼睛。

当一切归于平静，殷蕙有种重新活过来的感觉。

这边的榻只有五尺来宽，两人同盖一条薄被，自然而然地依偎在一起。

没人说话，也没人想动，殷蕙一手无意识地搭在他身上，只想好好地睡一觉。

魏曕闭着眼睛握住她的手，只觉得她每根手指都懒懒的，像被人抽干了所有力气。

困意上头，魏曕皱了皱眉，准备起来回房去睡，低头去看殷氏，却见她已经睡着了，湿润的长睫密密交织，双颊如海棠般红艳。

魏曕其实也不是很想动，但她睡得这么香，他索性也陪她在这边睡了。

殷蕙睡得快，然而没睡上半个时辰就醒了，喉咙又干又涩，很渴。

她下意识地往枕头底下摸，奈何这边并没有预备铃铛。她难受地睁开眼睛，便对上魏瞻看过来的视线。

殷蕙摸向喉咙："渴，您给我倒碗茶吧，在书桌上。"

她渴得不得了，可衣裳被他丢得哪里都是，一件件地找起来太慢了。

魏瞻注意到她嘴唇都有些干了，想到她神志不清时的那些哭叫，他转身坐起，一手替她盖好被子，一手抓起外袍临时披在身上，大步朝外走去。

殷蕙裹着被子坐起来，艰难地吞咽着，魏瞻很快回来，一手提着茶壶，一手端着茶碗。

殷蕙没要茶碗，抢过茶壶，一手捂着被子，一手攥紧壶柄，含住壶嘴儿仰头灌了起来。

魏瞻站在一旁，看着她毫无仪态，咕咚咕咚地灌水，有两口咽不及时，茶水从嘴角淌了出来，沿着脖颈一路下滑。

魏瞻忽然也渴了。

殷蕙终于放下茶壶，大口大口地喘着气，那样子，仿佛渴了三天三夜，滴水未沾。

"谢谢。"殷蕙抹抹脖子，将还剩一半水的茶壶还给魏瞻，重新躺了下去。

魏瞻转身把茶壶和茶碗放在茶几上，再将乱扔在地上的衣裳一件件捡起来，自己的留在臂弯，她的都抛到榻上。

"还不起来吗？"都整理好了，见她赖着不肯动，魏瞻一边穿自己的衣服一边问。

殷蕙迅速地转了个身。

他的脸皮真厚，能够面不改色地将身体暴露在她面前，殷蕙就做不到。

魏瞻难以察觉地笑了一下。穿好了衣服，他来到床边坐下，伸手掀她的被子。

殷蕙猛地捂住，难以置信地看着他。

魏瞻目光清明："起来吧，迟了丫鬟们该猜到了。"

白日同房本就不妥，在内室也就罢了，在书房成何体统？

殷蕙轻声讽刺道："怎么？您只敢做不敢当吗？"

才饱餐过的男人心情很好，只是替她理了理凌乱的发："你若不想动，我帮你穿。"

殷蕙抿唇，瞪他一眼，叫他先出去。

魏瞻急着喝茶，怕她磨蹭，走到门口时提醒她道："半刻钟后，你不出来，我便进来。"

说完，他放下了帘子。

殷蕙只好开始穿衣，好在魏瞻急而不乱，并没有弄皱她的外衣。当殷蕙穿好鞋子下了榻，低头一看，衣裙整整齐齐的，丝毫看不出里面的痕迹。

窗边有个小小的梳妆台，殷蕙用最快的速度梳头完毕，再打开窗户散散味儿，这就出去了。

魏瞻坐在她之前誊写的椅子上，正在看她的字。

见到她，魏瞻上下打量了她一眼，确定她身上没有破绽才道："叫丫鬟端茶吧。"

殷蕙转身看向内室的茶几："这里不是有吗？难道您想喝热茶？"

魏瞻没有回答，手上翻了一页。

殷蕙突然反应过来，里面的茶壶被她口对口喝过了，魏瞻又是个极其爱干净的。

她哼了哼，打开门，见金盏、银盏都在厅堂那边，发现她后都露出担忧询问的表情。殷蕙笑了笑，吩咐道："给三爷泡壶碧螺春。"

两个丫鬟终于松了一口气。看样子，三爷没惩罚夫人呢。

茶水泡好，金盏端了过来，走进书房，就见三爷与夫人分别坐在书桌两侧，一个看书，一个写字，画面十分祥和。

放下茶水，金盏低头告退。

"为何抄书？"魏瞻喝过茶后，再次问道。

殷蕙对着窗外哼道："我见您好像很喜欢这书，所以借了家中的孤本带回来，抄好了再还回去。"

魏瞻看着她这样，又想起了安顺儿的话，说她刚回来时好像很开心，还特意等他。是想向他献宝吧？

她怀着满腔情意，他却面都没露。

难怪她会委屈，会赌气戏耍他。

一时间，魏瞻也不知道该说什么，再看看她抄写的部分，肃容赞许道："你的字很不错。"

殷蕙："那您慢慢看吧，我去看衡哥儿醒了没。"

说完，她起身走了。

魏瞻静坐片刻，打开那陈旧的孤本，接着替她抄写起来。

淡黄的宣纸上，渐渐多了另一种笔锋凌厉的字迹。

知道殷蕙一口气从殷家带回来五本书后，接下来的几日，如果无须应酬，魏瞻便与她待在书房，两人各抄一本。

孤本珍贵，但魏瞻也没有扣下这些孤本的想法，能够拥有手抄书已然知足。

初十这日，燕王骨头又痒了，叫上儿子们一起骑马出城，去领略郊外的风景。

大冬天的又能有什么风景？放眼望去，杨柳光秃秃的，有枝无叶，地里也只有一片片冻僵的黄土，偶尔再迎面吹来一阵狂风，二爷魏昳的脑袋都快缩到领子里去了。

燕王却很喜欢城外的辽阔，时而骑马快跑，停下来时，便轮流与儿子们说话。

又一次停下来后，燕王朝魏曕使了个眼色，魏曕自觉地驱马来到父王身边。

燕王问："老三最近在忙什么？好像都没看到你出门。"

魏曕道："抄书。殷氏从家里带回来几本兵书，儿子准备抄下来，方便闲时经常研读。"

燕王府里也有大量藏书，燕王本身好武，更是收藏了自古以来几乎所有名家的战策兵书，所以魏曕一说，燕王便明白了："孤本？都是什么书？"

魏曕依次报出书名，有三本兵书，一本山河游记，还有一本名人碑文。

魏昳竖着耳朵听到这里，笑道："既然都带回来了，三弟直接看原书就是，何必费事抄写？"

魏曕淡然说道："殷氏向殷老爷子借书时，承诺会尽快还回去。"

魏昳偷偷观察父王的神色，戏谑道："借的啊？我还以为三弟妹知道你好读书，特意要来送你的。"

燕王剜了他一眼。孤本难得，人家殷家的书也不是大风刮来的，岂能说送就送？

燕王也不希望老三随随便便收殷家送的贵重礼物。

当初若非军需吃紧，燕王绝不会惦记殷家的银子。他自己不贪，也不想任何一个儿子有贪念。

"送了也不能要。君子不夺人所好。老三，你媳妇很不错，既爱书又明事理。你也快点儿抄，早抄完早还回去。对了，抄好了记得拿给我瞧瞧。"燕王肯定了三儿子夫妻的做法。

魏曕应是。

魏昳摸了摸鼻子。老三这门婚事看似门不当，户不对，可实惠真没少捞。不像他与大哥，目前来看，婚事光体面了，妻族什么也没帮衬到他们。

燕王府里，周叔从外面递了一封信给殷蕙。

殷蕙接过信时心里很是不安，怕周叔的牙疼没装好，抑或是没找到合适的人去河间府寻找郎中袁道清。等她看完信，才又恢复了笑容。

周叔在信上说了两件事。第一，他给殷阆选了四个可靠的护卫，暂时都送到殷阆身边了，如果殷蕙还想把关，下次回去时可以掌掌眼，从四个护卫里面选出最合适的两个。第二，周叔的岳父突然犯了牙疾，疼痛难忍，他要过去照看岳父，如果殷蕙有什么急事要找他，可以派人去他的岳父家找。

旁人可能觉得这只是普普通通的一封信，殷蕙却看懂了周叔的意思。周叔是告诉她，他不用装牙疼了，因为他的岳父是真的犯了牙疼，无论殷蕙有什么计划，都会办得更加顺利。演戏可能被人看穿，真疼能看穿什么？

庆幸之余，殷蕙也挺同情周叔的岳父的。本来可能看个郎中马上就治好了，却要因为她的计划耽误一个月。

殷蕙让金盏包了十两银子送给传信之人，算是她补偿周叔岳父的一点儿心意。

晌午用饭前，魏瞻父子几个回来了。殷蕙没瞧见旁人，见魏瞻的脸被寒风吹得雪白雪白的，暗暗幸灾乐祸。

喝了一碗热茶，魏瞻的脸才恢复几分血色。他瞥了她一眼，陪衡哥儿在榻上玩了起来。

殷蕙闲聊般提到了周叔的信。

无论是殷阆的护卫，还是一个管事的岳父犯了牙疾，魏瞻都没放在心上，径自说起自己的安排："下午你我继续抄书，十五傍晚我陪你回家里还书，然后在城里逛半个时辰。"

他答应了上元夜会陪她出去赏灯，就一定会做到。

只是，这种娇惯妻子的事素来都是二哥的做派，魏瞻不屑。如今有了还书的名头，且是父王督促尽快还的，他就不怕传出去被兄弟们嘲笑了。

殷蕙才不想跟他去赏灯。上元夜就够冷了，身边再多个冷冰冰的人，有什么意思？那日提赏灯的要求只是给他一个台阶下罢了。

她刚要拒绝，忽然又迟疑起来。难得让魏瞻低一次头，这回若轻飘飘放过，下次再有类似的事，魏瞻可能也会期待她只是随口说说。

权衡之下，殷蕙开心地笑了笑："真好，我还以为您忘了赏灯的事呢。"

魏瞻微怔。

成亲这么久，他从未见过她笑得如此明媚灿烂。

就那么喜欢出府赏灯？还是因为高兴他肯陪她？

正月十五的傍晚，燕王府又举办了家宴。

燕王与徐王妃并肩坐在主席上，一会儿喝酒，一会儿吃肉，红光满面的，显然心情很好。

殷蕙远远地看着公爹，想起上辈子的燕王熬过两个多月的牙疼再加上半个月的休养后，整个人瘦得快要脱了形。好在，习武之人底子好，等伤口不再影响进食，燕王很快也就恢复了过来。

散席后，殷蕙、魏瞻还是跟着其他几房兄弟先回东六所，好像他们并不会外出一样。

外面有灯会，燕王府里处处也挂上了花灯，一路看过来也很漂亮。

魏杉问纪纤纤："等会儿二嫂你们还出去逛灯会吗？"

殷蕙不由得竖起耳朵。若纪纤纤、魏昳也去，大家会不会碰上？

纪纤纤捧着手炉，开口先喷了一团白雾出来，她很是嫌弃地说道："不去，太冷了。"

魏杉："前几年你不都去了吗？"

纪纤纤嘴上道："正因为去的次数多了，没什么新鲜感，所以不想再去。"

她心里则想，前几年她也算是新妇，看魏昳新鲜，看平城也新鲜，拉着魏昳出去玩，既能向徐清婉显摆魏昳对她的宠爱，又能尽了自己的游兴。如今，她孩子都生了两个了，虽然还是在意魏昳，却没了寒冬晚上拉他出去玩的兴致，只想早早地钻进被窝，睡个舒服觉。

走在前头的魏昳也在留意妻子与妹妹的对话，听到纪纤纤的回答，他很是松了一口气。

逛什么逛？前几日被父王拉去骑马吹风，他都流了两天鼻涕，今晚再去折腾，他非生病不可。

魏瞻目视前方，心中另有想法。殷氏肯定一直都在羡慕二哥愿意陪二嫂出门，所以抓到机会便提了这种要求。

他偏头往后看去。

殷蕙往前走，他回头，她当然注意到了，目光相触，殷蕙便笑了笑。

魏瞻马上将头转了回去。

澄心堂里，金盏、银盏已经将夫人出门要带的东西准备好了——两个精致小巧的手炉、两个暖烘烘的汤婆子，当然，还有放在锦盒里的五本珍贵的书册。

衡哥儿还醒着，稳稳地坐在床上，看丫鬟们围着娘亲转来转去。

魏瞻就在前面等着，殷蕙不好耽搁，穿好斗篷后，走过来亲了小家伙一口："衡哥儿还小，等你长大了，娘再带你出去玩。"

小小的衡哥儿很好哄，乳母拿个布老虎就转移了他的注意力，殷蕙趁机离开。

今夜无风，但空气冷冽，与魏瞻会合后，殷蕙递了一个手炉过去。

魏瞻没接："我不冷。"

席上喝了点儿酒，如今披着斗篷都嫌热。

殷蕙便把多余的手炉交给金盏拿着。

主仆几人默默地走到了东华门外。

东华门离东六所最近，但只有魏瞻在时殷蕙才能走这个门。没有魏瞻等兄弟陪着，她们这些内室夫人要出府，只能走北面的后宰门。

守门侍卫见到魏瞻，立刻开门放行。

外面马车已经备好，金盏、银盏先将汤婆子、手炉等物放进车中，收拾好了，两个丫鬟跳下来，今晚她们无须同行。

夫妻俩上了车，长风骑马跟在外面，这就出发了。

车里，殷蕙怀里抱着一个汤婆子，手里再捧个手炉，身上够暖了，只是脚上还差点儿。

既然是出门赏灯，就不能穿那沉甸甸的影响走路的鞋套。好在刚吃过饭，又走了两趟，并不是太冷。

魏瞻坐在旁边，见她这副怕冷的样子，问："既然如此怕冷，为何还要去赏灯？"

就因为想与二嫂攀比，便做这些自讨苦吃的事？

殷蕙自然不能说实话。听出魏瞻语气里的嘲弄之意，她眸光一转，垂首道："想您陪陪我。"

那声音轻轻柔柔的，情意满满。魏瞻抿唇，看向窗外。

罢了，只这一次。

一路无话，马车先去了殷家。

魏瞻让殷蕙将装书的绵盒交给长风，由长风进去送到殷墉手里。他想早点儿回府，不想浪费时间客套。

"出发吧。"长风刚接过绵盒，魏瞻便吩咐车夫道。

长风表现得毫不意外，显然魏瞻事先交代过他，让他送完书再去追车。

殷蕙只能眼巴巴地看了一眼娘家大门。不过，前阵子才在家里住了一晚，后面也能经常回来，倒也不必太惋惜。

她只是心疼祖父。等会儿祖父肯定会快步赶出来，却连个马车的影子都看不到。因为这份心疼，殷蕙连假装兴致勃勃都懒得装了，只垂着眼，对着脚上的靴子发呆。

魏瞻的视线也投了过来。

她穿的是一双杏黄底的缎面靴，最近她好像花了很多心思在打扮上，光这双缎面靴就绣得精美无比。深绿色的荷叶托起一朵娇艳的粉荷花，周围再点缀一些小荷花。只是夜寒天冷，游人百姓也都是奔着赏灯去的，谁又会注意到她穿了这么一双好靴？

念头刚起，魏瞻忽然反应过来——她是为了穿给他看的。

再看她一脸失落的样子，仿佛池塘里刚冒出头，准备美美地开一场，却马上挨了一顿冷雨浇打的荷花。魏瞻右手在膝盖上摩挲两下，提点她道："我交代过长风，让他告知殷老爷子，因你我还要去赏灯，所以不再进府逗留。"

殷老爷子真疼她，只会高兴她能出来赏灯，岂会因错失一面而遗憾？

殷蕙确实没想到这层，被他一说，不自觉地就笑了。

她朝他看来，魏瞻却看向了一侧，车中昏黄的灯光也照不暖那张冰冷的脸。

可殷蕙高兴啊，他一句交代，就证明他还是敬重祖父的，并非傲慢无礼，毫不在意。

"原来您想得这么周到，是我错怪您了。"殷蕙挪到他身边，伸手抱住他的胳膊，头也靠上了他的肩膀。

魏瞻淡淡地问："错怪我什么？"

殷蕙抱他抱得更紧了，小声道："您平时对我冷冰冰的，刚刚我就错怪您一点儿都不在乎我与祖父的心情。"

魏瞻皱眉，他何时对她冷冰冰的了？

话到嘴边，又不想问了。女人总是喜欢胡思乱想，就像那日，他只是没有从书房出来见她，她竟较真什么想身子与想她的区别。

"坐好了，被人看见成何体统？"魏瞻低声斥道。

殷蕙"哦"了一声，乖乖坐回了原位。

魏瞻继续闭目养神。

殷蕙心情好转，侧耳倾听街上的喧哗。

主街到了，马车停在一个巷子口，魏瞻扶殷蕙下车。

此地光线幽暗，前面就是一整街灯火，百姓穿梭不息，欢声笑语冲淡了夜晚的寒气。

反正都出来了，不如好好玩一场，不然才真是白白挨冻。

殷蕙将手炉放回车上，拉着魏瞻的袖子笑道："走吧，平城的灯会还是很好玩的。"

什么京城不京城，她是土生土长的平城人，平城在她眼里就是最好的。

魏瞻扒拉开她的手，还四处扫了一眼。

殷蕙见了，重新走到马车前，探头进去翻找一番，然后拿了两个竹制面具出来。小一点儿的涂成了兔子，大的那个涂成了老虎。

魏瞻不解地看着她。

殷蕙解释道："我猜您可能不喜欢抛头露面，就把我小时候用过的这两个面具带了出来，以防万一。"

说着，她将兔头面具戴上，只露出一双漂亮的大眼睛，亮晶晶地看着他："这样就没人能认出咱们是谁了。"

魏曕对此表示怀疑。他就能凭她的眼睛认出她。

不过，如果只是擦肩而过，没有特别留意，的确难认。

意动之后，他看向她手里的虎头面具："这也是你用过的？"

殷蕙道："这是我祖父的。那几年大家都喜欢戴这玩意儿。我嫌门神钟馗又丑又凶，央祖父做了这种。对了，您放心，祖父就戴过一次，而且我也让丫鬟仔细擦洗干净了，您大可放心戴。"

魏曕终于接过虎头面具，戴上之前，又问："为何殷老爷子的是虎头？"

殷蕙笑道："祖父说我们都是兔子容易被人欺负，他扮老虎保护我。"

这一刻，她仿佛又变回了殷家那个无忧无虑的二小姐，被祖父捧在手心里疼的女娃娃。

魏曕能想象出那画面，默默戴上面具。

殷蕙看看他，走过来，一手扶着他的胳膊，一边踮脚，替他摆正面具，刚刚有些歪。

摆好了，她再去看他，就见一张威风凛凛的虎头面具后，藏了一双清清冷冷的眼睛。

嗯，祖父扮老虎也是慈爱的老虎，魏曕却更吓人了。

"走吧。"她率先朝那条灯光璀璨的长街走去。

魏曕刚要跟上，瞥了一眼已经追上来的长风，吩咐道："你留下。"

戴上面具就是为了隐藏身份，若长风守在他身边，见过长风的人自然也能猜到他是谁。

"您小心点儿。"长风担忧地说道。自家三爷从未单独来过这等热闹的地段，万一有刺客……

魏曕已经回到殷蕙身边，随着她走进了人海。

燕王府是魏曕的地盘，但在这平城街头，殷蕙显然如鱼得水，游刃有余。有行人无意撞过来，她轻轻松松避开。倒是魏曕，仿佛将这些百姓当成了敌人，避之不及。他自己避也就罢了，还要抓住殷蕙一起躲，这如避蛇蝎的架势，渐渐招来百姓们异样的眼神。

殷蕙劝不了他，干脆跟着他专挑路边走，免得再被百姓当疯子。

前面有个卖糖葫芦的摊子。

"我想去买，您要吃吗？"殷蕙问他。

守在摊前的全是孩子以及陪同的父母、长辈，魏曕不假思索地拒绝。

殷蕙从袖子里拿出荷包，笑道：“那您在这里等着，我自己去。”

魏曕默认，看着她大大方方地排到了两个孩子后面，轮到她时，她竟然还仔仔细细地挑了一串。

“顶部的这个最大，您真不吃？”重新站到一起，殷蕙将糖葫芦举到他面前。

红通通的山楂上裹了一层薄薄的糖冰，那漂亮鲜艳的红色，像她喝过水的唇。

魏曕偏头避开。

殷蕙就自己吃了，一手微微抬起面具边缘，再把糖葫芦塞进去轻咬一口，发出脆脆的咔嚓声。

等糖葫芦伸出来，顶端那颗山楂果就只剩一半了。

“继续往前走吧。”殷蕙指挥道。

魏曕走到她外侧，既要防着随时可能挤过来的行人，又要防着她粗心大意将糖葫芦蹭到他身上，沾了糖。

殷蕙吃了三颗山楂就吃够了，正好旁边有个七八岁的布衣女孩，殷蕙笑着问她要不要，她的嘴唇并没有碰到其他山楂果，很干净的。

小女孩开心得眼睛都亮了。

手里没了糖葫芦，殷蕙走得更快了。她东瞧瞧，西看看，突然脚步一停，指着对面的一个灯铺道：“您看！”

魏曕看过去，除了人，就是灯。

殷蕙却很惊喜：“逛了那么多年的灯会，第一次看到鸽子灯，我去买两盏。”

那鸽子灯胖乎乎的，憨态可掬，衡哥儿肯定也喜欢，到时候一起挂在屋檐下。

话音未落，殷蕙已经穿过人群跑了过去。

很快，她提了两盏花灯走过来。

魏曕看着那两盏轻轻摇晃的鸽子灯。两盏，成双成对吗？

糊灯笼的纸很薄，担心被人撞坏，殷蕙就想回去了。

魏曕设想的是陪她逛半个时辰的灯会，然而从下车到现在，也就才过去一刻钟左右。

她若真不想玩，提前回去也好，可魏曕看得出来，她游兴很高。

“再逛逛吧。”魏曕接过她手里的两盏灯，看着前面道。

殷蕙以为他自己想逛，只好陪着。反正他避人避得那么快狠准，肯定能护好两盏灯。

天上明月圆润如白玉盘，街上花灯盏盏，透过彩纸照出五颜六色的光晕。

殷蕙近乎贪婪地欣赏着周围的一切。

这场灯会并没有她猜测的那么枯燥，别的不说，她太久没有随心所欲地在街头穿梭了，光是这种自在感，便让她流连忘返，恨不得一辈子都不用再跨进燕王府。

如果，回来的时机再提前两年，殷蕙可能会把嫁给魏曕的机会让给殷蓉，连准王妃的尊荣都不及这份逍遥。

唯一的不舍，真的只有衡哥儿。

魏曕发现她的脚步变慢了，算算时辰也差不多了，便道：“回去吧。”

殷蕙点点头。

两人转身，沿原路返回，穿过重重的人群，走出街市时，黑暗涌来，将喧嚣隔在了背后。

两盏鸽子灯默默地撑开夜色，照出一片路来。

殷蕙想起儿子，彻底将那些不合实际的念头抛诸脑后，对魏曕道：“不知衡哥儿睡了没，没睡的话，咱们将这两盏灯挂在廊檐下，抱他出来看，他肯定喜欢。”

魏曕看着她：“你买灯时，想的便是衡哥儿？”

殷蕙：“是啊，他最喜欢这些会发光的东西了。”

魏曕不再说话。

长风守在停车的巷子口，瞧见主子们，他示意车夫将马车拉出来，自己去迎二人。

殷蕙先上车，再转身接魏曕手里的灯，手不小心碰到他的手背，一片冰冷。

殷蕙猛地反应过来。她在街上逛时还可以把手缩到袖子里面，魏曕提着灯，手要一直露在外头。

等魏曕上来，摘了面具坐好，殷蕙忙递给他一个汤婆子，还很暖和。

魏曕没要。

大男人好面子，不稀罕用这些物件，殷蕙暗暗腹诽，然后挨着他坐下，将他的双手拉到自己怀里，让他捧着小手炉，她再在外面包住他的手。

不管怎么说，灯是她买的，他也是为她提的。

魏曕看她一眼，突然将人抱到腿上，双手穿过斗篷环上她的腰。她里面穿着一件狐毛夹袄，抱紧点儿，手很快也就暖和了。

殷蕙懂了，他是在把她当大暖炉用。行吧，这样抱着，大家都暖和。

回到澄心堂，衡哥儿已经跟着乳母睡下了，殷蕙让丫鬟将两盏灯挂在耳房外面，明早儿子醒了就能看到。

魏曕本在主屋外面看着，确认衡哥儿不会出来后，先进去了。

漱口，净面，洗脚，丫鬟们一退下，魏曕便进了她的被窝。

次日一早，燕王父子几个就又开始当差了。

殷蕙逗逗儿子，继续去书房抄书。

原书都送回娘家了，之前魏瞻抄写的要送给燕王，嘱咐她再抄一份留给他看，总不能让燕王跟儿子借书。

刚抄了两页，金盏来报，说纪纤纤来了，还带着四郎、庄姐儿。

殷蕙只好去暖阁里待客。

纪纤纤见到她就笑：“二爷叫我多带四郎出来走动，我想着四郎、五郎年龄更接近，就来叨扰弟妹了。”

别看纪纤纤平时喜欢挑事，但她见到谁都笑盈盈的，所谓伸手不打笑脸人，殷蕙也只能与她维持表面的客气。

殷蕙再看向榻上的两个孩子。

庄姐儿才几个月大，只能躺在那里东张西望。四郎身子硬朗了些，淘劲儿初显，在榻上走来走去的。不知是不是病久了，四郎的面色总是泛黄，再加上他长得更像二房那个空有一把好嗓子却无美貌的柳姨娘，瞧着就不如王府里其他几个小郎讨人喜欢。

殷蕙吩咐金盏：“叫乳母把五郎抱过来。”

金盏出去传话。

殷蕙请纪纤纤坐到榻上说话，丫鬟们已经备好了茶水、糕点。

纪纤纤一边嗑着瓜子，一边打量殷蕙，揶揄道：“昨晚三爷陪你出去赏灯了？”

殷蕙坦然道：“回了一趟娘家，顺便逛逛灯会，只是天太冷，没逛多久。”

纪纤纤：“那也够稀奇的。我听二妹说，三爷最不好热闹，他们兄妹几个一起长大，每次有什么灯会、庙会，三爷都不参与。还是弟妹面子大，能叫得动三爷。”

殷蕙笑：“大概昨晚三爷自己也比较有兴致吧，不然我也劝不动他。”

那十年里，每次妯娌们聚会时提到自家的爷，殷蕙都会暗暗享受纪纤纤等人羡慕她这边没有小妾的隐晦目光，并在纪纤纤揣测魏瞻是不是很喜欢她时，虚荣地默认。

如今，她压根不在乎妯娌们怎么想，也无意营造一种她与魏瞻很恩爱的假象，免得将来温如月进门，她自打嘴巴。

纪纤纤看着这位弟妹的笑脸，越来越看不透了。

损她她不怒，夸她她不喜，一副与世无争的淡然姿态，难道开始信佛了？

这时，乳母抱着衡哥儿过来了，还拿了几样玩具。

屋里暖和，穿得不多，衡哥儿行动方便，一会儿噌噌噌地爬，一会儿站起来走几步。他对庄姐儿没兴趣，却很喜欢四郎，明明四郎不想跟他玩，他非要抓着玩具不停地送到四郎手里去。四郎远远地丢开，衡哥儿还以为哥哥在陪他玩，笑得更高兴了。

被他纠缠久了，四郎无奈般接受了弟弟的殷勤，两个小家伙面对面坐在一起，成了伙伴。

殷蕙乐见其成。

无论四郎、庄姐儿长大后是什么脾气，这会儿孩子们都小，就是要多聚聚才有意思。

“对了，弟妹，先前我听说你买了两个娇俏丫鬟，好像要给三爷开脸，开了吗？”

纪纤纤压低的声音将殷蕙的注意力拉了回来，她看了一眼纪纤纤，做出无奈状：“我提了好几次，三爷不要。”

纪纤纤瞪大了眼睛。送到枕头边的新鲜美人都不要，魏瞻莫非不行？

衡哥儿突然发出一串笑声，纪纤纤看过去，方才的疑惑立即有了答案——儿子都生出来了，魏瞻的身体没问题。

“三爷跟你说过他为何不喜欢歌姬、通房吗？”纪纤纤好奇地问。为了拉近与殷蕙的关系，让殷蕙与她交心，纪纤纤还讽了一番自家男人，“换成我们家二爷，我刚把通房丫鬟买进来，他当晚就敢过去，好像那是什么灵丹妙药，晚吃一会儿或少吃两颗他就得瘫在床上。”

殷蕙被她的话逗笑，认真地想了想，道：“三爷倒是没跟我明说过。我自己猜着，三爷就是一个冷情的人，我是他的妻子，他便跟我过日子，其他无关女人都是闲杂人等，他不想浪费时间去接触、亲近。”

魏瞻的冷，想来也是一种孤僻，除了必须应酬的人，他都不想理会。

以前殷蕙还不太确定，昨晚亲眼见过他闪避路人的敏捷动作，殷蕙忽然有了这种感悟。

纪纤纤是真羡慕：“二爷也像三爷这般冷该多好，对外冷，对我暖就够了。”

殷蕙敷衍道：“各有各的好吧。”

她可不敢对纪纤纤抱怨魏瞻什么，万一被纪纤纤夫妻俩利用，回头告诉魏瞻，等着她的便是魏瞻雪上加霜的态度。

现在这样就挺好的，他冷归冷，她说什么他也开始放在心上了。

正月就这么过去了，才二月初二，燕王请府里郎中看牙的消息就在王府各院传开了。

若是大病，譬如燕王摔了腿，只能在床上躺着，殷蕙等妯娌也该去床前探望。换成牙疼这种好像不是多严重的病，儿媳妇反而不好巴巴地凑上去，魏瞻五兄弟去探望就好。

“父王，您的牙，郎中怎么说？”五兄弟站成一排，世子爷魏旸关心地问道。

燕王锁着眉，牙疼倒还能忍，就是心情不太好：“开了药方，吃吃看吧。”

魏旸：“可能是上火，这几日您吃得清淡些，火消了就好了。”

魏昳：“对对，父王多喝些菊花茶。”

燕王心烦，懒得听儿子们聒噪，都给打发下去了。

等魏瞻回了澄心堂，殷蕙自然也要表现出关心：“父王如何了？”

魏瞻道：“看着还好。”

牙都长在父王的嘴里面，他就是想瞧瞧到底哪颗牙出了问题，也不敢开口。

殷蕙很清楚，从今天开始，燕王的脾气会一日暴过一日。她怕魏瞻撞上去白白挨骂，回头再把怒气带回澄心堂，于是轻叹道：“我小时候听家里的老嬷嬷们说，牙疼不是病，发作起来要人命，而且是持续疼，吃不好，睡不好。父王最近肯定心浮气躁，您去见父王时注意些吧。”

魏瞻想起父王紧皱的眉头，自己的眉毛也皱了起来。

王府郎中开的药方不管用，燕王叫人把平城有名气的郎中都请到了燕王府。

魏瞻五兄弟守在父王身边，看着郎中依次替父王看诊，女眷里面，只有徐王妃在场。

有的郎中建议喝药，有的郎中建议拔牙。

拔牙过于冒险，燕王还是决定再吃一段时间的药。

结果证明，吃药无用。有时候舒服点儿了，晚上就又开始疼，反反复复。光疼也就罢了，连饭菜也不能嚼，只能喝稀的。

此时已经是二月中旬。

燕王都瘦了好几圈了，他怕再治不好这牙，他得气死，饿死！

“拔牙吧，赶紧拔！”燕王躺在床上，有气无力地说道。

他挑了他最信任的一位郎中。

郎中让燕王躺在一把特殊定制的椅子上，还让燕王点了几个魁梧有力的侍卫，分别按住燕王的头、肩膀、四肢，还有两个要协助固定燕王嘴巴张开的幅度。

魏瞻五兄弟都因为看起来不够魁梧，不够资格去按燕王，只能在旁边瞧着。

准备工作完成，郎中为燕王蒙住了眼睛，然后，他拿出了拔牙要用的几件器具。

魏旸脸色发白。

魏昳双腿发抖。

魏瞻垂下眼帘。

四爷魏昡、五爷魏暻忽然内急，想溜。

器具还要处理，又过了一刻钟，郎中拿着东西走到燕王身边，站稳下盘，冷静地说道：“王爷，我要开始了，您忍住。”

燕王含糊不清地嘟哝了一声。

郎中开始拔牙。

魏昳、魏昡、魏曝都背过身去，受不了！

世子爷魏旸也想转身，瞥见魏瞻纹丝不动，他只好咬牙继续看。怕什么，父王都没怕！

随着郎中的动作，燕王全身绷紧，开始冒汗。

郎中起初还成竹在胸，等他敲敲打打、扯扯拽拽许久都拔不下那颗牙时，郎中也开始冒汗了。

突然，燕王大吼一声，挣开了所有人！

# 第十三章

燕王心志坚定，虽然第一个郎中费了好久工夫都没能拔出病牙，害他白疼了一遭，但他深知病根不除，只会越来越疼，发了一通脾气后，挑了第二个郎中上。

这时候能够留在燕王府待命的，全是平城数一数二的郎中，医术只在伯仲之间。

然而第二个郎中也没能拔掉燕王的牙，他跪在地上抖如筛糠：“王爷，通常此类难拔的牙，牙根都是弯的，强行拔出更加危险，您还是继续喝汤药，再忍忍吧！”

反正他是真的不敢拔了，就没见过这么顽固的牙齿。牙病又不是拔掉牙就马上就好了，弄不好后面会引发更严重的病，燕王若真出事，他们全家的脑袋都保不住。他宁可被王爷骂庸医，也不敢再试了。

燕王满身虚汗地躺在床上，疼归疼，气归气，理智还在。

他也觉得，拔牙这条路行不通。

“都退下吧。”燕王闭上眼睛，这会儿谁都不想见。

众人依次离开。

到了殿外，魏旸背着众人，做了一个拭泪的动作。魏昳见了，也抽了两声："若我能代父王受这番苦该多好！看父王疼成那样，我，我……"

魏昡、魏曝也都红了眼圈。

徐王妃扫了五兄弟一眼，发现只有魏瞻还是平时那副清冷的表情，不过，人倒是跟着王爷一起瘦了。

"好了，你们该当差的当差，该读书的读书，先做好自己的分内之事，每日早晚过来请个安，便是尽孝了。王爷虽然病了，但燕地不能出乱子，关键时刻，你们要替王爷分忧。"

五兄弟齐声道是。

今日燕王要拔牙，王府里所有人都盼着结果。

即便殷蕙已经知道燕王这次拔牙会失败，仍然忍不住抱有一丝希望。她都能回到十年前，或许哪个郎中突然有如神助，真就替袁道清立了这份功劳呢？

可惜，待魏瞻回来，看到他沉重的神色，殷蕙便明白，这事还得袁道清来。

她嘱咐周叔务必在二月中旬将袁道清带到平城，算算日子，袁道清应该已经到了。

河间府离平城不是很远，如果殷蕙有心让袁道清早到，交代周叔一声就是。可她不能，她必须等待最合适的时间，否则燕王的牙刚疼她就举荐袁道清，未免过于巧合。等平城的郎中都轮番上场却无可奈何之时，她再举荐，既容易得到燕王的信任，给袁道清施展医术的机会，又不会惹人怀疑。

她考虑得周全，只是要让燕王多吃几天苦了，可这几天与前世的那两个月相比，又算什么？

殷蕙这般劝慰自己不必内疚。

然而内疚还是冒了出来，夜里甚至做了噩梦，梦见公爹发现了她刻意推延袁道清进平城的时间，责怪她让他白白受了多日苦，便降下责罚，也要拔掉她的牙。

梦里，她被人按在椅子上，眼看郎中拿着大钳子一步步靠近……殷蕙猛地醒来，却见旁边有团黑影，吓得她往里面一缩。

"做噩梦了？"魏瞻问。

他已经醒了一会儿了，是被她的呓语吵醒的。她好像非常恐惧，可魏瞻听说这种情况不能随便叫醒人，便没有唤她。

原来是他。

熟悉的声音让殷蕙慢慢冷静下来，她摸摸脸，是湿的。

魏瞻突然下了床。

很快，外面亮了一盏灯，昏暗的灯光弥漫过来。

殷蕙坐起来，正拿帕子擦汗的时候，魏瞻回来了，递过来一条拧得半干的巾子，还是热的。

“谢谢您。”殷蕙接过巾子，一手撩起背后的长发，将脖子和脸全部擦了一遍。

魏瞻坐在旁边，等她擦得差不多了，问：“梦见什么了？”

从她含糊不清的梦呓里，他分辨出“父王”“饶”“不”几个字眼。

殷蕙苦笑道：“我梦见我也牙疼了，父王请了郎中为我拔牙，我不敢，父王就让人按着我。”

魏瞻就想到了父王拔牙时的那画面，别说她一个女子，他在旁边看着都头皮发麻。

她一定非常关心父王，才会做这种梦。

“郎中重新替父王配了药方，兴许管用，你不用担心。”

“嗯，您也是，您最近都瘦了。”

“睡吧，不早了。”

二月十九，周叔终于递了信进来。

信上说，他的岳父牙疼一直不见好，平城的郎中们开的药方都不管用，他心疼岳父一把年纪还要遭这份罪，便四处打听，后来从一个过路商人口中听说河间府静海县有位叫袁道清的名医，尤其擅长治牙，就立即派人去请袁道清。四日前，袁道清终于到了，当日就给老爷子拔了牙，只是后面还要小心养护几日，他不敢放人。

周叔还说，他也听闻了王爷牙疼难愈一事，他觉得袁道清是个人物，但又不敢随便举荐，请夫人斟酌。

这信的内容，也是殷蕙提前交代周叔如此写的，防的是信被旁人提前看了。如果周叔写实话，譬如只是一句“袁道清已到”，旁人定会怀疑殷蕙早就知晓了袁道清这号人物。

傍晚魏瞻回来，先去探望父王，结果燕王谁都不想见，他才走到勤政殿后殿门口，就被海公公用手势打发走了。

魏瞻牵挂父王的身体，也没了吃晚饭的胃口，一个人待在书房，连儿子都没去看。

殷蕙等不到他来后院，只好来前院找他。

“爷，夫人来了。”安顺儿守在书房门前，请殷蕙稍等，他扬声通传道。

魏瞻抬头："何事？"

他很烦，如果殷氏是来送饭的，那真是多此一举。

殷蕙直接回道："关乎父王，有事与您商量。"

魏瞻马上道："进来吧。"

安顺儿推开门，殷蕙单独走了进去。

知道他心急，殷蕙没有绕弯子，走到他身边，递上周叔的信。

魏瞻看完信，忽然想起来，正月里她的确提过周管事岳父牙疼的事。

只是这袁道清，真的能治好父王的牙病吗？如果只是浪得虚名，来了王府却无功而返，父王还要怪他。

举荐错了，会被父王迁怒；举荐成了，父王就不用再受罪。

短短几个瞬间，魏瞻便有了决定，问殷蕙："周管事住在何处？我过去看看，若袁道清真有本事，今晚我便带他进府。"

这一刻，他的脸依旧冷，殷蕙却看到了他对燕王的关心。

她递过去一张纸条，上面分别写了周叔、周叔岳父高家的地址："袁道清应该在高家，您先去那边看看吧。"

魏瞻颔首，收起纸条便大步离开了，速度之快，带起一阵风。

高家众人已经睡下，只有河间府静海县那位名医袁道清躺在床上睡不着。

他很生气。

那位周管事派去的人，将高老头的牙疼之症形容得万里挑一，说什么平城郎中都治不好，袁道清就有种棋逢对手的惊喜感，并不计较诊金的多少，兴致勃勃地跟着人家大老远跑到了平城。

结果呢，高老头的病牙就是普普通通一颗蛀牙，拔掉就没事了！

袁道清大失所望，收拾包袱准备离开，周管事竟然不许他走，说什么非要等高老头彻底养好了，没有后发之症了才肯放他离开！

袁道清空有一身好医术，却并不擅长与人打架、争吵，周管事又塞了两个大元宝给他，袁道清只好忍气吞声了。

就在袁道清暗暗发誓以后再也不会离开故土去外地治病的时候，高家门外突然有人叫门。

八成是高、周两家的客人吧？

袁道清翻了个身，才闭上眼睛没多久，周管事又来他这里拍门了。

袁道清穿着中衣去开门。

外面黑漆漆的，周叔抓着他的胳膊将人拉到屋子里面，低声道："袁神医，您可知道我为何不放您走？”

袁道清怒道：“你不是怕你岳父再发病？”

周叔：“怎么可能？目睹了您拔牙的神技，我哪能信不过您的医术？留您其实是为了一件大事。您刚来平城，还不知道燕王这个月也犯了牙疾，请遍了平城的名医都治不好……”

“你等等！”袁道清听到这些熟悉的字眼，皱眉道，“是你们平城的名医真不行，还是你又来蒙我？”

周叔急道：“我们平城的名医是真名医，只是我岳父怕疼，不敢让那些名医动手，听我说还有您这位神医，才指定要您治，我只好巴巴地派人去请您。见了您的神技，我就想举荐您去给燕王看牙了，可又担心您的名声还没有传到平城，王爷不肯用您。翻来覆去想了几晚，今日我终于给燕王府三夫人写了信，提了您这号人物。这不，刚刚来拍门的就是王爷膝下第三子，魏三爷！”

袁道清精神一振，他有机会给燕王看病了？

周叔道：“事情的经过您已经了解了，王爷也的确是遇到了疑难杂症，现在我就想问您一句，您有没有把握治好王爷？有把握您在三爷面前好好表现，没把握您就直接拒绝三爷，免得给我和我们三夫人添麻烦。”

袁道清想了想，道：“走吧，先去见三爷，我得问清王爷的病症，才好做判断。”

周叔叫他穿好衣裳，引着人去了高家的堂屋。

袁道清一进门，就见北面站着一个浑身透着肃杀之气的年轻男子，明明俊美无比，却又威严慑人，仿佛天龙下凡。

至此，袁道清才真正相信周叔能与燕王府搭上关系了。

“小民见过三爷。”袁道清微笑着道。

魏瞻也在审视他。只见此人四旬年纪，虽然一身布衣，却有一种仙风道骨的气度，见到他亦不卑不亢。

打量过后，魏瞻问：“高老的牙疾如何？”

袁道清横了一眼周叔，道：“蛀牙而已，请我乃大材小用。”

周叔额头冒汗，只得重复一遍方才对袁道清的解释：“他老人家怕疼，听说袁神医拔牙不疼。”

魏瞻再看袁道清。

袁道清笑着摸了摸胡须：“疼还是会疼的，不过旁人拔牙有十分疼，我这里只有三分。”

魏瞻：“为何？”

袁道清：“因我有祖传的麻药配方，用过的人都说灵验。”

魏瞻："你手下可死过人？"

袁道清终于收起笑容，思忖片刻道："非蛀牙而拔牙者，我治过十一人，只活了五人。"

周叔脸都白了，还有这事？

魏瞻则问："不是蛀牙，为何还要拔牙？"

袁道清指指自己的腮帮子，道："牙根下面还有骨肉，那里生了毛病，症状好似牙疼，其实与牙无关，只是也要拔掉上面的牙，才能看见下面的骨。而且越是这种病，越容易反复牙疼，若不治愈，迟早骨穿脸烂。"

魏瞻沉默片刻，走过来道："燕王有疾，你可敢治？"

袁道清笑："敢。"

他只怕又来一个孝子骗子，只怕燕王病得太轻。

从魏瞻离开王府，到他带着袁道清回来，只用了半个时辰不到。

此时王府里大多数主子都睡了，勤政殿这边还灯火通明，又或者说，自从燕王犯起牙疼，他就没有早早睡过，都是熬到困了，再辅以安神的汤药，才能勉强一口气睡上一两个时辰。

燕王觉得特别憋屈。以前忙的时候虽然也睡得少，但他把事情做了，心里满足。如今想睡睡不着，想做事情又疼得静不下心，真是白遭罪。

"如果能跟老天爷换，我宁可用十年寿命换这牙疾马上康复。"

燕王有气无力地与海公公道。

海公公满脸心疼："王爷千万别说这种话。刀伤、剑伤您都熬过来了，再忍一段时日，等牙掉了就好了。到时候您好吃好喝的，长命百岁。"

燕王嗤笑，他怕牙还没掉，自己人先废了。

"王爷，三爷求见，说是要给您举荐一位擅长治牙疾的郎中。"小太监来到内殿门后，扬声通报。

海公公惊喜地看向燕王。

燕王既盼着有神医出现，救自己出苦海，又怕遇到的又是庸医，白高兴一场，所以并没有表现出多么惊喜。他继续躺了一会儿，才吸着气坐起来，朝海公公递了个眼色。

海公公亲自来外面，见三爷带来的郎中气度不俗，应该有些本事，面上的喜意更增三分，客客气气地请了两人进去。

魏瞻有两日没见到燕王了，此刻见面，发现父王越发瘦了，心中一痛，跪到燕王面前道："父王，都怪儿子无能，没能早日为您寻到神医。"

燕王摆摆手，免了这些无用的客套话，打量着袁道清问："此人是谁？"

魏瞻便把周管事写给殷氏的那两封信的内容说了出来：“儿子与袁郎中谈了一路，认为他有些本事，所以斗胆带他来见父王，至于用于不用，还请父王决断。”

燕王明白了。他叫老三起来，看着袁道清问：“你那麻药，真能让十分疼变成三分疼？”

袁道清道：“千真万确，王爷若不信，可以找人试药。”

燕王：“如何试？”

袁道清：“可在手臂上割道口子，撒下药粉，疼痛立减。”

魏瞻与海公公异口同声：“我来！”

燕王没用他们中任何一个，点了勤政殿的两个小太监。

割一道浅口子算不得什么大伤，又是在王爷面前表忠心的难得机会，被选中的两个小太监很是高兴，眉都没皱地让袁道清划了一道，袁道清再分别为他们撒上药粉。

“如何？”

“禀王爷，确实不怎么疼了。”两个小太监道。

袁道清：“这药粉药效只有半个时辰，通常也够了。如果拔牙耗时过长，继续补撒就是。其实有麻药辅佐，拔牙还不算难事，最要紧的是后面的养护。普通百姓人家没有合适的条件，有的人家甚至连张干净的床都没有，因此容易引发其他病症。王爷这里什么都不缺，只要防护得当，小民有七成把握助您痊愈。”

七成，对于一个尊贵的王爷来说，并不算高。

如果袁道清在二月初燕王刚牙疼时这么说，燕王绝不会考虑。可是经历了半个月生不如死的痛苦，且自然康复遥遥无期，燕王便动摇了。

袁道清先给燕王检查了一遍嘴里的情况，皱眉道：“我这里有个消肿的药方，您先吃着，可能要四五日才能好。这期间王爷好好考虑要不要拔牙，要的话，小民便为您诊治，不要的话，小民便回静海了。”

燕王：“你的方子管用吗？消肿的汤药我一直在喝，这肿块今天消，明天起，反复个没完。”

袁道清道：“您先喝着，再趁早做决断，这样哪天消肿了，咱们就哪天拔。”

自始至终，袁道清对燕王的态度都十分随意，仿佛燕王只是他遇到的一个普通病人。

燕王深深地看他几眼，派人去按照袁道清的方子煎药。

小太监带袁道清去休息，燕王看了看魏瞻，道：“老三也先回去吧，无论结果如何，你这份孝心父王都记下了。”

魏瞻："这是儿子的分内之事，只求父王早日康复。您好好休息，儿子告退。"

燕王点点头。

魏瞻转身离去。

燕王闭着眼睛，忍住新的一波疼痛，吸着气对海公公道："老三胆子不小，今日刚见过的郎中就敢带来给我看。"

海公公笑道："三爷是心疼您。袁郎中真有神技，早点儿带过来，您就能早点儿好啊。"

燕王回想袁道清说过的那些话，陷入了权衡之中。

澄心堂，殷蕙一直坐在前院等着魏瞻。

见魏瞻回来了，她紧张地迎了上去。

魏瞻道："袁道清已经在府里安顿下了，父王会考虑用不用他。"

殷蕙怕的就是魏瞻、燕王不信任她的举荐，连袁道清的面都不敢见。如今知道袁道清已经进了王府，她的心也落回了肚子。

外面冷，夫妻俩进了屋。

"您肯定饿了吧？我让厨房煮碗面？"看着灯光下男人清瘦的脸庞，殷蕙轻声劝道，"袁道清是咱们引荐给父王的，待明日消息传开，王妃等人定会叫你我过去询问其人是否可靠，您吃饱肚子，才有力气应对这一切。"

魏瞻奔波了一晚，劳心费神，此时确实有种体力不济之感，于是道："也好。"

殷蕙便走出去，让金盏去厨房传话。

"衡哥儿睡了？"父王的病有了希望，魏瞻终于也能分心别处了。

殷蕙在他旁边坐下，笑道："睡了，白日玩得越来越欢，天一黑必困。"

魏瞻想到儿子那八颗小乳牙，提醒她道："记得交代乳母，每日早晚给衡哥儿擦擦牙，力道不用太重。"

殷蕙暗笑，燕王这次牙疼，恐怕王府众人这段时间都会格外注意牙齿防护。

面很快煮好，厨房送了两碗过来，还炒了配菜。

魏瞻："你也还没吃？"

殷蕙哪里会放过这种展现贤淑温柔的机会？她垂着睫毛道："怕您一个人吃没胃口，就等着陪您一起吃。"

灯光柔和，汤碗里升起一团团白雾，模糊了她明艳的面容，却也更添几分娇媚。

魏瞻拿起筷子道："下次再有这种事，你不必等我。"

殷蕙轻轻"嗯"了一声。

饭后魏瞻随她去了后院。

因为牵挂燕王的病，魏曕已经连着多日没有钻殷蕙的被窝了。今晚可能是尽了一份孝心，他便放纵了一回。

事后，殷蕙枕着他的肩膀问："您不怕吗？若父王在袁道清手下出事……"

魏曕按住她的嘴，沉声道："疑则勿用，用则勿疑，事已至此，无须多虑。"

殷蕙："嗯。"

魏曕移开手，脑海里冒出一个不合时宜的念头，转瞬又被他按下。

次日早上，正如殷蕙所料，夫妻俩才到勤政殿，就被徐王妃、魏旸等人围住了。众人你一嘴，我一嘴地问起袁道清来。

魏旸："老三，你派人查过那个袁道清吗？拔牙过于危险，父王本来都决定喝药慢慢养了，你又带个远地郎中来，万一……"

魏昳："是啊，你就是太年轻了，怎么也该先派人去静海打听清楚，等确认了消息，再带人去见父王。"

他们两个是哥哥，可以对魏曕说教，老四魏昡、老五魏暻都默默听着，纵使心里有什么想法，也不敢插嘴兄长们谈话。

魏曕同时回答二人道："父王自有决断。"

他惜字如金，谁问也问不出什么，李侧妃突然看向殷蕙："老三媳妇，听说这事是你先跟老三开的口？你怎么这么大胆？竟敢拿王爷与你们殷家的一个小管事相提并论，王爷真有个好歹，你担当得起吗？"

这下子，燕王的妻妾、魏旸等兄弟姐妹都朝殷蕙看来，责备的居多，只有温夫人、魏楹也担心她的处境。

殷蕙刚要开口，魏曕站到她身边，对徐王妃道："无论结果如何，我们夫妻共同承担。"

殷蕙震惊地看了过去，却只看到那张她无比熟悉的冰冷侧脸。无论他人如何质疑、责备，他都面不改色。

这件事，如果魏曕愿意，大可以把责任都推到她身上，甚至袁道清若害了燕王，他还可以趁此机会休了她这个商女出身的妻子。

可他没有那么做，他像护着衡哥儿那般，将他的羽翼也遮到了她身上。

殷蕙往他身边站了站，同样无畏地看向徐王妃等人。

话说到这个份上，徐王妃道："好了，一切等王爷做主吧。"

两天之后，燕王宣布了他的决定——要袁道清为他拔牙。

李侧妃还想劝劝，被燕王一个眼神封住了口。

"袁道清，本王信你，需要什么你尽管说，本王治牙一事，全府皆听你吩咐。"

袁道清钦佩燕王的勇气与果断，这就列起条件来。譬如，他需要六个身体健壮的侍卫沐浴更衣后进入内殿，需要王府的两个郎中帮忙打下手，再让海公公带着两个小太监负责端水、换水。除此之外，所有无关人等都不能进入内殿，且在拔牙完毕的十日内，燕王身边除了他，只能有两人伺候，防的是闲杂人等带了病气进殿。

徐王妃目光温柔而坚定地看向燕王："王爷，那十日，让我与海公公服侍您吧。"

李侧妃连忙也抢着表态。

魏旸等兄弟姐妹都跪了下去，愿意在父王面前尽孝。

燕王挨个看过去，最后目光落到了魏曕头上："之前你们在外面说的话我都听见了，既然老三两口子要承担我的安危，那两个伺候的人，除了曹大海，另一个就定老三吧。"

曹大海就是海公公，闻言笑着领命。

魏曕叩首道："谢父王成全。"

燕王又对魏旸道："我养病期间，外面的事就都交给你了。"

魏旸热泪盈眶："父王安心养病，儿子一定替您看好燕地。"

燕王又分别交代了徐王妃等人一些话，便去了内殿。

当天下午，做足了所有准备事宜后，袁道清开始为燕王拔牙。

殷蕙与徐王妃等人只能在勤政殿前殿等候消息。

这一幕，殷蕙似曾相识。

上辈子袁道清替燕王治疗，众人也是在前面等，如今只是提前了快两个月，且她与魏曕成了举荐之人。

魏曕已经在后殿了，是唯一一个可以旁观燕王拔牙的燕王血亲。

殷蕙无法想象后殿的场景，今日她戴上了一串佛珠，一边等，一边诚心地转着，求菩萨保佑公爹，保佑他们夫妻。

一个多时辰后，一个小太监满脸是泪地跑了过来，举着一个托盘跪到徐王妃面前："王妃，成功了！"

众人不约而同地看向托盘，就见一方白帕之上，躺着一颗已经洗干净的牙齿，顶端瞧着还好，齿根竟带了一根长长的倒钩。

端庄如徐王妃，声音都发抖了："王爷如何？"

小太监："王爷大笑两声，昏过去了，袁神医道没有大碍。"

声音未落，大殿之上接连响起舒气之声。

勤政殿后殿。

燕王下午拔的牙，昏迷了四个时辰，直到夜深人静才幽幽醒来。

内殿里留着两盏灯，燕王艰难地转过头，看到老三坐在床边的一张椅子上守着，头靠着椅背，正在打盹。

燕王发不出声音，遂用手拍了拍床。

魏瞻立即醒来。见父王也醒了，他一个健步扑到床边，眼里布满血丝："父王，您感觉如何？"

燕王感觉自己想如厕。

他指了指下边。

魏瞻懂了，道："袁道清让您今晚都躺着，父王稍等。"

说完，他快步绕到床尾一侧，提了一只提前预备的，雕刻精美的漆金夜壶过来。

燕王往外面看了一眼。曹大海呢？他还没让哪个儿子这么伺候过。

魏瞻掀开被子，一边服侍他一边解释道："儿子不知父王何时会醒，便让海公公在外面睡了，等到子时我们再交换，这样也免得两个人都睡不好，照料不好您。"

燕王点点头。

水声响起，他看着面前的老三。这小子长了一张冷冰冰的脸，看不出见他醒来后的喜悦，也看不出对做这种活儿的嫌弃。

解了手，燕王的注意力又回到了自己的脸上，他试着摸了摸，好家伙，半张脸肿得像馒头。

此时，在外面睡觉的海公公与袁道清前后进来了。

"王爷！"海公公神情激动地跑过来，那份喜悦与关心，瞧着比魏瞻热烈多了。

燕王没理他，看向袁道清。

袁道清推开海公公，让燕王张嘴，看了一眼，又叫燕王闭上，打着哈欠道："麻药用多了也不好，如果疼劲儿上来，王爷试着忍一忍，能睡着最好，实在疼得不行，小民再给您用点儿药。"

魏瞻问："父王现在可以吃什么吗？"

袁道清："先喝点儿补汤，再喝药。用竹管直接送到嗓子，尽量别碰到伤口。"

"我去吩咐厨房。"海公公先行退下。

袁道清则继续去睡觉了。

燕王见儿子还在旁边站着，指了指椅子，让他坐下。

他默默地看着这个冷脸儿子。

魏瞻觉得父王有话要问他，便讲了讲父王昏迷后发生的事，以及袁道清的一些嘱咐。

等这些说完，魏瞻就不知道还能再说什么了。

燕王扯了扯嘴角，闭目养神。

换个儿子，比如老大或老二，肯定能说一箩筐表孝心的话。

很快，海公公端着托盘进来了，一碗补汤，一碗药汤，煮沸了再用冰镇，温度刚刚好。

魏瞻小心翼翼地托起燕王的肩膀，让他靠在自己怀里，海公公负责用竹管喂燕王喝汤。

海公公伺候了燕王三十来年，堪比燕王肚子里的蛔虫，这种事做起来游刃有余，一双手稳稳的，一滴汤汁也没有洒出来，更不会碰到燕王的伤口。

吃完了，再喝些清水，燕王重新睡着了。之前被牙疼折磨得二十多日都没睡过整觉，燕王太困了。

颐志堂。

世子爷魏旸还醒着，翻来覆去的，弄得徐清婉也睡不着。

“父王的病根都除了，又有袁神医守着，您不用太担心。”徐清婉试着安抚丈夫。

魏旸握住她的手，低叹道：“我是在想，父王本就器重老三，这次老三又立了大功，从今以后，他在父王心里的分量肯定排在第一，我与其他兄弟都越不过去了。”

这些话在心里憋了太久，魏旸再不找个人说说，恐怕脑袋要炸了。

徐清婉靠到丈夫怀里，语气平和而从容：“父王公私分明，或许会因为此事偏爱三爷一些，但对三爷的器重绝不会超过您去。别的不说，您看父王拔牙之前，不就把王府大事托付给您了？三爷武艺好，您擅长文治，又是嫡长子的身份，贤名在外，乃王储之位的不二人选，谁也撼动不了。”

魏旸叹道：“就怕父王不这么想。”

徐清婉：“不会的。三爷这次能够立功，靠的全是殷家与运气。换成咱们底下的人举荐袁道清，您照样会带到父王面前，父王肯定也明白这个道理。”

魏旸沉默以对。

是啊，老三是占了殷家的便宜。殷家是燕地巨富，富到连三弟妹手下的一个管事都有闲钱跑去河间府请一位名医过来，这才给了老三立功的机会。

殷家……

早知殷家能提供这么大的助力，当初父王想与殷家联姻时，他就该主动提议纳殷家女做妾。他是王府世子，殷家女给他做妾，并不比给老三做妻差。

更何况，三弟妹又是那般美貌。

千思万想，最后化成一声叹息。魏旸松开妻子的手，转过去睡了。

徐清婉被他那声叹息弄得心里很不是滋味儿。

丈夫是在羡慕三爷得到了妻族的助益吗？

可他的目光未免也太短浅了。一点儿钱财带来的好处和便利算什么？燕王的爵位才是最重要的。皇上现在器重几位藩王，将来太子继位，未必会这么想。到时候丈夫凭什么坐稳王爷之位？还不是要靠他们徐家在京城帮忙打点关系？

这一气，徐清婉也睡不着了。

魏曕一连在勤政殿住了六日。前三日燕王高肿的左脸不见有任何好转迹象，进食也非常不便，只能喝些汤水，导致燕王又瘦了一圈。好在从第四日开始，燕王脸上的肿胀渐渐缩小，到第七日早上，也就是二月底这日，燕王的脸只是微微肿，也能吃些软软的糕点了。

“行了，老三回去吧，给你放三天假，赶紧把精神养好，我这儿没什么事了。”一觉醒来，燕王照照镜子，神清气爽地说道。

魏曕看向袁道清。

袁道清笑道：“之前小民估测王爷要养十日，没想到王爷恢复得这么快，三爷确实可以放心了。”

魏曕便功成身退，回了澄心堂。

殷蕙还在陪衡哥儿吃饭。

即将周岁的衡哥儿都会自己用勺子吃饭了，此刻正坐在他的特制餐椅上，一勺一勺舀着红薯粥，再抓起薄薄的南瓜饼啃两口，吃得津津有味。

魏曕突然出现在厅堂门口，把殷蕙吓了一跳。

衡哥儿倒是高兴得踢起腿来。

魏曕见了，对着儿子笑了一下，尽管那笑容转瞬即逝，还是被殷蕙捕捉到了。

“父王没事了？”她问。

魏曕：“嗯，已经能吃些东西了，明日便开始理事。”

殷蕙却记得，上辈子燕王整整养了半个月。可能是当时耽误了太久，病情加重了吧，这次治得还算及时。

“您吃过了吗？”见他在桌边坐下，殷蕙忙问道。

魏曕摇摇头。

金盏立即去厨房端饭。

等待的时候，魏瞻几乎一直在看衡哥儿。父王养病之前，小家伙还不会自己吃，短短几日不见，用勺子已经用得这么熟练了。

殷蕙笑道："之前我还担心，父王若一直牙疼，咱们都不好大办衡哥儿的周岁宴。这下好了，咱们办得热闹点儿，也算是庆祝父王康复。"

衡哥儿的生辰是三月初九，这么长的时间，足够燕王恢复正常饮食了。

魏瞻最近忙得都快忘了儿子的周岁宴，闻言也不禁庆幸起来。倘若没有她及时引荐袁道清，不仅父王要多吃苦头，也会导致儿子的周岁宴遇冷。

他终于看向殷蕙："这次你立了大功，想要什么赏？"

殷蕙微怔，随即谦虚地说道："我只是提到了袁道清这个人，剩下的事都是您在忙。是您亲自去试探了袁道清的深浅，也是您不计后果将他带回了王府，否则光靠我自己，父王哪里会听？"

魏瞻心情好，坚持道："总之，我都要赏你。说吧，想要什么？"

殷蕙试探道："我要什么您都答应？"

魏瞻："不可太过分。"

殷蕙笑了，见金盏端了魏瞻的早饭进来，便道："您先吃饭，我好好想想跟您要什么。"

饭后，魏瞻陪衡哥儿玩了两刻钟，后来衡哥儿要去院子里玩，他便让乳母陪着去了。

"备水吧，我要沐浴。"魏瞻吩咐丫鬟们道。在父王那边守了几日，得时刻提防着父王可能会出事，所以沐浴都是简单擦一擦。如今回到自己的地盘，魏瞻迫不及待地想好好洗洗。

殷蕙坐在榻上，透过琉璃窗看院子里的儿子。等水备好了，魏瞻也要过去了，她才客气了一下："要我服侍您吗？"

魏瞻见她稳坐如山，猜她也并不想去，便道："去里面等着。"

说完，不等殷蕙反应过来，他已经跨出了次间，徒留窗边的殷蕙面色渐渐转红。

这可是早上啊，随时都可能有兄弟姐妹们过来做客，他就不怕被人笑话？

窗外传来儿子欢快的笑声。

殷蕙闻言看过去，咬咬唇，叫银盏进来，吩咐道："天气不错，让乳母带衡哥儿去园子里逛逛吧，天天闷在家里也不好。"

银盏点点头，出去了。

殷蕙亲眼看着乳母牵走儿子，这才进了内室，拿起一本书坐在床上看。

看了几页，魏瞻过来了，只穿了一身白色中衣。

因为担心燕王的牙疾，他本来就瘦了，紧跟着又在燕王的病床前当了六天的大孝子，这会儿瘦得殷蕙都有些不忍去看，好像他经历了什么虐待似的。

魏曕在旁边坐下，提醒她去放下纱帐。殷蕙瞥他一眼，小声道：“要不，您今日先好好休息一天？瞧着怪憔悴的。”

魏曕脸色微变。她是在担心他体力不济？

殊不知，父王的身子一恢复，他也卸下了压力，无论食欲还是别的什么，也都卷土重来，且因压抑太久，来势汹汹。

“不需要。”

魏曕直接将她压在了床上。

殷蕙感受着他不变的力量，便明白自己刚刚是瞎操心了。

憔悴什么啊？魏曕再憔悴也是一条狼，还用得着她这只兔子担心他吃一半就晕过去？

# 第十四章

魏瞻完事后没说几句话就睡着了，连自己的被窝都没回，可见最近确实累到了。

殷蕙虽然不困，这会儿也懒得动。她稍微往旁边挪了挪，再去看魏瞻。

消耗了巨大的体力后，他白皙的脸上浮现一层薄红，睫毛紧闭，眼底发黑，这几晚可能都没好好睡过。

殷蕙改成平躺，开始琢磨跟魏瞻要什么赏。难得这男人主动提出来，不要白不要。

红日偏西时，魏瞻醒了，发现自己睡在殷蕙的被窝中，魏瞻还怔了怔。

他想不起自己是怎么睡着的了，只记得睡前他十分尽兴，她似哭非哭地恳求："您快歇歇吧，衡哥儿该回来了！"

魏瞻其实没想纠缠太久，是她坐在床头时投过来的"怜惜"眼神，让他决定再累也要先治服了她。

外面静悄悄的，魏瞻坐了起来。屋子里有壶热水，魏瞻自己倒水洗了脸，穿好衣裳出去了。

殷蕙就坐在次间的榻上看账本，帘子一动，她便抬头看过来，撞入那双冰冷却喜欢在那时候盯着她看的眼睛。殷蕙抿唇，将账本举高一些，挡住他的视线道："我们已经吃过午饭了，见您睡得香，没忍心叫醒您。您饿不饿？我让丫鬟备饭？"

魏瞻看了看窗外的天色，道："晚饭一起吃吧。衡哥儿刚睡下？"

殷蕙："是啊，走之前还想进去找您玩，我说爹爹照顾祖父太累了，睡醒了再陪你，他才肯乖乖走了。"

魏瞻似乎从这话里听出了一丝嘲讽，盯着她道："把账本放下。"

殷蕙顺从地放下，低垂着眼睛去看账目，努力忍着笑。

她的嘴角虽然没有翘起来，漂亮的眼睛里却显露出几分俏皮。魏瞻立即断定，她那句"爹爹照顾祖父太累"的确是在嘲笑他，笑他与她在床上的时候累到了。

"过来。"魏瞻叫她道。

殷蕙瞥他一眼："做什么？我正忙呢。对了，那些书我都抄好了，叫安顺儿放到您的书房了，您去瞧瞧吧。"

魏瞻正要上去抓她，金盏在外面道："夫人，世子爷带着二爷、四爷、五爷过来了，您看要不要叫醒三爷？"

殷蕙闻言，一本正经地朝魏瞻使眼色，叫他赶紧去招待兄弟们。

魏瞻只能先行离开。

等魏瞻再回到后院，衡哥儿都醒很久了，坐在娘亲怀里，乖乖地跟着娘亲念数，从一到十说得清清楚楚。

看到魏瞻，衡哥儿脆生生地叫道："爹爹！"

魏瞻站在榻边，将迫不及待爬过来的儿子抱到了怀里。

殷蕙打量他的神色，问："大哥他们过来做什么？"

魏瞻："问问父王前几日的情况。"

那就是没什么大事了。殷蕙不再多问，把衡哥儿留给魏瞻，她去院子里活动活动筋骨。

刚沿着走廊转了一圈，魏瞻也牵着衡哥儿出来了。殷蕙就坐到美人靠上，看父子俩蹴鞠。魏瞻踢，球飞远了，衡哥儿摇摇晃晃地追上去，再给爹爹抱回来。

午后阳光温暖，于魏瞻而言，这样的下午便是偷得浮生半日闲。

因为衡哥儿，夫妻俩一直到了夜里，才又得以单独相处。

殷蕙今晚似乎格外喜欢通发，穿着一件水红底的夹袄坐在梳妆台前，一下一下，不紧不慢地通着。

魏瞻白天睡得多，此刻很有精神，拿着一本她抄写的兵书靠在床头，时而朝她那边看一眼。

最终还是殷蕙先打破了屋里的安静，歪着头问他："早上您说要赏我，我想到要什么了。”

魏瞻头也不抬道：“什么？”

殷蕙笑道：“桃花开得最好时，您带我与衡哥儿去东山赏花。”

她不缺银子，不馋首饰，最近也没有什么要紧事需要魏瞻帮忙，思来想去，殷蕙决定出去玩一场，放松放松。

魏瞻想了想，道：“三月底如何？”

殷蕙：“有点儿晚。不过月底更暖和，也可以。”

魏瞻看了看她，放下手里的兵书，一边躺下一边道“不早了，通完便落灯吧。”

殷蕙磨磨蹭蹭的，就是怕他晚上还来，而且没完没了，听见他没让留灯，殷蕙就松了一口气。

他这人有个癖好，那时候喜欢看着她，但凡有心思，都会留灯。

当屋子里陷入黑暗，殷蕙从床脚爬到里侧，正摸索着要钻进自己的被子，魏瞻从后面抱了上来。

殷蕙心一抖：“您不睡吗？”

魏瞻亲她的后颈：“还不累。”

殷蕙顿时明白了，他还记着下午她暗讽他的那笔账。

三月初五，燕王的牙病彻底痊愈，又能好吃好喝了。

为了庆祝此事，徐王妃张罗了一场家宴。

“说起来真要记老三夫妻俩一功，若不是他们举荐了袁神医，王爷这会儿可能还要忍受牙疼之苦呢。”

宴席之上，李侧妃忽然一改平时对殷蕙夫妻的态度，笑着夸赞起来。

燕王看向儿子、儿媳，自然也看到了坐在殷蕙身边的衡哥儿，遂问道：“五郎是不是快周岁了？哪天来着？”

殷蕙起身答道：“正是这个月初九。”

燕王转向魏瞻道：“为了我这病，这一个多月咱们府里的人都绷紧了弦，五郎的周岁宴你们给办得热闹些。”

魏瞻：“是。”

初七这日，殷蕙又出了王府，去了锦绣楼。

周叔早就盼着这日了，坐下后便疑惑地问了出来：“夫人如何得知河间府有个袁神医？您早早安排我去请袁神医，难道当时王爷已经有了牙疼的症状？”

这一切过于巧合，周叔都要怀疑夫人是不是有什么未卜先知的本事了。

殷蕙无法解释，只好神秘地说道：“天机不可泄露，您还是别问了，小心隔墙有耳。”

周叔一听，先去外面瞧了瞧，确定左右无人，才重新坐回来，叹道：“也罢，总之，不管夫人有何差遣，我都会尽量替您办到。”

殷蕙笑道：“我就知道您最靠得住了。对了，高老的身子如何了？”

周叔也笑了起来：“早好了，不劳夫人惦记。”

说完，周叔从怀里取出一封信，递过来道：“老爷去江南了，这是他出发前让我转交您的。先前王爷的病也不知道如何了，老爷怕直接送信过去给您添麻烦，特意交代我等您自己出来了，再给您。”

殷蕙赶紧打开信封。还好，祖父并没有什么要紧事，一来告诉她他去江南了，叫她不用牵挂，二来祖父也惦记着衡哥儿的周岁，准备了一份礼物。

殷蕙刚看完信，周叔就把那份礼物捧到了殷蕙面前。

殷蕙接过锦盒打开，里面是一沓厚厚的银票，银票上面还压着一个小盒子，里面是一枚光泽莹润的和田白玉观音吊坠。

殷蕙就笑了。

傍晚魏瞻回来，殷蕙将老爷子的这份礼物拿给他看。

魏瞻打开锦盒，先看到了那厚厚一沓银票，最上面的一张，面额千两。

不过，无论心里有什么想法，他脸上都一如既往地没有表情。

殷蕙知道他不会数，也不会问，便用口型告诉他：“十万。”

魏瞻皱眉：“衡哥儿还小，给这么多做什么？”

殷蕙笑：“祖父喜欢衡哥儿啊，而且周岁生辰是大日子，以后的小生辰肯定没有银票了，最多就盒子里这个。”

魏瞻这才打开那小盒子，看到了那白莹莹的观音吊坠。

殷蕙取出吊坠，轻轻把玩着，道“男戴观音女戴佛，告诉您吧，每年我过生辰，祖父都会送我一枚同样的佛像吊坠，直到我及笄为止。看样子，咱们衡哥儿以后也会收很多很多玉观音了。”

魏瞻：“敬佛重在心意。”

殷蕙只当他嫉妒，为了让他更嫉妒，殷蕙将提前准备好的一匣子佛像吊坠拿了出来，摆在他面前。

魏瞻扫了一眼，看到一片白光。一个小匣子就装了这么多顶级和田白玉，她真不愧是燕地第一富商家的掌上明珠。

“这种东西，以后自己看便可，别让旁人知道。”魏瞻担心她会忍不住向大嫂、二嫂显摆。

殷蕙才没那么张扬。她拿给魏瞻看，是想让他知道老爷子有多疼衡哥儿，魏瞻若有良心，以后见到祖父就该更尊敬些。

收起匣子之前，殷蕙挑了一枚佛像，戴在自己的脖子上。花瓣般娇嫩的雪白肌肤上贴着一枚白润润的佛，属于美人的媚让那佛都变得不再庄严。

入夜，魏曕好好地敬了一番这尊佛。

次日一早，殷蕙便赶紧摘下玉佛收起来了。这么好的东西，又是祖父的一番心意，不该毁在他手里。

转眼到了三月初九。

燕王府众人都汇聚到了澄心堂。

小寿星衡哥儿穿着一件大红色的褂子，在接近四郎却被四郎躲开后，衡哥儿就转向了三郎。

三郎虽然也开始去学堂读书了，但玩心仍重，很喜欢逗弄衡哥儿，小兄弟俩乐呵呵地玩成一团。

燕王笑眯眯地看着两个活泼可爱的孙子，见衡哥儿都能跑起来了，他忽然问四郎："你怎么不去追三郎？"

四郎下意识地去看亲爹。

魏昳连连朝这个儿子使眼色。

四郎这才去追三郎了，跑得很是拘束，像是必须应付的差事一般。

燕王干脆不看了。

吉时一到，魏曕亲自将衡哥儿抱到暖阁的榻上，这里已经摆了琳琅满目的各种喜庆物件。

魏曕、殷蕙站在中间的位置，其他男女客分别站在夫妻俩左右观礼。

燕王紧挨着魏曕，一边摸着胡子，一边等着看这个乖孙会抓什么。

殷蕙记得，上辈子衡哥儿抓了一把桃木小剑，寓意长大后会武艺高强，这辈子也不知道会不会有什么变化。

衡哥儿被亲人们围观着，在一堆物件中间走来走去，最后还是抓起了那把小木剑。

殷蕙笑了，看来儿子是真的喜欢习武。

魏曕已经开始畅想儿子长到六七岁时，他教导儿子练剑的画面。

燕王摸着胡子点头，乖孙习武好，最好像老三一样出类拔萃。

世子爷魏旸站在燕王身后，目光依次扫过三弟与父王的脸，又看向了自家大郎与三郎。

大郎抓周前，他特意叫人训练过儿子去抓印章，还提前试了三次，那三次大郎抓的都是印章，可真到了抓周当天，大郎竟然抓起一本书往嘴里塞！轮到三郎，反正不是长子，魏旸就没费事多管，结果抓周当日，三郎还不如哥哥，竟然抓了一个银元宝！

诚然，抓周代表不了什么，抓银子的孩子日后可能是个穷鬼，抓刀剑的孩子将来可能手无缚鸡之力。魏旸怕的是，万一五郎抓了印章，父王会觉得天命落在了三弟这一房。

幸好，五郎抓的只是一把剑。

月底这日，澄心堂的厨娘们天不亮就起来忙活了。除了早饭，她们还要预备好方便带出门的糕点，比如三爷爱吃酥脆酥脆的小酥饼、炸春卷，夫人爱吃绵绵软软的红枣糯米糕、软香糕，还要给五郎准备一些南瓜饼、红薯饼。

殷蕙也早早起来了。好不容易可以出门踏青，今日她可要好好打扮一番。

魏瞻挑开纱帐，就见她站在屏风另一侧，两个丫鬟正伺候她穿衣，忙碌中透着喜气洋洋，好像花丛中的两只小蜜蜂正围着一只蝴蝶献殷勤，夹带着些窃窃私语。

“三爷醒啦。”

“嗯。”

少顷，“小蝴蝶”绕过屏风飞到他面前，张开翅膀问他：“您瞧瞧，我这样穿好看吗？”

魏瞻的视线就从她的脸移到了她身上。

她穿了一件榴红底绣碧叶海棠花的褙子，那料子轻盈顺滑，偶尔随着她的动作荡起一丝涟漪，很快又恢复如初。红衣艳丽，衬托着一张白生生的美人面。

有的美人过于艳媚，眼中却无光彩，便如一抹浓浓的红，看多了会觉得腻。殷蕙不一样，她的脸再媚，那一双眼睛永远都清亮澄澈，叫人想到空山中潺潺流动的溪水，新雨后池塘里冒出来的荷花骨朵，抑或是夜深人静时天空中闪烁的璀璨星辰。

刚嫁过来时，她满脑子都是规矩，不知展现自己的美，如今她越来越从容自在，那美也自然而然地流露出来。

魏瞻心不在焉般点点头，一边站起来一边问她：“衡哥儿的东西都收拾好了吗？”

殷蕙笑道：“昨日叮嘱过乳母，我再去看看。”

说完，她转身离去，脚步轻盈，带动艳丽的裙摆像花一样绽放开来，真好像一只翩然飞舞的蝴蝶。

吃饭的时候，衡哥儿因为吃得既慢又多，又成了最后一个。

殷蕙趁机问魏瞻：“您去过东山吗？”

魏瞻：“不曾。”

父王对他们的管教非常严格，平时读书练武安排得满满当当，除非父王带他们出去，小时候魏瞻几乎没有离开过王府。大哥、二哥陆续当差后，父王对他们的管教稍微松了些，两人偶尔会带弟弟们出去吃席，但也只限于平城里面，不能轻易出城门，应该是怕弟弟们出事，不好向父王交代。

去年魏瞻进了卫所，倒是经常出城，但也只限于往返王府、卫所之间，不曾擅自去游山玩水。

殷蕙笑道："我出阁前，每年都要去东山几次。东山其实不高，里面修了好几条山路，通向里面各个山头，但有一条山路是在山脚下绕了一圈。游人们基本都是去山上赏花或去寺里上香的，很少走下面的山路，所以特别适合跑马，有的公子哥专门在那里跑马比赛呢。"

魏瞻看着她："你会骑马？"

殷蕙要了个小聪明："以前会骑，但如果您不高兴我会骑马，以后我就不会骑了。"

魏瞻轻嗤一声，只觉得她恢复本性之后，胆子越来越大了。

殷蕙敢这般与他说话，也是一步步试探的结果。正因为魏瞻没有计较，她才越来越放得开。

趁乳母专心照顾衡哥儿，金盏、银盏也都规规矩矩地垂眸站着，殷蕙悄悄用鞋尖碰了碰魏瞻的靴子。

魏瞻皱眉。

殷蕙讨好地笑道："如果您想去山路上逛逛，我可以给您当向导，保证不会迷路。"

言外之意，她想跑马了。

魏瞻看向衡哥儿。

殷蕙道："晌午咱们在寺里吃完斋饭，衡哥儿肯定要睡一觉，咱们就趁他睡觉的时候去，那时候山路上人更少了。"

魏瞻这才默许了。

衡哥儿突然朝爹娘叫了一声："马！"

殷蕙笑他："你还小，等你长大了爹爹再教你骑马。"

衡哥儿踢踢小脚，吃完饭就不肯再乖乖坐在餐椅上。

一家人这就出发了，除了几样糕点、小吃与茶水，剩下的就是殷蕙的一套男装以及衡哥儿的一堆东西。

依然是下人们先把东西送到东华门外的马车上。

澄心堂这边下人来回走动，颐志堂、畅远堂那边都得到了消息。

世子爷魏旸笑道："老三最近越来越像老二了。"

魏昳宠纪纤纤，这是整个燕王府都知道的事。

徐清婉看着外面碧蓝无云的天空，很想道句春光好，适合踏青，又怕丈夫觉得她也想出去走动，便只是笑了笑。

大房夫妻俩沉得住气，畅远堂这边，纪纤纤一听说三房要出去玩，她也急了，对魏昳道："咱们也去！"

魏昳平时当差，今日好不容易得个清闲，只想待在家里，更何况……

"上次休沐我不是陪你出去了？"他道。

纪纤纤："上次咱们没带二郎、四郎，这次也带上。"

魏昳更不可能答应。陪纪纤纤就够累了，再加上俩孩子，简直要他的命。

"爱去你去，我哪儿都不去。"

纪纤纤非要他去，魏昳就往柳姨娘那边走，两口子拉拉扯扯的时候，殷蕙、魏曕等人已经从他们门口走过去了。

这次出游，澄心堂预备了两辆马车，殷蕙一家三口坐一辆，乳母与丫鬟们坐一辆。

出了城门，魏曕不再半遮半掩，完全打开帘子，陪着衡哥儿往外看。

衡哥儿看得如痴如醉，一句话都不说。

殷蕙道："你看，衡哥儿多喜欢出门玩。"

魏曕："做什么都要适可而止。"

再喜欢的东西也不能任性胡来，所以他不会因为儿子喜欢就经常出府，成了兄弟们中的独一份，引人议论。

殷蕙听了，想到其他几房基本都在王府里待着，魏曕这次肯破例，实属难得，她不该再得陇望蜀。

"您说得对，我不该得意忘形。"殷蕙伸手扯了扯他腰间的玉佩，小声认错。

魏曕没有怪她，只是提醒她，他们既然享受了父王赐予的皇亲身份，受百姓敬重，便也该遵守父王定下的规矩。

魏曕捏捏她的手，算是安抚，便专心扶儿子了。马车偶尔还是会颠簸一下，不看紧点儿，他怕小家伙掉出去。

半个时辰后，东山到了，正是阳光温暖而不耀眼的赏花好时候。

魏曕抱着衡哥儿，殷蕙戴着面纱，一家三口走到半山腰，挑了一处比较幽静的地段，便不再往上攀爬。

"您抱了一路，坐着休息一会儿吧。我带衡哥儿四处逛逛。"殷蕙牵着衡哥儿道。

衡哥儿长得好，魏瞻抱着他爬了这么久的山，的确出了汗，于是坐下交代道："别走太远。"还让长风跟着母子俩。

山间微风吹拂，时停时歇，桃花已经开到了尾声，偶尔有几片花瓣随风飘落下来，地上已经铺了密密一层。

魏瞻仔仔细细地擦了一遍汗，再喝一口水，目光始终跟随着远处的妻儿。

在一片桃粉中间，她身上的榴红褙子十分显眼。她一会儿牵着衡哥儿走路，一会儿抱起衡哥儿摘花瓣，娘俩的面容也在树影间若隐若现。

后面的山路上不断有人语声传过来，有年轻的公子哥们结伴而游，也有身穿彩裙的少女们发出欢声笑语，带幼童上山的倒不多。

休息够了，魏瞻去寻母子俩。

"爹爹！"衡哥儿手里攥着一小枝桃花，举给爹爹看，"桃！"

魏瞻蹲下，刚要接花，衡哥儿往他身上一扑，举着手要把桃花戴在爹爹头上。

魏瞻想到什么，抬头去看殷蕙，只见她也笑着看了过来，头上插着一枝粉嫩嫩的桃花，却是人比花娇。

魏瞻默默收回视线，按住儿子的小手道："爹爹不戴，男子都不戴。"

衡哥儿不懂。

魏瞻抱起小家伙走到别处，转移儿子的注意力。

赏花赏了一个时辰，走走停停的，来到东山寺时，殷蕙竟然有点儿累了，只想躺在客房里好好歇个晌。

魏瞻提前让长风在寺里订了一间僻静的客院，一家人洗洗脸，僧人们便把午饭端了过来。

衡哥儿吃到一半，居然靠在乳母怀里睡着了。

"抱下去吧。"殷蕙觉得好笑，原来儿子才是最累的那个。

等乳母退下，殷蕙敲敲自己的腿，对魏瞻道："您还想跑马吗？"

魏瞻看她一眼，"嗯"了一声。

殷蕙："那您自己去成吗？"

魏瞻吃了一口素菜，淡淡地说道："我对这边的路不熟。"

她自己说的，要给他当向导，免得迷路。

殷蕙其实也想去的，就是现在她太累。如今被魏瞻一催，她也就将疲惫抛到天边，痛快地做出了选择，吃完立即去内室换了男装。

魏瞻慢慢地品着茶，门一响，他抬眸看去。

殷蕙准备的男装倒是没什么稀奇，只是当她把长发全部束起，属于女子的艳丽仿佛也全部收了起来，只剩那份让人在酷暑时节也会觉得心旷神怡的清新灵秀。此时的她，倒显得比殷阆还要小两岁。

魏瞻又想到了十三岁的五弟魏暻。若是遇到卫所里的熟人，他假称她是五弟，那些人大概也不会怀疑，只会诧异五弟怎么长得这么俊。

“出发吧。”

魏瞻放下茶碗道。

殷蕙笑着随他往外走。

今日出行，魏瞻带了两匹马，他也只有这两匹，都是父王送他的。一匹矮小，乃是他十岁那年，父王专门挑来让他学骑马用的；一匹是他十八岁个子长成了，父王送他的草原骏马。

其他几个兄弟也是一样。虽然嫡庶有别，父王对他们却一视同仁，没有特别偏爱谁或冷落谁。

骏马他自己骑，矮小的那匹给殷蕙骑，两匹马站在一块儿，仿佛一对父子。

殷蕙小声嘟哝道：“我怎么可能跑得过您？”

其实她也有一匹马，非常漂亮，通体雪白，没有一丝杂色。只是她要嫁进燕王府做贵妇，不好让人知道她会骑马，那匹马也就一直留在殷家，没机会带过来。

魏瞻已经上了马，见她一脸嫌弃，道：“跑马怡情，不是要比输赢。”

殷蕙拍拍马背，身姿敏捷地跨了上来，坐正了后对他道：“比输赢我也不怕您，只是得骑我自己的马。”

说完，她又看向魏瞻胯下的马。

魏瞻看出了挑衅意味，也听出了她的激将法，却故意不理会，驱马沿着山路慢慢往下跑去。

他不接话，殷蕙只好直接问出来：“那马跟了我三年了，一直留在殷家，我想它，它也想我。您看能不能牵过来，与您的马放在一起养？”

魏瞻想到了殷墉的做派。衡哥儿才周岁就给了十万两，殷氏是老爷子的掌上明珠，送的马又会是何等宝马？

万一牵过来，把他们几兄弟甚至父王的马都比下去，那是害她。

“等我见过再说。”

他没有直接拒绝，殷蕙便笑出声来：“好，我跟周叔打声招呼，让他趁您回城的时候把马牵到城门口。”

如果两匹马旗鼓相当，殷蕙或许真会冒出与魏瞻比赛跑马的念头，但是现在，本来人就比魏瞻矮，马再矮一头，殷蕙哪还有什么比赛的心情？

她甚至都想与魏瞻背道而驰，免得像个孩子似的跟在他的高头大马后。

魏瞻走在前面，能听见后面嗒嗒的马蹄声，知道她一直跟着，他便欣赏起山里的风景来。至于跑马，他每天去卫所都是骑马去的，想跑随时可以跑，还用特意来这边？

不过是纵容她一回罢了。

山中多树，连绵的新绿中偶尔出现几抹花红，春日阳光温暖，鸟雀们三三两两地聚在一起，追逐鸣叫。

他重在赏景，殷蕙对熟悉的山景没有太大兴趣，恰好一阵风吹来，殷蕙忽然起了兴致，一甩缰绳，超过魏曕，冲了出去。

她并不想比赛，但跑马总比慢慢走有意思。

马跑起来，迎面的风也大了，殷蕙在马背上轻轻颠簸，觉得自己仿佛变成了一朵云，逆风而行。她越跑越快，眼里只有远处的蓝天和近处的山路。

魏曕保持两个马身的距离跟在后面，视线也从两侧的风景移到了她身上。别看她的马矮，人也单薄娇小，那意欲乘风而去的气势却不输男子。

魏曕忽然想起有一次他与大哥、二哥吃席，二哥魏昳对南北两地歌姬的点评。二哥说，南地歌姬更娇，更柔，说话软绵绵的，燕地歌姬更飒爽一些，唱的曲儿自带一种豪情，夜里也更放得开。

魏曕没碰过任何一地的歌姬，王府家宴时常也会有歌姬献舞，魏曕也没有特意去分辨两地歌姬的差别。

殷氏是他唯一的女人。

他去京城之前，夜晚的殷氏温柔似水，他从京城回来后，她的性情变了很多，白日不再拘谨，夜里也经常抓他两把。此刻再看她策马奔驰的身姿，魏曕忽然觉得，她骨子里的确有几分豪爽。

两匹马拐了个弯，前面的山路上突然出现五匹骏马，马背上的男子个个锦衣华服。

并不是很宽敞的山路上，五人并肩排开，阻挡了去路。

殷蕙放慢速度，回头看向魏曕。

魏曕跑到她前面，示意她跟紧自己，再继续往前。

那五人已经调转马头，同时打量起两人来，其中一人指着魏曕的马震惊地说道："那是不是草原名马白蹄乌？"

白蹄乌？

落在后面的殷蕙再次看向魏曕的坐骑。那马全身毛发乌黑如缎，只有四只蹄子是白色的，刚看到它时殷蕙还暗暗遗憾，觉得这马如果蹄子也是黑的就更漂亮了，没想到这马居然还是名马。

殷蕙虽然生在巨富之家，见识远超普通百姓，可她对马种并没有什么研究。

看过马，殷蕙再去看前面那五人，当她的目光落到其中一张俊朗的脸上时，不由得一惊。故人重逢的喜悦刚浮上心头，猛地又想起此时时机不妥，殷蕙垂下眼帘，尽量隐在魏曕身后。

魏曕挡在前面，神色冷淡地扫视那五位富家子弟，察觉其中一人在看向他身后时，神色一怔。

对面的五人确实都是平城的富家公子，今日约好来游山跑马。他们的坐骑在平城已属好马，如今却看到一个陌生的公子骑着传说中的名马，其中一个穿蓝衣的公子便生起一较高下之心，正要上前挑衅，却被人从后面抓住手腕。

那人回头，见是谢怀安，好奇地问道："谢兄拦我做何？"

谢怀安摇摇头，低声道："能骑白蹄乌的人，应该有些来历，你我还是不要招惹的好。"

蓝衣公子有些不高兴，只是谢怀安的家世比他家好，他得给谢怀安面子，于是朝另外三人使了个眼色，将山路中间让了出来，然后再去看骑着白蹄乌的冷面男人。

按照情理，他们既然把路让开了，对方怎么也该抱拳或点头致谢，然而魏曕只是冷着脸穿梭而过。

殷蕙紧追上去，目不斜视。

"怎么回事？这两人也太横了吧？咱们给他们让路，他们居然没有一点儿表示？"

蓝衣公子对着两人飞驰离去的背影气愤地叫道，作势就要骑马追上去。

谢怀安警告道："他们是郭将军家的亲戚。"

蓝衣公子扬起的马鞭马上放了下来，背后冷汗淋漓："郭将军？"

燕地只有一位郭将军，便是十万禁军的将领郭啸。

经商的最怕当官的，别说郭将军了，他们就是看见了平城的知府，也得恭恭敬敬的。

"哪家亲戚？谢兄又如何认得的？"

面对同伴们的询问，谢怀安只是摇摇头，谨慎地说道："还是不要打听了，免得祸从口出。"

蓝衣公子等人只好作罢。

离开之时，谢怀安又朝身后看了一眼，面上浮现苦笑。

"那里面有你的旧识？"绕过一个山头，魏曕突然放慢速度，问殷蕙道。

他还是那张冷脸，可殷蕙莫名感觉他不太高兴。想来也是，堂堂皇孙被人拦路挑衅，虽然对方很快就识趣地让开了，他还是会生气吧？

谢怀安阻拦蓝衣公子的动作那么明显，殷蕙无法撒谎，解释道：“穿白袍的公子叫谢怀安。我曾祖母便是谢家女，我祖父与谢怀安的祖父是亲表兄弟，两家关系一直都挺好的，所以我与谢怀安从小就认识，他大我三岁，是我表哥。”

魏瞻的脸色并没有任何缓和。

殷蕙安抚道：“怀安表哥为人稳重守礼，您也看见了，刚刚他明明都认出我了，也猜到了您的身份，都没有贸然相认，过后他肯定也不会对那些人说的。”

魏瞻的脑海里便浮现出谢怀安认出她时的眼神。

“衡哥儿该醒了，回去吧。”魏瞻突然勒住缰绳，不容拒绝道。

殷蕙只好挑了一条最近的山路，与他提前返回东山寺。

衡哥儿还睡得很香，甚至还打着小呼噜，金盏都没叫醒乳母，耳朵贴着门板听了听，就来复命了。

殷蕙看向魏瞻。

魏瞻冷声道：“等他醒了再动身。”

殷蕙便让丫鬟们备水，她要擦脸。睡也睡不了多久，殷蕙索性坐到椅子上，正要叫银盏帮她解开发髻，魏瞻进来了，叫两个丫鬟下去。

殷蕙目不转睛地看着他。

魏瞻走到她面前，抬手摸了摸她头顶的男子发髻。

就在殷蕙不明所以的时候，男人温热的大手突然顺着她侧脸往下移，熟练地撑开她领口。

明明那么冷的人，却能面不改色地做这种动作。

时间根本不容许，殷蕙紧紧捂住他的手：“您就不怕佛祖看见吗？”

魏瞻另一手抓住她的肩膀将人提起来，在她头顶道：“已经见过了。”

殷蕙就想起了那晚佩戴的佛像吊坠，如果那吊坠真能把人间发生的一切禀报给天上的佛祖，魏瞻大概已经被佛祖用雷劈焦了。

不知过了多久，隔壁房间传来衡哥儿的笑声，小家伙醒了。

殷蕙被他捂着嘴，只能用眼睛提醒他。

又过了一盏茶的工夫，魏瞻衣衫齐整地去了外间。

金盏、银盏守在外面，两人面面相觑。进去伺候夫人吧，可刚刚好像听到一点儿动静。念头刚落，里面传来了夫人的声音，叫她们去伺候。

二人前后入内，就见夫人穿着中衣坐在寺院客房简陋的梳妆台前，男子发髻依然整整齐齐，只有一张脸红得像喝醉了酒，眼波亦残留几分迷离。

“梳头吧。”殷蕙有气无力地说道，桌子下一条腿还隐隐发抖。

等她换成女装，戴着面纱走出来，就见魏瞻抱着衡哥儿，神色已经恢复如初。

回城的路上，魏瞻仍然陪衡哥儿看外面的风景，殷蕙靠在另一边困得睁不开眼睛，睡又睡不踏实。

魏瞻偏头看了她几次，见她脸上他留下的手掌压痕已经消失了，放下心来。

马车沿着原路返回，最后停在了燕王府的东华门外面。

殷蕙面色如常，只是下车时，那条腿还没缓过来，落地时差点儿跌倒。

魏瞻的大手及时扶了过来。

殷蕙抬头，狠狠地瞪了他一眼。

魏瞻移开视线。

也不知是白天吃过了，还是他自己心虚，这晚魏瞻睡在了前面。

那边，燕王却很有兴致，来了李侧妃的院子。

李侧妃殷勤地伺候了他一番，一起沐浴时，李侧妃绕了绕发丝，与燕王闲聊道："我听说，今日老三陪殷氏出去赏桃花了。这小两口真是越过越甜蜜了，想来是殷氏仗着为您治病立了功劳，央老三陪她去的。不然以老三的冷性子，怎么会想到这一出？"

燕王歪头擦着肩膀，漫不经心地说道："再冷也知道疼屋里人，陪着逛一次又算什么？再说了，不是还有老二给弟弟们做榜样？"

这话好像藏着别的意思，李侧妃不爱听了："您是说老二宠纤纤吗？可纤纤是名门贵女，殷氏哪里能跟纤纤比？"

燕王挑眉："都是燕王府的儿媳妇，怎么就不能比？"

李侧妃刚想指出殷氏的商女身份，忽然对上了燕王变冷的眼神。

虽然并不觉得自己说错了什么话，李侧妃还是乖乖地闭上嘴巴。

燕王哼了一声，沐浴完毕穿好衣裳，直接带着海公公回勤政殿去了。

李侧妃眼巴巴地站在院门口，直到燕王转了弯，彻底不见了身影，她才气恼地跺脚。什么人啊！越老越混账，提起裤子就翻脸！

澄心堂，自从在寺里胡闹了一场后，魏瞻一连数日都没在后院歇了，晚饭倒是会过来吃。

殷蕙猜不透他是在反思己过，还是算准了她的月事。

初七这日见过周叔后，傍晚魏瞻来用饭，殷蕙趁机提醒他道："我跟周叔说了，让他明天傍晚牵马去城门口等您。"

魏瞻手里拿着兵书，头也不抬地"嗯"了一声。

殷蕙："您不认识周叔也没关系，我的马很好认的，通体雪白，没有一根杂毛……"

魏瞻终于看了她一眼："知道了。"

总之，哪匹白马看起来最值钱，就一定是她的。

次日黄昏，魏瞻从卫所回来，骑马进了城门，放眼一扫，在左边街上发现了一匹白马，白得全身好像都在发光。

皮毛如此顺滑，既得是好马，又得是得到了精心照料。

魏瞻驱马靠近那匹白马。

周叔见了他，连忙堆起笑脸，然后谨遵夫人的嘱咐，任凭三爷看马，绝不啰唆一句。

殷蕙这匹马虽然也是草原马，价格昂贵，但品种并未排在草原名马之列，只是毛色十分漂亮，讨姑娘们喜欢。

魏瞻朝长风使了个眼色。

长风跳下马背，从周叔手里接过白马的缰绳，便跟着主子回府了。

事情办得顺利，殷蕙看魏瞻总算顺眼起来，不再记那日寺里的账。

这晚，魏瞻留在了后院。

# 第十五章

四月便是夏天了，阳光一日比一日晒，到了下旬，殷蕙便在魏瞻的脖子上发现一条明显的分界线，下面白皙如玉，上面偏黑。

只是，魏瞻早出晚归，都是太阳不热的时候。

“白天您在卫所，也要经常晒太阳吗？”殷蕙摸了摸他的脖子，问。

魏瞻道：“今年端午，父王命三个护卫所之间举办一场龙舟赛，最近我要带人去河边操练，晒得多些。”

殷蕙很是惊讶。

上辈子燕王府从来没举办过什么龙舟赛。

平城乃北地要塞，更北面的边关三年一大战，两年一小战，总是牵绊着燕王的心。殷蕙出嫁前便有战事，局势紧张，不然燕王也不会跟祖父要银子。也就这两年安稳些，明年便又有战事了。歇一年，打一年，好不容易敌国消停了，马上又是本朝内的事，件件都让燕王操心，连妻妾的院子都很少踏足，哪里有闲情逸致举办什么龙舟赛。

不过，上辈子的四月，燕王还在养牙，这辈子早就好了，心情不一样，想法也不一样，倒也没什么稀奇。

“您会参加吗？”

“嗯，一共五支队伍，父王会在王府侍卫里面挑出十人，西北护卫所由我指挥，四弟也会带一支队伍参赛。”

殷蕙觉得这事挺有意思，干脆用手支着脑袋，看着他那边问了起来：“四弟哪来的人？”

既然三个护卫所都会出一支队伍，四爷魏昡肯定不可能从护卫所里挑人了，王府侍卫也都是燕王的人马。

魏瞻道：“父王让四弟去郭家找人。”

殷蕙懂了。郭将军膝下便有三个儿子，如今都在二十左右的年纪，再从将军府的侍卫里挑几个，轻轻松松就凑够人手了。

“在哪里比？”

“内城河。”

平城有两条护城河，一条在平城外面，一条在燕王府，内城河便是指代燕王府的这条。

内城河宽五丈深三丈，足够五条龙舟齐头并进了。

殷家的商队走南闯北，老爷子殷墉也曾多次近距离瞻仰京城与三大藩王的王宫。殷蕙就听祖父说过，三大藩王的王宫完全是仿造金陵皇宫的格局建造的，规格次一等。别看燕王府已经够气派了，西北的秦王府比燕王府还要气势恢宏，而且至今还没有完全建好。

后来，殷蕙也随魏瞻去了金陵皇城，只是一去那里他们夫妻俩就住在蜀王府了，或许金陵的皇宫比燕王府气派，可那小小的蜀王府，跟燕王府完全没法比。

“既然就在咱们王府，我们女眷可以去看吗？”

“那要看父王的意思，我们只知道要赛龙舟。”

说完，魏瞻偏头，哪怕灯已经熄了，他仍能看清她眼眸中的神采。她的心思可能都飞到龙舟赛上了，哪里有一点儿要睡觉的意思？

可魏瞻困了，白日操练，身体疲乏，刚刚又与她来了一回，那酣畅余韵更加助眠。

“睡吧，有话明早再说。”

他翻了个身，用后背对着她。

熟悉的字眼拉回了殷蕙的思绪，她看向魏瞻背影的眼神也复杂起来。

只要他困了，就什么都要留到明早再说，赛龙舟的趣事如此，纳温如月做妾的大事也如此。可真到了明早，他紧锣密鼓地洗漱、更衣、用饭、离开，哪里还有时间再说？

爱说不说，她也懒得问了，左右到了端午，消息就会在王府传遍。

殷蕙重新躺下，也背对着他睡了。

四月底，殷蕙带着衡哥儿去徐王妃那里请安。

徐王妃还没到，见衡哥儿要去找三郎玩，殷蕙就放小家伙去了。

天气热，穿得少，衡哥儿的行动更加敏捷，不但走得很熟练，跑起来也不怎么会摔了，只是跑得摇摇晃晃，像只小鹅。

以前衡哥儿最喜欢找四郎，但四郎好静不爱动，总是躲着衡哥儿，再加上三郎喜欢他，衡哥儿遂与三郎成了好伙伴。

“看，这是蛐蛐。”

三郎牵着五郎走到厅堂东南的角落，仿佛这样大人们就看不见似的，再从袖子里掏出一个小小的竹筒，让衡哥儿看。

徐清婉看向三郎的乳母。

乳母额头冒汗。三郎调皮，每次来请安前她都会千叮咛，万嘱咐。最近三郎喜欢玩蛐蛐，走到哪里都带着，今日过来时她还特意检查了一遍，哪里想到竟然还是被三郎藏了蛐蛐带过来。

乳母想请罪，此时却不是时候，只能深深地低下头。

纪纤纤笑起来，对殷蕙道：“三弟妹怕蛐蛐吗？反正我怕，黑乎乎的大虫子怪吓人的。现在五郎被三郎带起了兴致，你就做好五郎向你要蛐蛐的准备吧。”

这话其实是在嘲笑徐清婉没教好三郎，竟让三郎带了蛐蛐来这里。

殷蕙没有理会她，只有些担心地看着衡哥儿。蛐蛐那东西乍一看确实吓人，儿子还没有接触过什么虫子，会不会被吓到？

三郎的竹筒盖子上有个透气的小孔，衡哥儿凑过去看。

不知道是没看见还是怎么着，衡哥儿脸上没有表露出什么稀奇的样子，三郎急了，干脆打开了盖子。

这下好了，衡哥儿刚要再看，一个拇指长短粗细的黑蛐蛐跳了出来。众人只见黑影一闪，再去找，那蛐蛐竟然是朝女眷们这边来了。

纪纤纤是真怕蛐蛐，见状惊叫一声，跳起来就往门外跑，花容失色。

二郎自从去年被祖父惩罚禁足，出来后老实了不少。可他骨子里就是个皮的，眼看蛐蛐跳到自己这边，他立即将规矩礼仪抛到了脑后，弯着腰去抓蛐蛐。

“我的，不许你抢！”三郎跑过来，加入了捉蛐蛐大赛。

四郎的乳母赶紧抱起四郎，怕四郎吓到。

眼看衡哥儿也要去抓蛐蛐，殷蕙飞快朝自家乳母使个眼色。

乳母便从半路拦住衡哥儿，聪明地说些话转移衡哥儿的注意力。于是衡哥儿也没有哭闹，聚精会神地看哥哥们扑来扑去，当三郎不小心扑到二郎的背上，又被二郎使劲儿掀到一旁，衡哥儿突然咯咯笑了起来，笑得跟大人听了什么极品笑话一样，都要喘不过气来了。

徐王妃还在屋子里就听到了衡哥儿的笑声。

她轻轻摇了摇头。五郎这孩子，别说王爷了，她也喜欢，别的孩子就没笑得这么欢过。

等徐王妃出来，二郎、三郎已经被丫鬟、乳母们分开了，只是蛐蛐不知跳到了哪里。

“老二媳妇怎么待在外头？”

徐王妃坐上主位，先看向躲在院子里朝里面探头探脑的纪纤纤。

徐清婉淡淡地笑道：“三郎调皮，带了只蛐蛐过来，没管好跑出来了，二弟妹害怕。”

可能是猜到她在说自己的坏话，纪纤纤白着脸庞进来了，视线忍不住地在地上找来找去，突然，她往殷蕙身边一躲，指向三姑娘魏楹的椅子下方。

魏楹一低头，就见那只蛐蛐一动不动地趴在她的椅子腿旁边。

魏楹悄悄弯腰，再探手一捏，抓住了。

“三姑姑真厉害！”

三郎跑过来，大眼睛崇拜地仰望着魏楹。

魏楹笑着将蛐蛐放回他的竹筒，再摸摸小家伙的脑袋：“以后只能在园子里玩，不许带到屋里来，记住了吗？”

三郎用力点头，心满意足地退回母亲身后。

纪纤纤终于放心地回了座位。

徐清婉温声道：“二弟妹没事吧？这事怪我没管好三郎，回头我会教训他的。”

纪纤纤丢了人，暂且也没有斗气顶嘴了，只喝茶压惊。

等厅里平静下来，徐王妃道：“端午王爷会在内城河上举办龙舟赛，王爷、老三、老四都会参加，王爷还叫我带上你们去观赛。此外，王爷还请了一些官员及其女眷前来同乐，你们身为王府内眷，注意点儿仪态。水边蚊虫多，怕虫子的先在香囊里放点儿驱虫药草，免得再闹出笑料。”

闻言，纪纤纤那张漂亮的脸蛋立即红成了猴屁股。

徐王妃：“好了，天气热，趁现在还凉快，都回去吧。”

众人离席告退。

一走出徐王妃的院子，纪纤纤就对徐清婉阴阳怪气起来：“大嫂运气就是好。

如果今日父王在，发现三郎闯了祸，免不得也要禁足几日。”

徐清婉神色平和道：“三郎固然有错，二弟妹还是不要随意揣摩父王心意为好。”

纪纤纤咬唇，低头去瞪三郎。

三郎哪里会怕她？他扮了个鬼脸，舌头往外吐，眼珠往上翻。

衡哥儿趴在乳母的肩膀上，睁大眼睛好奇地看着这一幕。

傍晚，魏瞻回来了。

今日本该休息，可为了即将到来的端午龙舟赛，魏瞻还是去了城外的河边。

民间也有龙舟赛，最近河面、河边都十分热闹。

忙忙碌碌，魏瞻不知出了多少汗，身上的袍子被汗水打湿，又被阳光晒干，反反复复，他自己闻着都受不了，一回澄心堂便让水房直接送两桶凉水过来。

常年习武的男人，夏日都是用凉水洗澡。

洗完了，身上清爽了，魏瞻才去了后面。

殷蕙娘俩在书房。

最近衡哥儿对笔墨很有兴趣，殷蕙也舍得拿出来给儿子祸害。魏瞻跨进来时，就见她扶着衡哥儿站在椅子上，衡哥儿手里攥着一支毛笔，白白净净的脸蛋上沾了几点黑漆漆的墨。

魏瞻的眉头便皱了起来，责备殷蕙道：“他不懂事，你也胡闹？”

殷蕙：“等会儿洗干净就好，又不费事。”

魏瞻还想训她，忽见儿子朝他翻了个白眼，黑黑的眼珠往上滚，露出两片眼白，滑稽又……可爱。

魏瞻难以置信地看着衡哥儿。

衡哥儿又朝爹爹翻了一个白眼。

魏瞻又好笑又好气，绷着脸问殷蕙：“你教他的？”

殷蕙有点儿糊涂了：“教他什么？写字？”

魏瞻便把衡哥儿抱到自己怀里，让儿子再翻一次给她看。

衡哥儿咧着小嘴笑，又翻了一记白眼。

殷蕙都呆住了。小家伙从哪里学来的？

站在一侧伺候的金盏想起什么，猜测道：“是不是跟三郎学的？上午从王妃那里请安回来，路上二夫人瞪三郎，三郎朝二夫人做了一个鬼脸。”

殷蕙恍然大悟，笑着去戳儿子的小脸蛋：“做鬼脸不好看，以后不要再学了。”

衡哥儿觉得好玩，又来。

殷蕙无奈地看向魏曕。

魏曕皱眉教训儿子："不许再学。"

衡哥儿继续。

魏曕抿唇，视线移开，看到桌面的大纸上，除了衡哥儿乱画的弯弯道道，还有"端午""粽子""龙舟"几个应景的词。

殷蕙面露得意，指着其中一个字问衡哥儿："这个是什么？"

衡哥儿忘了白眼，脆生生道："龙！"

殷蕙再去看魏曕。

魏曕默默将反对的话咽了下去。

殷蕙忽然发现，魏曕这人有点儿枉己正人。明明刚刚一进来就责备她不该纵容衡哥儿玩墨水，结果这会儿他竟然自己上了，一手扶着衡哥儿的肩膀，一手抓着衡哥儿的小手带他写字。

银盏端了一盘樱桃进来。

这樱桃是从山东送过来的。那边的樱桃长得好，年年都会作为贡品上供。皇上念着就藩的三个儿子，命当地官员每到樱桃成熟时，分别也送一批去三位藩王那里，免得送到京城他再发往各地，让樱桃坏在路上。

燕王收到樱桃后，命人放到冰库存着，每日分别给各院送一篮子，按照一个主子一斤的份例。

樱桃圆圆的，个个都有铜钱那么大，送到澄心堂后也拿冰镇着，要吃的时候用水洗一遍送上来，清清凉凉的挂着水珠，新鲜诱人。

殷蕙擦过手，拿起一颗樱桃剥开，去了核后再撕成几小块儿，一块一块地送到衡哥儿嘴边。

衡哥儿乖乖地张开嘴巴，吃得津津有味。

基本上衡哥儿吃完一颗，殷蕙能吃两颗。

这次殷蕙再喂儿子时，就见魏曕看了她一眼。

大热天的，他刚从外面回来，面对这些酸甜可口的樱桃，不馋才怪。

殷蕙朝两个丫鬟使了个眼色。

金盏、银盏退下后，殷蕙又剥了一颗樱桃，去掉核后站起来，递向魏曕。

魏曕张开嘴。

殷蕙却缩回手，一边将樱桃丢到自己嘴里，一边坐回椅子上，委委屈屈地斜了他一眼："是想喂您，可一想到我花心思教衡哥儿认字，您却又数落又瞪眼睛的，便不想喂了。"

魏曕倒也不是非要吃那樱桃，只是，看她露出这种委屈样，他沉默片刻，解释道：“我以为你们只是在浪费纸墨。”

殷家银子多，衡哥儿也跟着得了一笔滔天财富，魏瞻很担心这孩子会不会养成一个纨绔。

殷蕙更不爱听了：“在您眼里，我就那么不懂事？”

魏瞻抿唇。

殷蕙看看窗外的天色，从他怀里抢过儿子：“快用饭了，我带衡哥儿去洗手，您慢慢用。”

衡哥儿还没玩够墨水，不过听娘亲说要吃晚饭了，小家伙就乖乖让娘亲抱走了。

魏瞻看了一眼两人的背影，再去看那盘樱桃，忽然觉得她不是不懂事，只是胆子越来越大，敢戏弄他，敢顶嘴，还敢摆脸色。

右手沾到了衡哥儿手上的墨，魏瞻心不在焉地用左手捏了两颗樱桃，第一颗吃着新鲜，第二颗便觉得平常起来。

猜测娘俩快洗完手了，魏瞻端着盘子去了厅堂，正好看见金盏挑起门帘，衡哥儿扶着门框抬腿跨了出来。

“樱桃！”衡哥儿开心地跑到爹爹身边。

魏瞻手还脏着，让乳母先照顾衡哥儿吃樱桃，他去了内室。

殷蕙还在等着洗手，刚刚一心搓儿子的小黑手了，需要银盏换盆水。

见到魏瞻，她垂下眼帘。

银盏换了水，看了一眼三爷，识趣地退下了。

殷蕙弯腰洗手，余光看到他走到洗漱架旁边，突然朝她伸出左手。

殷蕙下意识地往后躲，却见魏瞻展开的手心里，躺着一颗已经去了核的樱桃。

她看向魏瞻。

魏瞻：“赔礼。”

做错事，得罪了人，才需要送上赔礼道歉。

对于他这样天生冷脸又惜字如金的男人来说，这般便等于向殷蕙低头了。

殷蕙顿了顿，凑过去，轻轻将那颗樱桃咬了过来。尽管她够小心了，嘴唇还是碰到了他手心。

她有些不自在，一边默默嚼樱桃一边继续洗手。

魏瞻用左手卷起右边的袖子，可右手是脏的，不能再动，导致左手的袖口宽宽松松垂下来。就在此时，殷蕙突然拉下他的右手放入水中，像帮衡哥儿那样替他搓起墨汁来。

她垂着脸，一缕细细的发丝从耳后落下来，因为搓得用力，她的侧脸泛起红来。

换了两次水，两人的手都干净了。

“开饭吧。”擦干手，殷蕙朝外走去。

魏瞻跟上。

乳母看到他们，笑道：“五郎连着吃了三颗樱桃了，剩下的三爷与夫人都吃了吧，我怕五郎吃多了闹肚子。”

殷蕙瞧着衡哥儿嘴边的果汁，终于又笑了出来。

樱桃留着饭后吃，乳母怕衡哥儿惦记樱桃，吃完饭就把衡哥儿抱走了。

殷蕙将樱桃摆到魏瞻面前：“我们白天都吃过了，您在外面风吹日晒的，多吃点儿吧。明早出发时带上一兜，路上解渴。”

魏瞻：“我不好这些，留着你们吃吧。”

殷蕙回想上辈子那十年，魏瞻在饮食上的确没什么讲究，好像饭菜好吃与否在他眼里都一样，能吃饱就行。

“一天三斤，我与衡哥儿能吃多少？您就当零嘴吃。再说了，我听说多吃瓜果能增白养颜，瞧瞧您，最近都晒黑了。”

殷蕙坚持让他吃。

魏瞻只好将剩下的大半盘樱桃都吃了。

夜里殷蕙去沐浴时，魏瞻走到她的梳妆台前站了一会儿。西洋镜中，男人俊美冰冷的脸上神情莫测。

端午这日，平城的百姓们都涌去城外看民间的龙舟赛了，少有人知道燕王府里也会举办一场赛龙舟。

因为要参加龙舟赛，魏瞻早早就起来了，要去内城河边与西北护卫所的龙舟队伍会合。

殷蕙带着衡哥儿，吃完早饭立即去了徐王妃那里。

等内眷们都到齐了，徐王妃便率领众人朝东华门走去。

内城河环绕在燕王府内、外两重宫墙之间，靠近内墙这一侧，修建了多处亭台楼阁，岸边垂柳依依，水面上荷叶田田。内城河战时用于防护王宫，平时则是一处赏景的好去处。

东华门外的拱桥将内城河东段一分为二，今日女眷与孩童们会在桥右侧的凉亭中观赛，燕王、魏旸几兄弟以及受邀的官员们则安排在桥左侧的凉亭中，男女互不打扰。

早上的阳光已经有些晒了，走在殷蕙前面的纪纤纤举起团扇挡住阳光。

殷蕙心情愉悦地欣赏着水面。别看内城河也是王府一景，但只有燕王可以随意出内城来河边溜达，殷蕙也只有这辈子每月出府的时候，有机会远远地瞥一眼。

徐王妃与几位官夫人进入了清波亭。

李侧妃、郭侧妃、温夫人、崔夫人去了流云亭。

殷蕙三妯娌与一些官家少夫人占据了漱石阁半边水榭，另外半边，由魏杉、魏楹招待几位官家小姐。

至于衡哥儿几个小兄弟，都在徐王妃那边呢，由乳母们牢牢看着。

耀眼的阳光被亭盖遮挡，微风送了水汽过来，清爽怡人。

殷蕙摇着团扇，微笑着坐在徐清婉左侧的席位上。

在场的官夫人们有的奉承徐清婉，有的奉承纪纤纤，只她这边冷冷清清。

殷蕙也不在意，怡然自得。

魏楹突然领着一位妙龄少女走过来，朝徐清婉行礼后，她笑着走到殷蕙身边，拉着那位少女给殷蕙介绍道："三嫂，这是我表妹郭素英，她说她见过你呢。"

在场的人都知道，郭素英是郭将军唯一的女儿，平时疼爱有加。

郭素英今年正是及笄年华，她个子高挑，因为跟着家里的兄长练武而晒成了浅蜜色肌肤。

郭家是平城里仅次于燕王府的勋贵家族，殷蕙对郭素英也早有耳闻，却是不记得两人何时见过。

见她露出茫然之色，郭素英笑道："三年前的中秋灯会，我见过三夫人，您陪在殷老爷身边，不曾注意我。"

纪纤纤笑着插话道："三年前的事，郭姑娘居然能记得这么清楚，真是奇了。"

郭素英瞥她一眼，没有解释什么。

这事也不方便告诉旁人，包括表姐魏楹。

那年灯会，郭素英与三个哥哥结伴同游，本来兄妹几人边走边说笑，玩得很开心，突然三个哥哥都停了下来，呆若木鸡地看着斜对面。郭素英顺着哥哥们的目光看过去，就见到了一位让她都久久难以忘怀的美人。

美人挽着一位老者的胳膊走开了。

二哥、三哥都想知道那美人是谁，大哥见过殷老爷子，便也猜到了那美人是殷老爷子视若明珠的殷家二小姐殷蕙。

郭素英甚至想过，如果不是哥哥们去了战场，回来时殷蕙已被燕王定了去，三个哥哥肯定会有一个要求娶殷蕙的。

殷蕙在郭素英神秘的笑容里看到了善意，所以，当二人要求留在这边陪她一起观赛时，殷蕙欣然同意了。

这时，河段中间的拱桥上开始有外男经过。

大多数殷蕙都不认识。

魏楹笑着给她介绍:“这三位英姿飒爽的男子便是我的三位表哥，郭辽、郭远、郭进。”

殷蕙不由得点头。不愧是将门世家的子嗣，这三兄弟个个魁梧健硕，站在一起就更有气势了。

郭素英也帮忙介绍起来:“这三位分别是燕王府三个护卫所的指挥使，高震、冯谡、杨敬忠大人，后面跟着的是他们的公子。”

殷蕙根据冯指挥使的容貌，认出了上辈子因为与魏瞻比武而废了的冯腾，见对方英气不输郭家三位公子，殷蕙莫名地自豪起来。这都是她的功劳啊，替公爹保住了这对虎将父子。

武将们抵达不久，桥上又经过了一拨人，看身形与穿着，便知道是文官了。

殷蕙深知，这里面很多人将来都会因为从龙之功而加官晋爵，所以看得目不转睛。

然而魏楹、郭素英姐妹俩对平城的文官们不太熟悉，倒是徐清婉、纪纤纤身边的少夫人们，会出言介绍。

水榭里不断响起女子轻柔含笑的声音，突然，随着又一人跨上石桥，整个漱石阁中的女眷都安静下来，不约而同地遥望着那人。

那是一位穿青衫，戴布巾的公子，二十五六的年纪，身形颀长偏瘦，面容俊美而温和。

如果说魏瞻是一把充满肃杀之气的绝世名剑，此人便是一枚温润无瑕的人间美玉。

直到对方走下石桥，朝桥的另一侧而去，殷蕙才听见身后有人道：“莫非他就是崔夫人的弟弟，崔玉？”

“不是官员，又能来此，还生得那般容貌气度，应该是了。”

殷蕙怔住了。

崔玉，这个名字她听说过，且印象深刻。但这印象不是因为崔玉乃燕王妾室崔夫人的弟弟，而是因为燕王登基称帝后，崔玉作为替燕王出谋划策的第一谋士，本该入内阁掌大权，却因坊间突然传出他其实是个太监的流言，竟然落发为僧，离京而去。

据说，燕王为此号啕大哭，并缉拿传播流言者，斩杀数十人。

这般如玉的公子，真的是太监吗？

一只白色蝴蝶忽地从身边飞过。

殷蕙去看那蝴蝶，却见坐在旁边的魏楹还紧紧追随着崔玉的背影，素来豪爽爱笑的姑娘，此刻眼中只有一片痴情。

崔玉出现的时候，不仅仅是漱石阁这边年轻的少女和小媳妇们看得目不转睛，其他凉亭中的女客也都被他的风采折服了。

流云亭内，崔玉走远了，李侧妃才摇着折扇收回视线去看崔夫人。

燕王来燕地后一共纳了三个妾。第一个纳的温氏出身低微又小家子气，最不值得她放在眼里。第二纳的是郭将军的妹妹郭氏，郭氏貌美且出自名门，实在让李侧妃气了一段时间。而燕王最后纳的，便是崔氏。

崔氏很是特殊。

如果说李侧妃与燕王是青梅竹马，崔氏则几乎是燕王看着长大的，两人差了十五岁。

崔氏的父亲崔颍川是燕王身边的伴读。燕王封王后，崔颍川成了燕王身边的谋臣，虽无官职，却深受燕王倚重，后来带着妻子家小跟随燕王来了平城，在一场战事中为了保护燕王而牺牲。他的夫人受不了打击，不久也病逝了，留下崔氏姐弟。

燕王将姐弟俩带到王府照拂，崔氏十五岁那年，成了燕王的妾室，弟弟崔玉少时跟着魏旸等兄弟一起读书，二十岁起也成了燕王的谋臣，被燕王赐了王府附近的一座府邸居住。

崔氏年轻貌美却温柔不争，虽她不争，每个月侍寝燕王的次数永远都是妻妾五人中的前三名。

李侧妃将崔氏视为心头大患。权势上，崔氏威胁不了她，可崔氏在表哥的心里占的位置可能会超过她。

“崔妹妹，玉郎今年多大了？”李侧妃摇着扇子问。

崔夫人美丽的面容露出一丝尴尬：“二十六了。”

李侧妃：“亲事还没定下吗？”

崔夫人垂下眼帘，摇摇头。

李侧妃好似关心地叹道：“哎，玉郎那般容貌，又受王爷器重，按理说婚事早该成了。只可惜他运气太不好，几年来王爷连着给他撮合了两门婚事，女方要么突然染病去世，要么就遇到家里走水，烧毁了容貌，百姓们胡言乱语，传出个克妻的名声，害得王爷也不好再帮他张罗，真是……”

崔夫人看向水面，眼中透着疼惜。

她不在乎李侧妃的嘲讽奚落，只心疼弟弟才气过人，却至今孑然一身，这么多年身边连个知冷知热的人都没有。

郭侧妃忽然笑道："姻缘自有天定，妹妹不必担心，或许前面有更好的姑娘等着玉郎呢。"

温夫人也安慰地拍了拍她的手。

崔夫人笑出来："那就借姐姐吉言了。"

宾客们到齐后，燕王府的丫鬟们穿花拂柳，为众人献上瓜果茶水。

燕王肯定还要对宾客们说点儿什么，龙舟赛暂且还不会开始。

漱石阁这边又恢复了欢声笑语，魏楹也恢复了开朗的模样，与郭素英猜测着今日哪支龙舟队会赢。

殷蕙看着魏楹明媚的笑脸，思绪还是飘到了上辈子。

那时候她时时刻刻都恪守着王府里面的规矩，甚至比徐清婉守得更好，活泼好动的魏楹很少会来澄心堂走动，导致她对魏楹的了解也非常少。殷蕙只知道魏楹一直在燕王府留到十八岁才出嫁，嫁得还特别远，从此再也没有回过王府，连燕王登基，魏楹受封公主，她依然没有进京。

魏楹穿着嫁衣低眉敛目的样子，便是殷蕙印象中的最后一面。

与高高兴兴在京城享受着公主殊荣的燕王长女魏槿、次女魏杉相比，魏楹明明更受宠爱却拒不回京，殷蕙当然好奇是不是发生了什么。可她没地方问，魏曕那样冷冰冰的人是绝不会与她聊同父异母妹妹的私事的，妯娌们那边，殷蕙怕自己问了，回头妯娌们就去长辈那里告她多嘴。

做儿媳妇难，做王府的儿媳妇更难，做有一位皇后婆婆、多位妃子小婆婆的皇城儿媳妇难上加难。

"三嫂？"

袖子被人轻轻扯了扯，殷蕙回神，就见魏楹笑盈盈地看着她："三嫂想什么呢？叫了你三声都没听见。"

殷蕙随口遮掩道："想五郎呢，怕他调皮闯祸。"

魏楹："有乳母照看，三嫂就放心吧。"

殷蕙笑着点点头。

这时，纪纤纤张罗大家押彩头，看哪支龙舟队会胜。

魏楹小声嘀咕道："这有什么好赌的？肯定是父王第一，谁敢超过父王去？"

纪纤纤听见了，美眸一转，笑道："那咱们就赌谁是第二名。"

这下就变得有意思起来了。剩下那四支龙舟队，三支是从三个护卫所里挑出的精兵猛将，另一支则有郭家三兄弟亲自上场。

算上魏楹、郭素英，漱石阁左侧水榭里一共有十二位女客。

燕王府三大护卫所，分别是东南、东北、西北护卫所，徐清婉、纪纤纤为了避三爷、四爷的嫌，各挑了一支护卫所龙舟队，少夫人们也都跟着她们投。魏楹、郭素英都押了四爷与郭家三兄弟，殷蕙没办法，只好投给了自己的夫君。不然别的龙舟队都有两三票，就魏曕的没有，传出去叫人笑话。

“三弟妹与三爷还真是伉俪情深呢。”纪纤纤拿团扇挡住半张脸，露出眼睛调侃道。

众人的目光便都落到了殷蕙脸上。尤其是那几位少夫人。

殷家在平城是鼎鼎有名的巨富之家，这些少夫人就算没见过殷蕙，也听说过她的美名。商人虽富，地位却低，殷蕙能嫁到燕王府做正经的儿媳妇，不知叫多少人羡慕嫉妒，其中自然也有清高之辈，不屑与殷蕙这等商家女子为伍。

殷蕙大大方方地给她们打量，笑着取下腰间佩戴的荷包。

这种盛会，大家都料定会有下注一事，都提前备好了银子。

随着她的动作，女客们的注意力也落到了殷蕙身上。她今日的扮相并不出挑，穿一件浅青色绣粉色荷花的褙子，配一条莲叶边的素淡白裙，清新的颜色叫谁看了都觉得舒爽。然而细细一看，就会发现殷蕙这一身衣裳乃是用锦绣楼最名贵的妆花纱裁剪而成。夏日的风多轻啊，吹拂过来，竟能吹得她的裙摆、袖口如水波般轻动，不像别人的衣裳，美则美矣，死气沉沉。

妆花纱因为数量有限而珍贵，锦绣楼根本不会拿出去卖，货一到基本就叫平城最有权执的几家订走了，连纪纤纤抢到的都不多。殷蕙呢，她连佩戴的荷包都是妆花纱做的！

白皙娇嫩的小手解开荷包的绳带，从里面取出两片金叶子，放到了小丫鬟端来的托盘上。

纪纤纤可以调笑殷蕙与三爷恩爱，却不能调侃她有钱阔绰，否则便有嫉妒她钱多之嫌，显得自己寒酸。

悠扬悦耳的弦乐之声突然从远处传来。

一艘载着歌姬、乐人的游船缓缓从河段尽头划过来，彩裙飘飘，花瓣飞落，仿佛天上来客。

这便是龙舟赛开始前的节目了。

男客那边传来一些动静，魏楹跳出水榭，站到外面一块高石之上，笑着对众人道：“要开始了，父王、三哥、四哥都下场了！”

她与四爷魏昡都是郭侧妃所出，乃龙凤胎兄妹。

徐清婉担心地说道：“三妹妹快下来，仔细摔着！”

魏楹摆摆手，叫她不用多管，然后打着替大家看进展的幌子，光明正大地寻找起崔玉的身影来。可惜，人影憧憧，挡住了崔玉。

鼓声响起，龙舟赛正式开始。

龙舟从内城河东段的拱桥左侧出发，沿着“回”字形的河段绕王府一周，重新转到东段后，最先穿过拱桥桥洞的便是获胜者。

也就是说，殷蕙等女客除非像魏楹那般站到石头上，就只能等着龙舟绕过来，看最后最精彩的那一段。

徐王妃放话，准许乳母们带着五个小郎站到拱桥上，既能看到龙舟出发，又能看到龙舟归来。

“爹爹！”

“爹爹！”

衡哥儿找到了亲爹，对着魏曕的龙舟中气十足地叫起来。

三郎不甘落后，也下意识也叫起爹爹来，要替他的爹爹助威。

徐清婉扑哧笑了出来，随即便因为这份失态面颊微红。

纪纤纤趁机道：“三郎这孩子，傻乎乎的，大哥根本没参加嘛。”

她刚说完，就听二郎也在那里喊起爹爹来。

纪纤纤的脸顿时比徐清婉还红。魏昳的武艺平平，也没资格下场。

殷蕙只觉得此刻的孩子们都很可爱。

不知是谁提醒了他们，二郎、三郎开始齐喊祖父，只有衡哥儿还坚持喊着爹爹，偶尔被哥哥们带歪，叫声“祖护”。

龙舟之上，燕王听到衡哥儿叫“祖护”，一个笑岔气，差点儿乱了摇桨的节奏。

“怎么没人给我助威？”四爷魏昡一边摇桨一边插科打诨道，“明年不给他们发压岁钱了！”

郭家二公子郭远笑道：“是不是今年过年时你给得不够多？”

三公子郭进则道：“赶紧自己生一个，保准帮你！”

大公子郭辽瞥一眼已经微微超过他们的魏曕，肃容道：“都闭嘴！”

第一的位置肯定要留给王爷，他们要争的是第二，三兄弟齐齐上场，不能丢了将军府的面子。

其实燕王的龙舟也只领先半身，但每条河段中间都有座拱桥，其他四条龙舟不敢硬抢，怕把燕王挤下水，所以每次都是让着他。

燕王岂会看不出他们的心思，怒道：“都给我抢！连个龙舟赛都不敢争先，以后战场上我如何指望你们打胜仗！”

本来就是一帮血性男儿，燕王再这么一激，到了南段中间的拱洞前，排在前面的燕王、魏瞻、魏昡三条龙舟都全力以赴地向前冲去。

拱洞只能容两条龙舟并进。

燕王的龙舟挤在中间，魏昡瞥了一眼另一边的三哥，突然带着自己的龙舟朝父王的龙舟撞去。

燕王的龙舟一晃，然而魏瞻也有了对策，也撞过来。

兄弟俩的龙舟同时夹向燕王的龙舟，导致燕王的龙舟前半截翘起，各搭了一部分在另外两条上面。

如此，三条龙舟勉强同时穿过了桥洞。

“三哥，现在怎么办？”魏昡不敢躲，怕自己猛地抽身，父王连人带船都得翻进水里。

魏瞻看向父王，见父王也在看他，向魏昡使了个眼色，道：“扶船，再同时松开！”

龙舟上的人同时配合，然而就在中间的龙舟稳稳落在水面上之后，燕王、魏瞻突然异口同声地下令：“左撞！”

砰砰两声，魏瞻的龙舟先撞向燕王的，燕王的再撞向魏昡的，魏昡的龙舟一下子承受了两条龙舟的撞击力，顿时横了过去。

等魏昡随着龙舟在水面转了一圈，就见另外两条已经划出老远了。

“父王！你跟三哥联手坑我！”魏昡气急败坏地叫道。

燕王头也不回，大笑道：“我也想坑你三哥，谁让你不看我的眼色行事！”

他朝两个儿子都递了眼色，可惜老四太嫩，没领会。

锣鼓声响到南面河段时，殷蕙等人都站了起来，排成一排站在亭子里，齐齐探头向右看。

魏瞻的龙舟最先出现在东南拐角，然而燕王的龙舟在河道内侧，拐弯的幅度小，待两条龙舟平行时，燕王的要稍稍领先。

二郎、三郎激动地叫起来：“祖父赢！祖父赢！”

衡哥儿被乳母抱着，瞅瞅两个哥哥，也跟着叫“祖护”。

殷蕙默默地看着两条死死攀咬的龙舟。

燕王今年四十四岁，拔牙后养了两个月，早已恢复了之前的龙精虎猛，袒露着双臂，肌肉健硕不输年轻人。

毕竟是公爹，殷蕙瞧了一眼就赶紧移开视线，去看魏瞻了。

魏瞻的身影却被燕王这条龙舟遮挡，时隐时现，只偶尔露出一张沉稳冷峻的脸。那脸最近晒黑了不少，这会儿不知是淌着汗珠还是飞溅了水珠上去，在阳光下闪闪发亮。他同样袒露着双臂，比燕王略细，却同样肌肉虬劲，没有人比殷蕙更清楚他的力量。

思绪歪了，殷蕙心虚地看向别处，却见旁边一溜少夫人们，眼睛都盯着魏瞻的方向。

殷蕙暗暗好笑。

魏瞻的脸确实冷，但此刻的他，只是一个浑身散发着蓬勃力量的年轻武将。俊美出众的脸，再加上健硕的身体，小姑娘们或许不懂，少夫人们怕是都会馋上一会儿。

不仅仅是魏瞻，郭家三兄弟追上来时，古铜色的臂膀同样获得了少夫人们的青睐。

殷蕙就没看了，徐清婉、纪纤纤也都矜持地坐了下来。

“还真叫三弟妹猜中了，果然是三爷拿了第二名。”纪纤纤笑道，心里盘旋着一股酸气。魏瞻俊美健硕却不好色，又有才干，里子、面子俱全，这么好的男人，她都想跟殷蕙换了。

徐清婉姿态优雅地捧茶品了起来，脑海中还晃动着魏瞻连续摇桨的有力双臂。

她的丈夫魏旸看着也瘦，其实肚子上已经有肥肉了。

不过，徐清婉马上又想到了魏瞻的出身。

算了，男色与女色一样，都是虚的，爵位、权势才最重要。

# 第十六章

龙舟赛结束，燕王带着魏瞻、魏昡以及郭家三兄弟等年轻将门子弟上了岸，先去岸边一座水榭中擦拭更衣，换回锦袍。

帷帐挡住了众人的身影，燕王擦着擦着，吩咐守在外面的海公公：“把大郎他们五兄弟带到紫气东来阁。”

今日燕王便是在紫气东来阁招待文武官员。

海公公赶紧打发一个小太监去跑腿。

等燕王一行人来到紫气东来阁，大郎五兄弟已经过来了，有爹的待在各自的爹爹身边。因为魏瞻不在，衡哥儿被五爷魏曝叫到身边哄着玩了。别看衡哥儿平时没什么机会频繁见到诸位伯父、叔父，小家伙一点儿都不认生，乖乖地坐在五叔怀里玩玉佩，连魏瞻过来了，衡哥儿也没有马上就跳下来。

魏瞻几兄弟的席位都在东侧，魏瞻从魏曝身边经过时，顺手带走了衡哥儿。

燕王坐回主位，示意儿子、官员们也都坐下。

燕王口干，喝茶时，席上的文武官员们纷纷夸赞起他刚刚赛龙舟时的英武来。

燕王放下茶碗，笑道：“英武什么？小辈们都不敢来真的，不然我早被老三、老四弄到河里了。”

魏瞻附和地露出一丝笑意。

老四魏昡则哼了一声道："早知道您会伙同三哥一起坑我，我真该让您掉到河里。"

燕王："这会儿说有什么用？赛场如战场，谁也不会给你后悔的机会。"

这其实是教诲，魏昡若有所思。

燕王招招手，叫五个孙子来他面前。

大郎、二郎、三郎马上走了过去，四郎瑟缩不前，被魏昳从背后推了一把。

衡哥儿是太小了，反应慢些，最后也稳稳当当走到了祖父身边。只是小家伙刚刚喊了太久，喊累了，哥哥们停下脚步站成一排，衡哥儿直接来到祖父面前，伸手要抱。小娃娃的想法也非常简单，五叔、爹爹就是这么抱他的嘛。

老幺总是招人疼，燕王真就将衡哥儿放到了腿上，揉揉小家伙的脑袋，笑容慈爱地问道："五郎，刚刚祖父跟你爹爹赛龙舟，你想要谁赢？"

魏瞻的心微微缩紧，魏旸、魏昳微笑着，好整以暇地看热闹。

衡哥儿其实根本不太懂什么叫输赢，刚刚在拱桥上喊爹爹，也只是因为看到爹爹罢了。这会儿听祖父提到赛龙舟，衡哥儿便探起小身子往河面上望，只是五条龙舟都已经消失了。衡哥儿左右张望，天真的小脸满是迷茫。

燕王便放过了幺孙，抬头问大郎他们。

大郎、二郎、三郎异口同声地答道："祖父。"

四郎忽然扭头，对着魏昳道："爹爹。"

魏昳差点儿从椅子上跌下来，人也被口水呛得咳了好几声。

这种根本不需要动脑筋的问题，四郎跟着哥哥们喊就是，谁又能想到，他居然还会答错！

燕王却笑起来，破天荒地也揉了揉四郎的头。

四郎瞅了瞅祖父，再看了看坐在祖父怀里的五郎，似乎明白了点儿什么。

燕王叫乳母把孙儿们送回去，开始与官员们说话。

午宴结束时，恰好也是艳阳高照，一天里最热的时候。

燕王先行，徐王妃这边见燕王动身了，她也带领王府内眷朝东华门走去，与燕王等人会合。

"恭喜王爷今日龙舟赛夺得头筹。"徐王妃笑着说道。

燕王摆摆手："随便比比，不值一提。"

夫妻俩并肩走在最前面，李侧妃等妾室随后，最后是年轻一辈。

到了东六所这边，燕王叫小辈们直接回去休息，不用再送。

等长辈们走远了，魏昳长长地松了一口气，擦着头上的汗道：“今儿个天可真热。”

魏旸则看向魏瞻，笑道：“还没恭喜三弟列居第二。”

魏瞻转向老四魏昡：“如果四弟没有中我与父王的计，第二该是四弟的。”

魏昡：“没事，明年咱们再比！”

兄友弟恭，不外如是。

纪纤纤只觉得这几位爷假惺惺的讨人嫌。没看到天上的日头有多大吗？她只想快点儿回去沐浴休息。

幸好，世子爷魏旸终于带头往前走了。

都分开后，魏瞻才走到殷蕙身边。

殷蕙主动解释道：“吃席前衡哥儿睡着了，王妃让乳母先送他回去了。”

魏瞻点头，早点儿回去也好，这么热，待久了他担心衡哥儿中暑。

“差点儿忘了，恭喜您呀。”殷蕙抬眸，带着一丝揶揄道。因为旁人肯定都道贺多次了，她再那么正经贺喜，他肯定会腻。

魏瞻的确腻了。刚刚大哥又来一次，车轱辘话来回说，他应酬着也烦。

不过现在，她语气俏皮，眼波也俏皮，魏瞻反而没了烦躁感觉，只是想捏一下她的脸。

当然，光天化日之下，丫鬟们也跟在旁边，魏瞻什么都没做。

回到澄心堂，魏瞻要沐浴，这次，他示意殷蕙跟进去伺候。

伺候着伺候着，殷蕙被他托了起来。

殷蕙的手，就攀在他那两条叫其他少夫人们看得眼睛发直的臂膀上，他也将独属于年轻武官的力量，接连不断地往她身上使。

别的方面不论，殷蕙对魏瞻这具身体非常满意，挑不出任何刺。

所以，冷就冷吧，快活是真的。

沐浴完毕，魏瞻抱她去了内室。

“划了那么久的龙舟，是不是很累了？”殷蕙侧躺着，看着他的肩膀问。真是奇怪，平时也不觉得他的肩膀有多好看，今日见别人看得那么馋，殷蕙忽然就觉得好看起来。好像一件货物，白给她她或许不怎么稀罕，一旦有人觊觎，她就觉得这货物还能值几个钱。

魏瞻看她一眼：“有事？”

她的眼睛亮晶晶的，一看就不想睡。

殷蕙笑道：“没什么，想跟您随便聊聊。您若困了，不聊也行。”

魏瞻：“聊什么？”

殷蕙干脆坐了起来，靠到床头，摇着团扇道："赛龙舟开始前，我们押彩头赌你们谁会是第二名，因为猜到第一名肯定是父王，所以赌的第二。

魏曕："你赢了？"

他能感觉到她的高兴，若输了彩头，怕是不会如此。

殷蕙粲然一笑："那当然，我肯定押您啊。"

魏曕便在这笑容里看到了满满的情意。她心里有他，才会相信他能赢过老四与郭家三兄弟。

"赢了多少？"

"一百多两。因为您是我的夫君，其他少夫人们都不好意思再押您，也就都输了。"

魏曕又在这话里听到了浓浓的自豪感，她为嫁给了他而感到自豪。

"好了，睡会儿吧，晚上还有宴席。"

魏曕有点儿招架不住她灿烂娇艳的笑脸。若再要一次，划龙舟出力太多，他确实有些累了；不要，那就不能再看。

他转过身，闭上眼睛。

殷蕙其实是想从他这里套套话，打听一下崔玉的事，既然魏曕困了，她也不好纠缠，抓紧时间陪着他睡了半个时辰。

傍晚天就凉快多了，晚宴时，丽春院的歌姬们还献了几场舞。

魏昳和着拍子摇头晃脑，被纪纤纤瞪了好几眼。

散席后，小辈们结伴往东六所走，因为凉爽，大家走得也慢悠悠。

纪纤纤聊起了魏杉的婚事。

魏杉今年十七了，哪怕作为王爷的女儿不着急成亲，到了这个年纪也该张罗起来。

纪纤纤："不知道父王会给妹妹找个什么样的夫君。"

魏杉恼羞成怒地跑了。

殷蕙知道魏杉会嫁得很好，只是这话题猛地让她想起了堂姐殷蓉。二月里，祖父南下前留给她的信上还提了一句，说殷蓉五月十八出嫁，他会在那之前赶回来。

夜里与魏曕歇下后，殷蕙便暂且将崔玉的事搁置到一旁。说到底，崔玉是真太监还是假太监又与她何干？魏楹的少女情怀，大概也只是一时心动，就算里面真有什么曲折纠葛，等魏楹愿意跟她说了，殷蕙再听听。如果魏楹压根不想跟她说，殷蕙就更不必费心。

殷蕙更想去见见殷蓉这辈子的丈夫蒋维帧，瞧瞧对方是个什么样的人物。

一个为了得到一门好婚事，宁可耐心等到二十六七岁的寒门知县，哪天真想巴结魏曕，可能比上辈子那个屡试不第的举人更奸猾，见个面，总比毫无了解要强。

“三爷，我堂姐这个月出嫁，我能回去住一晚吗？”殷蕙钻到他的被窝，软声商量道。

魏曕皱眉：“你与她关系很好？”

殷家二房差点儿害她嫁不成他，这种亲戚，她真聪明就该疏远才是。

殷蕙摇摇头：“一点儿也不好。从小她就事事都要与我攀比、争抢。我是想我祖父了。平时没理由回去住，只能借她的婚事。还有我那新过继的弟弟，也不知道在府里是个什么情形，我得亲眼见了才放心。若他是个扶不起来的，我索性趁早死心。”

魏曕看过来：“你要扶他做何？”

殷蕙脸贴着他的肩膀，闷声道：“扶他撑起我爹这一支，扶他协助祖父照料好殷家的生意。我堂哥那人，道貌岸然，殷家若全部落到他手里，早晚会被他败干净。三爷，虽然我嫁到王府，这辈子都能跟着您享受荣华富贵，可殷家毕竟是我的娘家，我总不能一点儿都不牵挂，您说是不是？”

魏曕对殷家没有任何感情，彻底断了往来也无所谓，但那确实是她的家，是她的根。

“去吧，记得提前请示王妃。”

要求再次得到满足，殷蕙高兴地亲了他一口。

魏曕微微皱眉，想到她多次这般了，他一边拿袖口擦脸一边道：“以后不必如此。”

殷蕙撇撇嘴，睡回自己的被窝。

魏曕朝她这边看了一眼，却只看到她裹着被子的背影，仿佛还气上了。

魏曕无法理解，有什么好亲的？

真要表达谢意，不如明晚主动些。

殷蓉五月十八出嫁，殷家的宴席从十七这日就开始了。

殷蕙特意挑了十八一早过去，如此她既能见到迎亲的蒋维帧，又避开了殷家忙于待客的时候，至少十九那日殷家会很安静。

衡哥儿留在家里，殷蕙跟着魏曕一块儿出了东华门，她上车，魏曕骑马。

马车出发后，殷蕙听到旁边有嗒嗒的马蹄声跟着，挑开半边帘子，就看到了魏曕迎着晨光的身影。阳光明晃晃的，照得他的脸好像又恢复了日晒前的白皙。

“您不急着去卫所吗？”殷蕙诧异地问，刚刚还以为他上马就会先行离开。

魏曕看了她一眼，吩咐身后的长风：“这两日你跟着夫人。”

说完，他一甩马鞭，扬长而去。

殷蕙看看长风，国字脸坚毅沉稳，身形高大魁梧，确实叫人放心。

金盏跪坐在车厢内，笑着猜测道：“三爷是想多陪您一会儿吧？被您一催，只好走了。”

殷蕙并不这么以为。两人一个在车里，一个在车外，又不说话，魏曕能有这份闲心？他连亲个脸都觉得多余。

等马车停到殷宅门前，时候也还早，宾客们都还没登门。

德叔穿着一身崭新的细布袍子，背着手出来检查小厮们有没有打扫干净，正好撞见金盏扶着殷蕙下车。

“夫人来了！”德叔惊喜地说道。昨日大小姐添妆宴夫人都没来，老爷还很失望，觉得二小姐怕是不好出王府。

殷蕙笑道：“姐姐出嫁，我怎能不来观礼？”

车夫帮着将车上的礼物搬下来，长风接到了怀里。

德叔引着殷蕙往里走。

殷宅里张灯结彩，处处喜气洋洋，匆匆忙忙路过的小厮、丫鬟们也都换上了新做的衣裳。

才吃过早饭没多久，二太太赵氏在新娘子殷蓉那边照看，殷墉、殷景善、殷闻、殷阆坐在厅堂，正商量着今日待客的事。

“阿蕙！”看到小孙女，殷墉高兴地站了起来。

殷景善摸摸胡子，看殷蕙的眼神还算满意。无论如何，侄女现在是王府里的贵人，回来给女儿送嫁，于殷家都是一份体面。女婿见了，也会觉得姐妹俩感情好，对女儿会更加敬重、呵护。

“昨日怎么没来？”殷墉将小孙女迎进来，关心地问道。

殷蕙：“有点儿小事耽搁了。不过，今晚可以在家里住一晚。祖父，家里忙得如何了？可有需要我帮忙的？”

殷墉笑道：“都安排好了。你姐姐正在梳妆，你去瞧瞧吧。”

既然今晚小孙女可以留宿，祖孙俩就不缺时间聊天。

殷蕙点头，再朝殷景善、殷闻打招呼，大家脸上都笑意融融，好像两房之间没发生过过继的不快。

最后，殷蕙才看向殷阆。

殷阆今年十五了，这年纪正是蹿个子的时候，正月里见面时，殷阆还跟殷蕙差不多个头，此刻站到一起，殷阆竟然比殷蕙高出了一截，殷蕙得微微仰头看他了。

殷蕙不禁感慨："阿阆长得可真快。"

高了，也结实了，不再瘦得像根不起眼的竹竿。

殷阆也因为身高的变化导致要俯视姐姐而不太习惯，他回避了一下，然后再看着姐姐，笑道："最近在练武。"

与殷蕙一样，殷闻身边也有好几位先生。但凡殷闻对什么感兴趣，老爷子马上就会聘来名师教导，教得殷闻文武双全，是平城有名的玉面公子。

殷阆来到殷家后，赵氏只安排他读书，绝口不提让他练武的事，用这种方式告诉殷阆，他是个庶子，不要妄想与嫡出兄长拥有同等待遇。

不过，殷阆过继到大房后，老爷子便也给殷阆添了一位武师傅、一位教他经商之道的先生。

"嗯，今天忙，明早姐姐再看看你功夫练得如何。"说着，殷蕙又去捏少年郎的胳膊，实在是年初捏到的瘦骨嶙峋太叫人揪心。

然而她的手才要施力，少年郎突然绷紧了手臂，用这种方式向姐姐展示他的强壮与力量。

殷蕙惊讶地抬头。

殷阆看着她笑。短短几个月，他仿佛变了一个人，不再自卑拘谨，变得大大方方，仿佛他从一开始就是大房的孩子。

殷蕙彻底放心了。相由心生，殷阆小小年纪就能自己走出身世的阴霾，只要好好栽培，前途不可限量。

不过，他那小胳膊虽然结实了一些，与魏曕比却还嫩得很，居然还敢向她显摆。

这种稚气让殷蕙觉得很可爱。

与祖孙三代告辞，殷蕙去看殷蓉了。

"哟，阿蕙来了啊！我还以为你嫁了高枝，就忘了家里的姐妹了。"

见到殷蕙，赵氏阴阳怪气地说道，心里仍是怨恨殷蕙不肯帮女儿撮合一位名门子弟，导致女儿只能嫁一个七品知县。

知县这个官，三年一调任，明年还不知道会调到哪里。就算女婿高升，离得远也难帮上殷家，根本比不上平城本地的一些名门子弟，譬如将族郭家，譬如燕王府三大护卫所里的年轻将领。

总体来说，赵氏选择蒋维帧做女婿只是无奈之举，并没有多满意。

"娘，王府规矩多，妹妹出行不易，您别那么说。"坐在梳妆台前的殷蓉回头，轻声责备道，那神色与语气，并非假意客套。

赵氏“哼”了一声，闭上嘴巴。

殷蓉朝殷蕙笑了笑，目光真诚：“阿蕙能来，我就很高兴了。”

殷蕙却并不信殷蓉真就把她当好姐妹了，一个人哪有那么容易改的？

“姐姐不怪我来迟就好。快先梳头吧，等会儿亲戚们都该过来了。”殷蕙笑着说道，坐到了旁边的椅子上。

梳头娘子继续忙碌起来。

殷蕙看着殷蓉的侧脸。平心而论，殷蓉长得也很漂亮。赵氏娘家家境普通，当年二叔偏偏相中赵氏，看上的便是赵氏的姿色。

打扮完毕，趁客人还没到，殷蓉叫其他人都出去，她想单独与殷蕙说话。

赵氏觉得女儿怪怪的，难道她还真要与殷蕙亲近不成？

疑惑归疑惑，她还是出去了，金盏也退了出来，就守在内室外面。

殷蕙好奇地看着殷蓉。

殷蓉走到她身边坐下，拉起殷蕙一只手放到自己腿上，目光复杂地说道：“阿蕙，姐姐以前做了不少错事，就不一一提了，总之，姐姐已经知错了，不求你能原谅我，只想让你知道我的心意。”

殷蕙刚要开口，殷蓉摇摇头，“嘘”了一声：“时间有限，你听姐姐说就好。你肯定奇怪我怎么突然变了吧？其实是咱们家商量过继阆哥儿的时候，我爹、我娘明明很生气，可哥哥不知跟他们说了什么，他们立即不气了，也不再反对这事。偏偏哥哥开口前，将我撵了出去，我察觉后追问他们，他们一个字都不肯告诉我。”

“就在那一刻，我突然明白了，阿蕙，咱们姐妹是一样的。别看我是他们的亲生女儿，但我同样也是外人，一个要嫁出去的外人，一个没资格掺和殷家家产之争的外人。”说到这里，殷蓉眼角流下泪来。

殷蕙听呆了，也看呆了。

殷蓉及时擦掉眼泪，免得坏了自己的妆容。她垂着眼，拍拍殷蕙的手道：“我也不恨他们，只恨先前太傻，天天与你攀比、计较。阿蕙，你住在王府，我这一嫁恐怕也再难回一趟平城，你我姐妹今日一别，可能这辈子都不会再见了。姐姐希望你看在咱们同命相连的分上，摒弃前嫌，好歹与我书信来往，别真断了姐妹间的情分。”

殷蕙听到这里，终于听明白了。

殷蓉看似真挚的悔过与道别里，其实还是带着目的，也就是与她保持书信往来。一旦殷蕙真的认可了姐妹感情，再轻信殷蓉在信里展现的虚情假意，将来殷蓉若有所求，她能拒绝？更甚者，凭借这些书信，殷蓉就能在夫家站稳脚跟，耀武扬威。

二叔、二婶的所作所为可能真的寒了殷蓉的心，殷蓉意识到她出嫁后就再也指望不上娘家帮衬她，便来拉拢自己。

“好，姐姐若想我，随时写信就是。”殷蕙笑着应道。

手长在殷蓉身上，她要给自己写信，殷蕙拦也拦不住，至于回不回，那就看她的心情了。

真把自己当亲戚的人，遇到难处，殷蕙能帮就帮，像二叔这一家只想利用她的，殷蕙也没那么傻去割肉喂狼。

外面传来喧哗，第一拨亲戚到了。

殷蕙抽回自己的手，示意殷蓉快坐到床上去。

来人乃殷家同族的女眷，殷蕙也认得的，见面便笑着聊了起来。

她做殷家二小姐时就受族人追捧，此时成了燕王的儿媳，族人对她越发恭敬、奉承起来。这就导致，后面到来的女眷，明明是来替殷蓉送嫁的，却都围着殷蕙打转，贺喜只成了附带。

殷蓉坐在床上，将这人情冷暖看得清清楚楚。她心里嫉恨，却也庆幸自己走对了一步。

祖父给她的嫁妆虽然没有给殷蕙的多，却足够她穿金戴银一辈子，所以她不缺钱，只缺贵戚靠山。

爹娘要她嫁给官员，为的是靠她，能让她靠的，只有殷蕙与燕王府。

只希望自己今日的表现能挽回殷蕙对她的姐妹情，将来她才好见机行事。

吉时已到，新郎来迎亲了。

殷蕙与几位族里的老太太一起待在新房，等着新郎官过来请人。

官户人家成亲有一番规矩，平民百姓家里，新郎官得连闯三关，最后亲自来新房，接新娘子出去。

新房外面，年轻的姑娘们娇笑着出题刁难蒋维帧。

殷蕙坐在客座主位，听到一道清润的男声，文质彬彬的。

过了一会儿，少女们放了新郎官进来。

殷家的门楣不低，但新郎官还是低头进来的，这个头，竟不输魏瞻。等蒋维帧抬起头露出正脸，殷蕙身边的几个老太太都赞许地点起头来，夸赞不止。

殷蕙也觉得蒋维帧长得不错，气度自然不能跟王子龙孙比，但如果将殷闻叫过来，寒门出身的蒋维帧反而要胜出一筹。他好似一竿笔挺的绿竹，自有文人傲骨。

按照正常的步骤，蒋维帧可以直接接走新娘子了。

不过，屋里还坐着殷蕙这个贵客。

有个族人老太太便对蒋维帧道："大姑爷过来，这位是咱们殷家的二小姐，燕王府的三夫人，等你跟蓉丫头回门时，三夫人没空再过来，你先见个礼吧。"

蒋维帧飞快地看了一眼殷蕙，再守礼地垂下眼眸，靠近一步，微笑着朝殷蕙行礼："方礼见过夫人。"

方礼是他的字。

殷蕙客气地说道："姐夫不必多礼，我只这一位姐姐，还望你照顾好她。"

蒋维帧郑重道是。

族人老太太看殷蕙的眼色，叫他去接殷蓉。

自此之后，蒋维帧再也没有往殷蕙这边看。

黄昏时分，殷家这边还有一场晚宴，热热闹闹的。

燕王府澄心堂，少了殷蕙，饭桌上冷清了不少。

衡哥儿被乳母放到餐椅上，看看爹爹，脑袋瓜便往内室那边望，觉得娘亲就在里面。

魏曕默默看着。

乳母柔声哄道："娘亲去曾外祖父家喝喜酒了，明天才回来呢。"

衡哥儿仍然对着屋里喊娘。

乳母赶紧把小家伙的饭端上来，这招好使，终于转移了衡哥儿的注意力。

然而吃完晚饭，衡哥儿就又要找娘，一副随时都要哭闹的模样。

魏曕叫乳母退下，他抱着衡哥儿去澄心堂的小花园散步。

衡哥儿以前最喜欢这样了，今晚却兴致不高，蔫蔫地趴在爹爹肩头。

突然，小家伙高兴地喊了声娘。

魏曕猛地转身，却见银盏拿着一只香囊从树影后走了出来。她紧张地说道："三爷，晚上蚊虫多，乳母叫我送这个过来。"

见不是娘亲，衡哥儿嘟起嘴。

魏曕亦脸色冰冷。

殷蕙还想着晚宴结束后陪祖父说说话，老爷子居然喝醉了，被殷闻扶到床上就打起呼噜来。

"大哥怎么没劝着些？"看着老爷子红通通的脸，殷蕙忍不住抱怨道。年纪大的人，喝太多容易出事。

殷闻白皙的脸上也浮着一层红晕，他苦笑着解释道：“宾客太多，祖父又好面子，这还是我帮着喝了几大碗，不然醉得更厉害。”

堂兄妹离得近，殷蕙能闻到他身上浓浓的酒气。

跟过来的殷阆还朝姐姐递了个眼色，证明殷闻说的都是真的。

殷蕙就没再说什么。也许今晚殷闻已经够孝顺了，只是她记着上辈子的怨恨，这辈子哪怕殷闻没有再做错什么，她都看他不顺眼。包括对蒋维帧也是如此。她吃过被殷蓉夫君扯后腿的亏，所以即便殷蓉的夫君换人了，她还是对两口子满怀警惕。

祖父有德叔照顾，殷蕙就告退了。

殷阆陪着她往大房那边走。

“你有没有喝酒？”殷蕙一边问一边对着少年郎那边嗅了嗅。

殷阆：“推不过，喝了差不多两碗。”

殷蕙惊讶地说道：“两碗？你居然没醉？”

殷阆笑道：“可能我天生酒量好吧，这样也好，将来与人应酬就不怕轻易醉了。”

殷蕙：“话虽如此，你正是长身体的时候，还是尽量少喝。”

殷阆点头。

空中明月微缺，但仍照得院子里亮堂堂的，身后跟着的金盏、长风都是可靠之人，殷蕙便直言问道：“祖父南下期间，二叔他们可找过你的麻烦？”

殷阆摇摇头。

过继之后，殷景善看见他便绷起脸，抑或是当没看见。赵氏指桑骂槐地骂过他几句，他都习惯了。至于殷闻，他现在负责平城一带的生意，是个早出晚归的大忙人，两人基本碰不上面。

殷蕙放心了，说道:“没有最好。看祖父给你请了两位先生，应该也看重你了。这两年你只需跟着先生们学本事，外面的事暂且不用费心。”

说话间，蕙香居到了，殷阆带着长风离去，今晚长风会住在殷阆的院子里。

金盏伺候殷蕙洗漱。

重新回到自己住了十几年的闺房，不用看魏曕的脸色，暂且也不必惦记孩子，殷蕙只觉得浑身轻松，仿佛春天换季时脱下厚重冬装一样轻快。

金盏端着水进来，见自家夫人赤着一双白生生的脚趴在床上，小腿支起，欢快地晃来晃去。

“看您这高兴的样子，不想五郎吗？”金盏放下铜盆，打趣道。

殷蕙在摸被子上的刺绣玩，心不在焉道：“明天就回去了，有什么好想的？

有乳母、银盏看着呢。”

金盏：“好了，您快坐过来吧，等会儿水凉了。”

殷蕙这才一骨碌爬了起来。

金盏一边帮主子搓脚一边感慨道：“刚跟着您搬到王府的时候，哪里敢想还能回来住几次？夫人，我真觉得三爷对您越来越好了。”

殷蕙笑了笑：“确实还可以。”

魏曕虽然冷，目前看来还是可以跟他商量事情的，并不是那种恪守规矩，丝毫不许她僭越的人，尽管他冷冰冰的，看起来就是那种人。上辈子她完全被他震慑住了，说话做事都小心翼翼的。

“对了，夫人，下午您歇晌的时候，我跟府里各处的嬷嬷、丫鬟们待了一会儿，打听到一点儿关于大姑爷的消息。”

“是吗？说来听听。”

“大姑爷今年二十七了，虽然一直没有成亲，但身边一直有通房丫鬟伺候，后来两家定了亲事，大姑爷便痛痛快快地把通房丫鬟打发走了，一心等着大小姐嫁过去。”

殷蕙竟然觉得这消息没什么稀奇的。今日她见到的蒋维帧，瞧着不像有什么隐疾，既然没有，这个年纪的男人，有官有权的，能受得了常年孤枕难眠？

金盏嘿嘿笑道：“这么一对比，咱们三爷是不是就越发好了？”

殷蕙莞尔，伸手弹她的头顶：“三爷给了你多少银子，你在这儿巴巴地替他说好话？”

金盏歪头躲开，解释道：“我才没有。我就是替您高兴。别说大小姐，就是世子夫人、二夫人是官家出身又如何？照样不如您的日子快活。”

殷蕙想，如果按照这种比法，她确实过得很好了，哪怕将来魏曕会纳个表妹做妾，按照他的行事做派，也绝不会宠妾灭妻。只是上辈子她习惯了他身边就她自己，成亲十年后突然冒出个妾来，才一时气火攻心，直接给气回了十年前。

话说回来，她的魂在这里，那边的自己不知道怎么样了。倘若魂消身死，魏曕睡醒一觉发现她都凉透了，不知会震惊于她的火气之旺，还是会庆幸少了个阻挠他纳妾的障碍，总归肯定不会悲痛落泪就是了。

睡醒一觉，殷蕙先去给祖父请安。

殷墉正在承受宿醉的痛苦，平时红光满面的好气色也没了，更加显出老态来。

“您就该再给我娶位祖母回来，好有人替我看着您。”殷蕙站在老爷子身后，一边帮他按揉脑袋一边嘟囔道。

殷墉笑得肩膀直发颤："胡说八道！我都什么年纪了，传出去叫人笑话。"

殷蕙："反正以后不许您再喝酒了，喝酒容易中风。我天天跟衡哥儿夸您有一肚子的故事，可不想衡哥儿大了来探望您，却只看见一个躺在床上嘴歪眼斜的糟老头子。"

殷墉也不想自己变成那样，想了想，叹道："好，祖父都听阿蕙的，以后一顿最多喝一碗。"

殷蕙这才满意。

吃早饭的时候，殷蕙将殷阆也叫了过来。殷蕙发现，尽管祖父对殷阆也还算慈爱，终究还是隔了一层。

可能祖父还是介意殷阆外室子的身份，又或者祖父将心力都放在了栽培殷闻上面，不想因为殷阆，与殷闻产生隔阂。

"今日还有客人会过来，你们姐弟俩说说话吧，祖父去瞧瞧。"

饭后，殷墉背着手走了。

殷蕙带殷阆回了大房，她坐在廊檐下，看殷阆打了一套拳法。少年郎身形挺拔，出拳带风，竟看不出他其实才练了三四个月。

"长风，你觉得如何？"殷蕙问道。

长风："阆公子有习武的天分。"

这时，周叔来了。

殷蕙就请长风指点殷阆一二，她与周叔到厅堂里说话。

初七那日殷蕙才见过周叔，今日周叔乃不请自来。

"可是有什么事？"殷蕙叫金盏在门口守着，低声问。

周叔颔首，道："先前您叫我安排人手暗暗跟踪大少爷，我都照做了。只是大少爷身边有两个护卫如影随形，那二人都是老爷千挑万选的，本事未必比三爷身边的长风差，我派去的人跟了几次都被他们察觉了，还好他溜得快，没叫大少爷抓到。夫人，依我看，如果您没什么要紧事，咱们还是别跟了吧？就怕哪天真被抓了去，大少爷再把人扭到老爷面前，咱们没法交代。"

殷蕙心中一沉。

她一直记着廖秋娘的死。上辈子廖秋娘就是这个夏天没了的，母女俩横死在同一日，所以她才事先安排周叔跟踪殷闻，万一殷闻有加害廖秋娘之举，她的人好及时阻拦。

可她低估了殷闻身边的护卫。

周叔考虑得有道理，真让祖父发现她派人跟踪殷闻，她无法解释。

"那就不用再跟了。"

“夫人，您是怕大少爷算计二少爷？”周叔猜测道。

殷蕙只能默认。

周叔：“那您放心，大少爷很精明，真想害人也不会在平城动手。”

殷蕙便装出松了一口气的样子，免得周叔继续担心她有别的打算。

周叔告辞后，殷蕙也准备走了。

殷墉闻讯赶了过来：“不是说吃过午饭再回去？”早知小孙女走得这么快，他去招待什么客人？

殷蕙笑道：“想趁现在凉快去街上逛逛，迟了就热起来了。”

殷墉：“逛完再回来？”

殷蕙：“不了，回得太频繁，您都不稀罕了，就要一年回一次，您才念着我。”

殷墉又气又急，气小孙女说这没良心的话，又急着想让小孙女知道，他真没那么想。虽然，他的确有一点儿不高兴小孙女撮合他与殷阆亲近。

过继一事他已经冷了次子夫妻俩的心，若再器重殷阆，长孙误会了怎么办？

“好了，我逗您的。”见老爷子把自己的玩笑话当了真，殷蕙忙跑过来撒娇道，“祖父最疼我，我都知道的。”

殷墉叹气，拍拍她的肩膀道：“别在外面逛太久，不回家就早点儿回王府。”

殷蕙乖乖点头，在老爷子依依不舍的目光注视下上了马车。

长风骑着马，默默跟在一侧，并不过问夫人要去何处。等马车停在一家“潼关烤肉馍”的店铺前，长风这才笑了，夫人还真是好吃。

这会儿街上行人不多，有的吃食铺子甚至还没开张，廖秋娘与两个女伙计都很清闲。看到殷蕙从车里走下来，廖秋娘赶紧拿围裙擦擦手，笑容满面地跑了出来。

“夫人，总算又见到您啦。您要吃馍吗？”

十四岁的廖秋娘，因为在铺子里做生意，少了风吹日晒，脸蛋养白了很多，杏眼又圆又亮，清澈动人。

殷蕙笑道：“叫伙计做十个吧，等会儿我带走。街上人多，你带我去院里瞧瞧？”

廖秋娘便高高兴兴地将人引了进去。

“你娘身体如何了？”

“托夫人的福，铺子生意好，我也请了更好的郎中给我娘看病，她现在康健多了，还叫我辞了打扫的丫鬟，说她能帮忙做饭呢。”

“你爹爹呢？”

“我爹才跟着老爷跑了一次江南，赚了不少赏钱，最近在仓库帮忙看货。哎，娘，快过来，这就是三夫人！”

殷蕙就见到了廖秋娘的母亲，是个面皮白净，小有姿色的妇人，脸上残留着一种病态的苍白，想来还是落了病根。

殷蕙又逛了逛这栋宅院，前面是铺面，两侧都是邻居，若有贼人想上门，只能从后门翻墙过来。但廖家养了一条狗，殷蕙有廖秋娘陪着，这狗都警惕地低低哼叫，夜里肯定是个看家好手。即便贼人喂狗吃了迷药，廖秋娘身边还有一个会功夫的女伙计。

对于上辈子廖秋娘的死因，殷蕙没有十足的证据，但根据廖十三刺杀殷闻的举动，殷蕙坚信是殷闻害死了廖秋娘。当时廖家住的地方环境太差，殷闻只需趁廖十三不在，一个人便能悄无声息地制服了廖秋娘。而廖秋娘卧病在床的母亲，就算听见什么，看见什么，亦无可奈何。

但这次不会了，廖家的新宅固若金汤，殷闻很难得手。

离开之前，殷蕙吩咐那两个女伙计，无论廖秋娘去哪里，她们之中都要有一个跟着，不能让廖秋娘落单。

# 第十七章

给徐王妃、温夫人请过安后，殷蕙就回了澄心堂。

衡哥儿正在走廊里玩，穿着一件红肚兜、薄纱裤，手里牵着绳子一头，另一头绑在一辆木制小战车上。

这辆小战车是四爷魏昡送衡哥儿的周岁礼，战车前面雕有两匹栩栩如生的战马，马蹄中间有精细的滑轮，车身上也有两个大轮，用手轻轻推一下都能推很远。好像魏昡小时候就玩过这样的战车，郭将军送的。不愧是将门世家，给孩子玩的东西都与战场有关。

衡哥儿摇摇晃晃地跑着，还回头看看战车有没有跟着跑，一抬头，看到突然出现在走廊拐角的娘亲，衡哥儿高兴地笑了起来，丢下绳子跑得更可快了，结果不小心扑倒在地上。

殷蕙赶紧跑过来，一边检查小家伙有没有擦破手心或膝盖，一边问疼不疼。

衡哥儿抱住娘亲的脖子，口齿清晰道："不疼。"

走廊这边既晒不到太阳，又有微风吹拂，殷蕙便坐在美人靠上陪儿子玩了起来，直到衡哥儿爬下去，又开始拉着小车转来转去。

银盏端了茶水过来。

殷蕙问她："这两日，府里没出什么事吧？"

银盏摇摇头："都还好，就是昨天五郎哭了两场，上午找不到您哭了一次，晚上睡觉前又哭了一次。"

殷蕙叹气。儿子想自己，她该高兴，可偶尔她也想回娘家住住啊。然而衡哥儿身份不一样，除非有魏曕陪着，徐王妃绝不允许她带衡哥儿在外面过夜。

"昨晚，三爷什么态度？"殷蕙继续问。

提到这个，银盏便一脸后怕，大夏天的都觉得冷起来："吃晚饭时三爷瞧着还好，饭后还抱五郎去院子里哄了，后来脸色就越来越差，五郎哭时，三爷更是去前院歇了。"

当时她只是去送个驱蚊的香囊，三爷眼神冰冷得却好像她犯了该死的大罪，吓得她晚上一直做噩梦。

殷蕙挑眉："他就没哄哄？"

银盏："哄了，可是五郎不要三爷，三爷越抱，五郎哭得就越凶，脸都哭紫了。"

殷蕙不由得去看衡哥儿。小家伙蹲在地上摆弄木车，白白净净的脸蛋，乌黑明亮的大眼睛，又乖巧又漂亮。

都怪魏曕太冷，他若爱笑一些，怎么可能哄不好儿子？

上午就这么过去了，下午歇个晌，再教儿子认认字，不知不觉就到了黄昏。

魏曕回来了，先在前面沐浴。

殷蕙坐在榻上，看看坐在玩具堆里自得其乐的儿子，再瞟瞟窗外。

别说丫鬟们，她也怕魏曕的冷脸，更担心因为昨晚儿子哭闹了，以后魏曕都不许她出门。

瞟着瞟着，魏曕的身影出现在了走廊上，似乎还朝这边望了过来。

殷蕙忙转过头。

又过了一会儿，魏曕进来了。

金盏、银盏奉上茶水，悄无声息地退下。

魏曕看了一眼殷蕙，又看向衡哥儿。

衡哥儿还是很喜欢爹爹的，丢下玩具爬到爹爹腿上，让爹爹抱。

每当这个时候，魏曕的神色就会缓和下来，像一块在暖阳里微微融化的冰。

殷蕙松了一口气，假装数落衡哥儿："现在知道黏爹爹了？昨晚怎么不让爹爹哄？"

衡哥儿听不懂，小脚丫子踩着爹爹的腿，伸手去摸爹爹的发冠。

魏曕垂着眼，能看到她的裙摆。昨晚他的确生气她留宿外面，刚刚听安顺儿说她上午就回来了，想来也是挂念孩子，魏曕便不想再计较此事。

“家里如何？”他攥住儿子淘气的手，随口问道。

殷蕙诧异他竟然主动打听起殷家的事来，愣了愣后马上笑道：“挺好的，阆哥儿长高了一大截，我都得仰头看他了，功夫学得也不错，长风夸他有天分。我那姐夫瞧着也是一表人才……”

魏瞻听到这里，看过来道：“我记得你说过他在哪里做知县。”

殷蕙：“嗯，香河县，我二叔、二婶亲自物色的。本来依我祖父的意思，只想让姐姐嫁个门当户对的经商世家。”

她可不想让魏瞻误会祖父有心巴结当官的。

魏瞻没误会，却莫名想到了她那位姓谢的表哥。他让长风打听过了，谢家亦是平城的富贵人家。也许，如果不是父王要用他的婚事跟殷墉换银子，殷墉也会安排她嫁一个门当户对的，就像那位谢表哥。

殷蕙见他若有所思，心里一咯噔，试探道：“您该不会想看我的面子，提携我姐夫吧？”

不然，怎么要问蒋维帧在哪里做知县？

魏瞻闻言，递了她一个“做梦都不用想”的眼神。

提携，拿什么提携？他们兄弟的官都是父王封的王府属官，知县需要朝廷任命调遣，难道他要为了她的一个堂姐夫，求父王动用关系，甚至惊动皇祖父与太子？

殷蕙挨了瞪，反而高兴了。她压根就不想魏瞻掺和这些事，否则事情办成了，殷蓉夫妻得了好处，人情却算她欠魏瞻的。

“吃饭吧，我记得您好像挺喜欢吃烤肉馍的，回来时我特意去街上买了几个。”

“嗯。”

一家三口来到厅堂，衡哥儿坐到餐椅上，看看爹爹，看看娘亲，开开心心地吃了起来。

饭后魏瞻陪衡哥儿玩了两三刻钟，等天色黑下来，就让乳母抱小家伙下去了。

殷蕙坐在梳妆台前梳头，见他进来，便叫丫鬟们退下。她绕过椅子，站到他面前帮他更衣。

熟悉的淡淡花露香从她的身上飘过来，魏瞻垂眸，看见她长发披散，慵懒妩媚的样子，也看见随着她的动作，微松领口内若隐若现的荷绿色兜边。

无论艳红还是碧绿，都衬得她肤白若雪。

“无事献殷勤。”魏瞻抓住她的手，在她震惊抬眸时，看着她的眼睛道。

她这种小伎俩，用得多了，他一眼便看透。

殷蕙怕他的冷脸，但如果魏瞻露出这种如狼一般的眼神，她便只会为即将到来的事心跳加快。

“帮您更衣算什么献殷勤？”她假装不懂，还挣了挣手。

这一挣，便彻底将魏瞻变成了狼。

等殷蕙的意识濒临溃散，根本没有耍小心思的余力，魏瞻才在她耳边问：“有事求我？”

殷蕙连连摇头。

魏瞻：“那为何献殷勤？”

殷蕙抓着他的肩，眼神迷离：“怕您生气，不许我再出门。”

无所求，只是怕。

娇滴滴的人说出这种娇滴滴的话，魏瞻喉头一动，话已说了出来：“不会。”

他没那么小气。

香河县，知府县衙。

早上殷蕙离开殷家时，殷闻还在县衙后院的客房呼呼大睡。

昨日黄昏他来这边送妹妹出嫁，晚宴上喝多了，就听蒋维帧的安排，留宿一晚。

醒来时，殷闻只觉得头疼欲裂。

小厮阿吉端了醒酒茶来。

殷闻喝了一碗，捏捏额头，问：“姑爷他们可起了？”

阿吉笑道：“起了，还一同来看过您呢。”

殷闻洗过脸便去见二人了。

蒋维帧大大方方，殷蓉眉眼羞涩，郎才女貌，瞧着很是般配。

趁蒋维帧离开的时候，殷闻低声问殷蓉：“他身体如何？”

殷蓉没想到亲哥哥会问这种问题，面色涨得通红，瞪他一眼，扭头不肯回答。

殷闻道：“他耽误至今才肯成亲，我怀疑也是为了你好。”

殷蓉记着那日爹娘和哥哥把她当外人的仇，讽刺道：“为我好？那他身体若有疾，哥哥可会带我离开？”

殷闻皱眉：“都嫁人了，懂点儿事。”

殷蓉懒得与他纠缠，点点头，绷着脸走了。

殷闻放了心。再怎么说，殷蓉都是他的亲妹妹，他可不想妹妹嫁一个中看不中用的绣花枕头。

辞别之后，殷闻骑马离去，阿吉与两个护卫如影随形。

几十里的路程，主仆四个时而快跑，时而慢行休息，路上竟然还撞见另一支迎亲的队伍，大红花轿摇摇晃晃的。

阿吉打趣道：“少爷，大小姐、二小姐都出嫁了，您还不着急给我们娶位少奶奶吗？”

殷闻确实不急。他才十九岁，成亲就意味着身边要多个管他的人。再说了，他眼光高，至今还真没遇到让他想娶回家的好女子，虽然，看上眼的倒是有几个。

廖秋娘便是其中之一。

本来廖秋娘非常好得手，没想到殷蕙那死丫头不知搭错了哪根筋，竟然租了一处宅子给廖家，既有左邻右舍照拂，又有丫鬟伺候，让他投鼠忌器。

偏偏，越是难以到手，越叫他惦记。

回到平城，殷闻特意去廖秋娘的铺子前逛了一圈。他隐在人群后，远远看到廖秋娘头戴彩巾，系着一件桃红围裙在招待食客，那俏丽的模样，很难让人相信她是壮汉廖十三的女儿。

殷闻眯了眯眼睛。

他对廖秋娘的兴趣，除了小丫头本身俏丽，还有一半来自廖十三。只要一想到他将廖秋娘收了房，小丫头委委屈屈不敢声张，廖十三空有一身好本事却毫无所觉，殷闻便热血沸腾，犹如在瞌睡的老虎身边猎食虎子。

过了几日，身边的护卫告诉殷闻，之前鬼鬼祟祟跟踪他的人好像收手了，再也不见踪影。

殷闻沉吟了片刻。

他竟猜不到是谁在打他的主意。殷家生意做得大，难免得罪了一些商家。不过，有燕王府这门亲戚，谁也不敢明着对他下手。若玩阴的，便是来十个人，也不是他这两个护卫的对手。

六月初，殷墉收到一封请帖，有位家住霸州的世交祝寿，请他过去喝酒。

殷墉离开前，照旧将家里的生意交给殷闻打理，殷景善反而只负责一些不太要紧的铺子。

烈日炎炎，殷闻一直将老爷子送出平城。想到老爷子要在霸州住几日才回来，殷闻叫来阿吉，低声吩咐了一通。

等了这么久，廖秋娘已经长成，可以下手了。

夜幕降临，街上行人渐少，廖秋娘看看铺子外面还排着的三个食客，准备等会儿就打烊收工。

就在这时，一个十七八岁，丫鬟打扮的圆脸姑娘笑盈盈地朝铺子走来。

廖秋娘好奇地看着对方，买馍就买馍，此人怎么笑得这么灿烂？

“廖掌柜，我三月里在您这里买过馍，您还记得我吗？”圆脸姑娘语气亲昵地问。

廖秋娘微微有些尴尬。铺子生意好，每日来买馍的食客那么多，就是今早来的人她未必都记得住，更何况两个多月前的。

“有什么事吗？”廖秋娘笑着问。

圆脸姑娘解释道：“是这样的，三月里我陪我们家老太太出来闲逛，经过您这铺子，老太太叫我买了两个馍尝尝，然后老太太一吃就喜欢上了，后来每隔几日就打发家里小厮过来排队，可我们老太太嘴刁，总觉得带回去的馍不如现做的好吃。偏她犯了腿病，不好出门亲自来买。这不，老太太忍了两个多月，今日终于忍不住了，闹着要吃现烤的，打发我过来问问您接不接上门烤馍的生意。”

廖秋娘为难起来。

圆脸姑娘想起什么，补充道：“对了，老太太说了，知道您生意忙，说按照您的方便来，您什么时段比较空闲就什么时候去，不一定非要在饭点。老太太还说，不能劳烦您白跑一趟，除了馍钱，还会给您十两银子的辛苦钱。我们老爷在外面经商，老太太手头阔绰，花十两银子解馋，她高兴着呢。”

十两银子！

铺子生意再好，跑一趟就能赚十两银子，谁能不心动？

廖秋娘拿围裙擦擦手，询问道：“不知老太太住在何处？”

圆脸姑娘笑道：“我们老爷姓王，住在桂花巷，到了那边您随便找个人打听，他们都知道做玉器生意的王家。”

廖秋娘知道桂花巷，离得不算太远，她走快点儿，来回半个时辰足够了，不耽误晌午的生意。

“明早巳时我过去，你们府上可方便？”

“方便，方便。肉啊，面啊，我们会预备好，您空手过去就行。哦，这是五两银子的定金，您收好！”

廖秋娘还想拒绝，圆脸姑娘已经跑了。

有个刚刚拿到馍的食客羡慕地看着她：“廖掌柜东西做得好吃，就是有福气，多接几个大户生意，都不用日日开张受累了。”

廖秋娘笑道：“这都是碰运气的事，一年撞上一次都知足了，哪能天天盼着？”

等食客们都离开了，廖秋娘也关上铺门，她与梨花、梅花在里面收拾打扫。

“掌柜，您去那边，这里怎么办？”梨花不放心地问。

廖秋娘：“你们俩看着啊，我提前多做一些馍，食客来了你们帮忙烤，又不是烤不来。”

梨花：“那不行，我得跟着您去。夫人安排我们过来时就交代过了，说您长得好看，年纪又小，可能被人欺负，叫我们保护好您。”

廖秋娘想到三夫人美丽的脸庞，感动地说道：“好吧，那明早你跟我一块儿去。”

用晚饭时，廖秋娘还对爹娘提了此事。

她娘也有一点儿担心。

廖十三却道：“王家我听说过，王老爷做玉器生意，跟老爷有些交情，他常年不在家，家里确实有位老太太。”

廖秋娘一喜，对母亲道：“您看，爹爹都说没事。”

廖十三嚼着饭菜，想到王家的小少爷好像才十来岁，确实没什么好担心的。

次日一早，廖秋娘照旧带着梨花、梅花早早忙碌起来。过了早上生意最红火的时段，廖秋娘、梨花解下围裙，洗洗手脸，兴高采烈地出发了。

桂花巷的巷子口种了一棵亭亭如盖的桂花树，有几个老太太坐在树下纳凉，廖秋娘上前打听王家住在哪里，老太太们热情地指明了方向，就在里面第五家。

王家宅门上方挂着题有“王宅”的黑色匾额，梨花上前敲门。

门房显然提前得了吩咐，喊来小丫鬟，要小丫鬟直接带她们去老太太的院子。

通常老太太都住在比较安静的院落，廖秋娘二人跟着小丫鬟往后头走，一直来到内宅深处，也没有觉得奇怪。

到了一处名为寿春堂的院子，昨晚去付定金的圆脸丫鬟出现了，打发门房丫鬟离去，她直接将二人带到厨房，笑盈盈地说道：“刚刚我家少爷爬树摔了一个跟头，老太太过去照看了。你们先做吧，做好了老太太差不多也回来了。”

见梨花疑惑地看着厨房里面，圆脸丫鬟又解释道：“老太太说了，你们吃的是手艺饭，提前叫厨娘们回下人房休息了，不给她们偷师的机会。”

梨花疑惑顿消，怪不得厨房里一个人影也没有，这王家老太太真是讲究。

圆脸丫鬟指指院子里修剪花草的两个小丫鬟，笑道：“那我先去盯着她们做事，你们自去忙，需要什么喊我就是。”

廖秋娘点点头，扫视一眼这幽静雅致的院子，带着梨花进去了。

不愧是大户人家，厨房里面瓜果蔬菜、鸡鸭鱼肉应有尽有，几口锅也刷得干干净净。

廖秋娘放下食盒，里面是她自制的酱料，然后从王家准备的五花肉里挑出一条最好的交给梨花切馅儿，她去揉面。

烤肉馍的馅儿要香，面皮也得好吃。馅儿有酱料提味，面皮考究的是厨子的手上功夫。

厨房里比较闷，两人渐渐地都出了汗。

圆脸丫鬟又来了，手里的托盘上摆着两碗茶：“看我，差点儿忘了给你们上茶水，已经凉下来了，你们快喝点儿吧。”

廖秋娘专心地揉面，表示不用。

梨花也在剁馅儿，不想喝，架不住圆脸丫鬟热情，端起茶碗送到她面前，梨花只好去喝。本想抿一下就松嘴的，圆脸丫鬟竟将茶碗举得更高，梨花怕茶水洒了，不得不喝了一大口。

圆脸丫鬟将茶水放到一旁，又去忙了。

廖秋娘揉好了面，拿袖口擦额头的汗时，旁边突然传来一声闷响，她回头一看，竟是梨花倒在了地上。

"梨花！"廖秋娘奔过去，顾不得手上还沾了面，蹲下去扶梨花。

梨花身子沉沉的，闭着眼睛，好像陷入了熟睡。

忽然，厨房的门被人关上，里面也暗了下来。

廖秋娘探头去看，待看清站在门口的人是谁，只觉得一股冷气猛地从脚底蹿起，直奔心口。

殷闻扫了一眼里面，朝见了鬼似的廖秋娘笑了笑，一边慢条斯理地解开外袍，一边道："有阵子没见了，秋娘可还记得我？"

廖秋娘看看他身后紧闭的门，终于明白过来："这一切都是你安排的？"

殷闻："不然呢？你真以为有人愿意花十两银子光买你的馍？"

廖秋娘抿紧嘴唇，一边警惕地盯着殷闻，一边伸手去探梨花的鼻息，还好，茶水里应该只放了迷药。

确定梨花生命无忧，廖秋娘轻轻放下梨花，趁殷闻还在找地方放外袍，廖秋娘跨过梨花的身体，飞快抓起案板上的菜刀，以防守的姿态警告殷闻道："你别过来！不然我跟你拼命！"

她的脸色苍白如纸，眼睛却亮得惊人，如果殷闻真要逼她，她宁可拼得鱼死网破。

殷闻放好外袍，见她这样，笑道："这是何必？只要你从了我，待我成亲，马上就会纳你做姨娘，我们殷家的富贵你应该很清楚，跟着我，我保你一辈子穿金戴银。"

廖秋娘："我呸！我宁可穷得吃糠咽菜，也不会给你做妾！我劝你最好离开，否则就算你得了手，我也会告到三夫人面前！"

殷闻朝她走来，脸上带着志在必得的笑："三夫人是我的妹妹，她会帮谁？况且以她现在的身份，最怕娘家闹事连累她在王府的好日子。你跑去找她，就是恩将仇报，不如乖乖从了我。"

廖秋娘不从，当殷闻步步逼近，逼得她退无可退，廖秋娘一狠心，真的挥刀朝他劈去！

锋利的菜刀确实唬人，殷闻却面不改色，身体敏捷避开，同时伸手攥住廖秋娘的手腕，狠劲一捏，廖秋娘顿时因为剧痛失力。殷闻趁机夺走菜刀扔到旁边，再把瘦小的廖秋娘转过去往后面的米缸上一压，一手捂着廖秋娘的嘴，一手去扯她的裙子。

廖秋娘奋力挣扎，然而殷闻就像一座大山，仅凭腰腿便禁锢得她挣脱不得。

在殷闻眼里，廖秋娘已是一只被绑了手脚的兔子，不管怎么扑腾也只有被他吃掉的命。

当他的手毫无阻隔地贴上来，廖秋娘突然不动了，失声哭泣，眼泪流到殷闻的手上。

殷闻毕竟不是街头混混，见她哭得伤心，身体却乖了，猜她应该已经认了命，便起了一丝怜香惜玉的心思，松开廖秋娘的嘴，俯身去亲她的侧脸："傻姑娘，不用哭，跟了我，以后有你的好日子。"

廖秋娘只是哭，他来亲，她也不躲。

就在殷闻捧起她的脸，碰上她的嘴唇时，廖秋娘突然抓紧藏在袖中的梨花的铜簪，猛地朝殷闻刺去。

殷闻察觉有变，及时避开，廖秋娘却紧追不舍，便是兔子也会殊死一搏。

追赶躲闪间，铜簪锋利的簪尾划中了殷闻的脸，可惜马上就被殷闻打落。

"不知好赖！"

殷闻一手捂脸，目光阴狠地看向廖秋娘。

廖秋娘已经跑到了门口，她试着开门，门却从外面锁上了，透过门缝，能看到不远处守着殷闻的两个护卫。

廖秋娘惊恐地回头，看到殷闻半边脸都是血，再次朝她逼来。

心跳从来没有这么快过，廖秋娘慌乱地看向厨房各处，然后朝一个方向跑去。

殷闻并不认为廖秋娘能逃出自己的手掌，追得不紧不慢。

"你别过来！"

廖秋娘跑到放酒的地方，抓起一坛酒朝殷闻抛去！

酒坛飞到一半便咣当落地，坛子碎了，酒水洒了满地。

殷闻只是笑，脸上血迹狰狞。

廖秋娘又抓起一坛，拔掉盖子，这次却是砸向厨房西北角的柴垛。

殷闻脸色大变，意识到什么，疾步扑向廖秋娘。

廖秋娘回给他一个笑容，燃起刚刚慌乱逃跑时趁机藏起的火折子，丢向柴垛。

殷闻将廖秋娘扑倒的瞬间，轰隆一声，柴垛也燃起了熊熊大火。

"贱人！"殷闻狠狠地甩了廖秋娘一个耳光。

廖秋娘嘴角流血，耳朵里嗡嗡地响，等她恢复意识，殷闻又一个耳光打了下来。

廖秋娘眼中终于失去了神采，丢了魂般躺在那里。

厨房里有水，殷闻试着舀水灭火，然而炎炎夏日助长了火势，眼看火舌蔓延到地上的酒水，又一条火龙跳了起来，殷闻恨恨地踹向廖秋娘，转身跑了。

两个护卫察觉不对，立刻打开门。

“快去收拾好里面，装成她们笨手笨脚意外走水。”殷闻没好气道。

两个护卫赶紧冲了进去。

殷闻再吩咐圆脸丫鬟：“等会儿我们先从后门离开，你告诉你们少爷，让他将走水的责任推到廖秋娘头上，再说看在她与燕王府三夫人的关系上不予追究，别把事情闹大。”

王韫石这小子虽然才十岁，却很上道，配合他哄着王家老太太完成了今日的计划。但王老太太只知道吃馍，并不知道他早已潜了进来。

事后他贴补王韫石一笔银子，这事也就过去了。廖秋娘那死丫头保住了清白，为了名誉，肯定也不敢声张。

圆脸丫鬟连连点头。

两个护卫将廖秋娘、梨花拖到厨房门口。

殷闻扫了一眼廖秋娘露在外面的腿，让圆脸丫鬟帮她穿好衣裳，沉着脸带人走了。

圆脸丫鬟跨进来，见廖秋娘人是清醒的，只是没了求生之心，一边帮她收拾衣裳，一边叹息着说了殷闻的安排：“廖掌柜，您想开点儿，这次殷少爷吃了大亏，以后肯定也不会再惦记您，您就当什么都没发生过，忘了吧。”

廖秋娘木然地看了她一眼。

厨房上面冒起滚滚浓烟，王家与周围街坊家的下人都提着水赶了过来。

等着吃馍的王家老太太气得直跺脚，指着被丫鬟们救出来的廖秋娘骂个不停：“我好心照顾你的生意，你竟然烧了我家的厨房！你，你怎么不笨死！”

这时，昏过去的梨花终于被杂乱的脚步声吵醒，她坐起来，看看披头散发的廖秋娘，再看看厨房，一脸迷茫。

“掌柜，这是怎么回事？”

问完了，梨花站起来，直到此时，她才看清廖秋娘长发遮掩住的红肿的脸。

对上梨花心疼震怒的眼神，廖秋娘苦笑一声，落下泪来。

梨花抱住她，红着眼睛道：“您别哭，无论您受了什么委屈，三夫人都会替您做主！”

王家老太太就站在一旁，闻言生气地说道：“替你们做主？你们烧了我的房子，我还要报官呢！”

十岁的少爷王韫石连忙抱着她的胳膊劝道：“祖母，祖母，您别急。不看僧面看佛面，她爹在殷家做事，她又是三夫人的人，反正这火已经控制住了，您就别报官了。闹大了，两家还怎么走动？”

王家老太太听了这话，再去看廖秋娘，见廖秋娘后悔得都自己把脸打肿了，老太太重重哼了一声，默认了孙子的话。

在街坊们的数落声中，廖秋娘被梨花扶着走出了桂花巷。

“掌柜，您跟我说，到底发生了什么事？我喝的茶是不是有问题？”拐进一条偏僻的巷子，梨花焦急地问。

廖秋娘深深地吸了一口气，将事情原原本本地告诉了她。

她需要梨花帮忙在爹娘那里遮掩，为了不露出马脚，只能提前跟梨花串通好。

梨花咬牙切齿：“走，咱们去找三夫人！”

廖秋娘摇头：“别给三夫人添麻烦了，等老爷回来，我直接去找老爷。”

老爷当年救了爹爹的命，三夫人也帮了她一家，所以她不报官，不让整个殷家名声扫地。可殷闻休想她忍气吞声！

夏日炎炎，知了躲在树上叫个不停，此起彼伏的，叫人心神不宁。

“夫人今日是怎么了？老是走神。”金盏新搬了一块冰来，放入冰鼎，一抬头就见主子坐在榻上，神思又飞远了。

殷蕙说不清楚。记忆里，这个夏天唯一一件叫她惦记的事，就是廖秋娘母女的惨死。

按理说，她做了那么多，应该不用再担心什么。可这事不像燕王的牙，拔了问题就彻底解决了。殷闻那颗毒牙究竟会不会再次发作，谁也说不准。

“娘！”

衡哥儿突然叫道，小脸通红。

没等殷蕙反应过来，乳母笑道：“哎，五郎要拉臭了。”

殷蕙便看着乳母抱衡哥儿出去了。衡哥儿有他自己的净房，等会儿还要洗屁股，那边东西准备得齐全些。

就在此时，周叔通过王府门房递了一封信进来。

信封得很严密，上面有周叔的亲笔字迹。

殷蕙撕开信封，周叔在信里交代了廖秋娘去王家当差，却不小心害得人家厨房走水挨骂之事。

周叔看似只是把事情如实禀报给了她，殷蕙的心却缩紧了。

廖秋娘一个吃厨艺饭的，小小年纪能同时照顾母亲与铺子，又孝顺又周到，会让别人家厨房起火？

肯定是出事了！

殷蕙立即叫人备车。

殷蕙拿着魏瞻的腰牌，顺顺利利经后宰门出了王府，直奔廖秋娘的烤肉馍铺子。

此时已经接近晌午，铺子生意最火，廖秋娘戴着面纱，若无其事地忙碌着，反倒是梨花，不时停下来观察她的状态。

殷蕙坐在马车上，将这一切看得清清楚楚，廖秋娘脸上的面纱让她更加不安。

她吩咐车夫绕到这宅子的后门，与廖秋娘的母亲寒暄过后，找个借口让她请廖秋娘过来。

廖秋娘一听三夫人来了，下意识地看向梨花。

梨花回避地低下头。她知道廖秋娘不想劳烦三夫人，可三夫人派她过来就是为了保护廖秋娘，结果她平时对付小流氓管用，关键时刻却什么忙也没帮上，让廖秋娘受了那么大的委屈，如果再瞒下此事，如何向三夫人交代？

“这边你们俩看着点儿，我离开一会儿。如果馍都烤完了我还没回来，便打烊吧。”

廖秋娘没有责怪梨花。今日如果不是有梨花在，她既藏不下那根簪子偷袭殷闻，后来恐怕也没有勇气一个人面对那么多人的责备与唾骂。

都是为了她好，她明白。

是她自己不争气，真以为天上会掉馅儿饼，真以为自己的馍好吃到人家愿意白花十两银子。

廖秋娘跟着照料母亲的小丫鬟回了后宅，劝母亲回去休息，她单独招待三夫人。

她一早就在铺子里忙，廖母起得晚，这才看见女儿，疑惑地问道：“你的脸怎么了？”

廖秋娘笑：“溅了油点儿，涂了药膏很难看，遮掩着免得惊到食客。娘快回去吧，三夫人还等着我。”

廖母只好走了。

殷蕙让金盏守门，她看着廖秋娘道：“你在王家，究竟发生了什么？秋娘，我出来一趟不容易，你如实告诉我，别叫我担心。”

廖秋娘不受控制地落下泪来，她跪到殷蕙面前，解开面纱，露出一张残留巴掌印的红肿小脸。

殷蕙深深地吸了一口气，怒火在胸口翻滚：“谁干的？”

廖秋娘哽咽着全盘托出。

殷蕙浑身发冷。没想到她做了那么多，殷闻还是不肯放过廖秋娘，布了那么一个那样缜密的局诱廖秋娘入瓮。

廖秋娘做的馍好吃，连燕王、魏瞻都喜欢，王家有钱，真花十两银子请廖秋娘过去烤馍也不算稀奇，让丫鬟端茶招待一下也是基本的礼数，这一套一套的，让两个涉世未深的小姑娘如何防备？

梨花也只是会功夫罢了，挡得住明刀，防不了暗枪。

“你身上可还有别的伤？”殷蕙扶起廖秋娘，先关心地问道。

廖秋娘摇摇头，以为夫人要问别的，低眸解释道：“他摸了我，但没有得逞。”

那声音颤抖，脆弱又倔强，殷蕙心疼地将人抱进怀里。

殷闻武艺不俗，廖秋娘能从他手里逃出来，坚定的心性与临危不乱的勇气缺一不可，这么好的小姑娘，上辈子却在如花的年纪横死，如今也被殷闻纠缠、算计。

“报官去吧，不能白受这委屈。”殷蕙拿出帕子帮廖秋娘擦掉眼泪，说道。

那十年她忍了太多的气，碍于身份不好发作，可她知道忍气吞声的滋味不好受。殷闻畜生不如，凭什么要廖秋娘忍？

廖秋娘却摇摇头。

在王家的时候她就没考虑报官，一路走回来，她也越来越冷静。

不提殷老爷、三夫人的恩情，她报官有用吗？除了梨花，根本没有人能替她做证。王家少爷、王老太太、圆脸丫鬟都是殷闻的帮凶，只要他们一口咬定殷闻没有出现过，抑或是殷闻只是在王家做客，脸上的伤来自别处，官府能做什么？梨花是她的伙计，当时又昏迷了，讲不清细节，官府不会信。

除了让她的清誉扫地，除了连累三夫人被王府贵人们看不起，报官没有任何好处。

听了廖秋娘的话，殷蕙陷入了沉默。

她迫不及待地想看到殷闻罪有应得，可她不能不考虑廖秋娘的处境。如廖秋娘所说，就算报了官，殷闻也能摘干净，廖秋娘却要承受平城百姓铺天盖地的非议。

她才十四岁。

“那你就打算这么忍了？”殷蕙不甘地问。

廖秋娘：“不，我会求老爷主持公道。老爷是天底下最好的人，我跟我爹都信他。”

殷蕙再度沉默了。

祖父的确很好，周围的人遇到不平之事，祖父都会公平处理。祖父也很仁厚，廖家为了给廖母治病导致家境穷困，祖父一直都有接济。

可是，殷闻是祖父最看重，最信赖的长孙，祖父早已把殷闻当成了殷家产业的继承人，祖父真会为了廖秋娘大义灭亲，把殷闻扭送到官府吗？

殷蕙没有对廖秋娘隐瞒她的顾虑。

廖秋娘道："我不需要他去官府受罚，我只是想让殷老爷知道他的所作所为，让大少爷明白我不是好欺负的人，让他不敢再……"

说到这里，廖秋娘泣不成声。无论厨房里殷闻的强迫，还是王老太太等人的议论纷纷，都让她后怕。

殷蕙抱住她，等廖秋娘慢慢地冷静下来，殷蕙低声道："初七祖父应该回来了，那日你先去锦绣楼等我，我陪你去。"

殷蕙从廖家离开不久，一个躲在巷子角落的矮小布衣男子匆匆离开，一路跑回殷闻在城西置办的一座宅院。

殷闻在照镜子。廖秋娘在他脸上划下一道寸长的伤痕，疼归疼，倒不是很深，不知道会不会留疤。

等老爷子回来了，他就说与人应酬时喝醉酒，不小心撞到了桌角，冲撞太狠，划伤的。

"大少爷，三夫人去见廖秋娘了，待了两三刻钟，如今已经回府。"矮小男人跟着阿吉走进来，低声道。

殷闻目光一沉，那不识抬举的贱人竟然真敢找殷蕙？

找了又如何？殷闻不信殷蕙会替廖秋娘做主。这事闹大了，对她没有任何好处，甚至会让燕王更加嫌弃她这个儿媳妇，包括三爷。

"继续盯着廖秋娘的一举一动，官府门前也留意些，都小心行事。"

"是。"

殷闻一直在私宅待到夜幕降临，得知廖秋娘已经打烊休息了，没有去报官，殷闻越发确定了自己的猜测，趁天黑又找了一趟王韫石，让他别露馅儿。

"殷兄放心，我都安排妥当了，我祖母一点儿都没怀疑。"王韫石笑容老成地说道。

殷闻笑了笑。王韫石离开时，他看着这孩子的背影，心想，将来平城肯定又要多一个祸害，只是再蹦跶，也越不过他。

燕王府，澄心堂。

魏曕换完常服来了后院，就见乳母在陪衡哥儿玩，殷氏坐在榻上，皱着眉头聚精会神地在看什么，招呼他一声，马上又继续看。

一开始魏曕还以为她又在看账本，逗了一会儿衡哥儿，再去看她，恰好她翻页时露出封皮，好像是个话本子。

衡哥儿越来越会学话了，魏瞻不想在儿子面前提及这等难登大雅之堂的书，便暂且没有问。

待洗漱完毕，进了帐子，魏瞻才问道：“方才你看的是什么书？”

殷蕙笑道：“打发时间的东西，您瞧不上的，还是不说了。”

魏瞻想起她皱眉的样子，问：“讲的什么？”

殷蕙只好回答：“才子佳人那种事呗。”

魏瞻抿唇。他没看过这种书，不知道才子与佳人会发生哪种事。

殷蕙根据他的神情，猜了个七七八八，就讲得详细些：“这种书，通常才子都是寒门子弟，抑或是家道中落，机缘巧合下遇到大户人家貌美的小姐，那小姐被他们的才华吸引，宁可忘了从小到大的教养，也要与他们花前月下私订终身。”

魏瞻皱眉：“以后少看，最好扔了。”

殷蕙乖巧地说道：“知道。其实我以前看的也还好，才子们大多端方守礼。这两年书坊不知道怎么了，卖的话本子写得越来越离谱。就说我今天看的，那书生竟然担心小姐听从父母的劝阻不理他了，故意通过友人的妹妹将小姐请到友人家中，他则躲在书房，强行向小姐求欢……”

她说到这里时，魏瞻的眉头已经皱出了“川”字纹。

殷蕙继续道：“我就特别生气。换作是我，我非得报官告他诱奸良家女子，包括他的友人兄妹也别想置身事外。”

魏瞻瞪她：“胡言乱语。”

殷蕙靠到他怀里，赔笑道：“我就是随口说说，您当真做什么？不过话说回来，如果话本子里的小姐真狠心去报官，您觉得官府会替她主持公道吗？”

魏瞻想了想，道：“要看那公子有没有担当。他承认罪行，官府自然会定他的罪名；若他不承认，咬定是小姐勾引的他，这事便难以说清。想来他对友人兄妹说的，也只是请小姐过来一叙。”

殷蕙状似恍然大悟：“怪不得事后那小姐哭一阵就答应了。她肯定也是怕报官不成反被诬陷，不得已，两害相权取其轻。”

魏瞻“嗯”了一声，再次告诫她：“都烧了。衡哥儿越来越大，别带坏他。”

王府的学堂里，绝不会有这种书。

殷蕙乖乖点头，头枕着他的肩膀，眉暗暗皱紧。

殷闻的陷害与那书生大同小异，廖秋娘只是侥幸没有让他得逞。殷蕙对官府办案的流程不太了解，故意通过话本子询问魏瞻。现在看来，廖秋娘的顾虑没错，在这类案子上，官府真的很难还女子清白。

如果祖父肯严惩殷闻，也算是给廖秋娘一个交代了。

# 第十八章

初七这早，殷蕙跟着魏瞻一块儿起来了，梳头时让金盏去安排马车。

魏瞻看过来：“今日还要出府？”

一个“还”字，就让殷蕙明白，魏瞻知道她三日前出了一次。

这事确实也瞒不过他。安排车马的事得通过安顺儿办，安顺儿又对魏瞻最忠心，肯定要对魏瞻提一嘴。那日魏瞻没问她为何离府，可能以为她只是照惯例每月去一趟锦绣楼。

殷蕙转过身，巴巴地望着他，小声道：“上次是烤肉馍铺子出了点儿事，今日才是去锦绣楼，可以吗？”

魏瞻沉默。

殷蕙朝他嘟嘟嘴。不知道这招对魏瞻管不管用，反正以前每次在祖父面前使这一招，祖父都会纵容她。

魏瞻板着脸移开视线，却也没有说什么。

不说就是默许，殷蕙笑了笑，继续梳头。

安顺儿还聪明地将夫人的马车安排到了东华门外，猜到夫人会与三爷同时出发。

然而不知是殷蕙的运气不佳，还是魏曕倒霉，夫妻俩刚走出东六所，来到隔开燕王府前朝与后宫的中间巷道上时，就见燕王也从勤政殿那边出来了，而且也是朝东华门的方向走来。

殷蕙紧张地看向魏曕，魏曕看她一眼，站在原地。

晨光熹微，小两口并肩站着，一个神色如常，一个透出几分不安来。

燕王走近了。

魏曕、殷蕙齐齐行礼，魏曕问道："父王要出府吗？"

燕王道："是啊，去卫所看看，一起走吧。"

他的目光从殷蕙脸上扫过，马上就移开了，也没有问什么。

燕王步子大，走得快，魏曕从容跟上。

殷蕙也不好小跑着追，乱了仪态只会更加惹公爹不喜，所以，等她出了东华门，燕王父子俩已经骑马远去了。

殷蕙带金盏上了马车。

金盏捂着胸口，心扑通扑通地跳，劫后余生般对殷蕙道："夫人，咱们以后还是走后宰门吧，别贪近了。走后宰门肯定碰不到王爷。"

殷蕙故作沉稳："王爷都没说什么，瞧你那点儿出息。"

其实她非常担心公爹会不会训魏曕纵容她频繁出府，回头魏曕再来训她。挨训倒没什么，就怕以后不能再出门。

不过，今日事大，就算明知会撞上燕王，殷蕙也还是要出去，只是会换个门走。

殷蕙来到锦绣楼时，廖秋娘、梨花已经都等在这里了。

殷蕙担心祖父可能外出，不宜耽搁，直接让廖秋娘上车，金盏、梨花在外面跟着。

已经过去三日，廖秋娘白皙的脸上还留着泛青的指印。

见殷蕙有些难受，廖秋娘笑道："您不用担心，早不疼了。我故意没涂药膏，为的就是让老爷看清楚。"

少女目光清澈明亮依旧，殷蕙十分钦佩，越发地喜欢这个小姑娘了。多勇敢，多豁达，经历过那种事依然能向阳而生，她上辈子白白活到二十五岁，竟被夫君纳妾这点儿小事给气回来了。

"委屈你了。"千言万语，殷蕙只说了这一句。

廖秋娘笑了笑。想到了什么，她有些忐忑地看着殷蕙，小声道："夫人，我爹爹知道了。"

爹爹目光犀利，她瞒不住，只能老实交代。

殷蕙登时提心吊胆起来。廖十三可是刺杀过殷闻，这次会不会……

真能杀死殷闻，也是殷闻活该，就怕殷闻又拿祖父挡刀，抑或是廖十三刺杀失败，被殷家的护卫拿下，白白背负谋杀之名入狱。

廖秋娘不知道她为何如此害怕，忙解释道："我爹爹跟我一个意思，错都在大少爷，不能连累您与老爷，只希望老爷能给我们一个说法。爹爹还说，大少爷暗中派人盯着我，所以他这几天都假装毫不知情，今日一大早才赶去了殷府禀报老爷，免得大少爷发现我来见您，提前找借口支走老爷，让您扑空。"

殷蕙背后冷汗淋漓。

廖十三不愧是跟着商队出生入死的武者，哪怕女儿被人欺辱，他也能忍下去，等候最佳时机。

这次是廖秋娘保住了清白与性命，廖母更是蒙在鼓里，活得好好的，廖十三才能保持理智，否则，他肯定还会像上辈子一样，伺机刺杀殷闻。

殷蕙的目光，再次落到廖秋娘的脸上。

小姑娘长得好看，眉眼中也有一种寻常女子身上罕见的坚毅与无畏。

都是因为她有廖十三那样的好父亲吧，所以才能临危不乱，想出放火的办法，借此摆脱殷闻。

殷家到了。与往日不同，今日殷家大门紧闭，意思是不见外客。

殷蕙自然不是外人，德叔神色严肃地将殷蕙、廖秋娘、梨花带到了殷墉的院子，连金盏都只能在院外守着。

厅堂里面，殷墉面沉如水地坐在主位，左边站着赵氏、殷闻母子，右边是廖十三。

两辈子殷蕙曾多次听见廖十三的名字，今日乃第一次亲眼见到他本人。别看廖秋娘白净貌美，廖十三却是个山岳般魁梧，面如古铜的壮硕男子，且比燕王身边的那些武将还要魁梧，一身粗布短衫紧紧地束缚着他强健的身躯，上臂两侧绷得紧紧实实。

将军们只是遇到战事才上阵杀敌，廖十三年年都跟着商队出生入死，过的是刀尖舔血的日子。

"阿蕙，过来坐。"殷墉身边还有张椅子，他看了一眼殷蕙道。

殷蕙点点头，走了过去。

赵氏怨愤地看着她。老爷子叫她过来站了半天了，她都没资格坐，殷蕙一个晚辈就可以！

殷墉看了一眼殷闻与廖十三，先问梨花："你来说，初三那日都发生了什么事？"

廖秋娘抿紧嘴唇，终于还是看向殷闻。

殷闻左脸的伤疤已经愈合，结了暗红色的痂，远没到脱落的时候。

一大早的被廖十三打了个措手不及，在祖父面前失去先机，殷闻的脸色很是难看。

最关键的是，他笃定廖秋娘不敢说，前日还去殷家仓库试探过廖十三，廖十三的表现与平时没有任何区别。

二人对视时，梨花已经开始了叙述，从初二黄昏王家派人去铺子里邀请她们上门做馍说起，说到她喝了茶水昏迷不醒，再说到她醒来发现王家乱成一团，廖秋娘双颊红肿。

尽管事情是发生在廖秋娘身上，重新回忆起来时，梨花还是气得全身发抖，眼睛也红了。她跪下道："老爷，请您替廖姑娘做主。"

"你胡说！"赵氏突然指着梨花大骂起来，"她们给了你什么好处！让你在这里颠倒黑白，陷害人！也不撒泡尿照照自己！我们阿闻想要什么样的美人不行！有的是大家闺秀抢着给他，他需要用这种手段算计你们这些臭丫头！我看就是有人看阿闻不顺眼……"

"闭嘴！"殷墉猛地一拍桌子，朝赵氏吼道。

赵氏打了个哆嗦，身子僵硬得不行。她也跪下去，朝老爷子抹泪道："父亲，阿闻是您一手栽培大的，他的品行您再清楚不过，您得替他做主啊，不能放任外人这么污蔑他。阿闻还没有成亲，这事要是传出去，以后谁还敢嫁到咱们殷家来……"

殷墉冷眼道："让你过来是让你做个见证，你再啰唆一句，马上回去！"

赵氏终于不出声了。

殷墉又看向廖秋娘，刚要开口，却被小姑娘脸上的巴掌印刺疼了眼睛，于是垂眸道："秋娘也说说，从进了王家开始说。"

廖秋娘跪到地上，事无巨细地回忆起来，包括王家寿春堂中花坛里的花草："寿春堂很幽静，我其实有点儿怕，可我看到除了圆脸丫鬟，院子里还有两个伺候花草的小丫鬟，我便安了心，觉得这确实是一个过日子的富贵人家。还有厨房里的东西，菜刀是经常被人磨过的，菜板也有了些年头，上面全是切痕。"

明明还没说到她的委屈，殷蕙的眼睛却莫名发酸。殷闻心机深沉，他肯定知道廖家父女不是等闲之辈，所以不惜串通王家布这个局。

"梨花昏迷不醒，我很害怕。我知道大少爷会武艺，所以趁大少爷还站在门口，偷偷拔了梨花的铜簪藏到袖子里。"

"菜刀被大少爷夺了，他把我压到米缸上，他力气太大，我挣不开。"

"他在我身上乱摸，我很害怕，知道再不动手就没有机会了。"

“他来亲我，我假装从了，我闻到他嘴里有香瓜味……”

殷闻眼角微抽，早已将视线移过来的殷墉，没有错过这一幕。

“他想抢我手里的火折子，他把我扑到地上，见火烧起来了，他骂我，打了我两个耳光。他还让那两个护卫来抬我，我的腿也被他们看了。”

廖秋娘紧紧咬着牙，泪流满面地回忆着。

殷墉吩咐德叔：“去把那二人绑到院子里。”

“父亲，您不能听她的一面之词！这些都是她编的，她存心陷害阿闻，肯定编得像真的一样！”赵氏又叫了出来。

殷墉只看殷闻：“如果你真的做过，无论你安排得多缜密，也会有疏漏之处。我可以叫王家小子过来，也可以审问阿吉与你的两个护卫。我虽然老了，审问几个人还没问题。”

殷闻攥紧拳头，他动廖秋娘，赌的是她不敢声张，然而从廖十三今早进门的那刻起，殷闻就知道自己再也糊弄不了老爷子。

老爷子吃过的盐比他吃过的米都多，要么不怀疑，一旦起疑，定能查出证据。

“祖父，孙儿有罪！孙儿喜欢秋娘，甚至愿意提亲求娶，可她始终不肯给我好脸色。孙儿一时愤懑，便做了错事。”

殷闻跪到地上，悔恨不已般承认了。

殷墉闭上眼睛。不知过了多久，他叫其他人先下去，只留廖十三、廖秋娘在里面。

“十三，秋娘受委屈了，不知你可否给阿闻一个改过自新的机会？如果你愿意，我会主持阿闻与秋娘的婚事，以后秋娘就是殷家的当家少奶奶，内宅里面谁也越不过她。”

殷墉愧疚地对廖十三道。

殷闻是他的亲孙子，他无法狠下心将人送到官府，让官府判他流放。如果能够私了，既保住了孙子，也给了秋娘补偿。

不等廖十三回答，廖秋娘哭道：“老爷，我根本不喜欢大少爷，我只恨他，我宁死也不嫁他！”

她是来求公道的，不是要补偿的，殷家再有钱，她不稀罕！

廖十三抱住哭泣的女儿，红着眼睛对殷墉道：“老爷，十三一直敬重您，十三还欠您一条命，如果您想揭过此事，十三就当还恩了，所有恩怨一笔勾销，这就带秋娘走。”

殷墉颓然地坐到椅子上。

廖十三扶着女儿就要离开。

就在父女俩走到门口的时候，殷墉看着小姑娘跌落在地面上的泪痕，苦涩地说道：“十三，不报官行吗？我可以对他动用家法。”

廖十三停下脚步，背对他问：“什么家法？”

殷墉嘴唇颤抖：“鞭笞二十，禁足一年。”

廖十三听着女儿的哭声，道：“可以，但鞭笞我要亲自动手。”

殷墉落下泪来：“好。”

一刻钟后，小厮抬了一条长凳过来，德叔则取来殷家几十年没动用过的皮鞭，颤抖着交给廖十三。

殷闻脸色苍白地趴到长凳上。

赵氏跪在一旁，哭着求老爷子开恩。

殷墉负手站在厅堂里，面朝北道：“开始吧。”

廖十三恨不得杀了殷闻，此时又怎会留情！他挥鞭朝殷闻身上甩去，才一鞭子，殷闻雪白的中裤上就见了血。

就在赵氏惨号的时候，廖十三又连着甩了四鞭子，赵氏要疯了，扑过去用自己的身体护住了殷闻。廖十三便也给了她五鞭子，直疼得赵氏昏死过去，滑落倒地。廖十三继续打殷闻，后背、手背、腿，轮流着打。

殷蕙别过头去。

廖秋娘靠在梨花怀里，低声哭泣着。

廖十三打得很快，二十下很快就打完了，殷闻也昏了过去。

廖十三甩开鞭子，走到厅堂门前扑通跪下，喘着气朝殷墉的背影磕了三个响头：“老爷，这鞭子是我替秋娘打的，今日起，十三会离开殷家，守着妻女过日子，但您的大恩大德我依然欠着，随时随刻任凭差遣，就算您要十三的命，十三也绝无怨言，下辈子也会继续做牛做马报答您。”

他对殷闻狠，对自己也狠，抬起头时，额头一片血红。

殷墉快要没有力气支撑了，微微地摆摆手：“走吧，是殷家对不起秋娘。”

廖十三不再多言，走到女儿身边，朝殷蕙点点头，带着她转身离去。

梨花看向殷蕙，殷蕙用眼神示意她继续跟着廖秋娘。

“老爷！”

身后突然传来德叔惊恐的声音，殷蕙回头，就见祖父已经倒在了地上。

“祖父！”殷蕙焦急地冲了进去。

殷墉只是力竭。

他颓败地靠在德叔身上，看看小孙女，再看看外面一身是血的长孙，忽地发出一声苦笑。

殷蕙与德叔一起将老爷子扶到了椅子上。

殷墉摆摆手，对德叔道："快去请方老夫妻来。"

殷家名下有家医馆，方老夫妻都是坐馆郎中，方夫人主要看诊女客。

德叔红着眼圈道："之前叫人搬凳子过来时已经吩咐下去了，您放心吧。"

他不心疼仗势欺人的大少爷，只心疼自家老爷，天南海北地跑了一辈子，到老竟还要为不肖子孙生气。

殷墉叹了一口气，叫德叔安排人手，先将院子里昏迷过去的儿媳、长孙抬回二房。

德叔赶紧去忙了。

殷墉偏头，就见小孙女双手攥着袖口站在几步远处，同样红着眼圈巴巴地看着她。但小孙女可比德叔水灵多了，露出这种神态，越发显得楚楚可怜，好像她受到了孤立，大家都不要她了似的。

殷墉就笑了一下，朝小孙女招手："做何这样看祖父？给祖父倒碗茶吧。"

长孙做出那种事，又咎由自取挨了鞭子，他是生气，也是心疼，但他经历过那么多风风雨雨，还不至于为此一蹶不振。

老爷子一笑，殷蕙的眼泪就掉下来了。她走过来跪下，伏在老爷子腿上道："我还以为祖父生我的气，再也不喜欢我了。"

殷墉无奈地摸了摸小孙女的头："怎么还哭上了？你大哥犯了错，祖父为何要怪你？"

殷蕙："怪我不但没有帮着大哥隐瞒，还陪他们一起登门问罪。"

殷墉叹道："傻阿蕙，这都与你无关。廖十三的秉性我最清楚，他要替女儿讨回公道，就算你想拦也拦不住。他登门，肯定是深思熟虑过的。"

殷蕙抬起头："您真不怪我？"

殷墉笑着帮她擦掉眼泪："不怪，阿蕙仁义，像你爹，祖父很高兴。"

殷蕙却看到了祖父眼中的血丝，都是被这事闹的。

其实殷蕙不止一次盼望过殷闻会因为廖秋娘身边有人保护便彻底收手，这样祖父就不用为了子孙的事伤心难过。可她又清楚，殷闻从根子上就是个心狠手辣，忘恩负义的白眼狼。就算没有廖秋娘，以后也会有别的无辜女子被他糟蹋，也会有别的父母跳出来替女儿报仇，也会有殷闻再推祖父挡刀的时候。

只有让祖父看清楚殷闻的为人，让祖父自己对殷闻起戒备之心，她才能安枕无忧。

殷蕙站起来，给老爷子倒了碗茶，茶水微凉，夏天喝正好。

殷墉一口气喝完一碗，喝完又是一声长叹："走吧，一会儿方老夫妻该到了，咱们去看看你大哥伤得如何。”

殷蕙扶起老爷子，不忍道：“就怕您看了难受。”

殷墉：“他敢做，我有何不敢看？如果不是我对廖十三有恩，他早被廖十三砍了。”

他的商队遇到过几拨盗匪，殷墉目睹过廖十三在盗匪群中双手挥刀，势不可挡的勇猛样儿与狠辣劲儿。

殷蕙听了祖父的描述，并不觉得害怕，对廖十三只有钦佩：“说句您可能不爱听的，我很敬佩廖叔。他重感情，疼女儿。这事换成别人，听到您愿意让大哥娶秋娘，可能一口就同意了，更甚者，压根不敢来咱们家讨公道。廖叔不一样，他把女儿当人，不是当物件。”

殷墉“嗯”了一声，他又何尝不欣赏廖十三？无论廖十三的为人，还是他的武艺，他都欣赏。这么好的一个铁血男儿，却再也不会替殷家效力了。

他都老了，再过几年商队也要交给长孙打理，有廖十三跟着多好，偏被长孙自己赶走了。

很快，二房到了。

殷景善正在为妻子、儿子揪心，看到老爷子，殷景善急得跑过来：“爹，那廖十三说什么您就信什么啊？咱们家就阿闻一根独苗，真有个三长两短，后悔的还不是您！”

看到殷景善，殷蕙才想起家里还有位二叔，随即诧异地看向祖父。刚刚祖父怎么没叫二叔过去旁听？

殷墉当然不能叫他去。廖秋娘肯定会诉说当时的遭遇，儿媳听听就罢了，多个男人在场只会让人家小姑娘更难受，反正事实经过儿媳会转告儿子。

“不用问我，阿闻醒了会亲口告诉你。”此时殷墉看这个儿子也非常不顺眼。他常年在外面跑，没有精力顾及长孙的方方面面，儿子这几年几乎没离过平城，但凡注意点儿对长孙品行的教养，也不会造成今日的后果。搞不好就是因为当年儿子带回来一个外室子，才给长孙树立了不好的榜样。

殷墉丢下殷景善，带着小孙女去了长孙的院子。

考虑到殷闻现在的样子，殷蕙留在堂屋等着，殷墉父子俩进去了。

殷闻还昏迷着，身上的衣裳都剥了，露出一条条血红的鞭子印，触目惊心。

殷景善心疼得直掉眼泪。

殷墉一条一条地看过去，摇摇头，对儿子道：“看到了吗？廖十三还是手下留情了。如果他十几鞭子都对着一个地方打，阿闻不死也得废。现在这样瞧着凶险，其实都是皮外伤，疼一阵就能养好。”

殷景善只是冷笑："他真念着您的恩义，就不该动手！您当年就不该救他！"

殷墉胸口又开始冒火。但凡长子还在，他都懒得跟次子多说一句话。

方老夫妻来了，方夫人去照看赵氏，方老提着药箱来了这边。

检查过殷闻的伤势，方老说了跟殷墉差不多的话，开了金疮药，说养上十天半月殷闻就能下地，只是可能会留疤。

殷墉便带着殷蕙回了自己那边。

确定长孙没有伤筋动骨，殷墉彻底松懈下来，就想在榻上躺一会儿。他问殷蕙："你急不急着回府？家里没事了，不用你费心。"

殷蕙默默爬到榻上，跪坐在旁边帮祖父揉肩膀。

殷墉总觉得小孙女有话说。

殷蕙让德叔去外面守着，她一边揉着，一边看着老爷子问："祖父，您就不好奇我为何对秋娘那么好吗？把好地段的铺子租给她，还安排两个丫鬟保护她。"

殷墉松懈疲惫的面容陡然严肃起来。

殷蕙垂着眼，低声道："我给您讲个事，您若有什么疑问，都等我说完再问好吗？"

殷墉坐了起来，让她尽管说。

殷蕙握着老爷子的手，那手长了皱纹，却叫她安心："去年中秋前，我做了一个噩梦，梦见秋娘一家还住在老地方，大哥趁廖叔不在，偷偷潜入廖家，害死了秋娘。廖婶卧病在床，听到大哥做那禽兽事却无可奈何，活活气死了。大哥得逞后跑了，廖叔回来，不忍秋娘死了还要被人议论，只说廖婶病逝，秋娘伤心之下跟着去了。"

"安葬了秋娘母女后，廖叔便暗中寻找凶手，找了很久很久，终于让他听见大哥身边的护卫说漏嘴，廖叔便去刺杀大哥。当时大哥与您在一起，他深知廖叔的厉害，危险关头，竟推了您出去！"

说到此处，殷蕙伏到老爷子怀里，身子微微发抖："我吓醒了，明明知道那只是个梦，可梦里像真的一样，我就趁回家的时候跟德叔打听咱们家是不是有个叫廖十三的护卫，德叔说有！还告诉我廖十三有个多病的妻子与一个女儿！我心慌极了，让德叔找个借口叫秋娘过来给我看看，秋娘竟然与我梦里见到的一模一样。"

"祖父，这些事您都可以找德叔佐证，绝不是孙女编造出来骗您的。"

殷墉心情复杂，思绪很乱，他下意识地问："这种梦，你为何不告诉我？"

殷蕙："我怕您误会我存心挑拨您与大哥的关系，我怕您更喜欢大哥，一生气就不许我再回来了。别人家孙女根本没法跟孙子比，您那么疼我，我不敢赌。我就想着，无论大哥有没有惦记秋娘，秋娘才十三岁，那么小，我先护着她，就算白忙一场也没关系。谁知道，大哥真的……”

后面的事无须她再说。

殷墉定定地看着面前的小孙女，他放在手心里都怕摔了的小孙女。

殷蕙渐渐慌乱起来，拉着老爷子的手道：“祖父，我说这个，只是太害怕您出事，没有别的意思。您继续器重大哥也行，我只希望您始终把自己的安危放在第一位。我爹、我娘去得早，除了衡哥儿，您就是我最亲最亲的人，我怕我什么都不做，什么也不说，您真的也丢下我走了。”

“祖父，二叔、二婶怀疑我惦记咱们家的家产，我真没有。我宁可把您给我的嫁妆银子都还给您，只求您信我。”

殷蕙不停地说着，眼泪一串串地掉，直到老爷子突然伸手将她抱到了怀里：“阿蕙不哭，不哭了，祖父信你，祖父知道你不是那种人。”

殷蕙撇撇嘴，哭得更凶了。能记住那十年，能让自己与身边人过得更如意，殷蕙很知足，可有时候她也会累，惦记这个，防着那个，心神不宁。

她多想回到小时候，什么事都有祖父替她撑腰，她只管吃喝玩乐就好。

可祖父老了，她长大了，该她保护祖父了。

累就累，只要祖父信她，殷蕙便什么都不怕。

她慢慢平复的时候，殷墉想了很多很多，最后拍着小孙女单薄的肩道：“阿蕙，祖父明白你的意思。害人之心不可有，防人之心不可无，有时候就算是骨肉至亲，也会为了钱财或权势拔刀相向。只是，虎毒不食子，纵使有一天你大哥真会那么对我，在他动手之前，祖父也不能先弃他于不顾。”

殷蕙连连点头：“我懂，手心、手背都是肉，您有多疼我，就有多疼他，哪能轻易丢了？”

殷墉：“是啊，不过祖父会提防的，以后也会分出精力栽培阗哥儿。”

殷蕙扭头道：“这时候您提阗哥儿做什么？好像我说了那么多只是为了帮阗哥儿争宠。”

殷墉笑：“你当然不是，是祖父自己想栽培阗哥儿。你大哥……立身不正之人，如何长久？祖父盼着他改邪归正，但也要做好两手准备。”

殷蕙担忧地说道：“您这么想是对的，就怕大哥与二叔、二婶更恨您。”

殷墉意味深长道：“虎毒不食子，不代表不防子，阿蕙大可放心，祖父自有手段。”

殷蕙也只能选择相信。

离开娘家后，殷蕙又去了一趟廖家，廖秋娘竟然又开张做生意了。

见她系着围裙忙来忙去，殷蕙没有打扰她们，直接走后门去见廖十三。

廖十三客客气气地招待了她。

殷蕙问道："您真不准备回殷家了？祖父看过大哥的伤，知道您手下留情了，不会因为此事与您生分的。"

廖十三垂着眼睛道："不去了，不合适。"

他手下留情，是怕真打死殷闻，老爷白发人送黑发人，承受不住，可他再也不想看见殷闻那畜生。

殷蕙瞥了一眼他结实健硕的臂膀："不知廖叔以后有何打算？"

廖十三已经想好了："我会帮秋娘打理铺子。夫人心善，不过我们已经欠您太多，您把梨花、梅花带回去吧，以后有我在，没人敢再算计她。"

殷蕙心想，您这一脸横肉，往铺子里一站，胆小的食客可能都不敢靠近。

她面上带笑道："您武艺超群，看铺子太屈才了。若廖叔有入伍之心，我可以试着帮您引荐。"

肥水不流外人田，既然她的娘家不适合再用廖十三，不如把廖十三举荐到夫家去。将来廖十三若能立下军功，封个一官半职，对殷闻也有个震慑作用，让他不敢生出报复之心。

廖十三微微动容，考虑片刻，突然朝殷蕙跪下："夫人提携之恩，十三无以为报。"

殷蕙赶紧请他起来："您先别急，这事我不一定能办成，还要等待时机。"

廖十三："无论成与不成，您救了秋娘，便是我们全家的恩人。"

西北护卫所，燕王巡视了一圈，振奋一番士气，准备离开了。

魏瞻、冯谡都要送他。

燕王道："老三送送就行。"

冯谡只好留在原地，看着父子俩骑马走出卫所。

燕王瞅了瞅跟在后面的侍卫们，将魏瞻叫到一旁，语气随和地问："衡哥儿她娘，前几天是不是出去过？"

魏瞻神色一凛，解释道："是，说是她那烤肉馍的铺子出了点儿事，很快就回来了，今日是去锦绣楼。"

儿媳妇要盯着嫁妆产业，这事老三跟他报备过。鉴于儿媳妇产业不小，关键时刻可能派上用场，燕王同意了，但儿媳妇为一些鸡毛蒜皮的小事离府却是不应该。

燕王没追究烤肉馍铺子究竟发生了什么事，只提醒儿子："一月一次已经够逍遥了，你管着点儿，免得她越来越大胆。”

魏曕耳垂发热。

从他记事起，事事都争取做到尽善尽美，从未被父王教训过，今日竟因为这种琐事被父王警告。

黄昏时分，魏曕回了澄心堂。

殷蕙抱着衡哥儿坐在榻上，魏曕一进门，便小心翼翼地观察起他的神色来。

她长了一双会说话的眼睛，魏曕对上她的视线，就知道她在担心什么。

他像以前一样先陪儿子。

男人冷冰冰的脸上看不出任何情绪，殷蕙只好忍着，忍到夜里歇下，殷蕙终于憋不住了，轻轻戳了戳他的手臂：“早上您随父王出去，父王有没有说我？”

魏曕：“说你什么？”

殷蕙心虚：“说我这个月出了两次门。”

魏曕沉默片刻，道：“没有。”

刚说完，就听她长长地松了一口气。

魏曕：“不过，一次破例父王或许不在乎，再有下次……”

殷蕙连忙保证道：“没有下次，我保证不会再有下次！”

她可不敢挑衅公爹的权威，尤其是今早还迎面撞上了！

魏曕猜她也不敢，闭上眼睛道：“睡吧。”

殷闻的丑陋面目得以揭露，殷蕙着实放松了几天，趁早上天气凉快带衡哥儿去逛逛花园，热起来娘俩就回到屋里玩墨认字，时而陪妯娌们坐坐。

王府贵妇的日子虽然有时候会显得枯燥，对于现在的殷蕙来说，此刻却显得格外舒适难得，什么都不用计划筹谋，享受就够了。

六月下旬，大房的孟姨娘替世子爷魏旸生下了一个庶子，也就是燕王的第六个孙子六郎。

喜讯报到澄心堂，殷蕙让乳母看着衡哥儿，她带上早就预备好的礼物去了颐志堂。

二房离大房更近，纪纤纤已经到了，还在厅堂里坐着，脸上带着喜气洋洋的笑容，恐怕她自己生二郎的时候笑得都没这么开心。

“三弟妹怎么来得这么慢？我特意等着你一块儿去看六郎呢。”纪纤纤笑着朝殷蕙道。

殷蕙回之一笑：“叫二嫂久等了。”

虽然知道徐清婉可能不太高兴，按照礼数，殷蕙还是得向她道声喜。

徐清婉笑得没有纪纤纤那么夸张，大方得体，心里亦从容。她膝下有大郎、三郎两个儿子了，兄弟俩养得都很好，大郎少年老成，聪慧守礼，三郎开朗活泼，壮壮实实，都曾被公爹夸过。区区一个六郎又算什么？只要看透这一点，哪怕世子爷再带回几个姨娘，再生几个庶子，她也不介意了。

府里添丁是大喜事，等会儿徐王妃等人也会过来，徐清婉叫身边的丫鬟带殷蕙她们先去看孩子，她等着迎接长辈。

孟姨娘还在产房里休息，殷蕙、纪纤纤自然不会去看她，就坐在堂屋里，由乳母抱六郎出来给她们看。

“哟，这么胖啊！跟五郎刚出生那会儿差不多吧？”纪纤纤往襁褓里看一眼，半是惊讶半是好笑地说道。

这话总觉得有些刺耳，好在殷蕙习惯纪纤纤的阴阳怪气了，当耳旁风就好。

等乳母来到她面前，殷蕙低头看了看，六郎确实挺胖的，然而头发稀疏，远没有自己的衡哥儿出生时漂亮。

刚出生的孩子身上都有种味儿，自己的还无所谓，别人家的纪纤纤可不愿意忍，便叫乳母抱进去了，她与殷蕙往外走。

“话说回来，现在王府里有六个小郎了，大嫂这边仨，我那边俩，我们还分别有位姐儿，三弟妹你是不是该努努力了？”

纪纤纤手里摇着团扇，打趣道。

殷蕙尴尬地笑了笑。

这事跟努力又有什么关系？魏曕够努力了，她也盼着再生一两个孩子，一来自己喜欢，二来给衡哥儿做伴，免得再过几年小兄弟们一块儿玩，人家哥哥带着弟弟互相护着，就衡哥儿孤零零的，连纪纤纤的女儿庄姐儿都敢欺负他，四郎更是蔫儿坏。

大房添丁的喜讯也传到了燕王那里。

听说六孙子一出生就有八斤重，比五郎还重几两，燕王很是高兴，让海公公安排一份赏送过去。

每个孙子、孙女出生他都会给儿媳妇们封赏，正室儿媳就多给点儿，姨娘们就少给点儿。

“王府人丁兴旺，再过两年四爷、五爷到了成亲的年纪，还会有更多的小郎出生，王爷再想亲自指点孙辈功夫，您可有得忙喽。”海公公笑眯眯地说道，实则是变着法子奉承王爷。

燕王果然笑容满面，摸着胡子道：“老四今年十六，快了。老五才十三，有得等呢。三个哥哥再努努力，可能在老四成亲前给我凑够十个孙子。”

人丁兴旺好啊！真攒够十个孙子，他立即给父皇写封信，恳请扩建王府，盖得比秦王的王府还要大。他是兄长，没道理住得比弟弟寒酸。

燕王盼着再多几个孙子，自然要先想想儿子，这么一想，燕王皱起眉头。

这晚，燕王去了温夫人的静好堂。

夏日天热，温夫人还真不盼着燕王过来，来了就意味着她要多洗一次澡。

主子们去沐浴时，丫鬟们仔仔细细将床上的席子擦了一遍，等燕王带着温夫人回来，席子也蒸干了，清清凉凉的，睡着刚刚好。

燕王身体魁梧，温夫人伺候他一回颇耗力气，这会儿一躺下来，困得就想睡觉。

燕王却与她聊了起来："老三屋里到底有没有通房丫鬟？"

提到儿子，温夫人睁开眼睛想了想，道："有啊，去年他媳妇专门从外面给他买了两个漂亮丫头，还带过来给我见过。"

燕王："那怎么还没有动静？老大不说，老二那边也有二儿一女，就他那边冷清。按理说他身子骨最结实，好消息也该来得最频繁。"

温夫人眨眨眼睛道："可能老三不热衷那个吧。您瞧瞧他那张脸，寺里的和尚都没他正经。况且他还经常在卫所住几晚，铆着劲儿做好差事呢。"

这话有些道理。燕王点点头，但还是道："你找机会跟他说说，让他多分些心思在子嗣上，趁年轻多生几个。对了，老三媳妇心胸如何？没管着他吧？"

以前他觉得老二最没出息，经常被媳妇拿捏，上次亲眼见到老三陪他媳妇出门，燕王忽然又觉得老三也可能是个软耳根。

小媳妇们聪明着呢，买了通房丫鬟给外面看，私底下再缠着男人独占宠爱，这事一点儿都不新鲜。

温夫人越听，心里就越不舒服。怎么着？挑完她的儿子，再来挑她的儿媳妇，老三夫妻俩惹了他是不是？

"就老三那脾气，我都不敢管，他媳妇敢？我知道您是关心老三，可您这么说，我这心里突然不踏实了。您跟我说实话，是不是他们两口子犯了错，还是我无意间做错了什么，您专门来挑我们了？"

说着，温夫人拿被子挡住脸，低低地抽泣起来。

燕王最怕女人哭。那种不讲道理耍赖的哭法他烦，这种胆子小，胡思乱想吓哭自己的，也让他烦，还不得不解释一下。

"我就是关心老三，你不用想太多。"

"那您自己跟老三说去，我怕传达得不清楚，他也胡思乱想。"

反正这种得罪儿媳妇的事，温夫人才不干。婆媳俩本来好好的，何必闹出罅隙来？

燕王叹了一口气。温氏年轻时谨小慎微，很懂事，怎么年纪越大，越不听话了？早知道她不顶用，他今晚何必过来？

次日黄昏，魏瞻一回王府，就被东华门外的侍卫告知，父王有事找他。

魏瞻匆匆去了勤政殿。燕王在书房，里面摆了一座长长的冰鼎，丝丝缕缕的凉气飘逸开，与外面的暑热仿佛是截然不同的两个季节。

燕王手里拿着一本书，听到儿子到了，燕王抬眼看过来。只见自家老三还在喘气，新冒出来的汗珠沿着那张微微晒黑的俊朗脸庞滚落下来，看得他好像也刚从外面跑了一趟回来，开始发热。

“拿巾子来。”燕王吩咐道。

海公公忙去打湿一条巾子，拧得半干，双手送到魏瞻面前。

“多谢父王。”魏瞻一边擦脸，一边快速地思索着。看父王的态度，应该没什么大事。

他把脖子也擦了擦，等他将巾子还给海公公时，燕王敏锐地发现，巾子上一层灰。

卫所离平城有些距离，老三骑马回来，肯定飞了一身的灰。

哥哥们都在王府里做文职，哪怕累，至少都干干净净的，就老三风吹日晒。

“这几晚都宿在卫所？”燕王叫人给儿子倒茶，然后问。

魏瞻道：“是，指挥使要演练夜袭，儿子带一半人马负责防守。”

燕王来了兴趣：“结果如何？”

魏瞻惭愧地说道：“指挥使偷袭成功。”

燕王笑道：“胜败乃兵家常事，不用不好意思。再说，冯谡大你二十岁，又跟着父王打过十几场仗，他若是连你一个新人都打不过，父王也不敢再用他领兵。”

魏瞻颔首：“儿子会用心学的。”

燕王让他先喝茶，等魏瞻咕嘟咕嘟一口气喝完了，燕王又笑了：“昨日你又多了个侄子。”

魏瞻反应过来，道：“等会儿我去向大哥道声喜。”

燕王点点头，话题终于绕回儿子头上：“别光顾着道喜，你也努努力。你大哥都四个孩子了，你那边还只五郎一个。”

魏瞻一怔。

燕王继续道：“知道你性子冷，再冷也得多生几个孩子。衡哥儿她娘带孩子还好过，那些通房丫鬟，你叫她们长年累月独守空房，这怎么成？”

魏瞻明白了。

燕王举高手里的书："快回去休息吧。"

魏瞻行礼告退。

离开勤政殿后，他的嘴角渐渐抿紧。只有一个衡哥儿又如何？五个侄子加起来也不如他这一个。

经过颐志堂时，魏瞻停下脚步，叫长风去通传一声。

魏旸正趁饭前检查大郎、三郎的功课，听说老三来了，摸摸儿子们的头道："走，跟我去迎迎你们三叔。"

于是，魏瞻一进来，就看到大哥身后跟着两个侄子。七岁的大郎颇有几分小少年的沉稳了，四岁的三郎虎头虎脑的，可能是个练武的好苗子。

"恭喜大哥昨日又喜得麟儿。"魏瞻拱手，露出三分笑来。

魏旸揶揄道："我还得感谢六郎。托他的福，让我又多看一次三弟的笑脸。"

三郎在旁边嘿嘿笑了两声，魏瞻看过来时，又马上收了笑。

魏旸将魏瞻请到厅堂，再派人去把六郎抱过来，从始至终，他脸上都挂着再为人父的真挚喜悦。

魏瞻若没有被父王催生，也不会有什么想法。可此刻，他越看大哥的笑脸，越觉得碍眼。

好在他本来就话少，看完孩子就告辞也没有让魏旸多想。

魏瞻回到澄心堂，还是先沐浴。

清凉的水洗去了一身灰尘，也带走了心头的闷气。

换好衣裳，魏瞻走向后院，还在走廊上，就听到了衡哥儿清脆的笑声。原来是在看小丫鬟踢毽子。小丫鬟故意将毽子踢得高高的，再假装接不住，做出懊恼的样子，就会引起衡哥儿的放声大笑。

院中亭亭如盖的槐树树荫下，殷蕙抱着衡哥儿，瞧见魏瞻，知道他路上辛苦，吩咐金盏道："去厨房看看有什么新鲜的瓜果，给三爷端两盘来。"

金盏脚步轻快地去了。

殷蕙旁边还有一张椅子，魏瞻走过来坐下，顺手将衡哥儿抱到自己这边。

踢毽子的小丫鬟踢得满头大汗，可为了讨小主子开心，只能继续。

金盏端了两个果盘，一盘是切好的香瓜，一盘是冰镇的荔枝。

荔枝还得剥，魏瞻拿起一片香瓜。

殷蕙脸色微变，突然想起廖秋娘曾经说过，殷闻意图亲她时，廖秋娘闻到了殷闻嘴里的香瓜味儿。

胃里一阵翻滚，殷蕙偏头，掩面干呕。

魏瞻注意到了，心中一动，待殷蕙缓过来，他看看她，再看向她的肚子，低声道：“又有了？”

殷蕙见他误会了，连忙摇摇头：“前几日才来过月事。”

魏曕垂眸，准备继续将手里的香瓜往嘴边送。

殷蕙挣扎片刻，还是伸手将那瓜抢了过来，再端起香瓜盘子递给金盏：“这香瓜不好吃，以后不要再上了。”

这辈子她都不要吃香瓜了，也不想魏曕在她面前吃。

哪怕魏曕不会亲她，她也不稀罕他来亲，可她也不想看见那一幕。

魏曕莫名其妙地看着她。

殷蕙笑道：“荔枝好吃，运过来又不容易，我给您剥荔枝吧。”

魏曕在饮食上不挑，水果也是有什么吃什么，见她愿意费事帮他剥，他也就不再介意刚刚她粗鲁的举动。

又经历了一场短暂的夫妻小别，是夜，魏曕就着灯光，将殷蕙仔仔细细看了一遍。

她肌肤洁白，连一颗黑痣都没有。

魏曕很喜欢。

曾经王府举办过一次宴席，歌姬们穿得清凉，他无意间瞥见有个歌姬挥舞的手臂上长了颗痣，胃口顿消。

# 第十九章

歇下来后，魏曕与殷蕙又分两个被窝睡。

冬天都如此，夏日炎热就更不可能一起睡了。

魏曕仰躺着，对着黑漆漆的帐顶出神。

他不急着要别的孩子，可父王都把这事放在心上了，而且在大哥、二哥的对比下，他这边只有衡哥儿，确实扎眼。

旁边，她翻了个身，应该还没睡着。

魏曕便道："当初你嫁过来没多久就怀了衡哥儿，这次怎么迟迟没有动静？"

殷蕙一下子不困了，考虑到六郎刚刚出生，他关心这个也是情理之中的事。

上辈子好像也是这个时候，魏曕同样问了这个问题。当时她也着急再生一个，于是就请府里的郎中给她把脉。郎中说她气血虚弱，开了药方。殷蕙开始喝起汤药来，喝了大半年也没见效果，最后魏曕嫌她身上都是汤药味儿，干脆让她停了。

"我也不知道啊。"殷蕙看着黑暗中他的侧脸轮廓，轻声道。

魏曕："过两日请郎中来看看？"

殷蕙沉默了。看了郎中肯定就会开药，那药苦得恶心，而且她明知喝药没用，还要喝吗？

“不想看。”殷蕙往被窝里缩了缩。她的动作和逃避的语气，都让魏瞻察觉到，她有顾虑。

他偏头看过来：“为何？”

殷蕙：“害怕。生衡哥儿时，我以为自己要死了。”

其实那次是她没有经验，饿了就吃，没有控制好体重。现在若真怀上，她并不会害怕，只是得找个借口打消魏瞻请郎中的念头。

这次轮到魏瞻沉默了。

他也记得等在院子里时，丫鬟们从里面端出来一盆盆血水，她的哭声也越来越低。

“算了，怀上是天意，不怀咱们也有衡哥儿。”魏瞻伸出一只手，拍了拍她的肩。

感受着他轻缓的安慰，殷蕙怔住了。

原来在这件事上，他这么容易妥协，并不是非要她喝药不可。

那她是不是也该投桃报李？

殷蕙握住他的手，试着劝道：“三爷，若您真想再多几个孩子，我身子不行，但咱们院里不是还预备了两个丫鬟？”

魏瞻把玩她手指的动作一顿，旋即收了回去，冷声道：“我说过，我不需要。”

他做不到跟一个素不相识的女子肌肤相亲，也不会为了那种事情特意花工夫去了解一个陌生女人。

殷氏是他明媒正娶回来的妻子，新婚之夜他必须与她完成周公之礼。但除了妻子，别的女人再美，魏瞻都不想勉强自己去试。他不想碰触外人，也不会随随便便地让外人碰触自己，让外人看到自己私密的一面。

大哥、二哥不懂他为何不近女色，魏瞻也不懂他们为何见个美人便发情。

殷蕙听出他生气了，可她不理解。

又想要多生几个孩子，又不想去睡别的女人，却也不强迫她赶紧生，这……

要不是经历过那十年，殷蕙肯定又会觉得魏瞻对她情根深种了。

“您是怕我拈酸吗？”殷蕙故意曲解道，然后不等魏瞻回答就钻到他的被窝，抱着他笑了出来，“您对我真好，难怪祖父总是夸我有福气。”

魏瞻不逼她吃药，这是好事，两人犯不着为纳妾的事置气，不如插科打诨揭过去，明天还是好好的。

魏瞻怔了一下，想要解释，感受着她的甜蜜，又觉得无须解释，半晌才道：“睡吧。”

再抱下去，还得叫回水。

因为前几天魏瞻都是在卫所住的，最近他又连着回王府了。

这日魏瞻来到后院，破天荒地没有去哄衡哥儿，而是用眼神示意殷蕙随他去内室。

等殷蕙穿好鞋子跟过来，就见魏瞻站在屏风内侧，正宽衣解带。

殷蕙受惊不小。就算他有兴致，也不至于这么急吧？乳母、衡哥儿都在外面，早知道这样，他多暗示一点儿，她好安排孩子去花园玩。

就在此时，她听见魏瞻吸了口气，似是在忍受什么痛苦。

殷蕙登时收起那些花花念头，快步绕过屏风。

此时魏瞻已经脱掉了外袍与中衣，露出一片未经烈日暴晒的白皙胸膛来，可在那一片白皙当中，左肋骨靠近后背的一侧却多了一处乌青，像个拳头印。

“您跟人打架了？”殷蕙吸着气道。

魏瞻瞪她一眼：“军中切磋。”

打架？当他是二郎、三郎？

“帮我涂药。”魏瞻坐到床边，将一个青瓷瓶递给她。

殷蕙装出十分心疼的模样，一边给他涂药一边埋怨道：“既然是比武切磋，谁下手这么狠？”

魏瞻顿了顿，道：“冯腾。”

殷蕙吃惊地抬起头，他还是跟冯腾动手了？

魏瞻皱眉道：“据我的观察，冯腾只是好武，并无龙阳之癖。流言止于智者，你以后休要乱传。”

不过，冯腾喜欢纠缠人比试倒是真的。去年冯腾明明答应了将来在战场上与他比杀敌数量，没过多久又凑了上来。魏瞻不胜其烦，今日终于与他比了一场，不小心挨了冯腾一铁拳。

“冯公子受伤了吗？”殷蕙紧张地问。

魏瞻：“我也打了他几拳，应该没有大碍。”

殷蕙松了一口气。这场比试换了时间，也换了方式，两人没有骑马，冯腾也就没有跌落马下，伤势自然不同。

“下次小心点儿，他是纯武夫，您不一样。”殷蕙继续涂药。

魏瞻看着她专注的眉眼，忽然问：“我如何不一样？”

殷蕙想了想，笑道：“您除了练武，还喜欢看书，文武双全。”

魏瞻就被她的笑容勾出了一点儿兴致。就在此时，殷蕙捏了捏他的胳膊，道：

“上次你们划龙舟，我都看见了，冯公子的胳膊比您粗了小半圈，您跟他比拳法，肯定要吃亏啊。”

魏瞻脸色一沉：“非礼勿视。”

殷蕙朝他撇撇嘴：“父王允许我们观礼，就说明不在乎让我们看几眼。再说了，不光我，大嫂、二嫂，还有那些官家少奶奶都看了呢。怎么，只许你们天天盯着歌姬跳那不正经的舞，我们看几眼正经的龙舟比赛，都不行？”

这小嘴说个不停，魏瞻突然将她拉到怀里。

殷蕙惊呼一声。

魏瞻动作一顿，扫了一眼外面，便没有做什么，只看着她道：“下次不许乱看。”

殷蕙眸光流转，索性坐在他的腿上，捏捏他的手臂，一脸神秘地说道：“其实我看过比冯指挥使还要健硕的人。”

冯谡乃燕王麾下第一猛将，无论刀法，还是身形之魁梧，魏瞻都没有见过能超过冯谡的，闻言便问：“何人？”

殷蕙笑道：“明早我让金盏去安排，傍晚城门口，您亲眼见见，便知道我所说不虚了。”

魏瞻懂了：“你的伙计？”

殷蕙：“差不多吧。如果您感兴趣，明晚再与您细说。”

翌日黄昏，魏瞻进了城门，像上次找她的马般扫视两侧街头，然后他就看见一位穿灰色粗布短衫的壮汉。

城门前百姓们熙熙攘攘，个个都在为生活奔波，唯独那壮汉鹤立鸡群，犹如一棵历经寒霜而不倒的苍松，面容刚毅，目光内敛，仿佛无论周围发生什么事，都不会牵动他的情绪。

当魏瞻看过去的时候，廖十三也看到了他。

虽然尊卑有别，廖十三也想接受三夫人的引荐，去燕王的护卫所里做事，可他并没有像周叔那般卑微地恭迎魏瞻，而是维持默默站立的姿态，只有目光跟随魏瞻，随着魏瞻移动。

漫长的对视过后，魏瞻朝他点点头，策马离去。

“三爷，那人绝非等闲之辈。”长风也看到了廖十三，对主子道。

魏瞻只想快点儿回府，向殷氏打听此人的来历。

于是，吃过晚饭，殷蕙就坐在床上，绘声绘色地给魏瞻讲起廖十三行走江湖的英勇事迹来。譬如，祖父遇见廖十三那日，廖十三所在的商队几十个护卫都死了，只有廖十三杀都杀不死，劫匪们不想白白折了人手，才丢下廖十三在大漠里自生自灭。又譬如，廖十三为了报答祖父的救命之恩，从此不辞辛苦地替廖家商队效力，重情重义。

魏瞻默默听着，问：“既然如此，你为何向我引荐他？”

她安排廖十三给他相看，不可能只是让他见识对方魁梧的体格。

殷蕙犹豫片刻道：“内情不好明说，总之，是我堂哥得罪了廖叔，廖叔铁骨铮铮，不愿再为我们家效力。唉，通过此事您也能明白我为何要扶植阆哥儿。我那堂哥，真不是什么好人，祖父差点儿被他气病了。”

魏瞻想到了月初她多出的那趟门，大概就是处理殷闻与廖十三的恩怨了。

“他住在何处？明日让长风去试试他的功夫，如果他能打败长风，我会向父王引荐他。”

殷蕙高兴地说道：“他就住在潼关烤肉馍铺子的后宅，铺子生意忙，前面人多眼杂的，您叫长风去后门叩门。”

魏瞻记下了。

次日，长风奉命去廖家走了一趟，比试完了，再去卫所见三爷。

魏瞻上下看他一眼：“如何？”

长风惭愧地说道：“比了拳脚与刀法，我都输了。”

魏瞻：“比了多少回合？”

长风头垂得更低了：“其人力大无穷，拳法我只坚持了十二回合，刀法他精妙不如我，我坚持到了三十招。”

魏瞻点点头，勉励他道：“输给他并不丢人，可有受伤？”

长风难掩痛苦：“挨了几拳。”

魏瞻让他去军营领伤药。

回到王府，魏瞻就去找父王禀报此事。

燕王听了廖十三的来历，摸着胡子思忖道：“也不知道殷家小子究竟做了什么。”

魏瞻自然已经派长风查过，结合廖秋娘烧了王家厨房一事，很容易猜到真相。

燕王哼道：“没出息的玩意，殷家迟早败在他手上。”

早知如此，当年他就该多跟殷墉要点儿银子。白花花的银子，与其糟蹋了，不如充当军需，还能给殷家后辈积德。

魏瞻垂眸，妻家出了这种事，他面上也不光彩。只是他也惜才，不忍为了面子错过一位猛将。廖十三那人，即便不懂兵法，亦可冲锋陷阵，重挫敌军。

燕王瞥见儿子的神色，咳了咳，道：“你媳妇很不错，纯良明理，且举荐有功，可见殷墉教女有方，只是二房不中用。”

魏瞻：“父王谬赞了。”

燕王：“嗯，你先带廖十三去卫所吧，下个月我要去围场秋猎，到时候再看看他的本事。”

魏瞻领命告退。

殷蕙从他口中听说“秋猎”二字，眼睛一亮。

魏瞻道：“你先别高兴，父王并未说要带内眷去。”

殷蕙笑道：“可父王也没说不许我们去。不如咱们打个赌？如果我赢了，您再答应我一件事。如果我输了，我……”

她凑到魏瞻耳边，低声说了一句。

魏瞻看她：“你当真会跳？”

殷蕙：“殷家姑娘都多才多艺，无所不精，要我给您数数我一共有过多少位女先生吗？”

魏瞻从未听过如此自夸之词，顿了顿，同意与她赌。

三日后，燕王准备七月中旬去围场秋猎的消息就在整个王府里传开了，不但会带上妻妾，还允许儿子们带上媳妇、孩子。

燕王府其实就是一座规格略小的皇宫，规矩森严。

京城的皇后、妃子们基本上一辈子都出不了宫，燕王府里的女眷亦是如此，只稍微自由点儿。譬如，郭侧妃可以回娘家瞧瞧，纪纤纤偶尔可以拉着二爷魏昳出门逛逛，殷蕙则在燕王的默许下可以每个月出一趟门，料理嫁妆产业。

殷蕙外出有因，郭侧妃、纪纤纤是恃宠生娇，而像徐王妃、徐清婉等人，那是自己愿意恪守礼法，一点儿僭越的行为也不屑。

但谁又真的喜欢被关在一座华丽的牢笼里？

所以，燕王要带众人去围场秋猎的消息一传出来，王府后宫各房主子、丫鬟都喜气洋洋的，把过年的氛围都比下去了。二郎、三郎更是差不多每日都要把秋猎挂在嘴上，迫不及待地想要出去撒撒欢。

衡哥儿还不懂这些，他只看到娘亲与丫鬟们说说笑笑地在收拾各种箱笼。

衡哥儿很喜欢那些箱笼，也喜欢帮忙收拾。金盏刚取出一件裙子叠好，衡哥儿就给扒乱了；银盏才把几样首饰装进匣子，衡哥儿就把他的一个小玩具也放了进去。别人都是认认真真地做事，他在那里认认真真地捣乱。殷蕙训他，小家伙还开心地笑。

傍晚魏瞻来到后院，看见次间里摆了一个箱笼，格外突兀，正疑惑那箱笼有何用，箱笼里面的彩缎居然动了，随即冒出衡哥儿的小脑袋。

魏瞻差点儿没绷住笑，走过去要把儿子抱出来。

衡哥儿推开爹爹的手，就喜欢在箱子里待着。

殷蕙对魏曕解释道：“这一整天都在给我们添乱，后来就喜欢钻箱子玩，我干脆给他摆一个在外面。”

箱子有衡哥儿肩膀那么高，小家伙一会儿站着，一会儿坐下去。

箱子两边有提手，魏曕叫儿子坐好，他提着提手，将箱笼拎了起来。

衡哥儿就像坐轿子一样，跟着爹爹在屋里转了一圈，魏曕放下箱子，他还不干，还要。

殷蕙坐在榻上，看着魏曕陪儿子转了四五圈，衡哥儿才肯出来。

两辈子，只有与衡哥儿在一起的时候，魏曕才像一个真正的大活人，充满了人情味。

不过，衡哥儿也就这两年能使唤爹爹了。等衡哥儿去学堂读书时，魏曕就会彻底变成一个严父，开始严格教导衡哥儿的学业与武艺。

各院都收拾妥当，七月十八，天微微亮，王府三代主子们便陆续登上了马车。

松林围场位于北平府属县热河县，那里有一望无际的茫茫草原，有绵延千里的茂密森林，亦有蜿蜒流淌的河流，曾是辽帝狩猎之地。燕王好武，抵达北平府巡视一圈后，觉得这地方不错，便命人重新将松林围场修建起来，方便他以后来此跑马狩猎。

藩王不得擅自离开封地，但在封地内可以畅行无阻。

只是从平城到围场，要走六七日。

这日晌午，车马在一处驿站停下休息，女眷们带着孩子一块儿用饭。

纪纤纤小声向殷蕙抱怨：“天天坐在车上，我都要闷死了，浑身也不舒服。”

不知为何，纪纤纤明明看不起殷蕙的出身，却喜欢跟殷蕙说这些琐事，对徐清婉她便只有挑衅。

殷蕙笑道：“二嫂再忍几日，到了围场就好了。”

她可记得，上辈子去围场，纪纤纤像脱笼的鸟儿一样四处游玩，要回去的时候她还依依不舍。

路途虽然颠簸辛苦，但为了那一个月的快活自在，殷蕙高兴忍受。这一次，她也要随性而为，不再跟着徐清婉天天喝茶、赏花。

吃完饭，大家纷纷趁出发前的短暂工夫，在院子里走来走去，活动筋骨。

魏楹来到殷蕙身边，笑道：“三嫂，我看见你也把飞雪带上了，到时候咱们一起去跑马？”

飞雪就是殷蕙那匹白马的名字。

殷蕙笑着应道："好啊，三妹记住这话，别一到围场，你便把我忘了。"

燕王宠爱魏楹，他连纪纤纤跑马都不介意，殷蕙陪着魏楹一块儿跑马，燕王就更不会说什么了。

公爹可能也体谅她们平时拘束，在围场的时候都是睁一只眼，闭一只眼。

纪纤纤插话道："我也带了马，咱们一块儿比。"

她本来不会骑马，嫁到燕王府后，见魏楹竟然可以学骑马，纪纤纤便也跟魏昳讨了一匹漂亮的马学起来，这次总算可以派上用场了。

徐清婉带着丫鬟站在不远处，仿佛听不见这边的叽叽喳喳。

另一侧屋檐下，李侧妃往这边瞄了一眼，对徐王妃道："清婉是不是太绷着了？您看纤纤、楹楹她们都不喜欢去找她，宁可围在老三媳妇身边。"

徐王妃淡笑道："清婉是好静一些。"

李侧妃笑道："也是。纤纤、楹楹性子活泼，老三媳妇这一年来也越发伶俐了。"

温夫人与崔夫人站在后面，听着这话总觉得刺耳，并不像什么夸赞之词。

崔夫人朝她微微摇头，示意她别掺和。

有宫人跑来通传，王爷要动身了。

女眷们忙止住议论，按照长幼尊卑排好，安静有序地离开驿站。

下午衡哥儿要睡觉的，去了乳母的马车。

魏曕骑了一上午的马，这会儿也钻到了殷蕙的车上，一上车先脱下沾了风尘的外袍放在侧座上。

殷蕙也早备好了一盆水与巾子。

魏曕连着擦了三遍脖子与脸，盆子里的水也变浑了。

"您在卫所里也是这样吗？"殷蕙打趣道。如此讲究的人，天天与一群汗气冲天的士兵待在一处，真不知他是怎么忍下来的。

魏曕没理会这调侃，他向来将差事与私事分得很清。

"衡哥儿如何？可有哪里不舒服？"魏曕靠到车板上，舒适地出了一口长气。

殷蕙："他好着呢，倒是四郎，瞧着蔫蔫的。"

魏曕便皱了皱眉："二哥也真是的，明知四郎身子弱，带出来做何？"

殷蕙："可能觉得越娇气越难养吧，左右有郎中随行，应该无大碍。"

说着，她将一盘切好的梨片端到他面前。

梨片切得薄薄的，晶莹剔透，泛着水光，入口甘甜多汁，生津解渴。

夫妻俩挨着吃光了一盘，殷蕙将盘子放到小橱柜里，一回头，就见魏曕闭着眼睛要打盹了。虽然面带赶路的疲色，他的眉头却是舒展的。

殷蕙不困，靠在另一边，对着魏曕俊美的脸出神。

上辈子这时候，魏瞻还在与冯腾比武，间接导致冯家父子双双离开卫所而被燕王迁怒。其实这事对魏瞻而言纯粹是无妄之灾，但燕王就是个倔脾气的。魏瞻是他的儿子不假，冯谡却也是跟着燕王出生入死的心腹，宛如左膀右臂。因为儿子，他失去麾下第一猛将，燕王便处处看魏瞻不顺眼。这次围猎虽然也允许魏瞻随行，到了围场却没让魏瞻参与狩猎。

这种迁怒，持续到次年魏瞻在战场立功才终止。

而在这期间，魏瞻心里窝火，来她这边的次数也少得可怜，在围场的时候，魏瞻更是沉默寡言。

那时候的殷蕙，既害怕他，又心疼他。

这次，一切都不一样了，他们一家三口都可以好好地享受一番。

七月二十五，一行人终于抵达了松林围场。

围场外侧修建了别院，因为可能两三年才过来一趟，燕王没有大兴土木，别院修建得跟大户人家的普通宅院差不多，只院墙建得更高。

殷蕙与魏瞻分到了一进小院子，夫妻俩住在上房，乳母带着衡哥儿住西厢房，丫鬟们住东厢房。燕王的其他子嗣分到的都是这样的院子，大家共用一个厨房。

今日要做的就是好好休息，殷蕙进了屋便趴在次间的榻上，懒洋洋不想动弹。

直到水房送了水来，殷蕙才去沐浴。

金盏好好帮她搓了一遍，冲干净了，殷蕙刚坐到浴桶里准备舒舒服服地泡一泡，魏瞻回来了。

“三爷，夫人在沐浴。”

殷蕙听到银盏的声音，然后就是魏瞻的脚步声，朝这边来了。下一刻，门帘挑起，魏瞻跨了进来。

金盏识趣地退下，从外面带上门。

魏瞻看了一眼殷蕙，径自宽衣解带，提着一桶水走到屏风后面，舀了一勺从头顶浇下，再舀两勺浇到身上。

这边的屏风没有夫妻俩在平城用的好，料子厚，殷蕙只能看到一个模糊的身影，高大挺拔。

她挪到背朝屏风的一侧，一边享受一边与他说话：“洗完还用出去吗？”

魏瞻：“不用，明早再去陪父王跑马。”

殷蕙：“你们跑马，我们做什么？”

魏瞻：“听王妃安排吧。”

殷蕙：“王妃若没有安排，我可以跟三妹去跑马吗？”

魏瞻顿了顿，道：“可以。”

她很聪明，知道跟三妹抱成一团。父王偏爱三妹，有时候父王生气，他们几兄弟只能噤若寒蝉，三妹却敢说笑。

又冲了一次水，魏瞻也跨进了浴桶，坐在殷蕙对面。

殷蕙看过去，魏瞻看过来，目光相对，片刻后，殷蕙垂眸道：“您慢慢泡，我先出去了。”

魏瞻却靠了过来。

秋日的阳光明晃晃的，窗纸也无法完全隔绝，浴房里的光线介于明暗之间，更添几分禁忌。

殷蕙被他抱到了怀里。

“连续奔波七日，您都不累吗？”殷蕙吸着气道。一滴水珠从发间滑落下来，落到睫毛上，模糊了视线。

魏瞻路上觉得累，到了这里便不累了，此刻他只想做这一件事。

毕竟，驿站门墙透声，别说他，那样的地方，二哥也不敢胡来。

这个澡泡得太舒服，殷蕙直接从黄昏睡到了第二天清晨。

她睁开眼睛，看到魏瞻已经起来更衣了，视线相触，冷冰冰的男人似乎笑了一下，旋即离去。

吃过早饭，殷蕙牵着衡哥儿先去给徐王妃请安。

徐王妃这边的院子宽敞些，但也无法与王府那边相提并论，处处都透露着一股简约质朴的气息。

徐清婉、纪纤纤、魏杉、魏楹，以及李侧妃等四个燕王妾室也陆续到了。

徐王妃笑道：“王爷他们去跑马了，咱们也去外面走走吧。”

纪纤纤闻言，朝殷蕙看过来。

殷蕙保持微笑。

她也知道，单独活动会比一群人慢慢吞吞地逛来逛去有意思。但今日徐王妃要大家同游，谁好开口？人家魏楹都没表达任何不满。

走出别院，西面是一望无际的森林，北面是碧绿无涯的茫茫草原，溪流蜿蜒其中，东侧还有一片波光粼粼的湖泊。

徐王妃的意思是，大家去湖边逛逛。

二郎、三郎欢叫着在草地上奔跑，追逐。

衡哥儿虽然腿短，却也喜欢跑，在乳母的陪伴下摇摇晃晃地去追哥哥们。

徐王妃笑着叫大郎、眉姐儿也去玩。

庄姐儿、六郎都留在了王府，四郎因为路途颠簸吐了两场，短时间是不能出来玩了。

“好想去跑马。”

纪纤纤拉着殷蕙走在一起，又引了魏杉、魏楹过来，小声撺掇着，示意魏杉姐妹俩去请示徐王妃。

魏杉：“要去一块儿去。”

魏楹：“明天跑也没关系，今日就先走走也好。”

纪纤纤便问殷蕙：“你怎么说？”

殷蕙笑道：“就当多休息一日吧。”

纪纤纤既怂恿不了别人出头，自己也不愿意去出这个头，只好忍了。

到了湖边，丫鬟们在树荫下铺好锦垫，主子们分开坐下。

殷蕙三妯娌与魏家姐妹坐在一块儿。

殷蕙喝了一口茶，目光落到了不远处的孩子们身上。大郎文静，二郎、三郎不停地赛跑着，衡哥儿追不上哥哥们干着急，大房庶出的眉姐儿便陪他跑，每次都故意让衡哥儿赢。

见徐清婉也在看眉姐儿，殷蕙笑道：“眉姐儿这么小就懂得照顾弟弟了，真讨人喜欢。”

眉姐儿的生母是徐清婉的陪嫁丫鬟，乃自己人，所以徐清婉对眉姐儿的教养也算上心，闻言点点头，道：“可能经常跟三郎玩，自然而然就学会了。”

纪纤纤似笑非笑道：“小小年纪，倒挺会巴结人的。”

这时，奔跑中的二郎突然绊了一脚，猛地扑倒在地，紧随其后的三郎没刹住，压到了他身上。

纪纤纤花容失色。

二郎果然大哭起来，抓住三郎往旁边一推。三郎盯着号啕大哭的二郎看了一会儿，自己站起来，拍怕膝盖，去找衡哥儿了。

“娘，三郎弄疼我了！”

二郎被乳母牵过来，抹着眼泪向纪纤纤告状。

纪纤纤扫了一眼徐清婉，瞪着二郎道：“是你自己不小心先摔倒的，怪三郎做什么？”

二郎吸着鼻涕，振振有词：“我自己摔得不疼，三郎压得疼。”

纪纤纤有点儿担心，低头检查二郎的后背，好在并没有发现什么淤青。

“好了，跟大郎玩去吧，别再跑了。看你这一头的汗。”纪纤纤嫌弃地帮儿子擦了擦。

二郎不肯去，坐在母亲身边，要吃糕点。

徐清婉看向殷蕙，殷蕙笑着摇摇头。孩子的性格多少会受父母影响吧，纪纤纤不讲道理，二郎也是这样。

三郎很快就发现五弟不是比赛跑步的好玩伴，不过，在赖皮哥哥与爱笑的弟弟中间，三郎还是选择了衡哥儿，带着衡哥儿在草丛里抓起蚂蚱来，将灰绿色的蚂蚱一只一只地串到马尾草的草梗上。倒是二郎，吃完糕点心情好了，也加入了抓蚂蚱的队伍。

等衡哥儿回来，献宝似的将手里的蚂蚱串给娘亲看。

殷蕙小时候也玩这个，并不厌恶。纪纤纤早早地跳到一旁，却被淘气的二郎追着吓唬。

渐渐地，阳光烈了起来，大家就又回了别院。

下午殷蕙歇完晌，魏曕才回来，一身是汗，进屋先给自己倒了三碗凉茶，咕嘟咕嘟往下灌。

殷蕙让金盏去水房叫水，坐到魏曕对面道："看您累的，难道一直跑马跑到现在？"

魏曕点点头："差不多吧。"

他们一早出发，在草原上跑了两个时辰，然后去林子里随便打点儿猎物野炊，休息够了，又跑了一个时辰。他虽然狼狈，好歹能跟上父王以及几位武官，大哥、二哥、老五都被远远地甩在了后面。老四还行，也一直跑下来了，没有落得太远，被父王夸了一通。

殷蕙："要吃点儿什么吗？"

魏曕："不饿。晚上有烤羊宴，在草原上办，大家都去，你提前准备准备，夜里会冷。"

殷蕙看看天色，估计再过半个时辰就得出发，便带着银盏去了屋里。

金盏从水房回来了，两个粗使婆子提着水桶跟在后面。

三爷沐浴不需要人伺候，金盏溜到内室这边，幸灾乐祸地对殷蕙道："夫人，我们从水房回来时，瞧见世子爷与二爷了。二爷还好，世子爷走路的姿势都变了。"

说着，金盏还模仿起来，逗得殷蕙、银盏都笑了。

燕王五子，世子爷魏旸武艺最差，身子自然也不如弟弟们结实硬朗。这次骑马魏曕都累到了，殷蕙完全能想象世子爷吃了多大苦头。

另一座院子里，徐清婉担忧地看着一进院子就吩咐侍卫将其背进来的丈夫。

魏旸强颜欢笑："没事，就是跑了太久，腿酸。"

酸到什么地步？酸到沐浴时都是让小太监扶进浴桶的，酸到洗完澡就趴到床上，叫小太监给他按摩腿上的筋骨。

徐清婉想出去，偏魏旸还要向她吐苦水："父王真是的，明知道我弓马不熟，还非要叫上我一块儿去。还好二弟、五弟也不行，没让我一个人落在后面。"

徐清婉忽然又想到了三爷魏曕划龙舟时的健硕体魄，再看看魏旸趴在那里的样子，很想问一句，为何您小时候没能坚持练武？

但这话是万万不可能说出口的，不但如此，徐清婉还得安慰丈夫："父王是想趁此机会与你们共享天伦，骑得快慢并不重要。"

魏旸回想起跑完马后父王看他的眼神，只觉得父王也很后悔叫了他一起。

魏曕洗完澡了，出来后，看到衡哥儿也在。

殷蕙轻轻推了推儿子的小肩膀。

衡哥儿便捧着手里的匣子来到爹爹面前。

魏曕摸摸儿子的脑袋瓜："里面是什么？"

衡哥儿笨拙地打开盖子，露出几只串在一起的蚂蚱。细细的马尾草梗穿蚂蚱肚肠而过，漏出些东西，还散发着一种味儿。

殷蕙默默瞧着这边，就见魏曕眉心一跳，下意识地想要皱眉，临时又忍下。

旋即，魏曕朝她看过来。

殷蕙笑道："这些都是衡哥儿自己在草原上抓的，可宝贝了，回来时我要扔了，他都不许，说是要给爹爹看。"

魏曕再看儿子："你自己抓的？"

衡哥儿点头。

魏曕就觉得自己的儿子非常厉害，蚂蚱跳来跳去，儿子的小手居然也能抓到。

得了夸赞，衡哥儿拉住爹爹的手要往外走，小嘴里兴奋地叫道："抓蚂蚱！"

魏曕将儿子抱到腿上，道："今天不抓了，咱们去吃烤全羊。"

衡哥儿根本没见过羊，不过，只要是吃的东西，都能转移他的注意力。

休息一会儿，一家三口带上丫鬟、乳母朝外走去。

大房、二房那边都还没动静，倒是遇上了魏楹。

"三哥，今晚的烤羊宴，随行官员们也一起吗？"魏楹走在殷蕙身边，笑着问道。

魏曕："嗯。"

魏楹就笑了，笑容中藏着少女的小秘密。

殷蕙出嫁前也有一些闺中好友，对这种笑容再熟悉不过，不由得就想到了那位曾经引得魏楹久久注目的崔家玉郎。

可是，崔玉长得虽好，目前却无官职，光这点就难以让燕王成全女儿的心意吧？更何况崔玉还算是燕王的小舅子，魏楹真与崔玉成了，辈分岂不乱套？

走出别院，就见湖边的草地上，隔着十几丈远的距离堆了两架篝火，好让男女眷分开坐。

魏瞻陪她们走了一段距离，叮嘱殷蕙照顾好衡哥儿，他朝左边的篝火走去。

那里已经站了十几位文武官员，其中有一人穿青色长袍，头戴布巾，长身玉立，很是抢眼，正是崔玉。

殷蕙再看魏楹，小姑娘的目光已经黏在崔玉身上了。

亦有年轻的公子们朝她们看来。

殷蕙低声咳了咳，提醒魏楹注意，被人发觉就不好了。

魏楹脸一红，一边收回视线，一边掩饰地说道："我瞧着他们那边的篝火堆好像比咱们这边的大。"

殷蕙调侃道："三妹是怕咱们这边的羊小，不够你吃吗？"

魏楹扑哧笑出来，轻轻推了她一下。

夕阳洒落，小姑娘穿一条白色长裙，美得仿佛草原上开出的一朵洁白的花。

选席位的时候，魏楹也特意挑了面朝男客那边的位置。

殷蕙只好挨着她坐下来，抬头一看，还好，崔玉站在背朝女客的席位。

羊还没送到，暂且没什么事做，殷蕙就默默地观察这群日后会在公爹的朝堂上封官赐爵的肱股之臣。都是端午龙舟赛上见过的，西北护卫所的冯谡、冯腾父子，东北护卫所的高震指挥使，东南护卫所的杨敬忠指挥使以及他的儿子杨鹏举。

殷蕙认得杨鹏举，因为这位便是二姑娘魏杉将来的丈夫，杨指挥使封侯后，杨鹏举便是世子爷。

同是武将，杨鹏举的身形更像魏瞻，瞧着清瘦，其实肌肉紧致，不像冯家父子或廖十三，壮得像座小山。

她在这里打量着，魏楹忽然靠过来，低声道："三哥是不是在看你？"

殷蕙视线一转，就见魏瞻果然面朝此处，只是脸色不太好看。

好歹上辈子就做过十年的夫妻，殷蕙偶尔也能区分出他那张冰块脸上的细微变化。

心中一动，殷蕙明白了，他是不是误会她又在窥视武官们的胳膊了？

真是的，此刻大家都衣衫齐整，她能窥视什么？

殷蕙瞪他一眼，率先移开了视线。

# 第二十章

夜色初降，烤羊宴也正式开始了。

两个厨人抬了一整只羊放到篝火上，羊已经提前处理过，羊腹内放入了葱、姜、盐等调料，全身也刷了糖色、香油。

刚放到火上，肉香味便飘了出来。

二郎、三郎都咽起了口水，衡哥儿坐在乳母怀里，目不转睛地看着那跳跃的火焰。

男客那边突然传来燕王豪放的笑声，引得殷蕙等人都看过去，却只看见一圈男人纷纷举起酒碗。

但凡宴席，男人们总是要喝一通酒，热热闹闹的。

女客这边就安静多了，都是挨得近的凑在一起说笑，间杂着噼啪的柴火燃烧的声音。

厨人拿刀割了一些烤羊肉过来，丫鬟们分别端一盘放到每个主子面前。

殷蕙直接吃肉就行，衡哥儿太小，光吃肉怕会上火，所以殷蕙让厨房煮了菜粥，菜叶子切得碎碎的，与粥完全融为一体。

荤素搭配，殷蕙撕一点儿羊肉喂衡哥儿，等小家伙吃完了，乳母再喂上一勺粥。

徐清婉、纪纤纤也分别给孩子们准备了配食。

二郎见衡哥儿吃得那么香，忍不住问殷蕙：“三婶，五郎吃的是什么粥？”

离得有点儿远，他看不清楚，但总觉得会很好吃。

殷蕙笑道：“菜粥，就是把白菜叶子切碎放在粥里煮。”

二郎立即露出一副“好难吃”的表情，他只爱吃肉，除非爹爹在旁边看着，否则他才不会吃一片菜叶子。

纪纤纤看了一眼儿子，羡慕地对殷蕙道：“五郎真好养。二郎挑食，让他吃片叶子比让他背书还难。”

殷蕙不由得看向男客那边的魏曕。

她在饮食上很挑，魏曕则是什么都能吃，衡哥儿这点肯定是随了爹爹。

殷蕙吃得半饱时，忽见远处有一条“火蛇”缓缓靠了过来，离得近了，才看清楚是十几个穿胡裙的高挑歌姬。

歌姬们站在两堆篝火中间，开始跳起舞来。

她们的双手分别握着一根四五尺长的火把，舞动的幅度并不大，和着悠扬奔放的胡乐，轻松自在地跳动着，很容易让人联想到草原上悠闲放牧的牧人、奔跑嬉戏的孩童。

殷蕙无意识地跟着节拍晃起肩膀来。

其他女客也是如此，忽然，魏楹拿帕子擦擦手，笑着跳起来，加入了那些歌姬之中。

郭侧妃喊了一声，见女儿不听，无奈地摇摇头。

男客这边，燕王看到女儿被火把映红的笑脸，也没有管，继续喝酒，却暗暗拿余光瞟起在场的年轻小辈来。

儿子们无须留意，燕王最先看到了冯腾，他一手拿着一根羊腿，啃得满嘴是油，眼神一会儿落在这个歌姬身上，一会儿落在那个歌姬身上，可能只是吃肉时随便看看。杨鹏举在与他的父亲聊着什么，似乎对歌姬的舞蹈并不感兴趣。崔玉面带微笑，那是在认真欣赏歌姬的舞蹈，而不是歌姬的脸。

燕王很满意，这三个年轻外男，没一个好色的。

次日，燕王给儿子们放了假，叫他们陪陪各自的媳妇和孩子。

早上睡醒了，魏曕才提及此事。

殷蕙坐在床边，一边穿鞋一边道：“那您陪衡哥儿抓蚂蚱去吧，我与二嫂、二妹、三妹约好了去跑马。”

妯娌、姐妹们之间虽然各有私心，遇到什么事时会嫉妒，会针锋相对或阴阳怪气，但也没有什么大仇大恨，该玩的时候还是一起玩，趣味才足。

魏瞻："在哪里跑？"

殷蕙："就别院附近的草原，您放心，我们不会跑远的。"

说着，她脚步轻快地走到衣柜前，取出三套骑马装，一套红，一套天青，一套荷绿，一起提在手里问魏瞻："哪套好看？"

魏瞻看了一眼，道："绿色的吧。"

红的太艳了。

殷蕙想着今日是第一次跑马，穿素淡些也好，反正要在围场住一个月呢，三套骑马装肯定都能派上用场。

吃过早饭，殷蕙抱起衡哥儿亲了亲，便去这座简陋东六所的前院等着了。

纪纤纤已经到了，穿一身水红色绣缠枝花的骑马装，艳丽妖娆。见殷蕙穿得这么绿，她打趣道："草原就够绿的，三弟妹不怕我们找不到你的影子吗？"

殷蕙笑道："我的马是白马。"

其实她还有一套白色骑马装，用金盏的话说，那套穿起来仙气飘飘。不过飞雪毛色雪白，她再穿白色，骑上马才真是身影难觅。

纪纤纤并没有见过殷蕙的马，不以为意，说起闲话来："我们家四郎昨晚又吐了一回，今天可千万别再吐了。都怪二爷，非说什么雄鹰都是摔出来的，他自己跑个马今早都起不来了，还指望四郎当雄鹰呢。"

殷蕙："二嫂这话别说太早，咱们也都很久没跑过马了，今天跑一趟，说不定也要腿酸。"

纪纤纤："酸就酸吧，你一个月还能出去一趟，我早憋坏了。"

没多久，魏杉、魏楹陆续到来，前者一身樱红，后者一身鹅黄，各有各的美。

走出别院，马夫已经将四匹马牵了过来。纪纤纤的是匹枣红马，魏杉与魏楹的都是黑马。

殷蕙走到飞雪身边，笑着摸了摸马脖子。

纪纤纤从头到尾将飞雪打量了一遍，越看越喜欢，不由得后悔自己当初为何觉得枣红更好看。

罢了，漂亮的马未必跑得快！

四人翻身上马，朝草原慢跑而去。

草原辽阔，纪纤纤挑了一处地方作为起点，吩咐一个小太监站在这里，再派另一个小太监赶去三里地之外，大家跑一个来回，谁先跑回来谁胜。

等待小太监定好远处的方位时，四人先下马活动筋骨。

魏瞻牵着衡哥儿走出别院，就见远处四人翻身上马，正准备出发。

“娘！”衡哥儿认出娘亲的身影，指给爹爹看。

魏瞻问：“要看娘跑马吗？”

衡哥儿点点头。

魏瞻就挑了一处方便观看的草地。

四匹马已经跑了出去，风吹动女子的裙摆翻飞，其中鹅黄、荷绿的两抹身影迅速将另外两人甩下了。

更远的草原上，燕王带着一队人马跑马归来，看到这边的情形，他做个手势勒马停下，笑着旁观起来。

冯腾问：“这都是谁跟谁啊？”

离得远，马背上人又随着骏马的奔腾晃动，他真看不清楚。

冯谡训斥道：“闭嘴。”

燕王笑了一声，解释道：“黑马上的是本王幺女，白马上的是本王的三儿媳，你们猜猜，哪个会赢？”

在燕王眼中，家中的女眷会骑马、擅骑马，是优点，他乐见其成。

冯腾仔细看了看，道：“三姑娘的马跑得更快。”

燕王问冯谡等三位指挥使：“你们也说说。”

冯谡道：“确实三姑娘的马更好，不过三夫人在坐骑略逊一筹的情况下还能与三姑娘齐头并进，马术必然不俗。”

高震点头：“冯兄言之有理。”

杨敬忠：“确实，此赛二人难分胜负。”

骏马奔腾，三里地很快到了尽头，魏楹率先冲过小太监所在的方位，然而她还在勒马，准备掉头折返时，只听身后传来一声骏马嘶鸣。魏楹回头一看，殷蕙竟然在没有减速的情况下于小太监旁边直接勒马。飞雪高高扬起前蹄，旋即半步路都没有多跑，转身朝来路奔去。

“厉害！”冯腾激动地喝了一声彩，“三夫人这个转身真利落！”

燕王摸摸胡子，目光落到女儿身上。

魏楹棋逢对手，掉好头后一甩马鞭，急速追赶起来。

纪纤纤、魏杉已经放弃了，慢悠悠地跑着玩，见她们都回来了，两人干脆停下来，也做起了看客。

“三嫂好马术，是我轻敌了。”魏楹还差殷蕙半个马身时，喘着气道。

殷蕙看她一眼，笑着问：“三妹这是认输了吗？”

魏楹用一鞭子回答了她，下一刻就追上来一截。

这时，殷蕙看到了在远处观赛的魏曕与衡哥儿，阳光从后方洒落在父子俩身上，光影模糊了他们的面容。

殷蕙内心忽然产生了一股冲动。她想让衡哥儿知道他的娘亲有多厉害，想让魏曕知道，她虽然出身不如他们这些王子龙孙，但除了血脉，她一点儿都不比他们差。

距离终点还剩几丈远时，殷蕙突然松开缰绳，双足脱离马镫，身体轻盈如飞燕般一跃而起，稳稳地站在了马背上。

对于旁观者来说，这变化只发生在眨眼之间。

疾风吹得荷绿色的衣袖、裙摆翻飞，蓝天之下，白马之上，张开手臂的她，宛如一只低空翱翔的青鸾。

衡哥儿睁大了眼睛。

魏曕眉头紧锁，直到飞雪跑过终点，她重新坐下，放缓速度，他高高提起的心才落回了原处。

"娘！"衡哥儿兴奋地朝娘亲跑去，他也要骑马。

殷蕙见了，与愿赌服输的魏楹打了声招呼，催马朝父子俩走去。

下马的时候，殷蕙的腿因为刚刚的刺激微微发抖。

这时候，她看清了儿子的笑脸，也看清了魏曕眼中的冷漠。

殷蕙困惑地看着魏曕，难道他是不满她出风头？

"不许再做那种动作。"停下脚步，魏曕低声斥责道。

殷蕙"哦"了一声，垂下眼，手搭在衡哥儿的脑袋瓜上，轻轻摸了摸。

魏曕感觉不到她认错的诚意，看看儿子，他继续道："你就不怕自己摔下来，衡哥儿没了娘？"

殷蕙的手一顿。

所以，他生气不是因为她出风头，而是因为那个动作太危险，他担心她受伤？

她抬起头，看到的还是熟悉的冰冷脸庞，且因为动怒而更冷了。

殷蕙试着笑了笑："我练过很多次的，您不用担心。"

魏曕："这三年你可做过一次？"

殷蕙咬唇不语。这三年她都乖乖地在王府当三夫人，唯一一次由他陪着跑马，却因为撞见表哥等人而半途而废。

这么做确实有点儿冒险。

可是，成功站在马背上的那一刻，她很享受，仿佛两辈子里留在心头的那些阴影与不快都随风吹走了。

"知道啦，下不为例。"心情好，殷蕙再次笑出来，借身影掩饰偷偷晃了晃他的袖子，“您也别生气了，我这不好好的吗？”

魏曕面无表情地拂开她的手。

“骑马！”衡哥儿开始催了。

殷蕙自己冒一下险没关系，可不敢抱小家伙上马，她笑着将衡哥儿塞到魏曕怀里：“叫爹爹陪你骑，爹爹最厉害了，爹爹做什么都不会冒险。”

魏曕立即又瞪了过来。

殷蕙转身去帮他们牵马，飞雪非常温顺，并不介意让陌生人骑，而且魏曕于它也不是陌生人。

眼下哄儿子要紧，魏曕将衡哥儿还给殷蕙，他先上马，再示意殷蕙将衡哥儿举给他，然后他一手握着缰绳，一手环住衡哥儿，慢慢地走起来。

衡哥儿指着前方：“爹爹跑！”

魏曕继续御马慢行，十分地稳当，安全。

魏曕带衡哥儿骑了一会儿马，燕王等人浩浩荡荡地跑到了这边，因为有殷蕙等女眷在，冯谡等外官自去了别处。

殷蕙四人齐齐朝燕王行礼，那边魏曕也抱着衡哥儿跳下马背。

燕王姿态随意地攥着缰绳，视线扫过三儿媳的脸，笑着对魏楹道：“这次输给你三嫂，心里可服气？”

魏楹：“心服，口也服。”

燕王点点头，又对殷蕙道：“老三媳妇骑术不错，是不是还学过武艺？”

殷蕙谦虚地说道：“略通一点儿剑法。”

燕王：“怪不得。习武好啊，强身健体。”

说完，他又问纪纤纤：“老二他们呢？天气这么好，怎么没出来走走？”

纪纤纤当然不能在公爹面前损自己的丈夫，她笑了笑，替魏昳遮掩道：“说是要教二郎作画，草原风景好，勾起了他的雅兴。”

燕王仿佛真信了似的，催马去了魏曕、衡哥儿面前。

“五郎也想学骑马吗？”燕王笑眯眯地问。

衡哥儿点头，望着高高在上的祖父：“跑马！”

燕王想到刚刚儿子慢吞吞的御马姿态，笑容更深了：“跑马危险，等你长大了再说。行了，你们逛吧，我去歇会儿。”

魏曕恭送父王。

“三哥，不介意三嫂与我们一块儿遛马吧？”魏楹俏皮地问。

魏曕只道：“别跑太远。”

殷蕙便重新上马，与魏楹、魏杉、纪纤纤朝湖边慢慢跑去。

玩到阳光开始晒起来，四人才折回别院。

魏瞻在教衡哥儿认字，都是应景的，譬如草原、骏马、蓝天、蚂蚱等最近常见的事物，看到她进屋，魏瞻只是瞥了一眼。

待到晌午歇晌时，魏瞻却让殷蕙在上面。

两辈子他们都没这样过，殷蕙都不知道该将目光落在哪里，而且上午跑马跑得欢，这会儿真使不上劲儿。

“不是学过武？”魏瞻坐起来，抱住她问。

殷蕙窘迫地靠在他肩头：“您就别调侃我了，再也不敢了还不成吗？”

魏瞻笑了一下，带着她跑起来。

这晚，燕王去了李侧妃的院子。

“四郎如何了？”对于几个孙子，燕王虽然没有闲暇亲自指导与教养，但也是很关心的。

李侧妃笑道：“上午还有点儿蔫，下午睡了一觉，醒来精神多了，还想去找哥哥们玩呢。”

燕王：“这就好。小孩子就是不能养得太娇气，像五郎，好吃好喝的，长得又结实又灵巧，这么大都会抓蚂蚱了。”

李侧妃露出嫌弃的表情：“王子龙孙，抓什么蚂蚱？”

燕王瞪她：“抓蚂蚱怎么了？我小时候也抓过。你以为抓蚂蚱很容易？既得眼力好，还得动作快。以小见大，抓蚂蚱厉害的孩子，长大了练武也更容易有所成就。”

李侧妃：“行行行，您说的都对，明天我就让二郎带四郎去抓蚂蚱，抓一大盆给您过目，行了吧？”

燕王笑了，扑倒李侧妃闹了一阵。

事后，燕王拍着李侧妃的手道：“冯腾、杨鹏举这两个年轻人，你可都认得？”

李侧妃懒洋洋地应道：“认得，冯指挥使、杨指挥使的爱子嘛，龙舟赛的时候也见过。”

燕王：“嗯，杉儿都十七了，我准备从他们俩当中挑一个做女婿。三日后我会举办一场骑射比赛，你带杉儿仔细瞧瞧，让杉儿自己挑。”

李侧妃一骨碌坐了起来，难以置信地看着身边的男人：“表哥，我知道你器重冯、杨两家，可他们只是你的属官，家里连个爵位都没有。大姑娘可是嫁去京城的名门世家了，您这样对杉儿，是不是太不公平？”

燕王哼了一声，仰面躺着道：“槿儿议亲时，我也觉得名门世家好，大老远将她嫁到了京城。然而两地之间隔了千里迢迢，她在那边受了什么委屈我都不知道。后来我仔细想过，儿女还是要离得近，所以无论杉儿还是榲儿，我都只会从身边的官员里挑女婿。”

他将长女嫁到京城的名门世家，其实也存了别的心思。但渐渐地，燕王突然明白过来，他这辈子就只是个藩王了，京城的名门世家都得仰太子鼻息，哪怕他将女儿嫁过去，抑或是他与儿子们娶了那边的名门之女，一旦他出事，京城各族也绝不敢帮衬什么，免得碍了太子的眼。

与其如此，不如在燕地结儿女亲家。

殷家虽然是商家，可老三这门亲事，帮他解决了当年的军需难题，这是到手的实惠，比什么虚名都强。而且，老三媳妇也是个好女子，性纯良，能管家，会教子，不说跟老大媳妇比，至少比老二媳妇强多了。

李侧妃就是不满意。

“此事我意已决，你早点儿跟杉儿说清楚。”燕王无视李侧妃高高噘起的嘴，翻身睡了。

一把年纪了，还做这种小姑娘的娇蛮姿态，他都没眼看。

到了骑射比赛这日，殷蕙等女眷都被允许跟着燕王去观赛。

出发前，魏曕对殷蕙道：“今日廖十三也会出场。”

殷蕙有些担心：“廖叔胜在刀法，骑射他行吗？”

魏曕道：“骑术没问题，射箭考究的是眼力与臂力，廖十三刀法精湛，眼力很准，射箭亦能百步穿杨。”

殷蕙闻言，越发佩服起廖十三来。

魏曕也会出场，所以到了比试地点他便去将士那边准备了，殷蕙与纪纤纤等人坐在一排。

殷蕙注意到，魏杉不太高兴，红唇轻轻嘟着，哪里都不想看的样子。

纪纤纤凑到殷蕙耳边说悄悄话：“父王让二妹妹从冯腾、杨鹏举中间挑一个做女婿呢。”

反正都是板上钉钉的事了，再过不久也会公开，纪纤纤乐得与妯娌分享小姑子的秘密。

殷蕙吃了一惊，旋即明白过来。上辈子冯腾早废了，杨鹏举成了竞逐燕王女婿的唯一人选，魏杉根本没得挑。

不过……

当殷蕙的目光扫过虎背熊腰的冯腾、修长挺拔的杨鹏举时，她便觉得，魏杉应该还是会挑杨鹏举。

所有人都到齐后，燕王发表了一番慷慨激昂的讲话，第一场骑射比赛便开始了。

这一场出场的便是魏瞻、冯腾、杨鹏举等年轻武官。

上辈子殷蕙几乎没有机会看魏瞻显露身手，五月的划龙舟比的又是蛮力与配合，所以，这会儿她便专心地看起魏瞻来。

四匹快马同时出发，名马白蹄乌载着魏瞻奔腾如飞。魏瞻一袭黑袍，左手握弓，右手拉弦，虽然每个箭靶之间都隔了几丈远的距离，但因为白蹄乌跑得太快，魏瞻仿佛同时射出了四支箭一般，第一支箭还在箭靶上微微晃动，他已经勒马停了下来，白蹄乌扬起两只雪白的前蹄，异常漂亮。

“老三好身手。”郭侧妃笑着夸赞道。

徐清婉、纪纤纤同时朝殷蕙看过来。

殷蕙就有一种自家爷们很给自己长脸的自豪感。若魏瞻也像世子爷、二爷那般，跑半天马走路姿态就变了样，殷蕙可能连那事都懒得与魏瞻做。

魏杉一声不吭地听着，视线在冯腾、杨鹏举的脸上来回移转，越看越不满意。冯腾过于魁梧，脸庞再俊朗也透着一股粗犷，不像个会怜香惜玉的。杨鹏举呢，身形倒是好看，可惜五官偏于平庸，尤其站在三哥身边，好似朗朗皓月边一颗毫不起眼的星子。

这四人过后，便是一些女眷们叫不上名字的武官上场，先是此次随行护卫军中的千户，再是百户、总旗，最后是精挑细选的八位小旗。

百户是官，其下掌管五十人的总旗便是吏了，管十人的小旗更是吏中的小吏，只比普通士兵稍微强一点儿。

廖十三初进卫所，通过比武得到了小吏一职，再想往上升需要立下军功，或是在这次比试中一鸣惊人，得到燕王的破格提拔。

魏瞻出场时，殷蕙纯粹是用看戏的心态看他展示本领，待廖十三在纪纤纤的哈欠声中骑马登场，殷蕙的精神彻底振奋起来，心跳也开始加快。

“你看谁呢？”纪纤纤注意到了她火热的眼神，一边问一边朝即将入场的四人望了过去，然后，她深深地吸了一口气。

四个小旗，三个明明是正常体形，却被另一个衬托成了瘦骨伶仃。

纪纤纤都要担心那壮汉胯下的马能不能承受住他的重量。

“你认识？”纪纤纤猜测道。

殷蕙笑而不语。

随即，比试开始。

与前面高阶武官们的身手相比，小旗们的表现乏善可陈，廖十三却是个异类，等他射完四箭勒马停下，另外三个小旗才刚刚要射出第三箭。

冯谡早知道廖十三是个人物了，另外两个卫所的指挥使高震、杨敬忠都眯起了眼睛。

燕王笑道："此人不错，安排他再比一场，让老三、冯腾、杨鹏举陪他。"

只有与旗鼓相当的高手们对决，才能展现廖十三的真正本事。

很快，魏曕等四人重新排成了一排，燕王还给廖十三换了一匹膘肥体壮的骏马。

号令响，四人如离弦之箭般冲了出去。

比赛很快结束，廖十三骑马的速度、射箭的准度分别略逊魏曕一筹，排了第二。

燕王摸着胡子道："也不知道此人是不是故意让着老三。"

高震忽然离席，朗声对燕王道："王爷，属下恳请与他过过手。"

燕王笑道："去吧，就比刀法。"

他的三个指挥使中，冯谡枪法第一，高震的刀法则无人能挡。

刀枪锋利，既然是比武切磋，燕王让人准备了一排木制武器。

高震、廖十三分别挑了一把刀，然后站到观武台下，这就动起手来。

两人都是魁梧之人，力能拔山举鼎，两把木刀亦被他们耍得虎虎生风，每一次撞击都让殷蕙等人耳朵发麻。

她们是外行，看不清招数，燕王却早已身体前倾，看得目不转睛。

激战持续到五十个回合时，廖十三突然露出一个破绽，高震趁机以木刀砍向其腰侧。

廖十三果断收手，高震亦在刀刃触及他的前一刻，及时停下。

"好！今日本王麾下又添一员虎将！"燕王大喜，跳下观武台朝廖十三走去。

廖十三屈膝跪拜。

燕王亲手将他扶起，仿佛真的才认识这号人物似的，一边端详廖十三的容貌一边问："你叫什么？"

廖十三沉声报出姓名，还是那副波澜不惊的内敛神情。

燕王拍拍他的肩膀，扬声道："好个廖十三！从今日起，你便是本王麾下的千户！"

廖十三拱手："多谢王爷赏识。"

两人英雄惜英雄，高震在旁边看着，默默地转动了一下手腕。

他总觉得，刚刚廖十三那破绽是故意露出来的。

千户是正五品的官职，掌管千余人兵马。

廖十三一下子从一个不入流的小旗直升到正五品的千户，观赛众人都吃了一惊。

只是，廖十三的骑射能胜过同为千户的冯腾、杨鹏举，刀法也只比东北护卫所指挥使高震略逊一筹，提拔这样的人做千户，似乎也是理所应当。

待到傍晚，便有人拐弯抹角地探听到，廖十三乃由魏曕举荐进的西北护卫所。

徐清婉沐浴回来，就见丈夫魏旸靠在床头，眉心紧锁。

"您在想什么？"徐清婉拿着梳子走过来，一边通发一边关心地问。

魏旸看了她一眼，道："今日那个廖十三，是老三的人。"

老三在西北护卫所，虽然与冯家父子走得近一些，但冯谡乃父王的心腹，最忠心于父王，在大事上应该不会偏帮老三。可廖十三不一样。他欠了老三的举荐之恩，自己又是个有本事的，将来若立下战功，挤下一位指挥使都有可能。

老三手下有这种能人，魏旸无法不放在心上。

徐清婉一下一下地通着发，半晌才道："冯、高、杨三位指挥使与父王一样，都正值壮年，且共同经历过生死，区区一个廖十三还撼动不了三位指挥使的地位。父王没那么糊涂，去器重一个来历不明的人，冷落老臣的心。而且，真若计较这个，父王还要从冯、杨两家挑一位做亲家呢，难道这就表示父王要栽培二爷？"

有时候徐清婉真觉得丈夫过于患得患失了，一会儿担心三爷家里有巨富妻族支持，一会儿担心四爷背后有郭家撑腰，很快又要担心二爷的胞妹要嫁进一位指挥使的家里做儿媳，却忘了他自己才是燕王府的嫡长子，且已经受封世子之位，只要他自己不犯错触怒父王，世子之位便稳如泰山。

魏旸听了妻子的话，眉心依然皱着。

正是因为自己坐在了这个位子上，才要防着兄弟们来抢，守东西总比抢东西要操心。

纪纤纤也在与魏昳议论今日骑射比赛的事。

"那个廖十三，是不是与三弟妹有什么关系？他上场的时候，我看三弟妹比三爷上场时还在意呢。"

魏昳自然也打听过，道："廖十三年轻时是商队护卫，被殷家老爷子救了性命，廖十三便决定替殷家效力二十年，今年正好满二十年了，他便离开了殷家。"

纪纤纤："所以，他是三弟妹举荐到卫所的？"

魏昳："差不多吧，反正肯定是他们两口子安排的。"

纪纤纤哼了哼："三弟妹的手真是伸得越来越长了，连卫所的事都敢掺和。不过，父王好像很满意。"

魏昳感慨道："父王惜才，廖十三武艺绝伦是才，殷家有钱也是另一种才，没办法。"

纪纤纤见他羡慕别人，笑道：“这有什么好酸的？廖十三就是个千户，咱们二房可是马上就要多个指挥使做亲家了，就是不知道二妹妹会挑哪家。”

魏昳眼睛一亮，确实，他还有个好妹妹呢。

另一头，殷蕙钻进被窝还在为廖十三的表现而兴奋。她问魏曕：“廖叔的骑射真的不如您，还是他不敢赢您？”

魏曕道：“不知。我们在卫所也比过两场，结果都是如此。”

殷蕙想了想，道：“这样也好。廖叔够厉害，既能得到父王的器重，又不至于威胁到三位指挥使。今天看他与高指挥使比试的时候，我真的捏了一把汗，怕他赢了，让高指挥使颜面扫地。”

魏曕点点头。

如果廖十三空有匹夫之勇，处处喜欢与人争锋，他不会向父王举荐此人，否则廖十三在卫所里得罪人，连累的是他。

适当藏拙，对他，对廖十三都是好事。

骑射比赛之后，燕王开始频繁带着众武官去围场狩猎。

习武确实能强身健体，他都快四十五了，来了草原后不是跑马就是狩猎，居然看不出一丝疲惫。魏旸、魏昳兄弟俩的身子骨都不如他，狩猎时三天打鱼，两天晒网的。魏曕则几乎日日都伴随在燕王左右，他嘴上没念叨过一句累，可是从他晚上几乎沾床就睡的样子看，八成也是累得不轻。

殷蕙就舒服多了，今天专门陪衡哥儿抓蚂蚱，跟着陪徐清婉赏赏花，再陪徐王妃、温夫人等人看看戏，抑或是与纪纤纤、魏楹她们去跑马，几样事轮流着来，过得轻松又充实。

这日，魏楹单独来约她去跑马，说是纪纤纤身子不舒服，今日就不去了。魏杉则因为前日燕王宣布了她与杨鹏举的婚事，不好意思再出门。

殷蕙叮嘱乳母照顾好衡哥儿，她换上那套天青色的骑马装，与魏楹骑马离开了别院。

围场附近都有燕王带来的卫所将士戒备，所以两人没有带任何侍卫，信马由缰地四处跑着。

忽然，前面一处小水泊前，露出两人两马的身影，马儿闲适地吃着草，一男一女二人坐在岸边。

魏楹看了看，仿佛只是出于礼数般笑着对殷蕙道：“好像是崔夫人。三嫂，咱们过去打声招呼吧？”

殷蕙自然也认出了回头望过来的崔夫人，以及陪在她身边的崔玉。

“她们姐弟难得见面，咱们还是别去打扰了？”殷蕙试着劝道。

魏楹似乎犹豫了一下，但还是坚持道：“人家都瞧见咱们了。”

殷蕙无奈，只好跟着魏楹一起朝姐弟俩跑去。

崔夫人、崔玉便站了起来。

“崔玉见过郡主、三夫人。”待二人下马，崔玉垂眸行礼道。

他一身青袍书生打扮，宛如修竹。

魏楹笑着看他：“免礼。今日你不用陪父王吗？”

崔玉惭愧地说道：“王爷去狩猎了。”

言外之意，他一个文人，不擅长骑射。

“好了，你去把马牵回来，别让它们走远了。”崔夫人柔声吩咐道。

崔玉便行礼退下，始终不曾多看殷蕙或魏楹一眼。

“你们也出来跑马吗？”崔夫人笑着问道，“我们一早就出来了，这会儿正要回去。”

她避嫌的态度很是明显了。当然，她不用避什么，却不想让自己的弟弟在王府内眷面前失礼。

殷蕙客套道：“还是您会挑时候，这会儿日头都有些高了。那您与公子先回，我们再玩一会儿。”

崔夫人颔首，微笑着看两人重新上马。

转过身后，魏楹脸上的笑容就消失了，待跑得远了一些，她目光留恋地回头望去，却只看到崔家姐弟骑马返回去的背影。

清风吹拂，少女额前的发丝随风而动，明澈美丽的眼里有恋慕，也有失望。

殷蕙不知该不该劝一下。不劝，魏楹可能会越陷越深；劝了，堂堂燕王爱女，可能会恼羞成怒。

这时，魏楹突然看过来，苦笑着说道：“三嫂，我喜欢玉郎，您一定看出来了吧？”

殷蕙难掩惊讶，小姑娘居然真的说出来了！

魏楹低头，不安地攥着缰绳：“我从十岁的时候就喜欢他了，可我不敢告诉任何人。父王为他安排婚事，我什么也不能做。女方家里出意外，害得他被人传成克妻命，再也没有人家愿意把女儿嫁给他，我明明不应该，却还是忍不住窃喜，觉得自己还有机会。”

“三嫂，这个秘密我藏了太久，本来以为能藏一辈子的，可我受不了了。二姐定了婚事，明年可能就会轮到我了。”

她不想嫁给别人，可她也不敢跟父王说，她真的不知道该怎么办了，跑马跑得再快，也甩不开这些烦乱的念头，却还要在众人面前佯装无忧无虑。

两行清泪无声地滑落下来，魏楹无助地看向殷蕙：“三嫂，您比大嫂随和，比二嫂温柔，您一定不会笑话我，是不是？”

殷蕙催马来到她身边，递过一方帕子，轻声道：“三嫂肯定不会笑话你，只是，你该清楚，你与玉郎根本没有可能，又何必如此执着？”

魏楹没有接她的帕子，随便拿袖子抹抹脸，倔强地看向天空：“如果能不想他，我早不想了，可我做不到。”

殷蕙：“那你知道他的想法吗？他是否明白你的心意？”

魏楹摇摇头。曾经崔玉还住在王府，还与兄长们一起读书时，她就喜欢去旁听，然后偷偷地看崔玉，有时候也会请教他问题，崔玉会温润地为她解答。但很快崔玉就搬出去了，她只能抓住各种能见面的机会远远地看他一眼，而崔玉的视线，从来不会特意投向她。

“我不敢问，也不想问，我喜欢他就够了。”

“父王不同意也没关系，反正除了玉郎，我不会嫁给任何人，不会像二姐姐那样，只能从父王定下的人选里挑一个。”

像是自己开解了自己，魏楹重新笑出来，对殷蕙道：“好了，我没事了，三嫂就当我什么都没说过吧。走，咱们再比一场！”

说完，她催马朝前奔去，一身红衣似火，张扬耀眼。

殷蕙心不在焉地追上去，耳边还盘旋着魏楹的那些话。

原来小姑娘对崔玉如此痴情，喜欢了这么多年。

可是，魏楹说她非崔玉不嫁，上辈子魏楹却在十八岁那年远嫁蜀地，成了燕王三个女儿中嫁得最远的，后来公爹宣她回京，她都不从。

难道，那时候魏楹是在与公爹赌气？因为公爹不同意她与崔玉的婚事，魏楹就赌气嫁给了别人？

可说崔玉是太监的谣言又是怎么回事？如果崔玉真是太监，燕王必然知情，只要他告诉魏楹，魏楹何至于赌气远嫁？

下午魏瞻回来得比前几天早了些，衡哥儿还在睡觉，他沐浴过后便来了内室。

殷蕙坐在窗边的书桌前看书。

魏瞻走到她身后，看了看书页上的内容，一手自然无比地搭在了殷蕙的肩膀上，指腹有意无意般触上她的侧颈。

这意思十分明显了。

殷蕙斜了他一眼。

魏瞻便合上她的书，将人抱去了榻上。

殷蕙想到他这几晚都累得没兴致，这会儿倒也能理解，只嘱咐他别拖延太久，衡哥儿下午的午睡时间基本在一个半时辰，快醒了。

别院小，做什么都不方便，又是大白天的，魏瞻只能速战速决。

事后他还想睡一会儿。

殷蕙重新梳了头，穿得整整齐齐地坐到床边，默默地看着他。

魏瞻见她欲语还休，打起精神问："有事？"

殷蕙点头："之前咱们打赌，您还欠了我一件事。"

魏瞻抿唇。父王平时重规矩，谁能想到他来狩猎，还会带上女眷同行？

但魏瞻愿赌服输，问："想要什么？"

殷蕙就笑了，凑到他耳边道："我听到一个闲话，说崔夫人的弟弟崔玉根本不想成亲，克妻的谣言都是他自己传出去的。"

魏瞻先往床里挪了挪，避开她的呼吸，然后才皱眉道："冯腾的事我就跟你说过，少信这些毫无根据的闲话。"

殷蕙："怎么没根据？据说有人贪慕崔玉的男色，趁崔玉宿在外面时偷偷窥视其沐浴，却发现崔玉竟然是……是个太监！"

魏瞻突然咳嗽起来，撑着床坐正，咳得脸都红了。

殷蕙体贴地去倒茶。

魏瞻没心情喝茶，瞪着她道："你从哪里听的这些胡说八道？"

殷蕙目光躲闪："反正就是听见了。"

魏瞻："这与你要我做的事又有何干？"

殷蕙的脸便也透出绯色来，垂着头，攥着手，嗫嚅道："我想让您帮我查查，看他究竟是不是……"

魏瞻沉下脸："他是不是，与你何干？"

殷蕙早有准备，委委屈屈地瞥他一眼："自然与我无关，就是听了闲话，好奇真相而已。毕竟他也算是父王身边有头有脸的人物，难道您就不好奇？也罢，您不愿意帮忙查就算了，我就当没跟您赌过。"

魏瞻的眉心就跳了跳。

殷蕙最后看他一眼，转身道："我去看看衡哥儿醒了没，您好好休息吧。"

魏瞻怎么可能还睡得着？自己的妻子，居然关心别的男人有没有根！

不过，崔玉真的……

# 第二十一章

用过晚饭，乳母抱衡哥儿去睡觉了。

衡哥儿很喜欢草原，喜欢跟着三郎他们在上面跑来跑去，也喜欢撅着小屁股抓蚂蚱。白天玩得尽兴，晚上睡得便香。

殷蕙漱了口，见魏瞻坐在次间榻上看书，她先去沐浴了。

至于魏瞻会不会替她去查验崔玉的“正身”，殷蕙毫无把握。

魏瞻是个非常严肃刻板的人，只有在那事上才会出格一些。

只是，如今殷蕙与魏楹是闺中密友，她明知魏楹对崔玉情根深种，上辈子又听说过崔玉是太监的流言，这种情况下若不帮魏楹确认一下，殷蕙良心难安。

如果魏瞻帮忙查了，回来告诉她崔玉确实是太监，那她只需转告魏楹，魏楹必然死心。一个正值妙龄的好姑娘大可以尝试去喜欢别人，不用再背负沉重的心事。如果魏瞻告诉她，崔玉是个正常的男人，那魏楹坚持喜欢他是她的自由，殷蕙就不用再掺和了。

她也不敢掺和。苦劝魏楹死心，她未必会听；支持她喜欢崔玉，燕王知道了还不休了她这个儿媳！

况且殷蕙并不愿意支持魏楹。这事确实违背伦常，难以善终，殷蕙要验证那流言，就是希望找到一条有力的理由说服魏楹死心，别为这事与燕王闹不愉快。

等她穿好中衣走出浴房，魏瞻正抱着换洗的中衣准备过去。

夫妻俩迎面撞上，殷蕙见魏瞻都没有看自己，猜他应该还在生气，便避到一旁，待魏瞻从旁边经过，她自去睡觉。

一刻钟左右，魏瞻回来了，让金盏、银盏灭灯告退。

灭灯之前，魏瞻看向床头，她面朝这边躺着，长睫合拢，眉头舒展，仿佛已经睡着了。

丫鬟轻轻带上门，魏瞻也掀开被子躺了下来。

不知过去多久，魏瞻朝她那边看了一眼："你真想为了查证一个谣言，浪费一个机会？"

殷蕙终于弄出一点儿动作，证明自己还醒着，她心平气和地说道："其实这谣言的真假对我来说一点儿都不重要，可您体会过那种感觉吗？就是您听说了一个您认识的人的秘密，非常离谱的秘密，却又没人能告诉您这秘密是不是真的，这时候，您会不会特别难受？"

魏瞻没有这种体会，但他明白她的意思了。

"我会安排长风找机会去查。"魏瞻应允道。不需要她使用激将法，他承诺的事就一定会做到。

殷蕙怔了怔。

这事他拒绝，她一点儿都不会觉得奇怪，可魏瞻答应了，殷蕙竟有种受宠若惊的感动。

她试探着去掀他的被子，得到默许，殷蕙便抱住他，脸贴着他的胸口道："您真好。"

男人似乎哼了一声，殷蕙没听到声音，只感受到有风从发梢吹拂而过。

"以后我不想再听此类闲话。"魏瞻冷声道。

殷蕙笑着蹭了蹭他："那您想听哪类闲话？咱们刚到别院，世子爷第一次跑完马后不得不叉着腿走路的那种闲话？"

魏瞻沉默片刻，忽然摸到她的嘴角，轻轻扯了扯："那是大哥，你敬重些。"

殷蕙才占了便宜，故意拍他的马屁："我只敬重您这样文武双全的。那日骑射比赛，您拿了头名，别人都羡慕我呢。"

魏瞻被她这么一腻歪，人便压了上来。

次日早上，魏瞻走到窗边的书桌前，铺开宣纸，在一侧写了一行小字，墨迹一干，他扯下细细一张纸条，叠好。

出发去陪父王之前，魏瞻将纸条交给长风，低声吩咐道："尽快办好。"

长风郑重领命。等三爷走了，长风走到一个僻静角落，神色严肃地展开纸条。

看完之后，长风的神色变得无比复杂。

这叫什么差事？

他宁可再去挨廖十三的打，也不想办这个。

八月十三，燕王白日狩猎，黄昏命厨人将猎物扒皮，架起篝火吃烤肉，还让人把未能参与狩猎的三个儿子以及诸位文官叫了过来，众人同乐。

有酒有肉，自然也有歌姬献舞。

考虑到徐王妃等女眷不在，今晚歌姬们所穿的衣裙清凉多了，舞姿也更妖娆动人。

武官们在狩猎场上出尽了风头，今晚燕王有意亲近文官，叫他们以这次秋猎为题，分别赋诗一首。

世子爷魏旸、二爷魏昳终于有了表现的机会，率先吟出了自己的诗句。

燕王点点头，看向魏曕。

魏曕道："儿子不擅长诗词，就不献丑了。"

燕王没有勉强。

老四魏昡是同样的说法。

老五魏暻虽然才十三岁，却也出口成章，作了一首好诗。

燕王很满意，老五身上不愧也流了一半崔家的血。

接下来，就轮到崔玉赋诗了。

魏曕默默将目光投了过去。

说起来，因为崔玉曾经住在王府，且与他们一起读书，魏曕与崔玉还算熟悉，但只限于见面次数多，很少交谈。

崔玉长他四岁，今年二十六了，其人风姿绰约，声音清润，与太监的尖细声调完全不同。

那谣言简直就是无稽之谈，也不知道是什么人整天在殷氏面前搬弄口舌。

回想她近日常接触的人，魏曕想到了二嫂纪氏，不过，纪氏又是从何处听来的？

魏曕瞥了一眼身边的魏昳。

二哥最风流，难道他男女不忌？难道他就是那个觊觎崔玉的男色，跑去窥视崔玉沐浴的人？

这时，众人为崔玉的好诗喝起彩来，喧哗声打断了魏曕的猜疑。

宴席吃到一半，燕王忽觉腹痛，叫众人继续饮酒作乐，他先行回了别院。

他一走，武官们放得更开了，尤其是冯腾，喝高了，居然拉着廖十三要去一边摔跤。其他武官跟着起哄，廖十三没办法，只好决定陪冯腾摔一场。他这一应战，立即带走了一大拨人。众人勾肩搭背地走到几丈远外，围成一圈看两人摔跤，等冯腾被廖十三撂倒在地，又有其他武官上场。

留在宴席上的人屈指可数，有面无表情的魏瞻、沉迷于歌姬舞姿的魏昳，以及自斟自饮的崔玉，当然，魏家兄弟喝的是酒，崔玉喝的是茶。

这时，崔玉忽然离席，朝下风处的净房走去。

魏瞻不着痕迹地看向长风，就见长风已经跟了过去。

魏瞻给自己倒了一碗酒，刚要端起来，忽然听到女子的娇呼声，偏头一看，却是魏昳拉了一个歌姬倒在怀里。他自己喝一口酒，再低头去喂那歌姬，两个人四片嘴唇紧紧地贴到了一起。男的才大口大口地吃过烤肉，女的浓妆艳抹，一嘴的口脂……

魏瞻胃中一阵轻微翻滚，只后悔自己为何要看。他重重放下酒碗，沉着脸朝摔跤场那边走去。

魏昳听到了他放酒碗的声音，分心看了一眼，暗暗觉得好笑。这老三，不知道的还以为他是个童子鸡。

魏瞻来到摔跤场边上，前面的人看到他，自动让出位置来。

此时摔在一起的已经变成了廖十三与指挥使杨敬忠，两人都脱了外袍，赤膊上阵。

魏瞻看到了廖十三身上的一道道旧疤，明明丑陋，可在他眼里，这些疤痕比那些歌姬顺眼多了。

“老三要不要比一场？”魏旸走过来，笑着拍拍他的肩膀。

魏瞻摇头。在卫所有将士找他切磋，魏瞻大多时候都会应下，但他并不喜欢这种赤膊摔跤。

净房这边，崔玉、长风几乎是一前一后地走到了门口。

崔玉回头看了一眼长风。

长风驻足，垂眸道：“不知公子介不介意……”

崔玉笑了笑：“进来吧。”

草原上不方便，连燕王都与官员们共用这一处净房，他又岂会介意与三爷身边的侍卫同用？

只是，里面那么多位置，当长风跟过来挑了他旁边的位置时，崔玉多少还是觉得有些奇怪。

好在，都是男人，崔玉并没有多想。

长风低头解开腰带，拿余光往崔玉那边瞟，却见清风朗月的公子做这种事也十分讲究，竟特意用垂落的袖口做了遮掩。

水声一响，长风更加着急起来，一边觉得窘迫紧张，一边又想到写三爷的纸条。

虽然长风不明白三爷为何要他查这个，可他一定不能让三爷失望！

情急之下，等崔玉准备提上裤子时，长风突然直直地朝崔玉那边倒了下去。

"你……"

崔玉下意识地伸手来扶他，只是文人动作终究慢了一步，长风重重地撞到他身上，两人再一起倒下去。

"你没事吧？"见长风一动不动，崔玉迅速穿好裤子，再来扶长风。

双眼紧闭的长风悠悠转醒，一脸茫然："崔公子？"

崔玉关切地看着他："刚刚你摔倒了。"

长风缓缓坐正，摸摸脑袋，仿佛他也不明白究竟是怎么回事。

崔玉想起这些侍卫无论风吹日晒都要守在主子们身边的笔挺姿态。主子们跑马，他们得跟着；主子们坐下来休息，他们只能站着。他便对长风道："去找随行军医看看吧。"

长风站起来，低头抱拳"多谢公子。烦请公子替我瞒下此事，不要告知三爷。"

崔玉自然应下。

长风先行告退。

待这场持续到快二更天的晚宴终于结束，长风才找到机会向主子交差："三爷，谣言不可信。"

他可以证明，崔公子不但是个真男人，还是一个真正的君子，被他冒犯了，却只想着关心他。

魏瞻像听不懂他在说什么似的，径直朝别院走去。

他回来得太晚，又要洗漱沐浴，殷蕙早睡着了，直到魏瞻提着一盏灯来到床边，光亮惊醒了她。

"您回来啦？"殷蕙拿手挡住眼睛，困倦地说道。

魏瞻坐下来，黑眸审视地看着她："长风去查过了，他身体无恙。"

殷蕙反应了一下才明白他话里的意思，眉头就皱了起来，下意识地说道："既然不是，谁那么坏……"

"总之与你无关，勿传谣，也少信谣。"确认她没有为此事欣喜，魏瞻灭了灯，躺好睡觉。

殷蕙暂时是不困了，在黑暗中陷入了沉思。

崔玉不是太监。

既然不是，当年公爹登基，崔玉乃大功臣之一，又是后宫四妃之一的亲弟弟，前程似锦，为何要因为一个可以简单澄清的谣言出家离去？公爹又为何要为他的离开号啕大哭？

说实话，殷蕙根本想象不出公爹号啕大哭的情形。

此事疑窦重重，亦不知与魏楹的远嫁有没有关系。

上辈子掌握的信息太少，殷蕙揣摩半晌也没有任何头绪。

算了，作为隔房嫂子与好友，她能帮魏楹的都帮了。既然魏楹没有白白为一个假男人执迷不悟，后面的事她也爱莫能助。

触怒公爹的代价太大，魏楹无所畏，殷蕙付不起。

中秋到了，燕王传下话来，今晚会在别院举办一场赏月宴。

女客那边的宴席自有徐王妃、徐清婉操持，殷蕙只等着时候到了去吃席就是，白日里依然清闲。

金盏去厨房走了一趟，带回四盘水果，分别是秋梨、蜜桃、橘子、葡萄。

衡哥儿爱吃葡萄，殷蕙亲手剥给小家伙吃，去了籽儿后一颗葡萄分成三份，免得一整个喂下去卡到喉咙。

吃了几颗，纪纤纤带着二郎、四郎来了。见到这场景，纪纤纤笑道："三弟妹只五郎一个，养得就是娇气，我可没有这个耐心，想吃就让乳母伺候他们。"

殷蕙笑着请她落座，然后让乳母们看着三个孩子，她过去招待纪纤纤。

二郎可以自己吃葡萄了，四郎、衡哥儿还得乳母喂。

纪纤纤扫了一眼三个孩子，叹气道："瞧瞧，五郎都快比四郎还高了，我们明明比你们大了一岁。"

殷蕙道："也没满一岁，一个年前秋天生的，一个年后春天生的，满打满算也就半年。何况四郎只是长得瘦些，说话已经跟大人差不多了，五郎还只会几个字几个字地说呢。"

纪纤纤："这倒是。今天天气不错，要不要出去走走？"

殷蕙点点头，等孩子们吃完水果，便一块儿出去了。

刚走到院子里，魏曕从外面回来了。瞥见纪纤纤娘仨，他也没露出笑脸客气客气，还是冷冰冰的，只放慢脚步，朝纪纤纤喊了声"二嫂"。

纪纤纤笑道："三爷今日不用陪父王吗？"

魏曕颔首。

纪纤纤就看向殷蕙："那咱们就不去逛了，三爷难得空闲，你们一家三口多待一会儿。"

殷蕙看向魏曕，见这家伙竟然默认了，只好将纪纤纤娘仨送到门口，她又牵着衡哥儿折回来。

“出去玩！”衡哥儿却不乐意待在这小小的院子里，拉着娘亲的手往外使劲儿。

“走吧。”魏瞻走过来，抱起衡哥儿道。

衡哥儿高兴地靠在爹爹肩头，一副今天爹爹比娘亲好的小模样。

殷蕙不跟傻儿子计较。

结果他们才走出院子，就见前面二房的两个乳母带着二郎、四郎，也是要去外面玩，纪纤纤却不见了。

“哥哥！”衡哥儿开心地叫了起来。

二郎、四郎看到他，也很高兴。

到了草原上，衡哥儿丢下爹爹，与二郎、四郎一块儿玩去了，殷蕙、魏瞻坐在草地上，看着孩子们玩闹。

这次草原之行已经过去了大半，衡哥儿天天在外面撒欢，现在跑得越来越稳。

殷蕙剥了一个橘子，分一半给魏瞻，留一半自己吃，目光始终跟随着儿子。

魏瞻无意看过来，就见她的嘴唇红润润的，像才被雨水浇打过的海棠花瓣。

她小口小口地嚼着橘子，吃相文雅。

过了一会儿，三个孩子前后跑过来，个个都流了汗。

殷蕙招呼道：“过来喝点儿水。”

二郎道：“我不想喝水，我要吃橘子。”

殷蕙笑道：“先喝水，喝完才有橘子吃。”

二郎哼了哼，扫了一眼冷脸三叔，没有再坚持。

二郎、四郎并肩坐在锦垫对面，衡哥儿扑到魏瞻怀里，要坐在爹爹腿上。

知道魏瞻不喜欢身边围太多人，等乳母给孩子们擦了手，殷蕙就叫她们先退到一旁，她分别给三个孩子倒了半碗温水。

喝过水，她再给孩子们分橘子。

“三婶真好，我娘就不会给我剥橘子吃。”

殷蕙探身喂衡哥儿吃橘子瓣时，二郎突然说道，有一点点儿羡慕的意思。

殷蕙笑：“可你娘肯定也做过一些三婶没有对五郎做过的好事，对不对？”

二郎认真想了想，道：“我娘亲过我，您亲过五郎吗？”

殷蕙还没说话，衡哥儿脆脆地应道：“亲过！”

二郎不信：“你知道什么叫亲吗？”

衡哥儿每天都会被娘亲亲脸蛋，当然知道。见娘亲坐在旁边够不到，小家伙就在爹爹怀里站起来，转身，两只小手捧住魏瞻僵硬的脸，凑过去，重重地吧唧了一下，留下一些口水与橘子汁水。

亲完了，衡哥儿满意地坐下去。

殷蕙看了一眼魏曕，这男人一动不动，似乎并不嫌弃儿子的口水了。

二郎输了一场，继续想，可无论他说什么，衡哥儿都抢着说他娘也给他做过。

二郎不服输，突然叫道："我娘打过我屁股，三婶打过五郎吗？"

衡哥儿愣住了，他不明白什么叫打屁股。

一直沉默的四郎忽然高兴地说道："我娘没有打过我！"

二郎一听，伸手就去推四郎："你算什么东西？也敢跟我比！"

四郎身子瘦小，被他推倒在席子上，张嘴就大哭起来。

魏曕训斥二郎："不许打人，扶四郎起来。"

二郎大叫道："不用你管我！"

说完，人就跑了，四郎的乳母也赶紧抱起四郎匆匆离去。

衡哥儿不解地看着这一切。

殷蕙听着四郎的哭声，心情有些复杂。虽然燕王也关心庶出的孙子，可在二房的院子里，四郎作为庶子，不可能与二郎平起平坐，二郎肯定也是听多了乳母或纪纤纤的话，多少明白了嫡子、庶子的区别。

她再看向魏曕。

魏曕已经恢复了正常神色，仿佛别人家的孩子怎么吵闹都与他无关。

衡哥儿吃够橘子，要去抓蚂蚱。

魏曕陪儿子去抓，他站起来的时候，殷蕙瞥见他飞快用袖口擦了擦脸，正是被衡哥儿亲过的地方。

殷蕙无话可说。

魏曕牵着衡哥儿走出一段距离，衡哥儿发现蚂蚱后，松开爹爹的手，自己忙活起来。

魏曕看着无忧无虑的儿子，脑海里还想着刚刚二郎推四郎的那一幕。

这一幕似曾相识。

他小时候也被二哥推过，吼过，嫌弃过，二哥在别的地方受了气，转身便发在他身上。他一开始也会哭，跑去找母亲，母亲除了跟着他掉眼泪，就是让他忍，说李侧妃出身显赫，让他不要与二哥起冲突。

于是，他再也不会去找母亲诉说这些。

后来，他们都大了，二哥仿佛也变成了他的亲哥哥，每次见面都是笑脸相迎。

纪纤纤把孩子们丢给乳母后，回到自己的院子，果然发现魏昳也回来了。

"孩子呢？"魏昳姿态舒适地靠在榻上，一边问一边朝她身后看了一眼。

纪纤纤："乳母带他们去玩了，咱们也去跑跑马呗？"

魏昳这人，武艺比魏旸强，却不如魏曕，文比魏曕强，却比不上魏旸，可谓文武样样不拔尖。但正因为两者都还凑合，所以魏旸不参加的狩猎，他隔一次还会参加一场，导致最近频繁骑马，真是骑够了。

"好不容易今天过节可以休息一日，你就放过我吧。"魏昳不假思索地拒绝道。

纪纤纤："那咱们去外面走走。这院子有什么好待的！"

魏昳也不想动，要丫鬟准备棋盘，陪纪纤纤下起棋来。

然后二郎、四郎就回来了，一个气冲冲的，一个还在抽搭。

魏昳放下棋子，皱眉问二郎："怎么回事？你又欺负四郎了？"

二郎："我没有，他自己摔了，却要赖在我头上。"

四郎大哭："你推我！就是你推我！"

两个孩子各执一词，魏昳看向两个乳母。

二郎的乳母不吭声，四郎的乳母神色有了变化，跪下道："确实是四郎自己摔的，与二郎无关。"

纪纤纤松了一口气，这才劝魏昳道："算了，都是孩子，难免有个磕磕碰碰的。"

魏昳也不耐烦听四郎哭，让乳母抱四郎下去哄。

二郎爬到榻上，看爹娘下棋。

桌子上摆着水果，二郎看到橘子，拿起一个塞到母亲怀里："娘，三婶给五郎剥橘子，您也给我剥一个。"

纪纤纤听出酸气来，宠溺地说道："行行行，娘给你剥。"

二郎吃到母亲剥的橘子，心里舒服了，转转眼珠，又对魏昳道："爹爹，三叔陪五郎在外面玩，您也带我去吧。"

正好纪纤纤也想出去，便用眼神撒起娇来。

魏昳没办法，只好陪一大一小去外面玩。

西边厢房里，乳母轻轻拍着四郎在屋子里绕着圈，四郎委屈巴巴地趴在乳母肩头。忽然，透过琉璃窗，他瞥见爹爹牵着二郎朝外走去。

四郎立即也闹着要去。

乳母疲惫地说道："我的小祖宗，您就安分点儿吧。二郎是嫡子，您的生母只是一个姨娘，您天生就比二郎矮一截，以后不要再跟二郎比了，好不好？您看看眉姐儿，她是庶女，从来都是让着二郎的。"

四郎不是很懂。他只知道，爹爹带二郎去玩了，不带他；二郎撒谎，他说的是实话，爹爹也不信他。

草原上，魏昳远远地看到魏瞻一家，便想过去打声招呼，或是一起玩。

二郎怕三叔拆穿他的谎言，非要拉着爹爹去另一边。

魏昳训他："一点儿规矩都不懂，还想让祖父罚你是不是？"

二郎就是不要去找五郎。

纪纤纤帮儿子说话："三爷天天寒着一张脸，咱们过去也是自讨没趣，何必呢？"

魏昳就被娘俩劝走了，只远远地朝魏瞻招招手。

魏瞻看着他们三人，完全能想到四郎刚刚经历了什么。

等衡哥儿抓够蚂蚱，一家三口回了别院。

乳母抱衡哥儿去洗手。

殷蕙不急着收拾，拿了裁纸刀出来，在橘子顶端切下一小块儿，再把里面的橘瓣完完整整地挖出来。

魏瞻洗完手，就见桌子上已经摆了三个掏空的橘子壳，她正认真地捣鼓第四个，眉眼宁静，嘴角带笑。

"这是做什么？"魏瞻一边叫丫鬟们下去，一边坐在她对面问。

殷蕙头也不抬地解释道："给衡哥儿做几盏橘子灯，晚上黏根蜡烛头进去，橘子就会发光了。"

这是刚刚在外面吃橘子时，殷蕙突然想到的。她小时候，祖父就带着她做过橘子灯。

她兴致勃勃，也不怕橘子汁弄脏手。魏瞻默默看了片刻，忽然问："如果今天二郎推的是衡哥儿，你会怎么做？"

殷蕙动作一顿，颇觉意外地看向魏瞻。

魏瞻等着她回答。

殷蕙想到二郎推四郎的狠样，怒道："他敢那么推衡哥儿，我就让他知道我也会打他屁股，且比他娘打得更狠。"

魏瞻意味不明地"嗯"了一声。

殷蕙见他没别的话了，继续挖橘子。

魏瞻去了内室，很快又回来了，手里拿着笔墨。

他拿起殷蕙挖空的橘子壳，托在手心，蘸墨落笔，画完了，再放到桌面上。

殷蕙好奇地转过橘子，看清他几笔勾勒出来的虎头，笑了。

夫妻俩一个挖橘子，一个画橘子，室内宁和静谧。

殷蕙坐在窗边，再次看向外面，天都要黑了，衡哥儿居然还没醒。

她问魏瞻："要不让乳母叫他起来？宴席那边迟到了不好。"

魏瞻手里拿着一本书，也朝外看了一眼，然后继续看书："不急。"

去太早也只是与兄弟们寒暄，不如让儿子多睡一会儿。

刚说完，金盏欣喜的声音从外面传了过来："三爷，夫人，五郎睡醒啦！"

殷蕙暗暗觉得好笑，仿佛她与魏瞻都要受儿子摆布一样。

五个小橘灯还在桌子上摆着，殷蕙遗憾地说道："回来再给衡哥儿看吧，现在看了，他该舍不得走了。"

若是拿一个到宴席上去，可能会引起二郎、三郎、四郎的争抢，徒惹风波。

这么大的孩子，还不知道贵贱，但凡看到什么好玩的玩意儿，都想自己也有一个。

魏瞻点点头。

于是衡哥儿才从厢房出来，就被爹爹、娘亲带走去吃席了。

宴席位于别院西侧的花园，男客在前面的园子赏月喝酒，女眷们带着孩子在后花园赏月喝茶。

草原上的天空仿佛离地面更近，那圆圆的月亮刚刚从天边升起，挂在房檐一角，看起来触手可及。

月景很美，草原上的晚风也比平城的猛烈，吹得树枝剧烈摇摆，哗哗作响，连贪玩好动的二郎、三郎都老老实实地待在楼阁中，不去外面吹风。

殷蕙三妯娌仍然是与魏杉、魏楹坐在一起，只是今晚的魏杉、魏楹看起来都不太高兴。

"二妹妹、三妹妹怎么了？可是今晚的饭菜不合你们的胃口？"纪纤纤笑着揶揄道。

魏杉扯了扯嘴角，没有理会这话。

自从知道自己无法像长姐魏槿那般嫁给京城的名门子弟后，魏杉就高兴不起来了。

她好歹还能坐得住，魏楹却是连应酬都懒得应酬，只朝徐清婉笑了笑："大嫂，我身子不太舒服，先回去了。"

徐清婉关心地问道："要不要叫郎中看看？"

魏楹摇摇头，起身时对上殷蕙的目光，她回避般垂下，径自离去。

殷蕙默默地喝了口茶。

少女怀春却又无法开口，魏楹这段情缘也够苦的。看来，一个人无论是生在皇家还是普通百姓人家，一旦自己钻了牛角尖，注定要受一番煎熬。

她是重新得了一辈子，对男人看淡了，于是也容易满足，魏楹却还在情海里挣扎。

女客这边的宴席先散，殷蕙先带衡哥儿回去了。她披着斗篷，衡哥儿也严严实实地裹在斗篷里，只露出眼睛。

回到一家三口的小院，殷蕙见衡哥儿还不困，便让乳母把衡哥儿抱到上房来。

灭了灯，黑漆漆的次间里就只有那五盏小橘灯静静地散发出橘色的光芒。

衡哥儿上半身趴在桌子上，目不转睛看了起来，从左边第一盏看到右边第一盏，来来回回，很是新鲜。

“这是曾外祖父教娘做的，娘再跟爹爹一起做给衡哥儿的。”

窗户阻挡了外面的寒风，殷蕙将衡哥儿抱到腿上，看着小家伙天真的笑脸，心中一片柔软。

等魏曕回来时，娘俩已经分别睡下，只留桌子上的五盏小橘灯还幽幽地亮着，与他们离开前相比，变了摆放位置。

魏曕仿佛能看见妻儿一块儿玩灯的场景。

草原风冷，又没到烧地龙的时候，魏曕便钻进了殷蕙的被窝。

殷蕙一下子就醒了，嘟囔着道：“又来冰我。”

魏曕没说话，他嫌旁边的被窝凉，其实他身上并不冷，手探过去，她果然没有再抱怨，只渐渐乱了气息。

吃席免不得喝酒，魏曕喝得不多，恰恰又能助兴。

狂风撞上琉璃窗，卷走一两声轻不可闻的呜咽。

燕王喝了七分醉，海公公一个人扶不动，喊了一个小太监帮忙。

今晚燕王肯定要宿在徐王妃那里，路上，吹了一会儿冷风，燕王恢复了一些神志，问海公公：“楹儿回来了吗？”

宴席开始没多久，海公公收到禀报，说三姑娘魏楹去草原上骑马赏月了。

海公公知道了，燕王自然也知道了，只派侍卫去保护女儿。

“回来了，半个时辰前就回来了。”

燕王放了心，不再多问。

次日上午，燕王处理完一些事务，忽然想起爱女，便派人去请魏楹过来。

魏楹昨晚吹了冷风，有点儿着凉，本不想去见父王，可想到只有在父王那里才有可能邂逅崔玉，她便强撑精神换好衣裳，领着丫鬟出发了。

到了父王的院子，魏楹期待地扫视一圈，却只看到了熟悉的侍卫们。

魏楹垂下嘴角。就在此时，一道熟悉的身影从父王的书房走了出来，正是崔玉。

今日他穿了一件天青色的细布长袍，很配那张云淡风轻的俊美脸庞。

只这么一个照面，魏楹便觉得昨晚吹的风也不冷了，积压在心头的层层烦躁也变成了甜蜜。

两人一个往里走，一个往外行，距离五六步时，崔玉停下，垂首行礼道："崔玉见过郡主。"

魏楹轻轻应了一声，刚想回礼，喉头突然发痒，不受控制地咳了出来。

崔玉终于抬眸，看到她微微偏头，拿帕子掩住唇，只露出一张咳红的侧脸与红红的鼻尖。

是病了吧？

可他没有资格关心，更不该让她察觉到什么。

没等魏楹转过来，崔玉快步离去。

魏楹怅然若失，就在此时，海公公迎了出来，殷勤地请她进去。

魏楹连心上人的背影都不能多看一眼，若无其事地去见父王。

燕王一眼就看出女儿病了，先让海公公派人去传郎中，然后不悦地对女儿道："昨晚风那么大，你还去骑什么马？"

魏楹早编好了理由，笑着撒娇道："我这辈子可能只有这一次机会在草原上过中秋，当然想做什么就做什么。可惜父王要与哥哥他们喝酒，不然我还想拉着您一块儿去呢，咱们在月下赛马。"

燕王笑道："草原不会动，月亮也不会变，只要你喜欢，哪年都可以来这边赏月，什么叫只有一次机会？"

魏楹低头攥紧帕子："二姐姐都要嫁人了，您很快也会把我嫁出去，到时候我成了别人家的儿媳妇，哪还有自在可言？"

燕王哼道："无论嫁给谁，你都是我的女儿，都是堂堂郡主，谁敢管你？"

魏楹："说是这么说，做儿媳妇就得有做儿媳妇的样子，除非您留我一辈子。只有在您身边，我才能随心所欲。"

燕王揉了揉女儿的脑袋瓜，想到小女儿也到了谈婚论嫁的年纪，心中亦是不舍。

可是，就算他想宠溺女儿一辈子，寿数也不允许。所以为人父母，都会趁自己还能做主的时候，给儿女安排一门好婚事。

"不提这个，明年你二姐姐出嫁，你得排到后年了，还早得很。"

"好，这是您说的，明年不许让我嫁人。"

魏楹这场小风寒养了四五日才好，她一康复，燕王就宣布启程回平城。

去时平城还是秋老虎肆虐，晌午热得人直冒汗，回来时已经是九月初，秋高气爽，即将重阳。

初七这日，殷蕙直接去了殷家。上次见祖父还是殷闻挨鞭子的时候，过去这么久，殷蕙有点儿担心祖父的身体。老爷子被最器重的长孙伤了心，不知道会不会寝食难安？

殷墉带着殷阆一块儿见的她。

殷蕙端详祖父，发现祖父的确瘦了一圈，但精神还不错，倒好像已经从那件事的打击中缓了过来。

“你们在围场那边过得怎么样？”殷墉笑眯眯地问小孙女。

殷蕙喝了一口茶，挑趣事讲了几件，然后，她试探着问：“廖叔的事，您是不是已经听说了？”

殷墉点点头，感慨道：“以廖十三的武艺与心性，早二十年从军，可能早靠军功封官了。不过他没有野心，小时候被一家镖局捡去当学徒，出师了就跟着商队卖命，我救下他，他便为我效力，无欲无求地过了二十年，连婚事都是我替他张罗的。要不是受了委屈，他不会走。”

至于是什么委屈，当着殷阆的面，殷墉就没说太细。

殷蕙：“您还真是了解廖叔。那日我问他有何打算，他居然说想帮秋娘料理肉馍铺子的生意。他安于街头，我却不忍看他浪费一身好武艺，所以才把他举荐给了三爷。”

殷墉笑道：“阿蕙说这么多，是怕祖父怪你提携他吗？傻丫头，他能为王爷效力，祖父只替他高兴。”

殷蕙朝外面看了一眼，小声道：“您高兴，就怕二叔、二婶又要记我一笔了。”

她都能想到赵氏会说什么，都是一家人，让她帮殷蓉搭桥牵线做官夫人她不管，却去提携外姓人。

殷墉摸摸胡子，意味深长地说道：“他们怎么想没关系，我只希望你大哥能记住这次的教训。十年河东，十年河西，谁也料不准一个人会有什么际遇，所以富时莫欺人穷，只有保持本心，多做善事，才不怕冤家上门。”

殷墉很庆幸，这次长孙得罪的是廖十三。廖十三既然已经打了那二十鞭子，那么无论廖十三做千户还是做大将军，以他的心性，都不会再找长孙的麻烦。如果换一个睚眦必报的人，那才是长孙，甚至整个殷家的隐患。

想到这里，殷墉看向另一个孙子，殷阆。

殷阆见了，离席朝老爷子道：“祖父教诲，孙儿一定铭记于心。”

殷墉略感欣慰。据他这一个多月的观察，这个孙子虽然年少，却长了一颗慧心，假以时日，才干未必会输长孙。

本来他想把殷家的全部产业都留给长孙，如今却有了另外的思量。

退位让贤，两个孙子，谁贤他便给谁大头，长孙若不服气，那就争气给他看！

## 番外

# 魏瞻亲手做的鸽子灯

上元节的灯会将持续三日，从正月十四开始，到正月十六结束。

前两晚魏宁都在宫里陪父皇、母后赏灯，十六这晚，她想出宫玩。

魏宁先去找太子大哥商量。

魏衡笑道：“我说了不算，你得去求娘。”

魏宁哼道：“娘跟父皇肯定不放心让我自己出去，如果大哥肯陪我，他们或许还会松口。”

魏衡摸摸妹妹的脑袋，兄妹俩一起去见母亲。

殷蕙知道女儿贪玩，不过她少女时期玩得更野，所以做了母亲后，她也不想太拘束孩子们。

“我准了，父皇那边你们自己去说。”

魏衡、魏宁就又去了御书房。

魏瞻在看折子，听说兄妹俩来了，他头也不抬，只让安顺儿带孩子们进来。

“父皇，今日大臣们也都放假呢，您怎么不多休息一日？”

魏宁三两步凑到父皇身后，卖乖地替父皇捏起肩膀来。

魏瞻浏览折子的视线一顿，脑海里浮现以前他陪阿蕙回娘家时的画面，阿蕙也喜欢这样在殷老面前撒娇。

阿蕙出阁前活泼自在，嫁给他后却要遵守燕王府里的规矩，直到他封王单独赐府才逍遥些。女儿却是在他们夫妻俩的疼爱下长大，父皇在世时对孙女们也很宽容，不像对孙子们，经常斥骂。

魏瞻放下批示奏折的朱笔，问道："说吧，有什么事？"

魏宁绕到父皇前面，佩服道："父皇英明，女儿有什么小心思都瞒不过您。"

待听完女儿的话，魏瞻沉默片刻，看着魏宁渐渐不安的眼神应承道："可以，把你二哥也叫上。"

魏循已经成年，一直住在宫里不合适，去年魏瞻封其为庄王，亦赐了王府。

魏宁笑道："父皇放心，我跟大哥出去玩，肯定先去找二哥的，不过您先别告诉他，今晚我们给他一个惊喜。"

魏瞻笑了一下。

待到黄昏，魏衡、魏宁微服出宫了，身后跟着四个明面上的侍卫，另有两队暗卫暗中守护。

儿女们出去了，宫里的晚饭就只有殷蕙陪魏瞻吃。

"他们出去，你真放心啊？"殷蕙吃了几口菜，好奇地问魏瞻。

魏瞻看过来："有何不放心的？你我这个年纪时也外出过，还不曾带那么多侍卫。"

殷蕙："能一样吗？当时咱们什么身份，孩子们现在又是什么身份？再说了，我怎么不记得你陪我外出过？"

前面两句还算正常，后面就纯属耍赖了。

魏瞻却不知道她是真忘了，还是在开玩笑，盯着殷蕙看了几眼，见她若无其事地继续吃饭，仿佛真的不记得了，他只好提醒道："阿衡周岁那年，我陪你回家省过亲，你忘了？"

殷蕙眨眨眼睛，似乎回忆了一会儿才道："想起来了。不过，那次是父皇吩咐的吧？父皇若没吩咐下来，你会陪我去？"

魏瞻沉默。当时他还年轻，好面子，确实没动过主动去殷家的念头。

片刻后，他又道："同年上元节，我陪你出去赏灯了。"

殷蕙嗤了一声，微微讽刺道："皇上记性真好。那你怎么不记得，那次是因为你惹我生气了，赏灯只是为了赔罪？"

魏瞻只记得好，差点儿忘了自己坏的一面。

阿蕙生气，是因为她从殷家回来，他听到消息没有离开书房出来见她，要歇晌了才去后院，结果被她摆了一出"空城计"。

再看殷蕙黛眉上挑，随时准备翻旧账的样子，魏曕还有什么不懂的？

他笑道："好了，吃完咱们也出去逛逛。"

殷蕙要的就是这个，嘴上却道："去哪里逛啊？被孩子们撞见怎么办？"

她是不在意的，可魏曕一直都摆严父的谱，如今再加上一层帝王的身份，他好意思让孩子们撞见他享乐的一面？

魏曕自有安排。

饭后，两人去内殿更衣，换上便服。冬夜天寒，殷蕙裹上了厚厚的斗篷，还从衣柜里拿出一件大氅，让魏曕也披上。

宫人抬了御辇来，将帝后抬往宫门口。

宫中空旷，风也大些，殷蕙不由得往魏曕怀里靠。

魏曕抱住她，距离晚饭时提到的那次夫妻赏灯已经过去了二十一年，她却好像一点儿都没变，只是胆子越来越大了。

宫外马车已经备好，魏曕扶着她走下御辇，再托着她上了马车。

车里准备了汤婆子，殷蕙坐好就捞了一个放在怀里抱着。

"又怕冷，偏偏还喜欢出来。"魏曕进来，见她的腿在轻轻颤抖，低声道。

殷蕙不想听他调侃，魏曕一落座，她就坐到他怀里，然后在魏曕误会她的意思，垂首亲上来时，故意将一只凉凉的手塞进他的脖子。

魏曕抬眸，对上她亮晶晶的眸子，她如二十多年前一样，俏皮依旧。

魏曕便继续亲了下去。

做了皇帝的魏曕，平时都很忙碌，有时国事繁重，他可能连续半个月都没有心思与她亲热，今晚突然放松下来，那些被忽略的，属于壮年男人的欲望也便潮水般涌了上来。只可惜时间、地点都不对，他只能暂且压制着，只能紧紧地拥着殷蕙，像当年刚尝到亲吻的滋味时那般，长久地吻着殷蕙。

殷蕙就不冷了，甚至开始发热。

当两人终于分开，马车已经走了不知多久。

殷蕙挑开帘子。今日的平城与二十多年前比，发生了很多变化，不过，殷蕙还是一眼认出了外面的街道，这里，离殷家老宅很近了。

她惊喜地看向魏曕，魏曕握着她的手道："已经派人跟祖父说过了，只希望没打扰他老人家休息。"

殷墉今年七十八岁了，老人家通常会早睡。

殷蕙真的太满意魏曕的这次安排了，扑过来捧住他的脸，两边都亲了一口。

魏曕笑："那年赏灯，咱们只是过来还书，没有进去拜访，今晚都补回来。"

殷蕙心里暖暖的。魏曕有这份心，她初嫁他时的那些委屈就都不算什么了。

殷家。

殷墉知道魏瞻是个不喜应酬的人，所以孩子们要出去赏灯，他没有拦着，只带着殷阆、谢竹意夫妻俩来前院等候。

“祖父！”

殷蕙一下车，就先赶到了祖父身边，心疼地说道：“让阿阆、弟妹出来迎我们就是，您怎么也出来受冻了？这里又没有外人。”

殷墉笑道：“我还没老到那个岁数呢，快进来吧，有话到屋里说。”

五人去了厅堂。殷阆叫人预备了铜锅，新鲜的羊肉食材也都摆好，不过他与妻子就提前告退了，只让老爷子招待姐姐与皇帝姐夫。

殷蕙亲昵地挨着祖父坐下。

殷墉年纪大了，牙齿还不错，吃着孙女夹过来的涮肉，一脸慈祥。

魏瞻坐在一旁，看着祖孙俩有说有笑的这一幕，心头涌出一丝羡慕。

阿蕙与老爷子隔了一辈都如此亲密，他与父皇却从来没有这般自然亲密的时候。

“哎，皇上不嫌弃的话，也坐过来吃吧，统共就咱们三人，分桌吃多冷清。”殷墉忽然招呼他道。

殷蕙笑盈盈地看向魏瞻。

魏瞻笑了笑，端着自己的碗筷，再拿起一盘羊肉，坐了过来。

殷墉给夫妻俩都夹了肉与菜，讲起他早年在外游历时吃过的当地铜锅，西北草原上的羊肉又鲜又嫩，令人回味无穷。

魏瞻光听着，都能想象出那羊肉有多好吃。

怪不得殷蕙在吃食上那么挑剔、讲究，原来都是从老爷子这里耳濡目染的。

陪老爷子吃了一顿肉，时候也不早了，殷蕙与魏瞻尽兴而归。

在这样寒冷的夜晚，夫妻俩又体会了一次酣畅淋漓。

殷蕙很快就睡着了。

魏瞻还醒着，等她睡沉了，他悄悄下了龙床，披上大氅，去了偏殿。

安顺儿早将他要的东西都准备好了，魏瞻在偏殿待到将近子时，这才灭了灯，回了寝殿。

他从外面走进来，一身寒气，自己躺了会儿，等身上暖了，再凑过去抱了抱殷蕙。殷蕙轻轻哼了哼，无意识地抱住他的腰，贴着他的胸口继续睡。

翌日早上，魏瞻习惯地早起，去上今年的第一个早朝。

殷蕙昨晚睡得晚，醒得也迟，魏宁都来请安了，她才刚刚梳头。

“娘，外面那两盏鸽子灯真可爱，您从哪儿弄来的？我以前都没见过。”

魏宁坐在母亲身边，好奇地问。

殷蕙不明所以："鸽子灯？"

魏宁："是啊，您不知道吗？"

殷蕙确实不知道。

梳好头，她跟着女儿走到殿外，仰起头，看到廊檐下挂着两盏鸽子灯，胖乎乎的两只纸鸽子，肩挨着肩，莫名叫殷蕙想到了"比翼齐飞"。

别人不认得这对儿鸽子灯，殷蕙却记得。魏曕第一次陪她赏灯，她就买了两只鸽子灯，想着带回家给还不足周岁的衡哥儿看。

魏曕那么一个沉稳的人，一个看似对这些玩意儿兴趣寥寥的皇孙，竟然默默地记下了，记得清清楚楚，记了这么多年。

殷蕙的眼睛有些湿润。

魏曕登基后，明着暗着送了她那么多礼物，就属这对儿鸽子灯最让她心动。

她犹自望着两盏鸽子灯出神，廊檐那头，一身龙袍的魏曕缓缓走了过来。

他看到了女儿，也看到了妻子，最后，目光定在那两盏灯上。

当年她买灯，想的是儿子喜欢，倒让他自作多情了一回。

昨夜他亲手做灯，想的却全是她。

【未完待续】